Matka (prawie) idealna

KERRY FISHER

Matka (prawie) idealna

Przełożyła
HANNA PASIERSKA

Wydawnictwo Literackie

Tytuł oryginału
The Not So Perfect Mum

Copyright © Kerry Fisher, 2014
All rights reserved

© Copyright for the Polish translation
by Wydawnictwo Literackie, 2020

Wydanie pierwsze

ISBN 978-83-08-07064-2

Dla Steve'a, Camerona i Michaeli

ROZDZIAŁ PIERWSZY

Kobietom z wyższych sfer, które miały zaniedbane domy, czasem zdarzało się do mnie zadzwonić. Mężczyznom z wyższych sfer nigdy.

Aż do dnia, kiedy w pewien poranek z bezwzględną arogancją wdarł się telefonicznie hałaśliwy pracownik kancelarii. Moje uszy zaprotestowały: odrzuciły bezdyskusyjny ton, przez co były głuche na jego słowa.

— Przykro mi, że to ja muszę pani przekazać złe wieści.

Akurat wróciłam do domu po najgorszym zleceniu w tygodniu — sprzątaniu szatni w najnędzniejszym kompleksie rekreacyjnym w Surrey. Telefon zadzwonił zaraz po tym, jak poszłam na piętro, by wziąć kąpiel i zeskrobać ze skóry każdy ślad po zagrzybionych tynkach i brudzie nagromadzonym w odpływach. Poczłapałam do kuchni zawinięta w ręcznik ledwie zakrywający tyłek, modląc się, by to był Colin z dobrymi wieściami w sprawie pracy. A potem stałam, odsuwając aparat od ucha, żeby woda z moich włosów nie zalała mikrofonu, podczas gdy pan William Bla-bla-bla ryczał z niewielkiej odległości z akcentem, który można by nazwać etońsko-kretyńskim. Dopiero wtedy do mnie dotarło, to co powiedział.

— Profesor Rose Stainton odeszła, niestety, w ubiegły piątek.

Przycisnęłam słuchawkę do czoła, starając się przyjąć do wiadomości, że nie żyje klientka, którą bardzo lubiłam i która przy tym najlepiej mi płaciła. Zmarła moja ekscentryczna sojuszniczka, już nigdy nie usłyszę szokujących komentarzy starszej pani ani nie doświadczę jej nieoczekiwanych przejawów życzliwości. Nawet się z nią nie pożegnałam. Piana spływająca spod ręcznikowego turbanu zmieszała się ze szczypiącymi łzami.

— Pani Etxeleku? Jest tam pani jeszcze?

— Tak, ciągle jeszcze tu jestem.

Nie miałam siły go poprawiać. Nie jestem żadną „panią". Dawno porzuciłam nadzieję, że Colin wreszcie wydusi z siebie To Pytanie. A moje nazwisko wymawia się Ecz-eleku, a nie Eceleku. Gdyby mój ojciec zechciał pozostać w polu widzenia, aż zdążę się urodzić, w mojej metryce zamiast pustego miejsca widniałoby sympatyczne angielskie nazwisko — Windsor, Jones albo choćby Sidebottom. Zawsze, kiedy o niego pytałam, matka zaciskała usta niczym owadożerna roślina. Przeżyłam zatem trzydzieści sześć lat obarczona baskijskim potworkiem, którego nikt nie potrafi wymówić.

— Jak zmarła?

W swoim głosie usłyszałam drżenie. Oparłam się o ścianę; lodowaty grudniowy powiew ciągnął spod kuchennych drzwi, oblizując moje wilgotne kolana.

— Atak serca.

— Była sama?

— Tak, zdołała wezwać ambulans, ale gdy przyjechał, już nie żyła.

Powiedział to, jakby chodziło o zamówienie z knajpy z chińszczyzną. Najwidoczniej stanowiłam jedynie pozycję na schludnie wydrukowanej liście osób, do których trzeba zadzwonić — do tego jako ktoś, kogo należy powiadomić, że stracił pracę. Mężczyzna zrobił pauzę. Wyobraziłam go sobie, jak siedzi za ciężkim drewnianym biurkiem, zerkając, kto jest następny po „sprzątaczce". Zapewne nigdy nie przyszłoby mu do głowy, że osoba zarabiająca na życie ścieraniem śladów pasty do zębów z umywalek może się przyjaźnić z kimś spędzającym czas na dyskusjach o Kafce. Zaczęłam hałasować, wrzucając do zlewu brudne miski po płatkach oraz ciskając adidasy i piłkarskie korki na potężny stos obuwia obok kuchennych drzwi. Nie miałam żadnych praw do Rose Stainton. Byłam jedynie babą z mopem, popychadłem od szorowania kubła na śmieci.

— Tak czy owak, dzwonię częściowo dlatego, że jej prawnik chciałby się z panią spotkać — oświadczył.

— Prawnik? Coś zginęło? — spytałam przerażona.

Nie mogło przecież chodzić o podpórki do książek, które dostałam od starszej pani. Nawet nie lubiłam tych papuzich głów. Z doświadczenia wiedziałam, że prawnicy nie należą do ludzi, którzy chcieliby się z tobą spotkać ot tak. Otrzymują jedynie polecenie, by to zrobić. Mężczyźni w średnim wieku, w opiętych koszulach, przybywający na posterunek policji, żeby rozgrzebywać żałosne historie narkomanów, pijaków i zwyczajnej hołoty zamieszkującej nasze osiedle. Ludzie, którzy niejeden raz ratowali Colinowi jego nędzny tyłek.

— Nie, pani Etxeleku. Nie, oczywiście nic z tych rzeczy. Przypuszczam, że testament pani profesor zawiera coś, co pan Harrison chciałby z panią omówić.

Dopiero kiedy odłożyłam telefon, powoli zaczęło mnie opuszczać odrętwienie. Zęby mi szczękały. Włożyłam spodnie od dresu, które Colin porzucił na krześle, i chwyciłam z suszarki długi kardigan, wciąż jeszcze wilgotny. W filmach widzi się ludzi wybuchających płaczem, szlochających: „Po prostu nie mogę uwierzyć, że odeszła". Tymczasem ja zaczęłam wrzeszczeć:

— Koszmarne! Potworne! Straszliwe! Upiorne! Okropne! Kurde! — Była to jedna z ulubionych zabaw pani profesor: kazała mi wymyślać najróżniejsze słowa oznaczające to samo.

Kiedy doszłam do „kurde", zabębniłam w szybę na stukniętego sąsiada, bo znowu przerzucał przez dziurę w naszym płocie kupę swojego teriera. Celował w basen, który od lata zdążył się zmienić w oślizgły zielony dom dla pluskolców i innej dzikiej fauny. Sąsiad pogroził mi szuflą i wyszczerzył się jak wariat.

Pani profesor zawsze rozmawiała ze mną, jakby moje zdanie było ważne. Znała się na Szekspirze, Dickensie i zagranicznych pisarzach, o których nigdy nie słyszałam. Bardzo lubiła Gabriela Garcíę Márqueza i ciągle mnie prosiła o wymawianie różnych hiszpańskich słów. Krępowało mnie to, bo najczęściej rozmawiałam z mamą po angielsku — a w każdym razie w dziwacznej odmianie tego języka, jaką się posługiwała. Żałowałam, że nie mówiła ze mną częściej po hiszpańsku czy nawet po baskijsku. Ale Sandbury w latach siedemdziesiątych nie było miejscem dla cudzoziemców, tylko angielską mieściną targową, gdzie do największych atrakcji przy głównej ulicy zaliczały się sklep z wełną, szewc i punkt filatelistyczny. Mama uważała Anglię za kraj nieograniczonych możliwości. Nawet jeśli sama mówiła jak idealna kandydatka do roli żony Manuela z *Hotelu Zacisze*, była gotowa stanąć na rzęsach, żeby jej córka nie wyrażała się jak imigrantka „z drugiej klasy".

Dałam sobie spokój ze sprzątaniem utytłanej do granic możliwości kuchni i ciężko usiadłam na krześle. Odsunęłam na bok brudny talerz Colina i poszukałam formularza zgłoszeniowego Uniwersytetu Otwartego, który przyszedł tego ranka. W tym tygodniu chciałam powiedzieć pani profesor, że zamierzam się w końcu zapisać na zajęcia. Nie mogłam się doczekać jej reakcji — wiedziałam, że się ucieszy, a zwykle w takich sytuacjach, zapominając o manierach, machała z podnieceniem rękami, co często kończyło się przewróceniem stojącej na tacy porcelanowej filiżanki. Rozśmieszała mnie, gdy próbowała przeklinać. Rzucała czasem „kurde mol" albo „jasna cholera", ale nigdy nie wyrażała się jak Colin po kilku guinnessach. Raczej jakby eksperymentowała, testowała obelżywe określenia. Uwielbiałam jej sposób mówienia, wszystkie te idealnie wypowiadane słowa z każdą literą na swoim miejscu. Nigdy nie wykorzystywała języka, by mnie poniżyć.

Podarłam formularz na drobne kawałeczki, niczym pusty los loteryjny. Mowy nie ma, żebym teraz mogła sobie pozwolić na naukę. Obserwowałam papierki sfruwające na korkową podłogę, zauważając kolejny raz, że nieważne jak często ją szoruję, coś lepkiego zawsze pozostaje w szparach między płytkami. Nawet sprzątać nie umiem porządnie. Nabiłam sobie głowę dzikimi pomysłami o zrobieniu dyplomu, a przecież to znacznie przekraczało moje możliwości. Sądziłam jednak, że jeśli dzieci zobaczą moje starania, by coś osiągnąć, także zaczną mierzyć odrobinę wyżej. W podstawówce w Morland, skąd nauczyciele dawali nogę po dwóch semestrach, a od kształcenia ważniejsze były techniki panowania nad tłumem, raczej trudno o wzorce do naśladowania.

Nie było sensu mazgaić się z powodu rzeczy, których i tak nigdy nie zmienię. Nie zamierzałam się też oddawać ponurym rozmyślaniom o tym, jak przerażona i samotna w ogromnym domu poczuła się pani profesor, gdy zrozumiała, że jej kruche, stare serce na dobre odmówiło posłuszeństwa. Miałam nadzieję, że zmarła w bibliotece otoczona książkami, które ukołysały ją do snu. Zaczęłam polewać wybielaczem zaplamione kawą laminatowe blaty, by się oderwać od wizji jej postaci, schylonej w fotelu ze spękanej brązowej skóry, z siwymi włosami wysuwającymi się ze spinek, z herbatą — zawsze earl grey — stygnącą przy łokciu. Wybielacz szczypał moją spierzchniętą skórę. Przysięgłam pani profesor w duchu, że już nigdy nie połknę litery „t", i wyrecytowałam na głos:

— „Little, computer, water, butter".

Drzwi wejściowe otwarły się gwałtownie. Colin pokonał ciężkim krokiem korytarz prowadzący do kuchni, roznosząc błoto po podłodze. Nie skomentowałam. Prawdę mówiąc, celowo odwróciłam wzrok. Zawsze po powrocie z pośredniaka był cholernie nabuzowany. A talerzy zostało tak niewiele, że wkrótce będziemy jeść wprost ze stołu.

— Jezu, to miejsce to jakaś kpina. Prędzej można tam złapać cholerną gruźlicę niż robotę. I te durnowate pytania: „Ile podań wysłałeś w zeszłym tygodniu? Czy byłeś na jakichś rozmowach o pracę?". Jakby urządzali pieprzony wywiad, kiedy masz komuś pomalować korytarz.

— Ale powiedzieli, że będziesz dalej dostawał pieniądze? — zapytałam i wstrzymałam oddech.

— No, za miesiąc mają zrobić „kontrolę". Siedemdziesiąt funciaków tygodniowo to zawsze lepsze niż nic, przynajmniej jakoś przebiedujemy święta — ciągnął, rozdzierając paczkę herbatników.

Chociaż bezrobocie spadło, Colin wciąż stękał i kwękał, święcie przekonany, że wykończeniówka nie podniesie się jeszcze długo. „Malowanie łazienki to nie priorytet, prawda? Zapamiętaj moje słowa, dla mnie roboty nie będzie jeszcze długo".

Z pewnością, że żadne zlecenie nagle się nie napatoczy, rozwalił się na kuchennym krześle i zaczął pochłaniać markizy waniliowe jak chomik gromadzący zapasy na wypadek klęski głodu. W odróżnieniu ode mnie był wysoki, więc przez jakiś czas mogło mu to uchodzić na sucho, ale sześciopak zdobyty dzięki pracy fizycznej powoli niknął pod warstwą gromadzonego dzień po dniu sadła.

Chciałam mu opowiedzieć o Rose. Przez jeden krótki moment zamierzałam poszukać u niego oparcia. Położyć mu głowę na ramieniu, pozwolić, by mnie gładził po włosach, i porządnie się wypłakać, aż cała będę się trzęsła, a moje oczy spuchną jak piłki golfowe. Próbowałam sobie przypomnieć, czy w ciągu ostatnich blisko dziewiętnastu lat choć raz zwróciłam się do niego o pomoc. A przecież musiałam mu oznajmić, że od teraz gotówki będzie jeszcze mniej. Nie oczekiwałam bynajmniej, że zrekompensuje ten brak. Zresztą i tak nie mogłabym przeznaczyć pieniędzy na dyplom Uniwersytetu Otwartego. Colin uważał naukę za stratę czasu, bo ten lepiej poświęcić na oglądanie telewizji. Po co sięgać gwiazd, skoro wystarczy zmienić kanał?

Policzyłam do trzech.

— Rose Stainton zmarła w piątek.

— Co, ta stara nadęta krowa z rezydencji? Jezu, Maia, skąd my teraz wytrząśniemy forsę? Nie mogła wybrać gorszej chwili. Tyle lat narzekała, a musiała akurat teraz kopnąć w kalendarz. Zapłacą ci przynajmniej za wyprzątnięcie gratów po niej? Lepiej rusz tyłek i zacznij szukać innej roboty.

Odsunął ze zgrzytem krzesło i zaczął przetrząsać kredens, jakby jego życie zależało od znalezienia puszki ravioli. Próbowałam sobie przypomnieć, czym tak właściwie mnie kiedyś zafascynował. Dlaczego pokochałam go tak mocno, by urodzić mu dwoje dzieci. Może to jego skłonność do buntu i krnąbrność wydawały mi się nad wyraz romantyczne, i dlatego uciekałam z lekcji na całe dnie do Brighton, żeby jeść wspólnie na plaży rybę z frytkami, dygocąc pod podestem dla orkiestry, owinięci razem moim szalem. Wydawał się taki olśniewający i dorosły: dwudziestolatek z motocyklem i rudawoblond dziką czupryną. Ku przerażeniu nauczycieli odpuściłam sobie egzaminy kończące liceum i wszelkie szanse na studia, a potem gruntownie wdeptałam w ziemię marzenia matki, wybierając karierę na kasie w Tesco. Wkrótce awansowałam na szefową działu delikatesów serwującą jajka po szkocku. Następnie wspięłam się na niebywałe wyżyny, sprzedając w budzie smażoną rybę z frytkami, ale to teraz osiągnęłam zawodowy szczyt, sprzątając u ludzi, którzy prędzej by umarli, niż powiedzieli „kibel" zamiast „toaleta", a mimo to regularnie zasikiwali podłogę.

Nareszcie dorosłam. Najchętniej wygłosiłabym w tej chwili tyradę o odpowiedzialności, rozwaliła Colinowi czaszkę deską do krojenia i zachichotała upiornie. Tymczasem zaparzyłam mu herbatę i rozmawiałam z nim tonem, jakiego używałam wobec Harleya i Bronte, kiedy byli mali i nie chcieli się położyć.

— Wywieszę ogłoszenie na poczcie. Dzwoniłeś do tego gościa z placu budowy, który wspominał, że będą szukać kogoś do malowania szkoły?

— No, jasne. Straciłaś robotę i od razu wsiadasz na mnie. Wbij sobie do tej tępej głowy, Maia: kryzys kredytowy wcale się nie skończył. Ludzie nie zamierzają marnować forsy, żeby odświeżyć sypialnię dla gości.

— Wiem, ale chodziło o szkołę, więc pomyślałam tylko...

Radio Mercury ryknęło na cały regulator, zagłuszając to, co pomyślałam.

ROZDZIAŁ DRUGI

Ta nagła śmierć sprawiła, że znowu zaczęłam się wszystkim zamartwiać. W odróżnieniu od licznych mieszkańców naszej okolicy, przypominających sobie o dzieciach, kiedy zjawiały się na progu w towarzystwie gościa w niebieskim mundurze, lubiłam wiedzieć, gdzie moje własne akurat są i co knują. Colin krytykował mnie za ich „cholerne rozpieszczanie", gdy wychodziłam po nie do szkoły, ale tego dnia rozpaczliwie pragnęłam przytulić do siebie żywych i zapomnieć o zmarłych. Chciałam poczuć szkolny zapach dzieci, lepką woń czepiającą się ich ubrań: kompozycję nuggetsów z kurczaka na lunch, klasowego zaduchu i smrodku cudzego potomstwa. Harley i Bronte lubili panią profesor i często bawili się w jej ogromnym ogrodzie, kiedy pracowałam. Chciałam im powiedzieć o jej śmierci bez złośliwych komentarzy Colina w tle.

Stałam na szkolnym dziedzińcu na spłowiałych kwadratach do gry w klasy, wyciągając szyję. Bronte zwykle pojawiała się pierwsza, maszerując wśród popychających się i szturchających kolegów z miną, którą oboje z Colinem nazywaliśmy w żartach „mam was w nosie", w skrócie MWN. Ten dzień nie był wyjątkiem. Podczas gdy inne dziewczynki wlokły się z niedopiętymi plecakami, skarpetkami opuszczonymi do kostek i ciągnącymi się po ziemi szalikami, Bronte sunęła z gracją baletnicy — ciemne kręcone włosy nadal miała porządnie związane, kurtkę zapiętą pod szyję i nie zaszczycała ani jednym spojrzeniem panującego wokół harmidru. W swoim dziewięcioletnim małym palcu miała więcej samoorganizacji, niż mnie udało się wypracować przez ponad trzydzieści lat. Uśmiechnęła się na mój widok; entuzjazm nie leżał w jej naturze.

— Mama! Dlaczego przyszłaś? — spytała tonem, który zapewne zraniłby kogoś o cieńszej skórze.

— Musiałam iść na pocztę, więc pomyślałam, że wrócę do domu z wami. Dostałam złą wiadomość i chciałam się trochę przejść.

Zmierzyła mnie czujnym wzrokiem. Widziałam, jak zamyka się w sobie, gotowa mnie odtrącić wraz z moim nieszczęściem.

— Jaką?

— Pamiętasz Rose Stainton, panią profesor od angielskiego z tego dużego białego domu? Zmarła w ubiegłym tygodniu.

Wbiła wzrok w ziemię.

— Lubiłam ją. Była miła.

Czekałam w nadziei, że o coś zapyta, o cokolwiek. Przez moment nawet sądziłam, że może się rozpłacze. Ona jednak zdusiła uczucia w sobie, odepchnęła moją pomoc.

Przerwałam milczenie:

— Ponieść ci plecak?

Wszystko się we mnie wyrywało, żeby ją przytulić, zamknąć w niedźwiedzim uścisku, ale się powstrzymałam. Nikt nie odgrywał deski do prasowania z większym talentem niż Bronte.

— Okej — zgodziła się, lekko wzruszając ramionami. Wyciągnęła do mnie plecak. — Czekamy na Harleya?

Zanim dokończyła, jej brat wypadł ze szkoły z parką pod pachą i w koszulce polo — rano białej, a teraz niemal równie szarej jak spodnie. Rzucił się na mnie z typowym dla dziesięciolatka lekceważeniem dla ciężaru, prędkości i energii. Zatoczyłam się na stojącą obok rozczochraną kobietę, której oburzone: „Patrz, gdzie leziesz" nie zrobiło na nim najmniejszego wrażenia. Oplótł mnie mocno ramionami, a jego szare oczy bez śladu skrępowania zaświeciły się na mój widok. Wtuliłam twarz w jego czuprynę, wdychając jej zapach i wsuwając zgrabiałe palce w ciepłe miejsce, gdzie włosy zawijają się nad kołnierzykiem. W reakcji na zimny dotyk ramiona podjechały mu w górę, ale mnie nie odepchnął. Harley nigdy nie krył swoich uczuć, malowały się na jego twarzy, przebijały z mowy jego ciała, wybuchały w słowach.

— Co tu robisz? Nie wiedziałem, że dzisiaj przyjdziesz. Super! Możemy iść do piekarni i kupić ciastka?

Powinnam odmówić. Czekoladowe eklery nie pomogą opłacić pliku zaległych rachunków. Macając w kieszeni, natrafiłam na kilka funtowych monet, grubych i solidnych. Bronte szła spokojnie przy mnie, Harley tymczasem rozpłaszczał nos na szybach samochodów, oglądał kierownice, wykrzykiwał komentarze na temat kołpaków i emocjonował się osiągami silników. Nawet nie próbowałam udawać, że rozumiem, o czym mówi.

Poczekałam, aż skończy zapuszczać żurawia przez przyciemnione szyby jakiegoś BMW, i powtórzyłam mu nowinę o profesorce.
— Była fajna, co nie? Smutno ci? — Zatrzymał się i mnie przytulił. — Na co umarła?

Jego pytanie zapoczątkowało dyskusję o tym, co pozostaje z ciała po dwudziestu latach: czy robaki jedzą gałki oczne, a zęby spalają się podczas kremacji; czy ludzi chowa się nago i czy znam kogoś, kogo pogrzebano żywcem. Chyba już wolałam obojętność Bronte. Udało mi się odwrócić uwagę syna, pokazując mu mercedesa SLK, niewątpliwie własność miejscowego dilera narkotyków.

Odezwałam się znowu do Bronte:
— To z kim się dzisiaj bawiłaś?
— Z nikim.
— Musiałaś się z kimś bawić.
— Wcale że nie — zaprzeczyła.
— Więc przez całą przerwę siedziałaś sama?
— Tak.

Westchnęłam. Colin nie musiał jej zmuszać do rozmowy. Całymi godzinami wylegiwali się, chichocząc, na podłodze we frontowym saloniku. Namówiła go do zabawy laleczkami polly pocket, wielkimi dłońmi nasadzał więc na płetwiaste stópki maleńkie różowe pantofelki i ustawiał w sklepiku spożywczym miniaturowe kartony mleka. Ja nie umiałam jej nawet skłonić do wyznania, kogo poczęstowała chipsami.

Minęliśmy grupkę nastolatków siedzących na murku przed piekarnią, bez wyjątku w obszarpanych T-shirtach i z tyłkami wystającymi z nisko opuszczonych dżinsów.

Kolejno urządzali sobie przejażdżki w wózku z supermarketu Morrisons. Przy ostatnim rajdzie wózek wpadł na wysoki krawężnik i przechylił się, wyrzucając chłopaka z wytatuowanym na szyi pająkiem i w bluzie z napisem „Shit happens when you party naked". Skrzywiłam się na odgłos uderzenia głowy o asfalt, ale w naszej dzielnicy wiele zależy od umiejętności odwracania wzroku. Od strony murku poniosły się pohukiwania i gwizdy. Nikt nie ruszył się z miejsca. Zapędziłam dzieci do piekarni, gdzie Harley podbiegł do czekoladowych donatów z kolorową posypką.

— Na co masz ochotę, Bronte? — spytałam, wyglądając przez okno na ulicę.

Nad chłopakiem przykucnęła blondynka w brokatowych stringach wystających powyżej paska dżinsów.

— Poproszę piernikowego ludka. Kupisz napoleonkę dla taty?

Kiwnęłam głową, chociaż Colin nie potrzebował grubszej warstwy tłuszczu na tyłku. Zawsze uwielbiałam jego muskularną sylwetkę górującą nad moją filigranową postacią. Obecnie przypominał bardziej miłośnika gry w darta niż zawodnika rugby.

Zanim wyszliśmy ze sklepu, Harley miał dokoła ust wianuszek różowych i żółtych drobin. Bronte metodycznie obgryzała kończyny piernikowej postaci. Gang się ulotnił, ale chłopak został: oparty o krawężnik półsiedział, półleżał wśród opakowań po ciastkach, puszek od coli i paczek po papierosach. Dziewczyna próbowała obejrzeć jego głowę.

— Zaraz się pozbieram. To tylko rozcięcie, nie? — wymamrotał.

— Wszystko w porządku? — spytałam.

Dziewczyna się obejrzała; czarna kredka i gruba warstwa tuszu nie pasowały do jej młodej twarzy. Ściągnęła rękawy na dłonie.

— To Tarants. Mówi, że nic mu nie jest, ale tego... krew mu leci. Chyba powinni mu założyć kilka szwów albo coś. Rozciął sobie głowę krawędzią wózka.

— Mogę spojrzeć?

Miałam nadzieję, że nikt nie rzuci mi za to cegłówką w okno. Machnęłam na Harleya i Bronte, żeby usiedli na ławce.

Chłopak odsunął rękę od głowy. Bluzę miał mokrą od krwi. Opanowałam nerwy i chyba cudem nie zaczęłam się miotać, wrzeszcząc: „O mój Boże, o mój Boże, zaraz się wykrwawisz na śmierć!", ale poczułam, że mój żołądek zwija się niczym ślimak chroniący się w skorupie. Pierwszy raz zrozumiałam, jakie to uczucie — prawie zemdleć. Zacisnęłam mocno oczy i wymacałam komórkę.

— Przykro mi, ale ktoś to musi koniecznie obejrzeć. Wezwę karetkę. Okej?

Kołysał się lekko i jakby zawodził na jednej nucie. Poza twardego gościa („Na co się gapisz?") gdzieś zniknęła. Skinął głową, a potem zwymiotował między własne nogi, opryskując sobie adidasy. Cofnęłam się o krok. W naszym domu krwią i rzygami zajmował się Colin. Ja byłam od gnid i owsików. Wstrzymałam oddech i poklepałam chłopaka po plecach, rozważając, czy nie okryć go własną kurtką. Ale w życiu nie doprałabym krwi. Zawołałam na Harleya, żeby skoczył do piekarni po ścierkę. Jeszcze nigdy nie wzywałam karetki. A jeśli każą mi za nią zapłacić, bo chłopak okaże się tylko lekko ranny? Tarants znowu dostał torsji. Wystukałam trzy dziewiątki.

Bronte wsunęła rączkę w moją dłoń. Wystarczyło, że ktoś był bliski śmierci i od razu stawała się bardziej uczuciowa.

— Czy on umrze, mamo? — zapytała.
— Nie, nie. Jasne, że nie. Niewielkie ranki potrafią mocno krwawić, więc chyba nie jest tak źle, jak się wydaje — zapewniłam, nie ośmielając się spojrzeć na wózek, na wypadek gdyby wisiał na nim skalp Tarantsa z włosami nażelowanymi w czarne, nastroszone kolce.

Harley zauważył ambulans wcześniej ode mnie. Nie spodziewałam się motocykla. Sanitariusz zdjął kask, ukazując szczupłą, kompetentną twarz i ciemne, siwiejące na skroniach włosy.

— Jestem Simon — rzucił i natychmiast przystąpił do pracy. Włożył rękawiczki, świecąc Tarantsowi latarką w oczy i w uszy.

Poczułam, jak spada ze mnie brzemię odpowiedzialności. Harley przysunął się, by widzieć lepiej.

— Mamo, czy ten doktor zabierze go do szpitala? Każą mu tam zostać? I będzie miał kłopoty, bo się wygłupiał z wózkiem?

Jak zwykle czułam się rozdarta między dumą z zaangażowania synka a skrępowaniem z powodu jego fascynacji krwią, tudzież donośnego głosu, który mógłby zagłuszyć startujący odrzutowiec.

Ryczący nad uchem dzieciak zapewne nie pomagał Simonowi. Spróbowałam odciągnąć Harleya, ale gapił się, jakby osobiście miał zaszyć ranę. Sanitariusz puścił do mnie oko i ruchem głowy pokazał chłopcu, gdzie może stanąć, by wszystko widzieć, a przy tym nie przeszkadzać.

— Jak mu na imię? — spytał.

— Tarants — wyjaśniła dziewczyna. — To skrót od Tarantuli. Naprawdę nazywa się Kyle, ale nikt tak do niego nie mówi.

Simon skinął głową, jak gdyby nieustannie spotykał na swojej drodze ludzi o imionach typu Czarna Wdowa i Krzyżak. Zbadał ranę, muskając ją oraz opukując długimi palcami, jakby czytał brajlem, i ani na chwilę nie przestając mówić kojącym głosem. Harley mało nie pękł z dumy, kiedy sanitariusz polecił mu przynieść paczkę bandaży z bagażnika motocykla.

— Czy ktoś zawiadomił jego rodziców? — spytał mężczyzna przez ramię, rozdzierając opakowanie opatrunku.

Na wiadomość, że Tarants mieszka z siostrą, zwiesił ramiona. Odwróciłam wzrok. Oboje zdawaliśmy sobie sprawę, że służby ratownicze unikają naszej okolicy (kod pocztowy SD1: ataki z użyciem noża, przemoc domowa, przedawkowania heroiny) niczym kanapki drugiej świeżości. Wszyscy jak o żelkach jeżynowych marzyli o SD2, oazie wytwornych wiktoriańskich posiadłości (zaginione persy, ataki serca, palce ciachnięte sekatorem), graniczącej z naszym kwartałem pełnym pudełkowatych bloków z lat sześćdziesiątych oraz szeregówek obłożonych kamieniem.

Simon skończył, obejrzał się i uśmiechnął do mnie. Wydawał się zbyt młody jak na gościa, na którego wszyscy patrzą, jakby lada chwila miał się przespacerować po wodzie. Tylko Harley nie wykazywał śladu czołobitności wobec pana doktora.

— Ja cię! Skąd wiedziałeś, co robić? Widziałeś, jak ktoś umierał? I umarł? Chcę być lekarzem tak jak ty.

— Widziałem, jak ktoś umierał. Czasem tak się zdarza mimo wszelkich naszych wysiłków. Ale Tarants z tego wyjdzie. Nic nie stoi na przeszkodzie, żebyś został lekarzem. Musisz się tylko pilnie uczyć i... nie bać się widoku krwi, ale widzę, że się nie boisz.

Powiedział to tak, jakby naprawdę wierzył, że mały ma szansę. Miałam ochotę rzucić mu się na szyję i wycałować go z dubeltówki.

Akurat odkryłam, że rzeczywiście ma całkiem ładne usta, kiedy usłyszałam:

— Hej, Bronte. Co tu robisz? Pomyślałem, że coś spóźniasz się ze szkoły. Wyszedłem zobaczyć, gdzie się podziewasz.

Obejrzałam się i zobaczyłam za nami wspartego pod boki Colina. Kiedy wychodził sprawdzić, gdzie się podziewa jego mała księżniczka, był po prostu dobrym ojcem. Ja — „walniętą neurotyczką".

— Jasna cholera, Maia, liczyłem, że do czwartej będziesz w domu. Nie zdążysz przygotować podwieczorku przed wyjściem do pracy.

Nie chciałam potwierdzać wyobrażeń Simona o SD1, wdając się w pyskówkę na ulicy. Colin zerknął na Tarantsa, ale najwyraźniej doszedł do wniosku, że jego własna potyczka z otwieraczem do konserw była znacznie poważniejszą tragedią niż mózg rozsmarowany po ulicy.

Postanowiłam jakoś go udobruchać:

— Poszłam tylko wywiesić ogłoszenie na poczcie, a że akurat kończyły się lekcje, pomyślałam, że zajdę po dzieciaki, a potem...

Simon spojrzał na zachlapany farbą T-shirt Colina.

— Pańska żona widziała, jak ten młody człowiek się zranił, i zachowała się bardzo przytomnie, wzywając pogotowie. No i z czystej życzliwości została, by się upewnić, że wszystko z nim okej. Nic poważnego mu nie grozi, ale zadzwoniłem po karetkę, zabierzemy go do szpitala i zbadamy — wyjaśnił, jakby Colin szalał z niepokoju o stan Tarantsa, a nie przejmował się wyłącznie wiecznie burczącym brzuchem.

— Maia, zabawiłaś się już w dobrą samarytankę, więc przestań tu, cholera, sterczeć i bierz dupę w troki.

Potraktował wypowiedź sanitariusza jak podkład muzyczny w supermarkecie.

Simon najwidoczniej nie był szczególnie obeznany ze zwyczajami panującymi w SD1. Zerknął na mnie, a potem ruchem głowy wskazał mojego towarzysza życia.

— Nie przeszkadza pani, kiedy tak się do pani zwraca?

Jak na sanitariusza z całym tym specjalistycznym wykształceniem nie był zbyt bystry. Wzruszyłam ramionami, świadoma, że szybka ewakuacja stała się nagle koniecznością. Zaczęłam zbierać plecaki, popędzając Harleya oraz Bronte i czując pierwsze impulsy paniki.

Colin stał z rękami skrzyżowanymi na piersi i szczęką wysuniętą jak u buldoga, niczym wykidajło z podrzędnego klubu nocnego.

— No chodź, proszę. — Złapałam go za rękaw.

— Jedną minutkę. Coś ci się nie podoba, kolego? Obecna tu Maia ma swoją robotę. Powinna siedzieć w domu i dbać o rodzinę, a nie wtryniać nos w cudze sprawy i szukać kłopotów, kiedy ma pod dostatkiem własnych. Więc może spływaj zbawiać świat i odchrzań się od tego, w jaki sposób rozmawiam z moją panią.

Nie tyle trzymałam go teraz za rękaw, ile na nim wisiałam.

— Przepraszam — odparł Simon. — Nie chciałem pana obrazić. Uważam, że pańska żona oddała przysługę Tarantsowi, i wydaje się brakiem szacunku zwracać się do niej w taki sposób. Powinien pan być z niej dumny. Szczęściarz z pana.

Starałam się odczytać wyraz jego twarzy, gdy to mówił — ale nie, nie był konfrontacyjny, tylko po prostu rzeczowy, z nutą uprzejmego zdumienia, że Colin warknął na mnie, zamiast wylizać chodnik u moich stóp. Błagałam w duchu, żeby Simon zdążył się zamknąć, zanim sam będzie potrzebował pomocy.

— Odkąd to jesteś specem w sprawach mojej pani?

Na szczęście poczułam, jak mięśnie na przedramieniu Colina się rozluźniają. Odkąd go znałam, uwielbiał mieć coś, co inni mogliby podziwiać: czerwony motocykl kawasaki, kilkuletnią Bronte z brązowymi loczkami i oczkami jak małe orzeszki, cholernego smartfona, przez którego omal nie trafił do pudła za handel kradzionym towarem.

Sanitariusz nie odpowiedział, pakował się spokojnie dalej, układając rolki gazy w torbie i sprawdzając bandaż na głowie Tarantsa. Colin przywykł do facetów trzęsących się na jego widok jak osika albo ruszających do walki, w której ręce i nogi latają niczym w kreskówce *Tom i Jerry*. Wszystko wskazywało na to, że obojętność Simona wytrąciła mu oręż z ręki.

Przywołałam Bronte.

— Idź przodem z tatusiem, zaraz was dogonię.

Wsunęła rączkę w dłoń ojca.

— Debil — rzucił Colin przez ramię i oddalił się cholernie z siebie dumny.

Odetchnęłam.

Harley został przy mnie. Cicho pożegnałam się z Tarantsem, ale nie odpowiedział. Dziewczyna wymamrotała „dzięki" i pomachała, co w tej okolicy równało się przesłaniu bileciku z odręcznie skreślonym podziękowaniem. Na jej twarzy nie dostrzegłam szoku, cienia współczucia. Obawiałam się litości Simona, ale tylko mi podziękował i skoncentrował się już na karetce, która właśnie wyjechała zza rogu.

ROZDZIAŁ TRZECI

Dwadzieścia cztery tysiące funtów rocznie, aż dzieci skończą osiemnaście lat? — powtórzyłam.

Dwadzieścia cztery tysiące funtów równało się tylu godzinom sprzątania, że miałam ochotę wybuchnąć śmiechem. Pan Harrison, prawnik profesor Stainton, skinął głową i zaszeleścił papierami.

— Tak, zostawiła sumę wystarczającą, by oboje mogli pozostać w Stirling Hall School do egzaminów maturalnych, jeśli się na to zdecydują.

— Dlaczego to zrobiła? — zdziwiłam się. — Sądziłam, że może mi zapisze jakiś drobiazg, wie pan, lampę albo kilka książek. Nie żebym to wolała, jestem bardzo wdzięczna, ale byłam tylko sprzątaczką.

Wierciłam się na bardzo eleganckim krześle. Nie przywykłam do noszenia spódnicy i czułam się, jakbym się dorwała do maminego pudła ze strojami na karnawał. Ale spodnie nie wydawały się odpowiednie, a poza tym nie chciałam, by ten gość w prążkowanej kamizelce sobie pomyślał, że nie szanowałam profesorki.

Pan Harrison nałożył skuwkę na pióro. Miał tę charakterystyczną minę, jaką nauczyciele przybierają w dniach wywiadówek: twarz zupełnie bez wyrazu, niezdradzająca niczego.

— Napisała list. Chciałaby pani przeczytać go w poczekalni? Muszę wykonać kilka telefonów, więc proszę się nie spieszyć.

No więc poszłam i usiadłam w jasnym pomieszczeniu ze stosami „Country Life". Na widok starannego pisma profesor Stainton zapiekły mnie oczy. Zaadresowała list do Amai Etxeleku; omal się nie uśmiechnęłam. Nikt mnie nie nazywał Amaią, ale profesorka uważała zdrobnienia za dowód lenistwa, „szczególnie jeśli ktoś nosi imię wyrażające jego dziedzictwo". Fascynowało ją, że moja matka pochodziła z małej wioski w Kraju Basków. Ostatni raz byłam tam jako nastolatka. Zawsze planowałyśmy z mamą, że pojedziemy razem, ale zmarła, zanim zebrałyśmy gotówkę na zagraniczną wycieczkę. Cała ta baskijska historia pewnie nic by dla mnie nie znaczyła, gdyby tak bardzo nie rzucało się w oczy, że nie jestem Angielką. Z powodu długich, ciemnych włosów i wielkich krowich oczu często brano mnie za Włoszkę — co za banał. Prawie nie chciało mi się otwierać listu. Wiedziałam, że zmieni moje życie, a każda zmiana, nawet ta na lepsze, przerażała mnie.

Gatsby,
Stamford Avenue,
Sandbury,
Surrey,
SD2 7DJ

23 listopada 2013

Droga Amaio,
zapewne Cię to zaskoczy, bo wiem, że nigdy niczego ode mnie nie chciałaś. Zawsze uważałam Cię za bardzo

inteligentną młodą kobietę, której życie potoczyłoby się zupełnie inaczej, gdyby mogła sobie pozwolić na lepszą edukację. Sądzę, że nie jest dla Ciebie za późno. Pamiętam, jak rozmawiałyśmy o Twoim ewentualnym dyplomie na UO, i głęboko wierzę, że go zrobisz.

Jestem jednak w wieku, gdy muszę podjąć decyzje dotyczące przyszłości, a ta kurczy się dla mnie coraz bardziej. Ponieważ mój syn nie żyje, musiałam się zastanowić, w jaki sposób mogłabym zrobić najlepszy użytek z tych nielicznych drobiazgów, które są mi drogie, oraz jakie dziedzictwo chcę po sobie pozostawić. Wykształcenie to dla mnie najcenniejsze dobro, jakie można posiadać — naturalnie po zdrowiu oraz udanym związku. Dlatego jestem szczęśliwa, że mogę zaoferować Twoim uroczym dzieciom dobry start w życie. Czas, jaki spędziłam w ich towarzystwie, każe mi sądzić, że są inteligentne i przejawiają entuzjazm do nauki, uważam też, że z pewnością będą to dobrze wydane pieniądze. Jedynie ze względu na Twoją sytuację rodzinną i z obawy, by moja darowizna nie została przeznaczona na wyścigi konne w Newmarket, ustanowiłam zapis, że można ją wykorzystać wyłącznie na opłacenie nauki w Stirling Hall School. Ponieważ kiedyś należałam do jej zarządu, wiem, że zapewni Twoim dzieciom doskonałe i wszechstronne kształcenie oraz otworzy im drzwi, które w przeciwnym razie zapewne pozostałyby zamknięte. Ufam, że skorzystasz z okazji, by im pomóc, pamiętając mądrą maksymę George'a Peabody'ego: „Wykształcenie: dług teraźniejszości wobec przyszłych pokoleń".

I na koniec, Amaio, życzę wszystkiego dobrego Tobie i Twojej rodzinie. Jestem Ci ogromnie wdzięczna,

że dzięki swojej serdeczności i dbałości o każdy detal, znacznie przekraczającymi obowiązki, uczyniłaś ostatnie lata mojego życia tak wygodnymi, jak to możliwe. Nalegam, byś rozważyła moją propozycję bardzo poważnie.
Z najlepszymi życzeniami,

Rose Stainton

Kim u diabła był George Peabody? Kimś sławnym? Pani profesor nie umiała się powstrzymać, żeby mi nie zostawić ostatniej zagadki dla poszerzenia horyzontów. Zaczęłam przeczesywać palcami włosy, nerwowo wyciągając pojedyncze pasma.

Zacisnęłam oczy w poszukiwaniu jednej myśli, która nie pociągnęłaby za sobą splątanego kłębka kolejnych problemów. Pot spod pach zmienił kolor mojej jedwabnej bluzki z bladoniebieskiego w granatowy, a to mi przypomniało, dlaczego ją trzymam na specjalne okazje. Powinnam się w końcu nauczyć, że gruczoły potowe Etxeleku i jedwab to niedobrana para. Właśnie chciałam się doprowadzić do porządku za pomocą rolki papierowego ręcznika stojącej przy baniaku z wodą, kiedy pan Harrison wezwał mnie z powrotem. Chyba mu ulżyło, że nie musi mi pożyczać chusteczki. Rozsiadł się znów wygodnie w wielkim fotelu szefa i strzelił kostkami palców.

— Zakładam, że zamierza pani skorzystać z okazji i posłać dzieci do Stirling Hall...

Zakłada. Fajnie mieć życie, w którym można zakładać różne rzeczy. Że mąż się tobą zaopiekuje. Że twoje pociechy pójdą do szkoły, gdzie wszystko kręci się wokół nauki, a nie przetrwania. Że dwadzieścia cztery tysiące funtów rocznie to fantastyczna wiadomość, a nie łom wielkości Australii, którym ktoś podważył wieko puszki Pandory. Przypomniałam sobie o bluzce i splotłam ręce na kolanach.

— Muszę się zastanowić. To znaczy... jestem wdzięczna, oczywiście, pani profesor była bardzo wspaniałomyślna, ale tak jakby muszę to omówić z ich ojcem — wyjaśniłam i natychmiast usłyszałam w głowie głos pani profesor: „Amaio, «tak jakby» oznacza, że nie jesteś czegoś pewna".

— Czy nie będzie zbytnią śmiałością, jeśli spytam, co stoi na przeszkodzie? — chciał wiedzieć pan Harrison.

Zignorowałam „zbytnią śmiałość". Oczywiście mógł zwyczajnie spytać, ale starał się być miły.

— Boże, to takie krępujące. Przepraszam, jestem strasznie głupia, ale ile wynosi czesne w Stirling Hall? Mówił pan, że zostawiła dwadzieścia cztery tysiące funtów rocznie. Niemożliwe, żeby tyle wynosiły same opłaty za szkołę.

— Niestety, ale tak właśnie jest. Cztery tysiące funtów semestralnie za każde dziecko.

— Jasna cholera — zaklęłam i aż się skuliłam. — Przepraszam, to znaczy... to straszna kupa forsy. Wiem, że gadam jak niewdzięcznica. Więc te wszystkie pieniądze poszłyby jedynie na czesne. Kurczę! To jedyna opcja?

— Obawiam się, że pani profesor określiła to bardzo jasno. Obwarowała darowiznę zastrzeżeniem, że może zostać przeznaczona jedynie na Stirling Hall. Na początku każdego semestru pieniądze będą wysyłane bezpośrednio do szkoły. Jeśli nie przyjmie pani tej propozycji, profesor Stainton pozostawiła instrukcję, by przekazać je hospicjum onkologicznemu w mieście.

Włoski zjeżyły mi się na rękach. Trzy lata wcześniej zmarła tam moja mama. Siłą odsunęłam wspomnienie jej pokoiku z kwiatową bordiurą i o koszmarnych godzinach, jakie tam spędziłam, patrząc, jak ciężko oddycha, a jej biedne, udręczone ciało unosi się i opada. Powinnam teraz myśleć o następnym pokoleniu, nie o poprzednim.

— Nie chciałabym się wydać pazerna, ale czy zapisała jakieś pieniądze na mundurki i tego rodzaju rzeczy?

W dziecięcych sypialniach, które sprzątałam, widywałam stosy kijów hokejowych, sprzętu do rugby oraz strojów na każdą okazję. Nie wykręcę się byle starą kurtką z kapturem i koszulką piłkarską drużyny West Ham.

— Nie, ale jeśli dobrze się orientuję, większość prywatnych szkół prowadzi wyprzedaże rzeczy używanych w korzystnych cenach.

Mózg zagotował mi się z wysiłku. Jakim cudem miałabym je kupić nawet z drugiej ręki. Harley nie mrugnąłby okiem na wyświecone łokcie czy kolana, ale Bronte potrafiła urządzić w związku z tym prawdziwą scenę. Nawet kiedy chodziła do Morlands, nieraz spóźniłam się do pracy przez jej fanaberie z powodu niedobranych kolorem gumek do włosów albo dziurki w rajstopach nie większej od mrówki. Kupienie jej czegoś, co nie byłoby całkiem nowe, przypominałoby próbę zawleczenia na rzeź barana, i to pod górkę.

Inaczej niż w Morlands, gdzie wycieczka oznaczała spacerek do lokalnego muzeum z dwiema rzymskimi monetami i paroma zakurzonymi skamieniałościami,

Stirling Hall słynęła ze swojej oferty edukacyjnej. W „Surrey Mirror" widziałam zdjęcia drużyny krykieta na występach w Barbadosie. Cholerne Karaiby jako cel szkolnej wycieczki! „Wyskoczyliśmy do Indii Zachodnich parę razy machnąć kijem". To nie będzie impreza typu: funciak do kieszeni, kanapka z dżemem i paczka chrupek serowych. Za nic w świecie nie zdołam zapewnić Harleyowi takich luksusów. Inna rzecz, że nigdy w życiu nie grał w krykieta, więc przy odrobinie szczęścia nie dostanie się do drużyny.

Zaczęłam skubać poobgryzane paznokcie. Stanęła mi przed oczami wizja Bronte błagającej, bym nie przychodziła na szkolne przedstawienia, dni sportu czy koncerty kolęd. Nienawidziła, gdy ludzie się dowiadywali, że jestem sprzątaczką. Wciąż mnie namawiała do udziału w programie „X Factor", żebym mogła zostać gwiazdą popu — chociaż mój głos przypomina odkurzacz, który wessał skarpetkę.

Oj, chyba jednak będę musiała poprosić pana Harrisona o chusteczkę.

ROZDZIAŁ CZWARTY

I co? — spytał Colin z ustami pełnymi chipsów. — Sprawiła się starsza pani?

— Zależy, co przez to rozumiesz — odparłam.

Otworzyłam okno, żeby wypuścić zapach pierwszego, ale pewnie nie ostatniego Colinowego skręta tego dnia. Sprzątnęłam strony „Racing Post" rozrzucone po całej sofie.

— Skończ te gierki — burknął, oblizując palec, żeby zebrać okruchy z T-shirtu. — Ile dostaliśmy? I nie mów, że ci zostawiła jeden z tych swoich badziewnych serwisów do herbaty.

— Nie, zostawiła nam akurat tyle, żeby posłać dzieci do Stirling Hall School.

— Że co? Nie oddam dzieciaków do żadnej szpanerskiej szkoły. Ile nam dała?

— Dwadzieścia cztery tysiące funtów rocznie, do czasu kiedy zdadzą maturę, ale...

— Dwadzieścia cztery kawałki na rok? To jest coś, cholera! — Zerwał się z sofy i zaprezentował taniec karaibski. — Ju-hu! Fanta-kurde-stycznie! Jedźmy gdzieś na wakacje. Co powiesz na Benidorm? Albo Korfu?

— Nie zapisała mi pieniędzy, żebyśmy się mogli wylegiwać na plaży. Tylko na posłanie dzieci do przyzwoitej szkoły, by im dać porządne wykształcenie.

— To nasza forsa. Możemy ją wydać, na co nam się podoba.

— Nie, nie możemy. W tym rzecz. Nie słuchasz mnie. Jeśli nie poślemy dzieci do Stirling Hall, w ogóle nie dostaniemy gotówki. Pójdzie w całości na hospicjum onkologiczne.

Po twarzy Colina jak wielka chmura przetoczył się grymas oburzenia.

— Czy ja dobrze rozumiem? Stara zrzęda zapisała nam dwadzieścia cztery kawałki rocznie, ale musimy je wydać na jakąś gogusiowatą szkółkę albo nie dostaniemy złamanego pensa?

Zasłoniłam własnym ciałem ulubiony czerwony wazon. Nie odpowiedziałam, stałam tylko nieruchomo. Pilot od telewizora przeleciał mi koło ucha i walnął w okno od frontu — odłupał kawałek ramy, ale ominął szybę. Baterie wypadły i potoczyły się pod krzesło.

— Chryste wszechmogący. — Colin kopnął sofę. — Zasmarkana dziwka. Założę się, że ty ją do tego namówiłaś. Prawda? Te twoje cholerne kazania o edukacji, nabijanie dzieciakom głów bzdurami o pójściu na studia... Wysiadywanie z nosem w książkach, chrzanionych *Wydymanych Wzgórzach* i *Davidzie Głuperfieldzie*. Ty i te twoje cudowne pomysły. Potrafisz sobie wyobrazić Harleya w zielonym kapelutku i krawacie? Na dzielnicy zabiją go śmiechem. Skopią mu łeb z karku, zanim dojdzie do końca uliczki.

— Nie miałam z tym nic wspólnego. Nawet nie wiedziałam, że coś mi zapisała. Na miłość boską, lepsze to niż nic. Myślę, że dla Bronte to świetne wyjście. Jest bardzo bystra. Z porządnym wykształceniem może naprawdę daleko zajść.

Gardło miałam ściśnięte z wysiłku, by nie krzyczeć.

— Gdzie niby miałaby zajść? Pewnie zafunduje sobie bachora, zanim skończy szesnaście lat. Powinna się nauczyć, czy ja wiem, pisania na komputerze albo coś, a nie zajmować się durnowatymi starociami, które do niczego jej się nie przydadzą.

— Bronte nie będzie taką idiotką, żeby zajść w ciążę z jakimś beznadziejnym pasożytem z naszej dzielnicy — odparowałam, patrząc na brzuch Colina wylewający się spod T-shirtu.

Z jego pępka sterczały niebieskie kłaczki. Nie pozwolę, by skończyła z typem uważającym, że prysznic szkodzi zdrowiu.

Colin wyrwał mi gazetę i rozwalił się na sofie, zasłaniając twarz stronami o sporcie. Wiedziałam, że poczuł się dotknięty, bo nerwowo ruszał nogą.

— Nie zależy ci, żeby dzieci żyły lepiej od nas? Czy twoją największą ambicją jest to, by Harley znał różnicę między złamaną bielą a odcieniem magnoliowym? Chcesz, żeby Bronte szorowała klozety u kobiet, których ojcowie nie uważali sprawdzianów z ortografii za stratę czasu? A może liczysz, że ją wydasz za napastnika cholernego West Ham?

Nie odpowiedział. Zwykle miałam dość rozumu, by „nie nadawać", ale ludziom takim jak my nieczęsto trafia się szansa na zmianę. Usiadłam na końcu sofy i położyłam sobie jego stopę na kolanach.

— Możesz przestać czytać na jedną chwilę?

Spojrzał ponuro znad gazety. Wciąż miał piękne oczy. Nie odpuszczałam.

— Myślę, że to dla nich naprawdę wielka szansa. Nigdy nie zdobyłam żadnych kwalifikacji, i ty tak samo, dlatego ugrzęźliśmy tutaj. Morlands to taka nędzna szkoła, że jeśli w niej zostaną, skończą jak my. Nigdy nie zbierzemy dość pieniędzy, żeby się przeprowadzić do innego rejonu. A dzięki dobremu wykształceniu w Stirling Hall dzieciaki mogą zostać inżynierami, architektami, lekarzami. Myślę, że to nie fair stawać im na drodze.

— Jasne, tylko co im powiesz, gdy zechcą przyprowadzić kolegów do domu? Nikt tu nie przyjedzie swoją beemwicą, żeby mu nie rąbnęli kół. Zastanów się. Powiedzmy, że ich tam poślemy. Mamy na opłacenie szkoły, ale co z całą resztą? Rodzicom się nie spodoba, że ich zadzierające nosa słodkie aniołki będą musiały się zadawać z Bronte i Harleyem, prawda? Jeszcze coś paskudnego złapią. Oni wszyscy mieszkają w pięknych, wielkich domach, a ja nie życzę sobie, żeby jakaś smarkata Verity czy inny Jasper przychodzili do nas oglądać, jak żyje biedota, jak Harley lata się odlać pod płot, kiedy ja siedzę na kiblu, albo jak musimy włazić na krzesło i zapalać bojler zapałką za każdym razem, kiedy chcemy wziąć cholerny prysznic.

Pracowałam w domach, gdzie lekcje gitary, kółko języka francuskiego i grę w netball uważano za coś równie oczywistego jak to, że dzieci mają własny pokój zabaw, a dorośli gabinet. Jasne, parę razy zetknęłam się z aroganckimi gnojkami, na przykład z dzieciakiem, który oświadczył: „Nie możesz być mamą. Jesteś sprzątaczką". Ale spotykałam też słodkie maluchy, które znosiły mi swoje stare lalki, serwisy do herbaty i układanki, żebym je mogła dać Bronte.

Jedyne, co łączyło je wszystkie, to głębokie przekonanie, wręcz pewność, że kiedy się odezwą, zostaną potraktowane poważnie. Ja skończyłam trzydzieści sześć lat i wciąż musiałam się zbierać na odwagę, by wyrazić swoje zdanie na wywiadówce. Myślałam: „Okej, teraz podniosę rękę. Albo lepiej nie, za chwilę". Potem ktoś rzucał: „statystycznie rzecz biorąc" albo „z ekonomicznego punktu widzenia uzasadnione jest...", i dochodziłam do wniosku, że właściwie moja uwaga jest zbyt oczywista, następnie gość z kartonową podkładką dziękował wszystkim za cenny wkład w dyskusję, Colin zaczynał jęczeć, że nie zdąży do pubu przed zamknięciem, i było po ptokach. Jeśli pewność siebie da się kupić za pieniądze, właśnie dostałam jedną jedyną szansę, by zrobić coś mądrego w swoim głupim życiu.

— To jest debilne gadanie o szklance pustej do połowy — zaprotestowałam. — Jasne, może się trafić jakiś bachor uważający nas za pospolitych jak świńskie łajno. Ale Harley i Bronte mogą też znaleźć tam fajnych przyjaciół, normalne dzieciaki, które nie uważają rozwalania kopniakiem lusterek w samochodach za świetną rozrywkę na sobotni wieczór.

— Po prostu to do ciebie nie dociera, tak? Będą śmieciami z czynszówki wśród bandy snobów. Nigdy się nie dopasują.

— Musimy dać im szansę. Może zrozumieją, że w życiu chodzi o coś więcej niż o szybki numerek pod płotem w zaułku albo o nawalenie się piwskiem na przystanku autobusowym.

Zaczęłam rozważać wszelkie dostępne metody nakłonienia Colina do współpracy. Zdążyłam wymyślić tylko dwie — paść na kolana albo zrobić mu loda — kiedy wzruszył ramionami.

— Sam już, kurde, nie wiem. Myślę, że to błąd. Z czego niby zapłacimy za sprzęt sportowy i całą resztę rzeczy, jakich będą potrzebować? Pakujesz się w nieliche tarapaty — stwierdził.

Wyraził na głos moje własne obawy. Z jakiegoś powodu jeszcze bardziej mnie to rozzłościło.

— Cały ty. Rozwalić się na kanapie i od razu się poddać. To samo mówiłeś, kiedy chciałam się odwołać, żeby przyjęli dzieciaki do lepszej podstawówki. Schować ogon pod siebie, zamiast wysilić mózg, co zrobić, żeby wypaliło. Będę musiała wziąć więcej zleceń. A może sytuacja na rynku się poprawi i ty znajdziesz jakąś pracę. To naprawdę okazja.

— Nawet się nie łudź, że dostanę robotę w przewidywalnej przyszłości. Nie zanosi się na to.

Starałam się pamiętać, że jeśli chcę postawić na swoim, muszę go mieć po swojej stronie. Dlatego nie powiedziałam: „Zmień płytę".

Colin podłubał w uchu, obejrzał to, co wyskrobał, i wytarł o dres.

— Dzieciaki ci za to nie podziękują. Ale może podniosę stawki i podłapię jakieś sympatyczne zlecenie od tych rodziców. Kilkoro na pewno ma wytworne rezydencje, którym przydałoby się malowanie — zauważył.

Skoro zaczął snuć rozważania w rodzaju: „Co ja będę z tego miał?", wiedziałam, że muszę jedynie przekraść się na paluszkach i odciąć mu drogę ucieczki.

— To może spróbujmy przez jeden semestr? W Morlands nigdy nie mają kompletu. Ludzie składają podania, żeby ich dzieci tam nie trafiły, więc w razie potrzeby szkoła na pewno przyjmie Harleya i Bronte z powrotem.

Colin zaczął szukać na podłodze baterii od pilota. Włączył mecz West Ham z Arsenalem, który nagrał sobie poprzedniego wieczoru. Musiałam dokończyć rozmowę, zanim zacznie wyśpiewywać hymn klubu, *I'm forever blowing bubbles*. Boże, już się do tego zabierał. Zostało mi pięć sekund maks.

— Colin, posłuchaj.

— Ten sędzia potrzebuje cholernych szkieł. Te, czterooki! Chryste, nie zauważyłby faula, gdyby dostał kopa w nos. Widziałaś, Maia? — warknął, ciskając puszką po coli w telewizor, aż łuk brązowych kropel opryskał frontową ścianę. Rzecz jasna nie wykonał najmniejszego ruchu, by sięgnąć po ścierkę.

Stanęłam między nim a ekranem.

— Maia! Wynocha!

— Mam zapisać dzieciaki na jeden semestr?

— Rób, co chcesz, tylko nie wracaj do mnie z płaczem, jak ten pomysł się zemści i ugryzie cię w tyłek — warknął, próbując coś dojrzeć.

Podeszłam do torebki i wyjęłam wytłaczaną srebrem wizytówkę prawnika.

ROZDZIAŁ PIĄTY

Lodowate styczniowe poranki nie służyły mojemu vanowi. Akurat w pierwszy dzień semestru w Stirling Hall silnik zaczął wydawać sapiące odgłosy. Byłam przerażona, że wóz, wyczerpany przejazdem przez próg spowalniający na podjeździe prowadzącym do szkoły, zatrzyma się i już nie ruszy. Chryste, mieli tu własny system szos jednokierunkowych — sznur sunących wolno, lśniących nowością aut wjeżdżał z jednej strony i wyjeżdżał z drugiej niczym na paradzie podczas targów motoryzacyjnych. Prześladowała mnie wizja, że oto stoję swoim dymiącym gruchotem na samym środku, zmuszając pozostałych do przeciskania się obok. Niczego nieświadomy Harley w czapce przekrzywionej na bakier wywrzaskiwał przez okno motoryzacyjne komentarze.

— Mamo, patrz, tylko popatrz, to bentley. Bentley Continental. Super! Myślisz, że jacyś rodzice naprawdę go mają na własność? Ja cię, widziałem takiego w „Top Gear". A może dadzą mi się przejechać, mamo? Poprosisz, żeby mi pozwolili? Jak myślisz, do kogo należy? Kupili go w salonie? Jeremy Clarkson mówił, że jeden kosztuje sto trzydzieści tysięcy funtów. Myślisz, że tyle za niego dali? Odjazd!

— Zobaczymy, jak się wszystko ułoży, Harley. Może ten chłopiec będzie w twojej klasie i zaprosi cię do siebie — powiedziałam.

Zerknęłam na kobietę siedzącą za kierownicą przejeżdżającego auta. Nie była po prostu ostrzyżona: miała „koafiurę". Wielką, napuszoną konstrukcję, z pewnością wymagającą wałków. Na sto procent nie ciachnęła włosów kuchennymi nożycami w lusterku do golenia i nie wysuszyła ich z głową opuszczoną w dół. Wolałabym cały dzień wyciągać zbite kudły z otworów odpływowych, niż wysłuchać jej opinii o Harleyu wygłoszonych przy kanapce z pastą serową — albo z cholernym homarem, czy co tam dzieciaki ze Stirling Hall jadają na podwieczorek.

Bronte mocno tuliła plecak, patrząc przed siebie; wyglądała zupełnie jak Colin, gdy „jego" koń potykał się na ostatniej przeszkodzie. Kiedy rano cała w skowronkach poszłam ją zbudzić, kazała mi spadać, oświadczyła, że nigdzie nie idzie, i uczepiła się kołdry z ponurą zawziętością. Prawdę mówiąc, poczęstowała mnie grubym słowem. Damulka. Darowałam więc sobie głosik wróżki tańczącej wśród stokrotek i ryknęłam: „Zrobisz, co ci każę!". Praktycznie wywlokłam ją z łóżka za nogi. Ubierała się w ślimaczym tempie na granicy bezczelności. Szczerze nienawidzi spódniczki w czerwono-zieloną szkocką kratę, bo, jak stwierdziła, jest niemodna i śmierdząca, i zapragnęła iść w czarnych spodniach jak w Morlands. Pomogłam jej włożyć blezer, na który przeznaczyłam tygodniowe zarobki, chociaż mogłam kupić taki sam z drugiej ręki za dwadzieścia funtów. Musiałam zamknąć oczy, kiedy zaczęła ukręcać guziki, marudząc, że nie zapinają się, jak trzeba. Harley od piętnastu minut kręcił czapką na palcu, zanim jego zgarbiona siostra pojawiła się w drzwiach. Akurat gdy zaczęłam się zachwycać, jak cudownie wygląda, spojrzała na mnie, mrużąc ciemne oczy, i burknęła: „A ty okropnie. Każdy się domyśli, że szorujesz kupy obcych ludzi".

Postanowiłam się do niej nie odzywać. Ręka mnie swędziała, żeby jej zafundować solidnego klapsa, ale akcje wychowawcze musiały poczekać na inny dzień. Na razie ogromnym wyzwaniem było odstawienie jej do szkoły. Kiedy rozglądałam się za miejscem do parkowania, czyjeś mitsubishi pajero siadło mi na zderzaku — tak blisko, jakby kobieta za kierownicą chciała się ukryć w moim cieniu aerodynamicznym. Spojrzałam na nią wściekle we wstecznym lusterku i zauważyłam, że mój podkład ma lekko pomarańczowy odcień i przegapiłam kilka czarnych włosków nad górną wargą. No, pięknie. Już się nie mogłam doczekać, kiedy zaczną mnie przezywać Wąsaczem.

— Zamknij okno, Harley. Przestań krzyczeć.

— Mamo, tam jest porsche boxster. Jeremy Clarkson powiedział, że kupują je tylko ludzie, których nie stać na porsche dziewięćset jedenaście — odparł i przekręcił się na fotelu, popychając Bronte na drążek zmiany biegów.

— Au! Spadaj — burknęła, i szturchnęła go w odwecie.

— Zostaw ją, Harley. I zamknij okno, w tej chwili. — Starałam się nie krzyczeć w obawie, że nie uda mi się przestać.

— Ten jest odlotowy, mamo. — Mały zignorował mnie i wskazał bmw z odkrytym dachem.

Poddałam się i skupiłam uwagę na córce.

— Hej, Bronte, spójrz na te trawniki. Wyglądają, jakby królowa mogła sobie na nich urządzić podwieczorek. Założę się, że latem grają tu w rounders. Jak myślisz? Niesamowite, prawda? — dopytywałam z nadzieją na odrobinę wsparcia z jej strony.

Pokręciła głową.

Spróbowałam znowu.

— Głowa do góry, skarbie. Spróbujmy zacząć w sympatyczny sposób. Pierwszego dnia każdy czuje się trochę onieśmielony, prawda, Harley? Szybko znajdziesz koleżanki.

Mały chciał pomóc:

— Pewnie, głowa do góry, Bronte, będzie okej. Zresztą tato mówi, że możemy wrócić do Morlands, jak nam się tu nie spodoba.

Dziewczynka opuściła kąciki ust tak nisko, że mało się nie roześmiałam.

— I powiedział, że Stirling Hall tak w ogóle jest dla ciuli. Chociaż jego zdaniem wyglądam bardzo dobrze w mundurku — ciągnął niczym niezrażony Harley.

Kochany, stary Colin. Przechadzał się po kuchni w samych bokserkach, trzymając grzankę w ręce, i brzmiał, jakby siorbał herbatę przez słomkę. Nie próbował pomóc, kiedy setny raz sprawdzałam skarpetki futbolowe („z podwiązkami oznaczonymi nazwiskiem"), buty do rugby („sznurowane, nie na rzepy"), granatowe szorty na wf. („bez logo") oraz wszystkie pozostałe elementy cholernego ekwipunku sportowego niezbędne dla przyszłego olimpijczyka. Nie pozwoliłam sobie na opłakiwanie dni, kiedy wystarczały byle T-shirt i dres — w każdym razie nie na głos.

Próbowałam wjechać na wstecznym na jedyny skrawek miejsca, jaki udało mi się wypatrzyć, niezablokowany przez monstrualną terenówkę. Przy drugim podejściu baba z mitsubishi — „Jen1" — zatrąbiła. Wyraźnie gdzieś jej się śpieszyło. Pewnie do chirurga plastycznego, sądząc po pryszczatej twarzy. Kiedy wreszcie zdołałam zaparkować, życzyłam jej, żeby złapała gumę.

Wytarabaniliśmy się z vana. Poprawiłam Bronte czapkę i zignorowałam pięść wygrażającą mi zza lśniącej przedniej szyby mitsubishi. W życiu nie pokonałabym matki ze Stirling Hall w quizie ortograficznym, ale jak sądzę, w pyskówce miałabym spore szanse. Porachuję się z Jen1 przy innej okazji.

— Dlaczego ta pani do ciebie macha, mamo? — spytał Harley.

— Nie mam pojęcia. — Popchnęłam go naprzód.

— Chciała z tobą porozmawiać. Nie pomyśli, że jesteś niegrzeczna? Powiedziałaś, że powinniśmy być uprzejmi dla wszystkich, których dzisiaj spotkamy.

Wykałaczka, na której trzymała się moja cierpliwość, już miała pęknąć, gdy Bronte cisnęła swój nowy plecak na ziemię i zaparła się niczym tłusty stary labrador, który postanowił, że nie zrobi ani kroku dalej.

— Ja nie idę, mamo. Chcę wrócić do Morlands. Trzeba było zacząć we wrześniu. W styczniu jest za późno. Wszyscy już się znają i nie będę się miała z kim bawić.

Sięgnęłam w głębiny swojej osobowości, szukając jakiegoś życzliwego słowa. Podobnie jak w pracy, kiedy ludzie zbyt leniwi, by podnieść z ziemi spodnie, zaczynali się mnie czepiać, próbowałam się przenieść do innego świata, gdzie byłam Julie Andrews z *Dźwięków muzyki* tańczącą i wyśpiewującą „Do-Re-Mi". Głos w mojej głowie ryczał: „Ty niewdzięczna krowo! To ja tu się czołgam, żebyś miała fantastyczne wykształcenie, a ty potrafisz jedynie kwękolić, mało ci tyłek nie odpadnie!".

Zdołałam jednak wydukać w miarę spokojnie:

— Idziemy. Nie bój się. Będzie fajnie. Rozmawiałam z twoją nauczycielką i wydaje się bardzo miła.

W rzeczywistości pamiętałam tylko, że przez dobry kwadrans kiwałam głową, gdy kobieta naparzała coś o „preparacjach", zanim do mnie dotarło, że mowa o pracach domowych.

Stałam na skraju morza zielonych blezerów należących do dzieci z podstawówki. Równy strumień starszych uczniów, ubranych na szaro, opływał maluchy i zmierzał w stronę budynku szkoły średniej po przeciwnej stronie boiska do krykieta. Budynek miał wieże. Wieże! Pękłabym z dumy, gdyby Harley i Bronte kiedyś do niego poszli. Jednak szanse na to były niewielkie, biorąc pod uwagę, że nie udawało mi się nawet przepchnąć córki przez drzwi wejściowe podstawówki.

Harley stał obok mnie odprężony jak w kolejce do kina, radośnie gapiąc się na samochody. Reszta dzieciaków ruszyła pod kamiennym łukiem na plac zabaw w głębi. Uciekając z domu przed Colinem recytującym głosem idioty „The rain in Spain falls mainly in the plain"*, zapomniałam przeczytać jeszcze raz list i sprawdzić, dokąd mam zaprowadzić dzieci.

---

* „Deszcz w Hiszpanii pada głównie na równinach", tekst songu z musicalu *My Fair Lady* na motywach *Pigmaliona* G.B. Shawa, służący do ćwiczenia prawidłowej wymowy (ten i pozostałe przypisy pochodzą od tłumaczki).

Zaczęłam rozglądać się za jakąś fajną matką, co okazało się trudniejsze, niż można by sądzić. Na pewno nie ta z długim siwym warkoczem na plecach. Niewątpliwie nawiedzona wielbicielka soczewicy. Wygląda, jakby osobiście wydziergała sobie na drutach majtki. Więc może ta obok? Nie, ma aktówkę. I szpilki. Widocznie śpieszy się do jakiejś superpracy w City. Nie znajdzie czasu na udzielenie mi wskazówek, kiedy czeka premia. Boże, to beznadziejne. Zatęskniłam za matkami z Morlands — w klapkach, z ciemnymi odrostami i marlboro w ustach, wciskającymi tłustym dzieciakom paczki chipsów i rozprawiającymi o serialu *EastEnders*, jakby to, co się w nim działo, było prawdą.

Bronte spojrzała na mnie z dołu.

— Nie idę, kurde — oznajmiła, wypatrując drogi ucieczki.

To mnie pobudziło do działania. Ruszyłam prosto do najbliższej osoby, młodej kobiety o tlenionych blond włosach i w dżinsach obcisłych jak druga skóra, trzymającej na smyczy spaniela.

— Przepraszam, wie pani, gdzie mają lekcje dzieci z czwartej H albo piątej R?

— Przeprasza? — powtórzyła, wyplątując się ze smyczy. — Mój angielski bardzo zły.

— Już nic — odparłam, zbywając ją machnięciem ręki.

Jasne, nie znajdę tu żadnej sympatycznej morlandzkiej babci z petem w zębach i garścią toffi w torebce. Opiekunki ze Stirling Hall przybywały w wynajętych samochodach i miały zagraniczny akcent. Bronte była bliska płaczu. Właśnie obmyślałam najbardziej przerażającą groźbę pod jej adresem, gdy podeszła do mnie jakaś blondynka — bez koafiury à la Penelopa Samwdzięk, czerwonej szminki i bez torebki z dużym złotym zapięciem. Nosiła bryczesy do jazdy konnej. A jeśli pod jej bluzą naprawdę krył się jedynie biust, to miała imponującą parę zderzaków.

— Cześć, wszystko okej? Słyszałam, że pytałaś o czwartą H albo piątą R. Jesteś tu nowa? W pierwszy dzień semestru mają tu zawsze istny sajgon. A tak w ogóle jestem Clover.

Sposobem mówienia tak bardzo przypominała Joannę Lumley z serialu *Absolutnie fantastycznie*, że zastanawiałam się, czy mnie nie wkręca. Wyciągnęła rękę; jej paznokcie wyglądały, jakby spędzała życie na działce (moje łapska wydały mi się naraz całkiem zadbane...).

Zwróciła się do Bronte:

— Wiesz, moje bliźniaczki chodzą do czwartej H. — Przywołała dwie identyczne dziewczynki o kręconych, niemal białych włosach związanych w niechlujne kucyki. — To Saffy, a to Sorrel. Wystarczy zapamiętać, że Sorrel ma pieprzyk nad lewym okiem. Nawet ja czasem nie umiem ich odróżnić.

Córka najwyraźniej nie zamierzała się przedstawić, więc ją wyręczyłam. Clover nachyliła się do niej, podciągając swoje ramiączko biustonosza, by przeciwdziałać sile grawitacji.

— Wiesz co, Bronte? Twoja nauczycielka jest naprawdę przemiła. Lubisz plastykę? Pani Harper rysuje świetne obrazki z końmi. Nauczyła Sorrel szkicować niesamowite kucyki. Pozwolisz, żeby bliźniaczki zaprowadziły cię do klasy? Śmiało, weź Sorrel za rękę, a ona ci pokaże, gdzie iść.

Cudownym sposobem pociąganie nosem ucichło. Mała zerknęła na dłoń Sorrel, wyglądającą, jakby jej nowa koleżanka przed momentem grzebała nią w klatce świnki morskiej. Już sądziłam, że będę musiała się zmierzyć z buntem, ale Bronte wyciągnęła sztywną łapkę, tymczasem Clover kontynuowała komentarz na żywo:

— Pa, pa, moje skarby, bądźcie grzeczne. Saffy, pamiętaj, że masz nie przedrzeźniać akcentu madame Blanchard. I spróbuj zjeść jabłko na przerwie. Sorrel, włożyłaś wieczne pióro do plecaka? Przekaż pani Baines, że w przyszłym semestrze nie weźmiesz teatru.

— Do kurwy nędzy, mamo — burknęła Saffy. — Zostaw mnie w spokoju.

Bronte nagle się ożywiła, pierwszy raz tego ranka. Musiałam sobie przypomnieć o tym, by zamknąć usta.

— Saffy, rozmawiałyśmy o połykaniu liter. Jeśli jeszcze raz usłyszę u ciebie zwarcie krtaniowe, przez cały tydzień będziesz sama wyrzucać gnój spod koni.

Nieszczęsne „t" najwidoczniej miało odegrać w moim życiu większą rolę, niż mogłam przypuszczać. W tym tempie wkrótce będziemy zgodnym chórkiem recytować w vanie ulubiony łamaniec językowy profesorki: „Betty Botter had some butter...". Chociaż nie mogłam się otrząsnąć z wrażenia, że Clover przeoczyła słowo na „k".

Machnęła na córki, żeby zmykały. Poczułam, jak moje ramiona — lewitujące w okolicach uszu — opadają, kiedy Bronte bez pożegnania zniknęła razem z bliźniaczkami. Clover zwróciła się do mnie:

— Przepraszam. Nie cierpię zwarcia krtaniowego, a ty? A teraz zajmijmy się twoim chłopcem. Jak ma na imię? Harley? Orion może go odstawić do piątej R. Orionie, chodź tu!

Orion podbiegł, wymachując chudymi kończynami, z krawatem przekręconym na bok i w blezerze ubłoconym na brzuchu. Kręcone brązowe włosy miał ścięte zbyt krótko przy skórze, więc sterczały pod kątem prostym, nadając mu trochę dziwny wygląd, ale miał sympatyczną, przyjazną twarz.

— Tak?

Wyjaśniła synowi sytuację, a wtedy ten odwrócił się, by uścisnąć rękę Harleyowi. Jasna cholera, tu było jak w loży masońskiej. Harley zdołał wyciągnąć z kieszeni dłoń, zanim sytuacja stała się niezręczna.

— Ja nie mogę, nazwali cię jak samochód? Super. Mój tato dał mi imię po swoim ulubionym motocyklu — zagadał mój syn.

Orion wydawał się zbity z tropu.

— Nie jak samochód, tylko gwiazdozbiór. Mój tato interesuje się astronomią. To jego hobby.

Teraz to Harley wyglądał na zdziwionego.

— Nie od forda oriona?

W jego głosie pobrzmiewało oburzenie, jakby Orion się mylił. Wcale nie wydawał się upokorzony, że wśród wielu innych matczynych niedociągnięć nie wbijałam mu do głowy nazw cholernych konstelacji, odkąd skończył pół roku. Miałam wielką ochotę go uścisnąć. Na szczęście rozległ się dzwonek i Harley pomachał mi pośpiesznie, rzucając lekko zniecierpliwione:

— Nic mi nie będzie, mamo.

Zanim się oddalił z nowym kolegą, usłyszałam jeszcze, jak pyta:

— To jaki samochód ma twój tato?
Odwróciłam się. Nie chciałam usłyszeć ani pytania, ani odpowiedzi.
— Dzięki, że zajęłaś się Bronte. Strasznie się denerwowała przed przyjściem tutaj dzisiaj rano — powiedziałam.
— Cała przyjemność po mojej stronie. Trudno zaczynać w połowie roku szkolnego, a styczeń to taki odrażający miesiąc, ale jestem pewna, że będą zachwyceni. To cudowna szkoła, zaadaptują się raz dwa. Musisz wpaść na klasowe spotkanie przy kawie w przyszłym tygodniu. W poniedziałek. Urządzamy je na początku każdego semestru, żeby wszystkie mamy były na bieżąco. U Jennifer, matki Hugona z klasy Harleya. Wpadnę po ciebie, jeśli chcesz.
— Nie, nie, nie trzeba, ale dzięki.
— Przyjdziesz, prawda? Włożę Harleyowi do plecaka informację, jak dojechać. Będziesz miała okazję poznać inne mamy i umówić dzieciaki na wspólną zabawę. A teraz muszę zmykać, trzeba rozruszać konie. Jeździsz? Nie? Założę się, że trenujesz coś znacznie sensowniejszego, jak choćby pilates. Jesteś taka śliczna i szczupła. Wielkie cycki zawsze były moim przekleństwem.
Po tych słowach matka pary botanicznych córek* i gwiazdozbioru ruszyła w gumiakach w stronę starego, ubłoconego landrovera. Clover, „Do kurwy nędzy, mamo", uratowała mi życie.

---

* „Saffy" to zdrobnienie od Saffron, czyli szafran, „Sorrel" znaczy szczaw, a „Clover" — koniczyna.

ROZDZIAŁ SZÓSTY

Raz jeszcze spojrzałam na notkę Clover. Niewątpliwie została skreślona kredką do oczu i równie niewątpliwie widniało na niej „Little Sandhurst". Co znaczyło, że to dom Jennifer kryje się za bramą z kutego żelaza: rdzawa plama majacząca na końcu alei obsadzonej kasztanowcami. Jezu. Nim zdążyłam nacisnąć guzik, wrota się otwarły, a kamera monitoringu obróciła się nad moją głową. Dzięki Bogu miałam tyle rozumu, by zostawić vana na parkingu przy pubie na początku uliczki, inaczej na sto procent dostałabym wskazówki, którędy do wejścia dla dostawców.

Przed drzwiami obciągnęłam T-shirt, by na pewno zasłonił kolczyk w pępku. Długi spacer podjazdem nie przysłużył się mojej bieliźnie i akurat wyciągałam majtki spomiędzy pośladków, gdy sobie przypomniałam o monitoringu. Rozejrzałam się spłoszona, modląc się, by transmisja z moich poszukiwań za tanimi stringami we własnym tyłku nie stała się przebojem kuchni albo salonu. Wtedy moją uwagę przyciągnęło coś innego: srebrne mitsubishi pajero. Cholerna Jen1. Omal nie dostałam przepukliny, zmywając podłogi, pucując okna i odkurzając jak szalona, by skończyć wcześniej i zdążyć na kawę z kim? Z przeklętą klaksoniarą. Głupia krowa. Najchętniej w ogóle bym nie przychodziła, ale tak się złożyło, że Harley i Bronte mieli kłopoty z przystosowaniem. Jeśli im to pomoże, zgodzę się uprzejmie we wszystkim, co trzeba, z innymi matkami i odginając mały palec, zjem kilka kruchych ciasteczek z malinami — nie ma sprawy.

Na szczęście nie przyjechałam vanem, więc nie mogła mnie rozpoznać. Drzwi otwarły się i stanęła w nich gospodyni, blond anorektyczka z superprostymi włosami sięgającymi prawie do talii. Przynajmniej tak mi się wydaje, że to była talia. Ściśnięta szerokim pasem przypominała mój nadgarstek.

— Musisz być mamą Harleya. Jennifer, mamusia Hugona, miło cię poznać.

Wyciągnęła wypielęgnowaną dłoń, na bank nawilżoną jednym z tych kremów, jakie odkurzałam na toaletkach — balsamem albo eliksirem ze słowiczych gówienek, śluzu chilijskich ślimaków i żmijowego jadu po sto funtów porcja.

— Jestem Maia, miło cię poznać, Jenny.

Zastanawiałam się, czy dzwoniąc do fryzjera, też się przedstawia jako „mamusia Hugona".

— Wolę Jennifer... — posłała mi spojrzenie, które nazywałam windziarskim.

Zaczęła od czubka mojej głowy, jakby usadowiła się tam egzotyczna papuga, a potem przesunęła wzrokiem w dół, rejestrując mój T-shirt, kardigan z oberwanym guzikiem i dżinsy z sieciówki. Zjechała aż do butów i śmignęła znowu do samej góry. Gdy się zorientowała, że znajduję się bardzo nisko w łańcuchu pokarmowym i nie warto ze mną rywalizować, zmieniło się całe jej zachowanie. Nagle ukazała się inna twarz, jakby wyciągnęła ją z garderoby. Maska wybrana na mój użytek miała zredukowaną zawartość uśmiechu i życzliwości — nie na tyle, żebym zaraz po wyjściu obrobiła gospodyni Jen1 tyłek, ale dość, bym nie miała złudzeń, że zostanę jej psiapsiółą.

— Proszę dalej, proszę, siedzimy sobie w kuchni — zakomunikowała.

Weszłam do holu. Jasnokremowy dywan bez jednej plamki, rozprysku herbaty, śladu błota. Stanowczo nieodpowiedni dla crocsów, w których przez cały weekend biegałam po boisku do piłki nożnej. Zdjęłam je, żałując, że włożyłam akurat skarpetki z motywem Boozy Birds podarowane mi przez Colina na urodziny.

W obłoku perfum Jen1 ruszyłam do kuchni. Na oko ze dwanaście kobiet stało w niewielkich grupkach wokół wyspy z czarnym marmurowym blatem i wbudowaną lodówką na wino. Gospodyni nie musiała robić rewolucji na półkach i wystawiać mleka za drzwi wejściowe, jeśli kupiła kurczaka na niedzielny obiad. Wręczyłam jej pudełko babeczek z dżemem nabytych w sklepiku spożywczym po drodze. Ledwie mruknąwszy „dziękuję", porzuciła je obok pudełka miętowych trufli z delikatesów Waitrose i puszki herbatników od Harrodsa. Przedstawiła mnie kilku matkom o imionach typu Francesca, Elizabeth i Charlotte, a każda z nich kolejno częstowała mnie własną wersją windziarskiego spojrzenia.

Usłyszałam przekleństwa Clover, zanim jeszcze zobaczyłam ją samą: gniazdo nieporządnych loków wśród kilkunastu lśniących bobów. Miała na nosie okulary w grubych okrągłych oprawkach jak Velma z kreskówki o Scooby-Doo. Wyszywany koralikami kaftan tworzył półkę na gigantycznych cyckach — przypominała panienkę z tacą, sprzedającą w kinie lody. Okrążyła wyspę, żeby do mnie podejść.

— Maia, co słychać? Dzieciaki już się zadomowiły? Orrie coś wspomniał o problemach z włosami Harleya. W tej szkole czasem się zachowują jak pieprzeni faszyści. To znaczy świetnie potrafią pokazać dzieciakom, w czym są dobre: te wszystkie rankingi gwiazd i cholerne nagrody za najładniejsze pismo, ale o indywidualizmie nie mają, skurwysyny, pojęcia. Chociaż pewnie właśnie za to im płacimy. Za wpajanie dzieciakom dyscypliny, żebyśmy sami nie musieli sobie zawracać głowy.

Kiedy brała oddech, opowiedziałam jej o notce od nauczyciela: że Harley nie ma po co wracać do szkoły, dopóki nie zmieni fryzury. Jeszcze tego wieczoru ogoliłam go prawie na zero maszynką Colina, patrząc, jak jego loki gromadzą się na podłodze niczym stara peruka. Kiedy skończyłam, mój rozczochrany złoty chłopiec przypominał poborowego. Pogładził czaszkę i wzruszył ramionami. „W porządku. Jak piłeczka tenisowa".

Colin na jego widok zaczął hajlować i oświadczył, że syn przypomina brytyjskiego narodowca. Podniosłam z podłogi pasmo włosów, zawinęłam w folię aluminiową i ukryłam pod łóżkiem w puszce po herbatnikach, gdzie trzymałam wszystkie cenne drobiazgi. Na samym jej wierzchu leżało szkolne zdjęcie syna z ubiegłego roku. Wydawał się znacznie młodszy z niechlujnymi lokami spadającymi na oczy, bezczelnie beztroski. Mocno przycisnęłam wieczko.

Jen1 pojawiła się obok mojego łokcia, pracowita i efektywna jak pszczółka w czarnym sweterku polo oraz w ołówkowej spódnicy. Podsunęła nam talerz malutkich czekoladowych brownie. Clover wzięła jedno, a potem zgarnęła dwa kolejne.

— Pyszne. Sama robiłaś?

— W każdą niedzielę po południu pieczemy coś z Hugonem. Uważam, że to konieczne, by dzieci umiały gotować. Nic dziwnego, że wszędzie widzi się tyle otyłych maluchów z niższych sfer, skoro matki karmią je przetworzonymi produktami — odparła.

Zerknęłam na swoje wciąż nierozpakowane babeczki z grubą warstwą lukru i z kandyzowanymi wiśniami. Na duchu podnosiło mnie tylko to, że Jen1 nie pozwoliła skazić swojej kuchni nawet herbatnikom od Harrodsa na prawdziwym maśle.

— Staramy się w miarę możliwości jadać organicznie. W tym roku kazałam nawet ogrodnikowi posadzić trochę warzyw. Latem powinniśmy mieć własną rukolę, pory i czerwoną paprykę — dodała i zwróciła się do mnie: — Masz ochotę na kawę, Maiu? Jeśli życzysz sobie espresso, mam linizio, livanto albo capriccio, albo vivalto lub finezzo, jeśli wolisz przedłużoną. Jest też zielona herbata Mao Fent i biała żeńszeniowa. Ewentualnie ulung Tung Ting.

Nie miałam pojęcia, o czym ona mówi. Chyba zrobiłam głupią minę, bo wskazała ekspres stojący na kredensie.

— Kawa będzie świetna. Mniejsza o to, jaka. Dziękuję — odparłam.

Clover poprawiła ramiączko biustonosza, unosząc lewą pierś niczym kulę przygotowaną do pchnięcia.

— U mnie w domu dostałabyś tylko rozpuszczalną — oznajmiła niezupełnie szeptem.

Przykłusowała do nas matka o końskich zębach, z ustami pomalowanymi pomarańczową szminką i w falbaniastym kołnierzyku à la Piotruś Pan.

— Clover, jak się miewasz? A ty musisz być matką tego nowego chłopca. Bardzo miło cię poznać. Jestem Venetia Dylan-Jones. Witamy w Stirling Hall, albo w eS-Ha, jak ją lubimy nazywać. Jak sobie radzi z adaptacją twój syn?

— W porządku, dziękuję. Niektóre przedmioty wydają się dość trudne, ale mam nadzieję, że nadrobi braki.

— Sądzę, że w tym wieku kluczowe jest czytanie, nieprawdaż? Theo jest wielkim wielbicielem Beverly Naidoo. — Zrobiła minę sugerującą, że powinnyśmy być pod wrażeniem.

Najwidoczniej nie zdołałam wytrzeszczyć oczu dostatecznie szeroko.

— Chyba nie wiem, o kim mowa.

— Oczywiście, że wiesz. Napisała te wszystkie książki o rasizmie i uprzedzeniach w RPA. Musisz znać *Podróż do Jo'burga* i *Bez powrotu* — zaprotestowała. — To strasznie ważne, by nasze dzieci rozumiały inne kultury.

— Chyba na nią nie trafiłam.

Zrobiła minę, jakby sądziła, że ją podpuszczam. Ale się nie poddawała:

— Oczywiście Theo lubi też fantasy. Anthony'ego Horowitza, Davida Almonda i *Harry'ego Pottera*.

— Czytał *Harry'ego Pottera*?

Harley przebrnął przez *Dziennik cwaniaczka*, a i to z wielkim trudem.

I znowu Venetia spojrzała na mnie, jakbym mówiła w obcym języku.

— Pochłonął większość tomów, zanim skończył osiem lat — oświadczyła tonem sugerującym: „Jak wszyscy, nieprawdaż?". — Ostatni niezbyt mu się podobał, chyba uznał go za zbyt prosty.

Właśnie tego ranka wpadłam w popłoch na widok ortografii Harleya, który wciąż nie skapował, że w niektórych słowach występują litery nieme, i pisał „nife" zamiast „knife", „nome" zamiast „gnome" oraz „restling" zamiast „wrestling". Bronte tylko przewracała oczami. Lecz nie mogło się to równać z histerią, jaka ogarnęła mnie teraz. Czy żaden z pozostałych chłopców nie czytał roczników „Top Gear" ani *Doktora Who*?

Venetia poklepała mnie po ręce.

— Pewnie woli nauki ścisłe?

Nie przyznałam się, że dotąd udało nam się odrobić tylko jedno zadanie domowe z przyrody, do pozostałych potrzebny był Internet, a jedyny stary komputer w bibliotece akurat padł. Lekko wzruszyłam ramionami i mruknęłam:

— Zobaczymy.

Venetia nie odpuszczała.

— Mam telefon do świetnego korepetytora. Nawet jeśli syn nie zamierza studiować kierunków ścisłych na uniwersytecie, łatwiej się dostanie przy wielu kandydatach na jedno miejsce. My posyłamy Theo na korepetycje z przedmiotów ścisłych dwa razy w tygodniu, a ostatnio zaczął też mandaryński. Mężowi bardzo zależy, by się dostał do Oksfordu. Jak się wydaje, najlepsze uczelnie kładą okropnie duży nacisk na języki obce.

— Ile on ma lat? — spytałam.

— Prawie jedenaście, jest w klasie pana Ricksona razem z twoim synem. To takie ważne, by zacząć jak najwcześniej. Zastanawiałaś się już nad wyborem uniwersytetu?

— Nie, jeszcze nie.

Za to bardzo postarałam się nie okazać, że nawet nie przeszło mi to przez myśl.

— A ja w ogóle o to nie dbam — włączyła się Clover. — Nie obchodzi mnie, czy dzieciaki tam pójdą. Wielu najgorszych tłuków i nudziarzy, jakich znam, skończyło studia. Sama nigdy nie widziałam takiej potrzeby. Wcale się nie zmartwię, jeśli moje dzieci zostaną hodowcami tropikalnych rybek, jeśli tylko będzie to ich pasją. — Oblizała palce z czekolady.

— Mój mąż widzi to inaczej. Oboje ukończyliśmy Oksford i chciałby, żeby Theo kontynuował rodzinną tradycję.

Venetia wyglądała jak kot, którego ktoś pogładził pod włos. Nie należałam do obozu „mandaryński od pieluch", ale również liczyłam, że Stirling Hall rozbudzi w moim potomstwie trochę większe ambicje intelektualne niż rozmnażanie gupików. Boże, co tam dzieci — wciąż miałam nadzieję, że nie jest za późno dla mnie. Choć nie miałam pieniędzy na Uniwersytet Otwarty, przedzierałam się przez wypożyczanych z biblioteki klasyków. Prawie skończyłam tych na litery A i B, więc jak długo rozmowa dotyczyła Jane Austen i rodzeństwa Brontë, miałam szansę sprawiać wrażenie osoby w miarę wykształconej.

— A ty gdzie studiowałaś, Maiu? — spytała Venetia.
— Nie podeszłam do egzaminów.

Venetia wyglądała, jakby potrzebowała soli trzeźwiących na wieść, że znalazła się w pobliżu kogoś, kto nie ma nawet matury, nie mówiąc o dyplomie. Jak na absolwentkę Oksfordu jej „och" nie zabrzmiało szczególnie elokwentnie.

Clover wzięła mnie za rękę.

— Wybaczysz nam, Venetio? Obiecałam przedstawić Maię naszej mamie celebrytce. — Wskazała ciemnowłosą kobietę w kącie. — Poznajesz? To Frederica Rinton. Grała w *Holby City*, w *Ofierze* i chyba w jakiejś amerykańskiej operze mydlanej. Nie mogę sobie przypomnieć tytułu.

Popatrzyłam we wskazanym kierunku. Akurat poprzedniego wieczoru oglądałam ją w jakimś dramacie medycznym. W realu okazała się znacznie szczuplejsza. Miałam ochotę rzucić się do niej i wyznać, że to jej się należała Krajowa Nagroda Telewizyjna za wybitne osiągnięcia dramatyczne, ale pewnie nie chciała, by jej o tym przypominać. Nie mogłam się doczekać, kiedy opowiem mojej sąsiadce Sandy, że nie tylko poznałam Frederikę, ale wręcz jadłam w jej towarzystwie czekoladowe brownie. Sandy pochłaniała czasopisma „Hello!" oraz „Heat" i mówiła o prezenterkach telewizyjnych, jakby były jej koleżankami. Tymczasem jednak starałam się wyglądać na kogoś, kto regularnie zadaje się z celebrytami.

Clover ruszyła w jej stronę, przeciskając swój wielki tyłek wśród chromowanych stołków.

— Całe wieki, Freddie. Częściej cię widuję na ekranie niż w szkole. Co słychać w świecie telewizyjnego blichtru? Powinnyśmy się czuć zaszczycone, że znalazłaś czas na skromną kawę także z nami?

Przedstawiła mnie i wyjaśniła „Freddie", że Harley chodzi do tej samej klasy, co jej Marlon. Stałam, kiwając głową, gdy dyskutowały o pozalekcyjnych treningach rugby, zbliżającym się przedstawieniu teatralnym, szokującej jakości szkolnych lunchów. Pamiętałam, by nie użyć określenia „szkolne obiady". Przez cały czas, kiedy Frederica mówiła, czekałam, aż zrobi coś gwiazdorskiego: wymieni jedno z nazwisk, jakie widywałam wśród napisów końcowych w kinie albo w telewizji, ponarzeka na koleżanki z planu — ot, tak, rzuci jakąś smakowitą plotkę ze świata show-biznesu, którą będę mogła zaimponować Sandy przy malibu z colą. Nie odzywałam się wiele, tylko uważnie analizowałam jej twarz w poszukiwaniu śladów botoksu, by o tym donieść, i kombinowałam, jak w elegancki sposób wycyganić od niej autograf. Elegancki sposób nie istniał. Wbiłam wzrok w serwetkę, na której trzymała swoje brownie. Sandy byłaby wniebowzięta, gdybym zdobyła takie trofeum. Spróbuję ją zwędzić później.

— Widziałam cię w tym dramacie kostiumowym. Cholerna farciaro, obściskiwałaś się z Colinem Firthem, a ja muszę całymi dniami szuflować końskie gówno.

Życie jest po prostu niesprawiedliwe. Powiesz przynajmniej, że całuje beznadziejnie? — spytała Clover.

— Muszę cię rozczarować: jest boski. Miałam wielki problem, kiedy później robiłam to z mężem. Tylko mu nie mów — odparła Frederica.

Starałam się zapamiętać każdy szczegół rozmowy, by uzyskać lepszy efekt dramatyczny, kiedy będę ją streszczać, lecz przerwała nam rozemocjonowana Jen1 z jakąś listą w ręce.

— Frederico, jak wiesz, kiermasz dobroczynny w Stirling Hall zbliża się wielkimi krokami i zgodziłam się zająć obsadą stoisk. Ktoś już ci proponował, byś otwarła imprezę? Tak świetnie sobie z tym radzisz. Wiem, że ludzie uwielbiają cię oglądać w tej roli.

— Aha, niczym przedstawicielkę naszego własnego rodu panującego ze Stirling Hall. Frederica to świetne imię dla królowej. W tym roku spróbujemy ci skombinować czerwony dywan — wtrąciła Clover.

Jen1 zacmokała i zmarszczyła brwi, wpatrując się w kartkę. Frederica zachichotała i oświadczyła, że bardzo chętnie to zrobi.

— Świetnie. Musimy przydzielić stoiska. Czy mogłabym prosić wszystkich o uwagę? — Wzięła łyżeczkę i zadzwoniła o kieliszek.

— Po pierwsze, stoisko z domowymi ciastami. Jeśli się zgodzicie, chętnie je wezmę. Każdy powinien przynieść przynajmniej jeden wypiek. Roześlę wam do domów papierowe talerze w szkolnych plecakach, więc je sprawdzajcie. W ubiegłym roku mnóstwo osób ofiarowało kupne ciasta, ale może w tym zdołam was zapędzić do kuchni. Śmiało, przecież to nic trudnego. Zaproście do pomocy dzieci, pamiętajcie, to bezcenne chwile. I nie zapomnijcie: absolutnie żadnych orzechów oraz proszę, zapiszcie na etykiecie wszystkie składniki.

— Która ma ochotę zorganizować rzuty kaloszem na odległość? Emelia? Świetnie. W tym roku zrobimy coś absolutnie rewolucyjnego i urządzimy punkt tatuaży, naturalnie zmywalnych. Nie znam niczego bardziej odrażającego i prostackiego, ale dzieci będą zachwycone. Dyrektor zgodził się pod warunkiem, że tatuaże znikną przed poniedziałkowymi zajęciami.

Rozejrzała się po kuchni.

— Maiu, będziesz naszą ekspertką. Myślę, że nadajesz się idealnie.

— Ja ci pomogę — oznajmiła Clover, ale nie dość szybko, by przerwać ciszę, jaka zapadła w pomieszczeniu.

— Okej, powiedz tylko, co mam robić.

Przypomniałam sobie, że postanowiłam sprawiać miłe wrażenie, by inne matki zechciały zapraszać do siebie moje dzieci. To wykluczało zademonstrowanie im serduszka na lewym pośladku oraz nagłe zainteresowanie się, dlaczego akurat ja spośród wszystkich obecnych nadaję się idealnie do robienia tatuaży, a nie na przykład do cholernej loterii fantowej lub do serwowania koktajli. Zebrane pindzie porzuciły studiowanie wypielęgnowanych trawników Jen1, dopiero kiedy rozmowa zeszła na to, kto dostarczy rekwizyty do zgadywanki „Ile cukierków w słoiku?".

— I na koniec potrzebujemy ochotniczek do sprzedaży biletów na *Olivera!* oraz przekąsek. Przedstawienie tuż-tuż, lecz dzieci chyba jeszcze nie znają swoich ról, zgadza się? — powiedziała Jen1.

— Znają, próby już trwają — odparła Frederica. — Marlon dostał Olivera.

— Hugo o niczym nie wspominał.

— Nie jest jednym z chłopców z sierocińca? — zdziwiła się Frederica.

— Ale to tylko drobna rólka, prawda? Zawsze otrzymywał jedną z głównych. Co środę odwiedza nas wykładowca z Londyńskiej Akademii Muzyki i Sztuki Dramatycznej, by go podszkolić. Kto gra pozostałe główne postaci? Spryciarza? Fagina?

Chociaż nie oglądałam *Olivera!*, na wzmiankę o Spryciarzu coś mi zaświtało. Ale przesłuchania odbyły się w drugi dzień semestru, więc byłam prawie pewna, że Harley nie dostałby ważnej postaci. W Morlands wystąpił tylko raz, jako ołowiany żołnierzyk, dlatego uznałam, że na otarcie łez przydzielą mu jakiegoś mało znaczącego przechodnia albo halabardnika.

Frederica zerknęła na mnie.

— Czy nie Harley gra Spryciarza?

— Chyba coś wspominał, ale mogłam go źle zrozumieć.

Popatrzyłam na Jen1 — tak mocno ściągnęła usta, że wyglądały jak zmięty papierek po cukierku. Zerwała się ze stołka i zaczęła miotać po kuchni, zbierając filiżanki i ładując je do zmywarki. Zauważyłam, że wyrzuciła resztę czekoladowych brownie do dizajnerskiego kubła na śmieci. Właśnie się skończyły pokłady gościnności idealnej gospodyni.

Pora się ulotnić, ale najpierw musiałam do kibelka. Jen1 gestem wskazała w głąb kuchni.

— W tamtą stronę.

Miała w łazience jedną z tych śmiesznych, wolno stojących szklanych umywalek, które cholernie trudno doszorować, bo rozchlapana woda spływa po zewnętrznych ściankach, tworząc wokół ohydną kałużę. Nie śpieszyłam się, przestudiowałam kolaż zdjęć przedstawiających Jen1 w bikini, w motorówce, w hamaku — z żebrami sterczącymi, jakby rozpaczliwie potrzebowała porządnego steku z frytkami i paru ciastek z kremem. Całe wieki wcierałam też w dłonie krem Molton Brown. Przynajmniej zyskam dzięki tej wizycie jedwabistą skórę.

Otwierając drzwi, usłyszałam, jak Jen1 mówi:

— Nie zdawałam sobie sprawy, że Stirling Hall funduje stypendia dla ubogich dzieci. Zapewne chcą pokazać naszym pociechom rozmaite środowiska. To jakiś nowy pomysł?

Weszłam do kuchni. Nie udało mi się ukryć napięcia w głosie, kiedy odpowiedziałam:

— Płacę za dzieci tak samo jak ty. Miło było was wszystkie poznać, ale muszę już zmykać. Dzięki za kawę, Jenny.

— Jennifer.

Nie odprowadziła mnie do wyjścia.

ROZDZIAŁ SIÓDMY

Piątek stanowił najgorszy dzień w moim tygodniu, bo od rana do nocy spędzałam go sprzątając dom, którego najbardziej nie znosiłam — z tabunami białych durnostojek, figurek kobiet o opływowych kształtach tulących niemowlęta oraz półkami pełnymi fikuśnych dzwonków i srebrnych łyżeczek ozdobionych nazwami takimi jak Lizbona, Sycylia, Madera i każdego innego miejsca, jakie zwiedzili Cecilia (która wyobrażała sobie, że traktuje mnie ulgowo, bo nie każe mi co tydzień odkurzać wnętrza bieliźniarki) i Arthur.

Ten piątek, prawie dwa tygodnie od rozpoczęcia nauki w Stirling Hall, okazał się szczególnie koszmarny. Ciągałam odkurzacz w górę i w dół po trzech kondygnacjach schodów, bo na weekend mieli przyjechać „znajomi ze wsi", więc koniecznie należało „przelecieć z grubsza" drugie piętro, chociaż Cecilia nie zwolniła mnie z żadnego ze zwykłych obowiązków ani nie dała mi więcej czasu.

W tym tygodniu już raz się spóźniłam z odbiorem Harleya i Bronte, a szkoła stawiała sprawę jasno: więcej niż dziesięć minut spóźnienia i trzeba zapłacić za świetlicę. Została mi tylko do przetarcia podłoga w kuchni, kiedy Cecilia zawołała mnie do pokoju „przytulnego", w którym zapach lawendy walczył z czymś cytrusowym. Siedziała rozparta na stosie poduszek ze stopami w bulgocącej kąpieli, jakby nie miała nic pilniejszego do roboty, a jakaś uczesana w kucyk kobieta w białym uniformie przysiadła na stołeczku, masując jej dłonie.

— Maiu, jestem zupełnie roztrzęsiona. Idę dzisiaj na bal z Arthurem i nie potrafię zdecydować, który lakier do paznokci pasuje do sukni. Byłabyś tak kochana i wyjęła ją z garderoby? To ta długa fioletowa z rybim ogonem i złotą lamówką.

Chyba nie udało mi się zrobić zachwyconej miny, ale śmignęłam na piętro, przeskakując po dwa stopnie, a potem goniłam na dół, nie dbając o to, że gniotę jedwab, starając się w niego nie zaplątać. W ostatniej chwili przypomniałam sobie, by powiesić suknię na drzwiach, zamiast ją cisnąć na sofę.

— Dzięki, Maiu. Zerknij na lakiery i powiedz, który twoim zdaniem będzie najlepszy — ciągnęła Cecilia.

Zegar stojący wybił piętnastą. Musiałam wyjść w ciągu trzydziestu sekund. Sięgnęłam szybko po róż z pierwszego rzędu.

— Proszę, co pani powie na „Czysty róż"? — spytałam, odczytując nazwę na denku.

— Bardzo ładny. Możesz poszukać „Różanego koktajlu" dla porównania? Taki bardzo jaskrawy odcień. Zdaje się, że stoi w drugim rzędzie.

Zaczęłam oglądać rozmaite buteleczki oznaczone durnymi nazwami typu „Róż się", „Żwawy róż" i „Jasny jak róż", ale „Różanego koktajlu" nigdzie nie było.

Kosmetyczka nadal wcierała krem w ręce Cecilii i nie wyglądało na to, żeby zamierzała wybawić mnie z opresji. Zapewne uważała, że w hierarchii służących osoba od wyskubywania włosów łonowych stoi znacznie wyżej od kogoś, kto jedynie spłukuje je spod prysznica.

— Cecilio, ogromnie mi przykro, ale bardzo się śpieszę. Muszę odebrać dzieci. Zrobiłam wszystko, co było do zrobienia, nie mówiąc o ekstra szorowaniu najwyższego piętra dla gości. Niestety nie zdążyłam przetrzeć mopem podłogi w kuchni. Odkurzyłam ją jednak, więc wystarczy lekko przeciągnąć.

Było to coś w rodzaju uwagi rzuconej na stronie, bo jednocześnie zdejmowałam klapki do pracy i ruszałam do drzwi. Myśl, że miałaby się skalać dotknięciem butelki wybielacza, najwyraźniej śmiertelnie oburzyła Cecilię. Dalszy przebieg zdarzeń przypominał jeden z tych horrorów z lat siedemdziesiątych, które tak uwielbiała moja mama, kiedy to widzisz lekki powiew mierzwiący korony drzew, a zaraz potem fale zmywają ludzi z pokładu i żagle rwą się na strzępy, choć ledwie przed chwilą tafli wody nie mąciła nawet jedna zmarszczka.

Wyprostowała się na sofie jak struna. Jej ciemny bob, utrwalony lakierem, przypominał blaszany hełm.

— Maiu, bardzo mi przykro, ale wykonanie połowy pracy mnie nie satysfakcjonuje, szczególnie gdy jestem tak okropnie zajęta. Dlatego będę ogromnie wdzięczna, jeśli dokończysz wszystko, jak należy.

Spróbowałam znowu:

— Przepraszam, ale jeśli nie wyjdę natychmiast, będę musiała zapłacić dodatkowych szesnaście funtów za świetlicę dla dzieci, a obecnie mnie na to nie stać. Zrobiłam dzisiaj mnóstwo nadprogramowych rzeczy.

Uśmiechnęłam się na dowód, że nie czuję się dotknięta.

— Skoro nie możesz zostać dłużej kilka minut i nie potrafisz się lepiej zorganizować, by zmieścić parę drobiazgów ekstra, będę musiała rozważyć zatrudnienie kogoś bardziej elastycznego.

— Jak to? Przecież jestem elastyczna. Przychodzę prawie każdego dnia; robię dodatkowe sprzątanie, bo zaprosiła pani gości. Wpadam w niedziele, by ogarnąć dom po proszonych obiadach. I to nie były drobiazgi, wyszorowałam od góry do dołu całe piętro.

— Nie chcę cię stracić, ale skoro inne obowiązki nie pozwalają ci utrzymać odpowiedniego standardu usług, chyba będzie lepiej, jeśli poszukasz sobie innego pracodawcy.

Zamarłam, a dokładniej byłam, jakby to powiedziała profesorka, „skonsternowana". Dłonie kosmetyczki wklepywały i wcierały krem. Woda w miednicy bulgotała cicho. Nie mogłam sobie pozwolić na utratę kolejnych sześćdziesięciu funtów tygodniowo. Harley już się domagał lekcji gitary po sto sześćdziesiąt funciaków za semestr. Niestety otwarłam usta, zanim zdążyłam się ugryźć w język.

— Przykro mi, że tak pani uważa. À propos, wibrator schowałam do szafki w łazience, gdyby go pani szukała.

Zobaczyłam, jak dłonie kosmetyczki zwalniają, a potem nieruchomieją.

— Miło było dla pani pracować — rzuciłam przez ramię i przez sekundę rozkoszowałam się widokiem znikających pod grzywką wygiętych brwi Cecilii.

Zaraz potem świadomość, że jestem jeszcze biedniejsza, niż byłam, kompletnie mnie zdołowała. Postanowiłam nie wspominać Colinowi, że mnie wylali. Wystarczająco marudził, gdy straciłam posadę po śmierci profesorki. Wiedziałam, że jakimś cudem zdoła powiązać moje ostatnie niepowodzenie z faktem, że posłałam dzieciaki do Stirling Hall.

Wieczorem, kiedy tylko wyruszył do Klubu Robotnika na partyjkę bilardu (nigdy nie ośmieliłam się mu wytknąć ironii tej nazwy), złapałam butelkę malibu i pobiegłam do Sandy. Mieszkałam obok niej od jedenastu lat, odkąd będąc w ciąży z Harleyem, otrzymałam od rady miasta dom komunalny. Gdy tylko słowo „zaciążyłam" padło z moich ust, Colin ulotnił się na kilka miesięcy; wrócił jednak, spłukany i pełen cklwych obietnic, kiedy mały skończył cztery miesiące. Przez ten czas Sandy pomogła mi przebrnąć przez baby bluesa, zabierając Harleya do siebie, żebym mogła odetchnąć od jego płaczu, i dając mi ubranka, z których wyrósł jej synek Denim.

Wiedziałyśmy o sobie rzeczy, z których dorosłe osoby nigdy nie powinny się zwierzać. Rechotałyśmy, aż bąbelki uciekały nam nosem, z odgłosów wydawanych przez facetów podczas seksu. Raz, po zbyt dużej dawce malibu, wyznałam jej, że Colin krzyczy „gol!", kiedy dochodzi, więc odtąd przezywała go strzelcem. Czasem pytała: „Grałeś ostatnio w nogę?", kiedy wiedziała, że słyszę. Wyrzuty sumienia sprawiały, że mój śmiech brzmiał odrobinę fałszywie.

Poza tym Sandy posuwała się w wyznaniach do krępującej przesady. Zamiast spytać: „Pamiętasz takiego-
-a-takiego blondyna z wytatuowanym serduszkiem?", mówiła: „Pamiętasz tego Dave'a, co lubił oglądać w lustrze?"; „No wiesz, Jim, ten, co zabierał się do tego jak knur w rui". Nie miała litości, gdy chodziło o łóżkowe umiejętności facetów: paradując po kuchni, odstawiała wędkarza — „O, taki był duży" — mówiła, rozsuwając kciuk i palec wskazujący na mikroskopijną odległość.

Piątkowe wieczory to był mój jedyny krótki „czas dla siebie", jak go określały kobiety, u których sprzątałam. One fundowały sobie masaż stóp, ja zaś rozsiadałam się w kuchni Sandy i zmieniałam żałosne zdarzenia tygodnia w coś, z czego mogłyśmy się pośmiać. To było jak opatulenie się kołdrą, gdy na dworze pada śnieg.

Kiedy otworzyła mi drzwi tego wieczoru, nad górną wargą miała kreskę z wybielacza. Odór stęchłego siana wskazywał, że pod reklamówką z supermarketu zakrywającą jej włosy henna odprawia swoje czerwone czary. Bronte i Harley jak zwykle przecisnęli się obok gospodyni, burknąwszy w przelocie „cześć", bo jedyne, co ich teraz interesowało, to upolować jakąś poduszkę i zasiąść z synami Sandy, Gypsym i Denimem Blue, oraz z megapaką chipsów przed kolejnym odcinkiem *Doctora Who*.

— Cześć, Harley, cześć, Bronte! — krzyknęła Sandy w stronę saloniku od frontu, a do mnie rzuciła: — Myślałam, że na dzień dobry ukłonią się i podadzą mi rękę. Powinnaś zażądać zwrotu pieniędzy.

Wzruszyłam ramionami, powędrowałam za nią do kuchni i wyjęłam parę kieliszków. Jeśli chodzi o Stirling Hall, moje poczucie humoru odeszło w siną dal.

— Więc kim jest ten szczęściarz? — spytałam, nalewając malibu i patrząc, jak bąbelki coli zmieniają się w kokosową piankę.

— A kto mówi, że kogoś mam? — odparła, jednak szeroki uśmiech sprawił, że jej elfia twarz stała się jeszcze bardziej spiczasta.

— Spadaj. Nakładasz na włosy króliczą kupę, tylko kiedy w okolicy zjawia się kolejny facet.

Sandy była samotną matką, pracowała na zmiany w zakładzie po sąsiedzku przy pakowaniu psich ciasteczek. W odróżnieniu ode mnie wcale się nie przejmowała tym, że jest biedna. Nie martwiło jej, że ubrania dla dzieci dostaje z fundacji dobroczynnej w mieście i przez całe życie żongluje kartami kredytowymi, których nigdy nie spłaci mimo zerowego oprocentowania.

— Jeden nowy z zakładu — wyjaśniła.

— Jak ma na imię?

— Shane.

— Dawno przyszedł?

— Kilka tygodni temu. — Zapaliła marlboro light.

Zastanawiałam się, czy wybielacz jest łatwopalny, ale wiedziałam, że jeśli otworzę usta, Sandy nazwie mnie Panną Przemądrzałą.

— No, czekam. Puść parę. Skrytość do ciebie nie pasuje — naciskałam.

— Nie zgrywam skrytej. To ty tak się przejęłaś blezerami i listami lektur, że przestały cię obchodzić moje sprawy — odparła takim tonem, że nie zabrzmiało to jak zwykła obserwacja.

— Przepraszam — westchnęłam. — Byłam strasznie zalatana.

Spodziewałam się, że zaraz wyszczerzy zęby i zacznie jak zwykle oceniać w skali od jednego do dziesięciu rozmiary ptaszka, wymieniając przy tym liczbę eksżon oraz dzieciaków nowego faceta. Tymczasem siedziała, wydmuchując kółka dymu, aż poczułam, że muszę się wytłumaczyć.

— Naprawdę nie miałam na nic czasu. To kupa roboty: pamiętać, żeby kupić zwykłe herbatniki, bo jak dasz dzieciakom cholerną paczkę czekoladowych, wzywają cię do szkoły. Spędzam pół życia na pilnowaniu, żeby Bronte miała włosy związane zielonymi wstążkami, a nie różowymi gumkami, i na kombinowaniu, z czego opłacić lekcje baletu, fletu i gitary, skoro tracę każdą przyzwoicie płatną pracę. Więc możliwe, że wyszłam na egoistkę.

Pociągnęłam solidny łyk malibu, by ukryć drżenie warg.

— Co takiego? Znowu cię wywalili? Jezu, niedługo pobijesz mój rekord.

Zabrzmiało to w miarę współczująco, biorąc pod uwagę, że cała jej kariera zawodowa była jednym długim ostrzeżeniem. Gdy zaczęłam opowiadać o Cecilii, ściągnęła spodnie do joggingu z grzecznościowym mruknięciem: „Mogę?" i przyniosła z kuchenki garnuszek wosku. Rozłożyła nogi i zabrała się do depilacji bikini; gdy wosk nie dawał się łatwo zerwać, jej głos cichł jak źle dostrojona stacja radiowa.

Do kuchni wpadł Harley. Wytrzeszczył oczy; najwyraźniej czerwone koronkowe stringi stanowiły dla dziesięciolatka fascynujący widok. Sandy nie zrobiła żadnego wysiłku, by złączyć kolana.

— Widzisz, Harley, mówi się, że nie ma to jak doświadczona babka. Wróć za parę lat, to ci pokażę, o co chodzi.

Wzruszył ramionami, ale cofnął się do mnie, więc wiedziałam, że nie jest całkiem pewien, czy to żart.

— Mamo, Denim mówi, że ma najnowszego iPhone'a. Ale to tylko czwórka, tak? Nie jest najnowszy, prawda? Marlon ma piątkę. W przyszłym tygodniu ma urodziny, ale dostał ją wcześniej, bo mama mu kupiła, jak była na zdjęciach w Stanach. A Denim mnie bije, jak mu o tym mówię. Możesz mu wytłumaczyć, że to stary model? Ciągle mnie przezywa kłamcą.

Choć umiejętności społeczne stanowiły centralny punkt „preparacji" z Kształcenia Osobistego, Społecznego i Zdrowotnego, wiedza Harleya w tej dziedzinie zmieściłaby się w skorupce od jajka. Przez ostatni tydzień dostałam takie baty, że przymulona alkoholem reagowałam jak pterodaktyl. Sandy tymczasem chwyciła wszystko w lot:

— Ty rozwydrzony gówniarzu. Wiesz, ile cholernych nocnych zmian musiałam wziąć, żeby na niego zarobić? Denim ma go dopiero od kilku miesięcy, a teraz będzie nudził o nowego. Denim i Gypsy już nie są dla ciebie wystarczająco dobrzy, odkąd się zadajesz z pedałowatymi małymi lordami? Proszę o wybaczenie, jeśli ich sprzęt nie odpowiada wymaganiom Waszej Wysokości.

Na policzkach chłopca pojawiły się rumieńce. Szeroko otworzył szare oczy. Zerknął na mnie z ukosa. Czułam jego zaskoczenie. I własne. Sandy zawsze była taka słodka, wciąż powtarzała, żebym „dała im spokój, bo to tylko dzieci".

Przyciągnęłam go do siebie. Sandy nazwała mojego syna gówniarzem. Ja nigdy nie wyzywałam dzieci. Szczególnie cudzych. Siedziała zjeżona po przeciwnej stronie stołu. Zwykle jednoczyłyśmy siły: przeciw babie z sąsiedztwa, której dzieciaki kradły rowery w dzielnicy; przeciw wrednemu szefowi Sandy śmierdzącemu Brutem; przeciw draniom z działu remontowego. Nie przeciwko sobie nawzajem. Spojrzałam małemu prosto w oczy, błagając w duchu, by ten jeden raz mnie posłuchał.

— A może byś poszedł do Denima i powiedział, że przepraszasz, i że chyba się pomyliłeś?

— Nie pomyliłem się. Marlon ma iPhone'a piątkę.

Przewróciłam oczami i pohamowałam odruch, żeby nim potrząsnąć.

— Harley, jak by ci się podobało, gdyby Denim oświadczył, że coś, co dopiero dostałeś, to stary grat? Nie byłbyś zachwycony. Idź. I powiedz, że przepraszasz. A potem chyba będziemy się zbierać. Zawołaj Bronte.

Zakręciłam butelkę z malibu.

— Przepraszam.

Sandy z głową w kroczu atakowała pęsetą jakieś uparte włoski.

— Chyba nie ma się co dziwić, skoro w nich rozbudzasz nie wiadomo jakie ambicje. Ale tobie też nie starczy forsy na te wszystkie gadżety.

Nienawidziłam satysfakcji, jaką dosłyszałam w jej głosie.

ROZDZIAŁ ÓSMY

Koniec lekcji w Stirling Hall to była wielka sprawa. Nauczyciel stał przy drzwiach, ściskał uczniom ręce, a potem przekazywał dzieci bezpośrednio pod skrzydła rodziców, inaczej niż w Morlands, gdzie wysypywały się na plac zabaw i mogły odejść z każdym dorosłym, który nie wymachiwał śrutówką.

Bronte wyszła w równo założonej czapce i budrysówce zapiętej pod szyję. Jej głos brzmiał bardzo czysto, kiedy wyrecytowała: „Do widzenia, panie Peters". Może nie tak wytwornie, jakby pochodziła z najlepszej dzielnicy, ale też nie bełkotliwie jak w wypadku większości mieszkańców osiedla domów komunalnych. Moment matczynej dumy raptownie przeminął, kiedy zauważyłam, że rzeczony pan Peters, kierownik szkoły średniej, przywołuje mnie gestem. Przeciskając się przez stadko rodziców, napotkałam Jen1 zmierzającą w przeciwnym kierunku. Pochwyciłam jej wzrok i uśmiechnęłam się, ale patrzyła przeze mnie na wylot. Może poznawała tylko ludzi w ciuchach od Jaspera Conrana.

— Znalazłaby pani moment, by zajrzeć do mojego gabinetu, pani Etxeleku? Proszę zaczekać w recepcji, za moment po panią przyjdę — powiedział.

Kiwnęłam głową, przebiegając w pamięci listę swoich przewinień z zeszłego tygodnia: wyprasowałam tylko mankiety i kołnierzyki szkolnych koszul, a bluzy do rugby Harleya w ogóle nie tknęłam żelazkiem; dwa razy z rzędu dałam dzieciom na przekąskę czekoladowe ciasteczka pełnoziarniste; zapomniałam sprawdzić duże litery i kropki w wypracowaniu Bronte na angielski. Już chciałam czmychnąć do wyjścia, kiedy Clover pociągnęła mnie za rękę.

— Cześć. Skoro masz zostać w szkole chwilę dłużej, może uwolnię cię od Bronte? Pobawi się z bliźniaczkami. Odbierzesz ją, jak skończysz. Mieszkamy na samym końcu uliczki biegnącej obok pubu Royal Oak. Nie sposób nie trafić, to jedyny dom w tamtej okolicy.

Córka pociągnęła mnie za T-shirt, przeskakując z nogi na nogę.

— Mogę pojechać z Clover, mamo? Chcę zobaczyć świnki morskie i króliki. Proszę...

— Byłoby cudownie. Tylko muszę poszukać Harleya i powiedzieć, żeby na mnie zaczekał.

Clover zaczęła się bawić kółeczkiem przy kurtce.

— Myślę, że już na ciebie czeka w gabinecie pana Petersa. A może potem przywieziesz też jego i zostaniecie na kolacji?

Zwykle mówiła wystarczająco donośnie, by cała klasa mogła poznać jej opinię. Zniżony głos i fakt, że co rusz zerkała na Oriona, kręcąc głową, z lekka mnie zaniepokoiły.

Wymamrotałam podziękowanie i zanurkowałam w szkolny korytarz wytapetowany sloganami przeciw dręczeniu słabszych oraz plakatami o korzyściach płynących z jedzenia pięciu porcji warzyw i owoców każdego dnia tudzież jazdy na rowerze. Moje crocsy coraz szybciej poskrzypywały na szarych kafelkach. Na skrzyżowaniu korytarzy wisiały tabliczki wskazujące drogę do laboratorium fizycznego, studia tańca, sali muzycznej — ale nie do cholernej recepcji dla matek przyzwyczajonych, że sale lekcyjne mają numery od jednego do sześciu. Pan Peters dogonił mnie i otoczył chmurą korzennego płynu po goleniu.

— Pani Etxeleku, ogromnie dziękuję za przyjście. Nie zajmę dużo czasu, chciałem tylko zamienić słówko o Harleyu.

— Nic mu nie jest? — spytałam na wdechu. Musiałam prawie truchtać, by nadążyć za jego długim krokiem.

— Czuje się świetnie, absolutnie świetnie.

Skierował mnie na lewo, do gabinetu z trzema krzesłami ustawionymi w półkole przed wielkim mahoniowym biurkiem. Harley ze zwieszoną głową zajmował środkowe, a raczej przycupnął zgarbiony na wyścielanym aksamitem podłokietniku. Nawet na mnie nie spojrzał.

— Proszę usiąść, pani Etxeleku.

— Cześć, skarbie — powiedziałam, ujmując syna za rękę.

Ścisnął mocno moje palce, patrzył jednak prosto przed siebie, nie mrugając, i oddychał ze świstem przez nos.

Pan Peters przysiadł na skraju biurka; jego szerokie ramiona odcinały się na tle okna. Czarne buty miał gładkie i lśniące, nauczycielskie, ale zauważyłam wyglądające spod nogawek spodni łaciate, fioletowo-limonkowe skarpetki. Przesunął dłonią po krótkich włosach.

— Kwestia jest dość delikatnej natury, pani Etxeleku. Doszło dzisiaj do drobnego zatargu między Harleyem i jednym z kolegów z klasy. Jak rozumiem, zaczęło się od docinków, które wymknęły się spod kontroli, wskutek czego sprawy przybrały dość gwałtowny obrót.

— W jakim sensie gwałtowny?

— Harley uderzył wspomnianego chłopca pięścią w twarz.

Umilkłam. Ścisnęłam palcami grzbiet nosa i wbiłam wzrok w dziurę na kolanie swoich dresowych spodni. Wszystkie błędne decyzje, które nie tyle podjęłam, ile zwyczajnie zaakceptowałam — przyzwolenie na to, by Harley zadawał się ze starszymi chłopakami z sąsiedztwa, ignorowanie sporadycznych bójek; to, że byłam nieobecna, gdy wracał ze szkoły — wróciły do mnie wezbraną falą. Zrobiłam, co mogłam — ale gówno mogłam, i to właśnie gówno wpadło teraz w wentylator.

Syn pociągnął mnie za rękę.

— Mamo. Mamo. Przepraszam. On mnie przezywał dresiarzem. Powiedział, że ubierasz się na wyprzedażach w second handach i w sklepikach dobroczynnych, a tato kradnie koła od samochodów, i że mieszkamy w przyczepie kempingowej pod mostem koło dworca. A tato mówił, że jak ktoś mnie będzie wyśmiewał, mam go walnąć tak, żeby się nogami nakrył.

Biurko zatrzeszczało, kiedy pan Peters się wyprostował. Lekko poluźnił krawat.

— Pani Etxeleku, wina leży nie tylko po stronie Harleya. Hugo zachował się bardzo niekoleżeńsko. W Stirling Hall wyznajemy zasadę zerowej tolerancji wobec dręczenia innych i zapewniam, że traktujemy ją bardzo poważnie.

Och, Boże. Hugo. Boże, proszę, nie.

— Syn Jennifer?

— Tak, dziś po południu widziałem się już z panią Seaford. Hugo istotnie ma rozcięcie pod okiem i siniec na policzku, więc matka na wszelki wypadek zamierza go zabrać na pogotowie.

Poczułam, jak pot spływa mi po plecach.

— Czy zostanie zawiadomiona policja?

— Proszę zrozumieć, nie możemy pozwolić, by chłopcy brali sprawy we własne ręce, i nieważne, co ich do tego sprowokowało. Pani Seaford chciała zaangażować policję, lecz chyba zdołałem jej to wyperswadować, posługując się argumentem, że bulwersujące zachowanie jej syna również stanie się przedmiotem śledztwa.

Jego ciemne oczy były poważne, ale życzliwe.

Przełykałam ciągle ślinę, jednak w ustach miałam nieznośnie sucho. Popatrzyłam na Harleya. Nie wydawał dźwięku, ale wielkie łzy spływały mu po buzi, tworząc na białej koszuli ciemne kręgi. Poklepałam go lekko po ręce, a wtedy podszedł i przywarł do mnie, wtulając się w moje ramię, aż poczułam jego wilgotne ciepło.

— Mogę mówić szczerze? — spytał nauczyciel.

Kiwnęłam głową, chociaż wiedziałam, że „szczerze" oznacza, że Harley ma pakować manatki.

— Pani syn ma wielki potencjał. Myślę, że Stirling Hall pomoże go wychować na świetnego młodego człowieka. Materiał sprawia mu pewne kłopoty, ale zorganizowaliśmy indywidualne lekcje, więc zapewne zdoła nadrobić zaległości. Zdradza prawdziwy talent sportowy, a nauczyciel sztuki teatralnej wyznał, że dostrzega w nim materiał na gwiazdę.

Kiedy odchylił się znowu, spinka od mankietu brzęknęła o biurko.

Zrobiło mi się gorąco pod ciężarem opartego o mnie syna. Spróbowałam rozluźnić ramiona, czekając na „ale".

— W Stirling Hall mamy wielu uczniów, jak to się mówi, z lepiej sytuowanych środowisk. Jednakże uważamy za naszą misję zadbać, by każdy uczęszczający do szkoły chłopiec miał takie same możliwości. Naturalnie oznacza to, że wszyscy rodzice powinni przestrzegać naszych złotych zasad, w tym tę głoszącą: „Rozwiązujemy spory, rozmawiając ze sobą". Jak rozumiem, pani sytuacja jest szczególna, dlatego Harleyowi należy się czas na adaptację, nim przyswoi sobie, czego się od niego oczekuje.

Rozpiął marynarkę. Okiem prasowaczki oceniłam, że jego pasiasta niebieska koszula wygląda na ręcznie szytą.

W moim sercu pojawiła się iskierka nadziei, zupełnie jak wtedy, kiedy wypadam zza rogu ulicy przekonana, że spóźniłam się na autobus, i widzę długą kolejkę wciąż czekającą na przystanku.

— Ale... — zaczął.

No tak. Zerknęłam, jak daleko mam do drzwi, rozważając, czy zdołam dobiec do vana, zanim wybuchnę płaczem.

— Nie możemy pozwolić chłopcom na urządzanie burd. Wiem, że niektórzy dyrektorzy przymykają oko na takie sprawy, lecz nie jest to metoda stosowana w Stirling Hall.

Przeszywający ból zęba trzonowego przypomniał mi, że powinnam rozluźnić mięśnie szczęki.

— Dlatego proponuję zawieszenie Harleya — dokończył.

— Zawieszenie? Co? Na jak długo?

— Jak sądzę, będzie sprawiedliwie, jeśli w wypadku Harleya będą to dwa dni, a Hugona jeden, co oznacza, że chłopiec wróciłby do szkoły w czwartek. Muszę jednak nadmienić, pani Etxeleku, że jeśli zdarzy się kolejny równie poważny incydent, Harley zostanie wydalony. Może zechce to pani przekazać swojemu mężowi?

Z pewnością tylko wiele lat praktykowania dobrych manier sprawiło, że zdołał się powstrzymać przed powiedzeniem: „swojemu mężowi dupkowi".

— Oczywiście. Dziękuję, ogromnie panu dziękuję. Harley nie zawiedzie pana nigdy więcej, prawda, Harley?

Moje ciało się rozluźniło, jak gdyby ktoś stojący mi na ramionach wreszcie dał radę wspiąć się na mur. Pan Peters się uśmiechnął. Wyglądał w tej chwili bardzo chłopięco, prawie bezczelnie, i zdawał się niewiele ode mnie starszy.

Teraz, gdy otrzymaliśmy drugą szansę, miałam ochotę przestać poklepywać Harleya po ramieniu i wywlec go z gabinetu za ucho. Nakrzyczeć na niego, że jest cholernym idiotą. Potrząsnąć nim tak, żeby aż zadzwoniły zęby. Zabronić mu się odzywać do wszystkich mieszkańców osiedla od pięciolatków wzwyż. Uziemić go, aż skończy dwadzieścia pięć lat. A może po prostu chciało mi się płakać.

Syn odkleił się od mojego ramienia. Wargi mu drgały i widać było, że z całej siły stara się nie rozbeczeć.

Przestępował z nogi na nogę ze wzrokiem wbitym w podłogę, w końcu jednak zebrał się na odwagę, by przemówić:

— Nie zawiodę pana. Bardzo dziękuję. I naprawdę bardzo mi przykro.

— Dobry z ciebie dzieciak. A teraz zmykaj i naucz się trzymać nerwy na wodzy. I przychodź natychmiast, gdy pojawią się jakieś problemy.

Ciekawe, czy pan Peters ma żonę.

Pojechaliśmy z Harleyem do Clover. Skręciliśmy obok pubu, gdzie eleganckie domy miejskie ustępowały miejsca polom i farmom, a ulica zmieniała się w gruntową drogę. Fontanny brudnej wody tryskały spod kół vana za każdym razem, kiedy wjeżdżałam w dziurę. Na samym końcu, ukryty za wielkimi platanami i kasztanowcami, stał olbrzymi, porośnięty bluszczem budynek z ciemnym łupkowym dachem. Okna wyglądały, jakby tylko resztki kitu utrzymywały szyby w łuszczących się drewnianych ramach. Na ganku od frontu piętrzył się stos kaloszy, szpicrut i hulajnóg. Lawirując, by ominąć miniaturowe pasmo górskie z końskiego nawozu, dotarliśmy do drzwi. Ujęłam w dłoń kołatkę w kształcie lwiej głowy. Sądząc po pozieleniałych zębach króla zwierząt, płyn do czyszczenia mosiądzu nie figurował na liście zakupów Clover.

Właścicielka otworzyła nam drzwi wbita w czarny kostium kąpielowy w olbrzymie maki. Przypominała ziemniaczane ludki, jakie robiła w dzieciństwie Bronte: wielkie, otyłe cielsko wsparte na cienkich patyczkach do szaszłyków. W odróżnieniu od Sandy, Clover obca była depilacja brazylijska, hollywoodzka, a jak się zdaje, również zwykła golarka. Przez chwilę pomyślałam, że wyciągnęłam ją spod prysznica, ale zaprosiła nas do środka ze swobodą modelki noszącej rozmiar trzydzieści dwa.

— Wchodźcie, wchodźcie. Cześć, Harley. Przepraszam, dziewczynki bardzo chciały popływać, więc pożyczyłam Bronte kostium, mam nadzieję, że się nie obrazisz. Orion też jest w basenie, chcesz do niego dołączyć, Harley? Siedziałam przy nich, ale teraz możecie mieć się na oku nawzajem, prawda? Nawet nie próbuj ściągać butów, wszędzie jest kurewsko brudno. Regularnie zamierzam jakoś to ogarnąć, ale z powodu koni... ciągle ten gnój... dlatego wydaje się to trochę stratą czasu.

Ruszyliśmy jej śladem. Totalny brak kompleksów, który pozwalał jej przyjmować w stroju kąpielowym zupełnie obce osoby, chociaż z jej pośladków zwisały istne gargulce cellulitu, zachwycił mnie i zaszokował. Zaprowadziła nas do wielkiej kuchni, gdzie w kącie na kuchence AGA suszyły się slipy, pasiaste rajstopy i turystyczne skarpetki, wypełniając pomieszczenie odorem mokrej owcy. Rudy kot, wielki jak poduszka, leżał rozwalony na długim sosnowym stole.

Harley złapał mnie za rękę.

— To prawdziwy ptak? — spytał, wskazując niebieską papugę na kredensie.

Spojrzałam uważniej, a Clover wyjaśniła:

— Nazywa się Einstein. Znaleźliśmy go w ogrodzie jakieś cztery lata temu.

— Super! Umie mówić?

— Owszem, kilka słów. Orion świetnie wie, jak go zachęcić do rozmowy. Pokaże ci później.

Zastanawiałam się, czy ptak robi kupy, gdzie popadnie. Gospodyni poprowadziła nas do tylnego wyjścia, a potem do ogromnego ogrodu pełnego jabłoni i grusz.

— Basen jest tam. Patrz pod nogi. Sprzątanie psich kup to obowiązek Oriona, ale nie przykłada się zbytnio.

Chwyciła Harleya za ramię i poprowadziła przez błoto w stronę krytego basenu, skąd dolatywały krzyki i piski. Przez zaparowaną szybę zobaczyłam Bronte, która zaśmiewając się, próbowała razem z bliźniaczkami utrzymać równowagę na nadmuchiwanym delfinie. Orion siedział na skraju trampoliny, machając nogami. Kiedy weszłyśmy, zeskoczył do wody i podpłynął do nas.

— Cześć, Tyson. Popływasz?

Chyba tylko on uznał bokserski pojedynek Harleya za zabawny, ale ulżyło mi, że chociaż jeden dzieciak wciąż chce rozmawiać z moim synem.

— Lepiej będziemy się zbierać, z pewnością jesteś zajęta — zwróciłam się do Clover.

— Nie mam nic do roboty. Zamierzam poszukać pary kąpielówek dla Harleya, a potem zrobię ci drinka.

Znalazła frotowy szlafrok dla siebie oraz parę spodenek, które pasowałyby na Action Mana. Harley zesztywniał u mojego boku i cofnął się do wyjścia jak pies podczas ostatniej wizyty u weterynarza.

— Masz na sobie bokserki, Harley? Tak? To może w nich popływasz?

Ten jedyny raz w życiu posłuchał mojej rady. Zerwał z siebie ubranie, rzucając je na stos na podłodze, i skoczył na bombę do wody, opryskując dziewczynki. Zazdrościłam mu i zarazem miałam za złe, że tak szybko odzyskał rezon. Ja wciąż miałam skórę twarzy tak napiętą, jakby ktoś za mocno ściągnął mi włosy w kucyk.

— Chodź, założę się, że musisz się czegoś napić — oświadczyła Clover.

Miałam nadzieję, że posługuje się tym samym dialektem, co Sandy, i nie zafunduje mi kubka suszonych pokrzyw z kocią sierścią. Zajrzała do lodówki i wyjęła butelkę.

— Kropelkę szampana?

W naszych stronach szampan w poniedziałkowy wieczór oznaczał, że kogoś zwolniono wskutek apelacji.

— Tylko kropelkę, dzięki, prowadzę... — przypomniałam.

— Zamówimy ci taksówkę. Wóz możesz zostawić tutaj.

Chyba dostrzegła w moich oczach wirujące taksometry.

— Będziemy się tym martwić później. A kieliszek możesz wypić tak czy siak.

Kiedy odwróciła się do mnie plecami, przetarłam brzeg szklaneczki, którą mi podała, skrajem bluzy.

— Do dna! — wzniosła toast.

Dokładnie w chwili, kiedy się stuknęłyśmy, drzwi się otwarły i wszedł wysoki, szczupły mężczyzna o ciemnych, kręconych włosach. To musiał być Lawrence, mąż Clover. Stanowił starszą, bardziej zadbaną wersję Oriona. Wystrojony w garnitur wyglądał jak ktoś, kto przez pomyłkę trafił na festiwal w Glastonbury. Clover nas przedstawiła; przywitał się, właściwie mnie nie zauważając, i uniósł lekko brew na widok butelki szampana. Pogrzebał wśród spiętrzonych wysoko w zlewie brytfanek, durszlaków i patelni, natrafiając na kalosz w kolorach tęczy, zanim znalazł kubek.

Choć nic nie wskazywało, by kwestia, kim jestem i co u nich robię, interesowała go w najmniejszym stopniu, Clover zasypała go najświeższymi informacjami:

— Biedna Maia miała okropny dzień. Hugo potraktował obrzydliwie jej syna, zaczęli się szarpać i Hugo dostał za swoje. Arogancki mały skurwiel, należało mu się od dawna.

— Jaka matka, taki syn. Jennifer też się uważa za lepszą od reszty — stwierdził Lawrence.

Z zaskoczeniem usłyszałam akcent manchesterski.

— Nie jest taka zła. Przynajmniej organizuje wszystkie klasowe imprezy, kiermasze czy bilety na przedstawienia, na co nikt inny nie ma ochoty.

Dolała sobie szampana. Podsunęła mi butelkę, ale pokręciłam głową.

— Nie bądź naiwna. Uwielbia rozstawiać wszystkich po kątach. Gdyby nie złowiła Leo, do dzisiaj serwowałaby kanapki z serem i piklami na Canary Wharf — zaprotestował.

— To nie fair — skarciła go, a do mnie rzuciła wyjaśniająco: — Lawrence pracuje w jednym dziale z Leo, mężem Jennifer.

— Ależ fair. Ktoś, kto zarabia na życie śledzeniem japońskich inwestycji, powinien mieć tyle rozumu, by pamiętać o prezerwatywie, kiedy bzyka lalę rozwożącą kanapki.

Spróbował wcisnąć pusty słoik po kawie do przepełnionego kubła.

Bardzo rzadko coś zaskakuje mnie tak, żeby opadła mi szczęka, a oczy wyszły z orbit — ale to, że Jen1 wywodzi się z plebsu, wstrzeliło się na listę. Przeanalizowałam nasze dotychczasowe kontakty, szukając najdrobniejszej wskazówki, że zamiast diamentowych wkrętek nosiła kiedyś hipoalergiczne szkiełka z Topshopu. Nic. Ta kobieta przestudiowała behawior klasy średniej na poziomie uniwersyteckim i genialnie opanowała swoją rolę. Ten jej akcent! Chryste, odrobina więcej wytworności i strąciłaby z tronu Elżbietę II. Lecz odtąd już zawsze, gdy ją spotkam, podlejsza strona natury będzie mi podszeptywać, żebym zanuciła: „Krewetki z majonezem? Bekon? Jajko z rzeżuchą?". Poza tym gdybym kiedyś zdołała się wspiąć na jej poziom, Jen1 mogłaby odpalić: „WC kaczka, szczotka do kibla, worki na śmieci", więc na razie będę śpiewać tylko w myślach.

Starałam się sprawiać wrażenie, że w ogóle nie słucham. Nie chciałam dać Lawrence'owi pretekstu do zadania mi pytania, z jakich kręgów się wywodzę. Zwykle gdy mówię, że jestem sprzątaczką, zapada nerwowa cisza i rozmówca próbuje wymyślić coś pozytywnego na temat mojej „ścieżki kariery". Jedynie Clover wykrzyknęła: „O, mój Boże, nie mów Lawrence'owi, będzie chciał się z tobą ożenić!".

Akurat miałam zawołać dzieci, kiedy same wpadły do środka, zachlapując podłogę wodą i domagając się jedzenia. Zaczęłam zaganiać do wyjścia Harleya i Bronte, gdy naraz Einstein śmignął w powietrzu przy wtórze ich zachwyconych pisków. Kiedy ptak przelatywał mu nad głową, Lawrence uchylił się i przewrócił kawę.

— Pieprzona papuga. Któregoś dnia skręcę jej kark.
Einstein przysiadł na krawędzi drzwi kuchennych. Przysięgam, że się uśmiechał.
— Biedny, stary Einstein. Ma kiepską orientację w przestrzeni. To z powodu wieku.
Clover starła rozchlapany płyn bluzą od dresu.
Harley spróbował nakłonić ptaka do mówienia.
— Piękna Polly, cześć, Einstein?
W odpowiedzi papuga strzyknęła po drzwiach strumieniem biało-brązowych odchodów, aż dziewczynki zachichotały cienko.
Podszedł Orion.
— Posłuchaj tego. Jak masz na imię?
— Einstein — zabrzmiał ochrypły głos.
— Gdzie mieszkasz? — Chłopak pomachał jakimś przysmakiem z nasion.
— W pieprzonym domu wariatów — odparł ptak, chwycił przekąskę i skruszył ją dziobem.
— Uczyłem go tego całe wieki.
Kątem oka zauważyłam, jak Lawrence kręci głową.

ROZDZIAŁ DZIEWIĄTY

Wydawało się, że w Stirling Hall co tydzień odbywa się jakaś impreza dobroczynna. Na co zbierano fundusze, pozostawało tajemnicą, biorąc pod uwagę, że jedna szkoła potrzebuje ograniczonej liczby fortepianów, minibusów mercedesa i batut o wymiarach olimpijskich. Kiermasz dobroczynny przypadał w sobotę przed zimową przerwą semestralną — kolejna okazja, by nabzdyczona Bronte mogła maszerować przede mną wciąż dumającą, czy zapisanie córki do Stirling Hall było słuszną decyzją.

Głośno tupiąc weszła do szkolnego holu, nie zaszczycając nawet jednym spojrzeniem stoisk pod ścianami, jakby rzut kaloszem albo szukanie skarbu na wyspie z masy papierowej były poniżej jej godności. Niosła w rękach pudełko po butach, które owinęła starą tapetą i wypełniła je puszkami fasolki po bretońsku, bułkami oraz herbatą ekspresową dla miejscowego domu starców. Poprzedniego wieczoru jęczała, że wszystkie inne matki specjalnie wybrały się na zakupy, zamiast wygrzebywać z szafki kuchennej wszystko, czego termin ważności jeszcze nie upłynął. Odkąd profesorka zmarła, a Cecilia mnie wylała, byłam na najlepszej drodze, by samej zostać klientką organizacji dobroczynnych. Miałam nadzieję, że Edna, Gertie czy inna nieszczęśnica, która otrzyma naszą paczkę, wybaczy mi najtańsze herbatniki, w opinii Colina smakujące jak bilety autobusowe.

Bronte właśnie upychała pudełko w kącie, kiedy przecisnęła się obok mnie Jen1 — trudno powiedzieć, czy o kilka centymetrów nie doszacowała rozmiarów swojego tyłka, czy też chciała mnie sprowokować do bójki. Od niesławnej awantury traktowała mnie jak powietrze. Powinnam podejść i rozmówić się z nią otwarcie, niestety cicha rozmowa na stronie w jej wypadku zwyczajnie nie wchodziła w grę, bo zawsze otaczał ją wianuszek innych szkieletów. Teraz, odbierając dzieci ze szkoły, musiałam mocno wziąć się w garść, by w ogóle wysiąść z vana. Chciałam dalej ją ignorować, ale czułam, jak wkładany w to wysiłek wysysa ze mnie energię.

Jej „darowizny" nie dało się natomiast nie zauważyć. W wiklinowym koszyku brakowało tylko gościa z trąbką. Opatulone czerwoną bibułą tuliły się do siebie ananasy, jagody goji, organiczna soczewica, bezglutenowe musli, zupa miso i kokosy. Wyobraziłam sobie jakiegoś biednego dziadka, jak próbuje rozbić orzech kokosowy wykręconymi artretyzmem palcami albo wygrzebuje spomiędzy zębów jagody goji, choć marzył jedynie o filiżance najtańszej herbaty i kanapce z szynką. Może moja fasolka nie była mimo wszystko złym pomysłem...

— Ktoś ma ochotę na fasolę adzuki?

Obejrzałam się. Clover prezentowała się imponująco w turkusowych dzwonach, na które mogłaby sobie pozwolić modelka, lecz nie tęga kobieta napoleońskiego wzrostu. Wcisnęła bliźniaczkom do rąk kilka funtów z instrukcją, żeby "schrzaniały obejrzeć parę stoisk, tylko nie kupowały żadnych śmieci".

— Inaczej wyjdzie na to, że miejsce tych wszystkich gratów, które oddałyście na kiermasz, zajmą cudze durnostojki — dokończyła, biorąc mnie pod rękę. — A teraz chodźmy rozkręcić interes z tatuażami.

Przez drzwi prowadzące na plac zabaw widziałam, jak Lawrence rozstawia bramki do turnieju piłkarskiego. Chociaż lekko mżyło, żałowałam, że nie jesteśmy na zewnątrz. Zamiast tego musiałyśmy się przedzierać wśród dzieci ściskających monety i babć pchających spacerówki w drodze donikąd. Nasz stolik umieszczono z boku, pomiędzy stoiskiem, gdzie można było strącić puszkę, a strzelnicą jak z Dzikiego Zachodu, przed którą tatusiowie doprowadzali do rozpaczy siedmiolatków, wyrywając im plastikowe rewolwery i próbując dowieść, że są twardzielami nie tylko w biurze.

Było duszniej niż w londyńskim metrze w godzinach szczytu — i to w lipcu. Zanurzyłam dłonie w misce z wodą, której miałyśmy używać do tatuaży. Kilka matek pośpiesznie odciągnęło dzieci.

— Nie, nie, tatuaże są takie pospolite. Nie, nic mnie nie obchodzi, że się zmyją, wyglądają okropnie.

Większość rodziców wydawała się jednak rozbawiona, jakby fundując dzieciakowi konika morskiego na nadgarstku, jakimś sposobem dowodzili swojego nonkonformizmu. Pewnie nie byliby w równie świetnym humorze, gdyby za dziesięć lat ich wypieszczona Henrietta, Rory czy Oscar wrócili do domu z wydzieranym na plecach wyznaniem miłości do Chardonnay albo Gave'a. Albo z wielkim pająkiem jak Tarants.

Szybko utworzyła się kolejka. Obie z Clover odciskałyśmy motylki, serduszka i kwiatki, wrzucając do pojemnika Tupperware niewielkie, lepkie pięćdziesięciopensówki. Ledwo miałam czas podnieść wzrok, słysząc, że ktoś mnie woła.

— Pani Etxeleku, jak się pani podoba pierwszy kiermasz dobroczynny?

Panu Petersowi udało się zachować wygląd formalisty nawet w dżinsach i białej płóciennej koszuli. Miałam wrażenie, że przyszedł mnie zbesztać, więc umysł natychmiast zaczął mi podsuwać przeprosiny, wymówki i bezczelne kłamstwa. Powinnam się ograniczyć do bezpłciowego „Cudownie, dziękuję", ale zamiast tego wypaliłam: „Zrobić panu tatuaż?", i od razu chciałam zapaść się pod ziemię. Kierownicy szkół średnich zapewne nie są fanami ozdabiania ciała. Lecz nauczyciel mnie zaskoczył. Wybuchnął śmiechem.

— Taki bunt bez powodu? A co pani proponuje?

Sięgnęłam po nową kartkę, przy okazji strącając mokrą gąbkę na własne krocze.

— Co pan powie na diabła?

— W ostatnich czasach tego rodzaju wyskoki pozostawiam uczniom, przynajmniej w tygodniu. Nie, miałbym ochotę na coś egzotycznego — powiedział.

Clover nachyliła się do nas.

— Panie Peters, wybieranie sobie nowej faworyty to po prostu bezczelność z pana strony. Co z nami, matkami zasuwającymi tu rok w rok, odkąd nasze dzieci skończyły przedszkole? Mam uroczego wielkiego smoka, którego chętnie umieszczę w jakimś sekretnym zakątku.

Zazdrościłam jej. Podchodziła do wszystkiego na takim luzie. Ale chciałam też, żeby się odczepiła. Chciałam mieć pana Petersa dla siebie, niczym dziecko obronnym gestem obejmujące miskę chipsów.

— Dziękuję za propozycję, pani Wright, ale to dla mnie trochę za ostro. Może w przyszłym roku. — Zwrócił się znowu do mnie: — Co pani powie na ten chiński znak?

— Okej, gdzie go umieścić?

Nastąpiła króciutka pauza. Uniósł nieznacznie kącik ust i dostrzegłam jego prawdziwą naturę, tę niebelferską.

— Na lewej czy na prawej ręce?

Z przerażeniem poczułam, jak oblewam się z wolna rumieńcem, od którego moją szyję i dekolt pokrywają plamy. Udałam, że sięgam po coś z podłogi, i otarłam pot z górnej wargi. Pan Peters usiadł i podwinął rękaw. Przedramię miał stworzone do siłowania się na rękę. Zerknęłam na jego gładką, mocno owłosioną oliwkową skórę. Miał duże dłonie, ale szczupłe palce i czyste paznokcie. Wszystko w nim było zadbane, przycięte i wypielęgnowane. Założę się, że pachniał cytrusami. I założę się, że po goleniu nie zostawiał zarostu wokół umywalki.

— Chyba Harley w końcu nieźle się zaadaptował. W ciągu ostatnich paru tygodni zauważyłem w nim wielką zmianę — rzucił, a jego głos niemal zginął w pełnej ekscytacji wrzawie dolatującej od sąsiedniego stoiska, gdzie celowano do puszek.

— Tak, chyba radzi sobie dużo lepiej. Dziękuję, że potraktował go pan tak życzliwie.

Nie zamierzałam zdradzać, że po tym jak syn pokazał Hugonowi, gdzie raki zimują, został wśród kolegów kimś w rodzaju bohatera. Jego nowa ksywka brzmiała „Tyson", a banda futbolistów spotykających się przy lunchu najwyraźniej uznała go za swoją maskotkę.

— Nie byłem życzliwy, tylko sprawiedliwy. Tak między nami, myślę, że przez ten drobny incydent zyskał sobie pewien prestiż wśród kolegów z klasy — powiedział nauczyciel, nachylając się lekko, żebym go mogła słyszeć.

No jasne. Wiedział o wszystkim. Więc pewnie wpadł i na to, że stroiłam się na to wyjście od rana, a nawet pomalowałam paznokcie, co ostatnio rzadko mi się zdarzało. Dobrze, że to zrobiłam. Nie chciałam, by sądził, że ograniczam się do dziurawych dresów, crocsów i awantur.

— A jak przebiega p a n i adaptacja, pani Etxeleku? — spytał, wbijając we mnie spojrzenie zielonoszarych oczu.

— W porządku — wymamrotałam i z wielkim skupieniem zaczęłam osuszać gąbką jego tatuaż, który, chwała Panu!, odszedł w jednym kawałku.

— Idealny — ocenił. — Potrafię sobie wyobrazić, jak w salonie wykonuje pani olbrzymie orły na plecach harleyowców.

Chyba oboje w tym samym momencie uświadomiliśmy sobie, że w moim wypadku nie jest to aż tak nieprawdopodobne, jak w odniesieniu do pozostałych matek ze Stirling Hall, które były rozmaitymi „-logami", prawnikami czy bankowcami albo żonami powyższych. Pan Peters oblał się rumieńcem.

— Proszę wybaczyć, mam nadzieję, że rozumie pani, o co mi chodzi. Chciałem skomplementować pani nadzwyczajny zmysł artystyczny.

Na jego twarzy pojawiły się czerwone plamy podobne do niewielkich rozgwiazd. Patrzyłam na to zafascynowana, dziwiąc się, że facet o jego pozycji i inteligencji, który wydawał się mieć wszystko pod kontrolą, potrafi się tak czerwienić. Gdybym kiedykolwiek w życiu osiągnęła poziom, by się spokojnie włączyć do inteligentnej rozmowy i bez onieśmielenia dyskutować na mądre tematy — takie jak polityka, literatura czy ekologia — przysięgam przed Bogiem: nie straciłabym ani minuty na oblewanie się rumieńcem.

Tymczasem sama znów poczerwieniałam, chociaż wcale nie czułam się obrażona. Moja matka nazywała to *vergüenza ajena*, czymś w rodzaju skrępowania z drugiej ręki, wywołanego cudzą gafą. Chyba obojgu nam ulżyło, kiedy zaczepiła go następna osoba w kolejce. Była to matka Kuan-Yin — małej Chinki, która wraz z garstką innych Azjatów, dzieci lekarzy i prawników, występowała niemal na każdym szkolnym zdjęciu, jakby Stirling Hall stanowiła forpocztę multikulturalizmu.

— Widzę, że ma pan miłosny tatuaż, panie Peters — zauważyła, wskazując jego przedramię smukłymi, wypielęgnowanymi palcami.

— Miłosny?

— Tak, to chiński symbol oznaczający miłość. Czyżby w pańskim życiu pojawił się ktoś wyjątkowy?

Uśmiechnęła się tak szeroko, że odsłoniła dwa rzędy równych, drobnych zębów.

— Nie mogę tego skomentować w żaden sposób, pani Shen — odparł, nachylając się, by wrzucić pięćdziesiąt pensów do mojego pudełka. Rzeczywiście pachniał cytryną.

— Ładny tatuaż, dziękuję — zwrócił się do mnie i ustąpił miejsca Kuan-Yin.

Kiedy tylko się oddalił, Clover postukała mnie w ramię.

— Jest niesamowity, wszystkie matki marzą, by go poderwać. To chyba przez ten bijący od niego spokój i autorytet wydaje się taki seksowny. Za każdym razem, kiedy któraś przyuważy go na mieście z kobietą, tamtamy Stirling Hall szaleją. Zdaje się, że lubi brunetki, więc masz szansę.

— Mnie kręcą wyłącznie zadłużeni goście na bezrobociu i w piwnej ciąży. Nie wiedziałabym, co począć z kimś, kto ma stałą posadę.

Roześmiała się, a potem wróciła do swoich mieczy i kwiatów. Zabrałam się do naklejania Kuan-Yin tęczy, ukradkiem rozglądając się po sali za panem Petersem. Stał przy stoisku, gdzie polowano na szczura, gawędząc z cholerną Jen1. Podniósł głowę i pochwycił moje spojrzenie. Pewnie sprawdzał, czy nie próbuję się ulotnić z pudełkiem pięćdziesięciopensówek.

Teraz jednak to Frederica zbliżyła się do nas tanecznym krokiem. W białej zwiewnej sukni wyglądała uroczo, jakby właśnie się wybierała na sesję zdjęciową do magazynu „Hello!".

— Cześć, dobrze że cię widzę, bo już dawno miałam do ciebie zadzwonić. Marlon mnie zamęcza, żebym koniecznie zaprosiła Harleya. Podobno genialnie gra w piłkę nożną.

— Jesteś pewna?

— Oczywiście, że tak. Mogę go zgarnąć w środę po szkole?

Maia Etxeleku, przyjaciółka gwiazd. Mój syn pójdzie się pobawić do domu celebrytki. Będę musiała trochę powęszyć, kiedy po niego pojadę. Sandy chciałaby poznać każdy szczegół. Zaprosiłam ją na kiermasz, by ją udobruchać, ale oświadczyła, że nie wszyscy tarzają się w forsie i pracuje w weekendy, by spłacić dług na karcie kredytowej. Szczerze mówiąc, ulżyło mi, że się nie zjawiła ze swoim wrzaskliwym rechotem i skłonnością do obrabiania tyłka ludziom stojącym tuż obok. Te przemyślenia nie zwiększyły mojej sympatii do własnej osoby, choć dzięki wysiłkom Bronte w posiadłości Etxeleku-Caudwellów nienawiść do siebie nie była towarem deficytowym. Córka właśnie podbiegła z bliźniaczkami, które z jakiegoś powodu lubiły jej nadęty sposób bycia.

— Mamo, wiesz, że w przyszły piątek będzie szkolna dyskoteka? Potrwa do dwudziestej drugiej. Mogłabym pójść? — spytała.

— Dlaczego nie. Ile kosztuje bilet?

— Dwadzieścia dwa funty. Cała klasa się wybiera, a w cenie jest porządny gorący posiłek. I koktajl. Bezalkoholowy.

— Dwadzieścia dwa funty? Dobry Boże, muszę się zastanowić.

— Co oznacza, że się nie zgodzisz. Bo zawsze tak mówisz.

— Porozmawiamy o tym po powrocie do domu — zaproponowałam, widząc, jak osoby stojące w kolejce do tatuażu ciekawie nadstawiają uszu.

— Nieważne. Przecież powiesz, że pieniądze nie rosną na drzewach. Nigdy mi na nic nie pozwalasz.

Głośno tupiąc, odmaszerowała wraz z Sorrel i Saffy. Odchyliłam się na krześle i westchnęłam.

Parę godzin później, gdy ruch przy większości stoisk zamarł, obie z Clover wciąż nie mogłyśmy się opędzić od dzieci niczym cholerny Szczurołap z Hameln. Za każdym razem gdy kończyłam przyklejać następną trupią czaszkę albo łuk i strzałę, zerkałam ukradkiem, gdzie się kręci pan Peters. Dostrzegłam kątem oka, jak Jen1 ujmuje go pod ramię, zarzucając włosami i seksownie chichocząc. Podprowadziła go do kosza z losami loterii fantowej. Kupiłam jeden, by nie wyjść na skner ę albo nędzarkę, ale niektórzy potrafili rzucić dwadzieścia funtów za sztukę. Za co mogli wygrać pięć królików przytulanek lub całe pudło płynu do kąpieli dla starszych pań.

Akurat przekonywałam jakiegoś malucha, by przestał wychlapywać wodę moją gąbką, kiedy Clover rzuciła, kiwając głową w stronę przeciwnego końca sali:

— Maiu, to ty.

— Co?

— Właśnie trwa losowanie. Wywołali twoje nazwisko. Wygrałaś nagrodę.

Wskazała pana Petersa i Jen1.

Uśmiechał się, jakby dokonał czegoś wspaniałego. Jen1 wyglądała, jakby usiadła na pinezce. Chciałam wpełznąć pod stolik, ale Clover syknęła na mnie, a potem zawołała:

— Tutaj jest, tutaj!

Nie miałam wyjścia; odsunęłam ze zgrzytem krzesło, wywołując oburzone okrzyki niecierpliwiących się dzieciaków. Droga przez hol wydawała mi się niezwykle długa. Zapomniałam, jak normalnie się chodzi. Podałam rękę panu Petersowi, czując spojrzenia wwiercające się w moje plecy. Uścisk jego dłoni obiecywał bezpieczeństwo i ochronę.

— Wygrała pani dwa bilety na bal na zakończenie semestru w Stirling Hall.

— Cudownie, dziękuję. Gdzie się odbędzie? — spytałam, choć nie zamierzałam iść na żaden bal.

Jen1 zrobiła minę, jakbym naplułą jej do śniadania.

— U mnie w ogrodzie.

ROZDZIAŁ DZIESIĄTY

Naprawdę bardzo chciałam ustąpić Bronte w sprawie dyskoteki, choćby po to, żeby przestała robić miny i zerkać obrażona spod grzywki, skutecznie psując mi humor za każdym razem, kiedy wchodziłam do pokoju. Rano w dniu zabawy stanęła przed zasłoną, kiedy brałam prysznic, i zaczęła do mnie wykrzykiwać. Nie udało mi się jej zagłuszyć, choć podstawiałam głowę pod wodę.

— Zmieniłaś już zdanie? Dlaczego nie mogę iść? Wszyscy w klasie idą. Saffy i Sorrel też, i Clover kupi im nowe legginsy i topy z cekinami w Nexcie, a ty nawet nie chcesz mi zafundować biletu. Zawsze mówisz, że nas nie stać, ale prawda jest taka, że po prostu jesteś skąpa.

Ciągnęło się to w nieskończoność. Potem dla odmiany usłyszałam, jak bardzo mnie nienawidzi; że żyję na tym świecie, by ją unieszczęśliwiać w każdy możliwy sposób, i nie powinnam była się decydować na dzieci, skoro jesteśmy tacy biedni.

Nie mogłam się ugiąć. W portmonetce miałam trzy funty trzydzieści pięć pensów, a musiałam kupić mleko.

Od kilku tygodni zalegaliśmy z czynszem. Wieczorami zaczęłam parkować vana w odległości paru przecznic, na wypadek gdyby goście od podatku miejskiego przysłali komornika. Z gazowni wydzwaniali z pytaniami, jak zamierzam spłacić długi. Bałam się odbierać telefon, ale dostawałam paranoi, że przegapię wiadomość ze szkoły, gdyby Harley znowu narozrabiał. Za każdym razem, gdy słyszałam na linii obcy głos, udawałam stukniętą cioteczkę z Hiszpanii, ale wiedziałam, że nie zdołam się w nieskończoność wykręcać tekstem: „Nie mówi angielski. Amaia *no está* tutaj. Pa, do zo, pa".

Bronte próbowała zbajerować Colina. Pogładził ją po głowie i obiecał sprawdzić, co da się zrobić. Niestety sprawdzanie, co da się zrobić, nigdy jakoś nie oznaczało w jego wypadku, że ruszy tłusty tyłek i zarobi parę groszy. Zamiast tego napadał na mnie.

— To ty chciałaś ją posłać do tej cholernej szkoły. W ogóle mnie nie słuchałaś. Więc co zamierzasz teraz zrobić?

Siedziałam przy kuchennym stole i gapiłam się na wyszczerbiony kubek. Wiedziałam naturalnie, że sama ściągnęłam sobie kłopot na głowę — zawsze tak było — i sama będę go musiała rozwiązać. Próbowałam sobie przypomnieć, od jak dawna czuję się tak strasznie samotna. Kiedyś bardzo kochałam Colina. Nasz związek najwyraźniej rozlazł się jak dywanik w korytarzu. Czy kochałam Colina sześć lat temu? Pięć? Dwa lata? Musiał być przecież taki okres, kiedy uprawialiśmy seks, a ja wciąż go jeszcze kochałam. I następny, gdy cienka granica została przekroczona: pojawił się kolejny okruch niechęci, kolejna iskierka czułości zgasła i nagle sypiałam z kimś, kogo już nie kochałam. Nie mogłam zrozumieć, gdzie się podziała miłość.

Przez całą drogę do szkoły Harley przekonywał Bronte, że to tylko głupia dyskoteka i że będzie naprawdę okropnie: dziewczyny schowają się przed chłopakami w łazience, żeby się wymieniać spinkami do włosów, wielka mi rzecz. Po chwili dodał:

— A tak w ogóle mama stara się ze wszystkich sił i to nie jej wina, że nie mamy pieniędzy.

Ścisnęłam go za rękę. Parę dni wcześniej znalazłam upchnięty na dnie jego plecaka plik ulotek o feriach zimowych, wyjazdach na wymianę do Francji i wycieczkach do londyńskich teatrów. Myślę, że jego pogodzenie się z losem zabolało mnie bardziej niż buntownicze jęki Bronte.

Kiedy toczyliśmy się jednokierunkowym podjazdem, córka zażądała, by ją wypuścić, bo chce przejść resztę drogi pieszo. Zatrzasnęła drzwiczki bez pożegnania; widziałam we wstecznym lusterku, jak szurając nogami, wlecze się do szkoły.

Maksymalnie wkurzona ruszyłam do domu, wrzeszcząc:

— To wszystko było cholerną pomyłką!

Po powrocie stwierdziłam, że Colin wyszedł, co trochę poprawiło mi humor. Kiedy jeszcze pracowałam u Cecilii, za nienawiść do piątków przynajmniej dostawałam forsę. Teraz nienawidziłam tego, że tkwię w domu z Colinem, który albo marudził na cholerny wrośnięty paznokieć i skubał palec, albo grzebał w pustej lodówce. Jak się zdaje, minęła mu ochota na trzecią opcję, czyli próby zaciągnięcia mnie do łóżka. Co stanowiło zarazem błogosławieństwo i obrazę. Ponieważ nic nie mogło bardziej zepsuć mi nastroju, uznałam, że to doskonały moment na obliczenie, ile dokładnie wynosi nasz dług, bez Colina wykrzykującego polecenia ze swojej grzędy w salonie. Następnie — jeśli nie zjem trutki na szczury przeznaczonej dla naszych kumpli na strychu — będę mogła zadzwonić do Cecilii i spytać, czy nie dałoby się odkręcić sprawy. Czyli błagać na kolanach, by przyjęła mnie z powrotem, bo wszystkie próby zdobycia innej roboty skończyły się fiaskiem. Ujawnienie, że przyjaźni się z własną cipką, raczej nie poprawiało mojej sytuacji.

Akurat sortowałam papiery na osobne kupki — czynsz, prąd, podatek komunalny, gaz — niczym pokerzysta rozdający karty, gdy zadzwonił telefon. Dziesiąta. Ulubiona pora urzędników miejskich, by domagać się pieniędzy. Kolejny raz wezwałam na pomoc wyimaginowaną cioteczną babkę Inmaculadę.

— H-allo? — spytałam głosem kogoś stojącego jedną nogą w domu starców.

Na drugim końcu linii zapadło milczenie.

— Chciałbym rozmawiać z panią Etxeleku — oświadczył jakiś mężczyzna z wytwornym akcentem, choć nie tak wytwornym, bym go z miejsca znienawidziła. — Czy to właściwy numer?

— Amaia Etxeleku wyjechała na Księżyc... — zaczęłam recytować skecz, ale wiedziałam, że skądś kojarzę ten głos. Może po prostu tak często gawędziłam z gościem z zarządu komunalnego, że zaczął brzmieć znajomo. Tylko że gość z zarządu nie pochodził z wyższych sfer.

— Czy Bronte Caudwell jest w domu? — usłyszałam nagle i już miałam pewność, ponieważ mdlące uczucie w żołądku ostrzegło mnie ułamek sekundy wcześniej, nim zrobił to mózg. Odkaszlnęłam, by się pozbyć Inmaculady.

— Pan Peters? Przepraszam za ten występ. Staram się kogoś uniknąć. Pewnie uważa mnie pan za kompletnie stukniętą. Bronte nie ma. Jest w szkole. A dlaczego pan pyta?

— Nie stawiła się na porannej rejestracji, a jak pani zapewne wiadomo, wymagamy, by w razie choroby dziecka rodzice informowali nas telefonicznie do dziewiątej trzydzieści.

— Podrzuciłam ją koło ósmej piętnaście — zaprotestowałam. — Wysiadła na początku podjazdu, bo chciała przejść ostatni odcinek piechotą.

Usłyszałam, jak mój głos wznosi się pod koniec. Mdlące uczucie w żołądku zniknęło. Zastąpił je strach, choć jeszcze nie galopował szaleńczo.

— Wychowawca klasy nie widział jej dzisiaj rano.

Kierownik z miejsca wszedł w tryb zawodowy — był spokojny, uprzejmy, lecz wymagający. Zaczęło mi huczeć w głowie. Nie potrafiłam ogarnąć tego, co usłyszałam. Stałam, podzwaniając kluczykami do vana i myśląc jedynie o tym, by pędzić do szkoły, ale pan Peters kazał mi zostać w domu, na wypadek gdyby Bronte wróciła.

— Proszę obdzwonić jej koleżanki i zrobić listę miejsc, do których mogła się udać — poradził. — Ja zorganizuję poszukiwania na terenie szkoły. Może postanowiła się wymknąć do biblioteki albo ukryć w szatni, zamiast iść na lekcje. Oddzwonię.

Wybrałam numer Colina, ale usłyszałam tylko jego zarozumiały głos na automatycznej sekretarce, którym kazał mi zostawić wiadomość „...jeśli myślisz, że będę chciał z tobą gadać".

Nie mogłam usiedzieć w miejscu. Zagotowałam wodę, ale nie zaparzyłam herbaty. Próbowałam obliczyć, ile czasu zajęłaby Bronte droga ze Stirling Hall do domu, gdyby wpadła na szalony pomysł, by wracać pieszo. Chryste, mogła zginąć, próbując pokonać dwupasmową autostradę. Nawet w najwolniejszym tempie dotarłaby w czterdzieści minut — czyli właśnie teraz, i akurat zbierałaby się na odwagę, by wejść do środka. Byłam pewna, że chciała tylko zrobić mi na złość. Ale jakaś część mojej duszy, pamiętająca, że córka kiedyś wyszła z mojego ciała, tęskniła, by raz jeszcze zobaczyć ten króciutki moment, zanim Bronte się uśmiechnie; rozczesać bez zniecierpliwienia jej splątane loki; powiedzieć, że ją kocham, i przeprosić za moje ambitne plany, przez które wpakowałam nas wszystkich w ten koszmarny kanał.

Wybiegłam na podwórko za domem i zapuściłam się w zaułek na tyłach. Nie mogłam znieść widoku spalonej fiesty rdzewiejącej tam od trzech lat. Nienawidziłam tego grata, majaczącego upiornie wśród chwastów niczym magnes na kłopoty. Umierałam ze strachu, że jeśli spojrzę w tamtą stronę, zobaczę Bronte opartą o maskę z krwią płynącą z ust i rajstopami zaciśniętymi na szyi.

Oglądałam zbyt wiele dokumentów policyjnych. Ani żywej duszy, nawet wyliniałych kotów włóczących się po dzielnicy. Tylko deszcz bębniący o puszki od piwa, prezerwatywy, butelki po wódce. Chryste, pół godziny niepokoju i kompletnie się rozsypałam psychicznie. Jak radzą sobie rodzice, których dzieci znikają na wiele dni, a nawet lat? Znowu zadzwoniłam do Colina. Nigdy, przenigdy go nie było, kiedy go potrzebowałam.

Wróciłam do środka i zaczęłam wypatrywać przez frontowe okno nieśmiałej, żałosnej figurki. Strasznie żałowałam, że mama nie żyje. Była taka zaradna; wiedziałaby, co robić. Potrząsnęłam głową, próbując skojarzyć dwa fakty. Bronte bardzo lubi Clover. Może wybrała się do niej? Wykręciłam numer i nagrałam wariacką wiadomość na automatycznej sekretarce. Spacerowałam tam i z powrotem, przesiewając w myślach zdawkowe wymiany zdań z córką, próbując wyłowić spomiędzy jej nadąsanych burknięć jakiś okruch informacji. Czy coś przeoczyłam? Czy naprawdę chodziło o dyskotekę? Dlaczego pozwoliłam jej tego ranka wysiąść z vana i pomaszerować dalej samej? Mój umysł wypełniły wizje zboczeńców udających szacownych obywateli, zaczajonych w lśniących samochodach przed szkołą. Może wcale nie uciekła, może ktoś ją porwał? Nie. Poszło o dyskotekę. Na pewno. Smarkula pewnie siedzi pod jakimś drzewem zachwycona tym, jak bardzo będziemy się o nią martwić. Wszystkie inne opcje były zbyt przerażające.

Raz po raz zerkałam na zegar. Prawie trzy kwadranse od telefonu pana Petersa. Ile czasu potrzeba, żeby się przebiec po szkole? Wreszcie dzwonek. Porwałam słuchawkę.

— Pani Etxeleku, przykro mi. Szukaliśmy wszędzie. Następny krok to zawiadomienie policji. Uważam, że powinniśmy to zrobić natychmiast — oznajmił.

Na hasło „policja" mój niepokój zastąpiła czysta panika. Nie mogłam wydusić z siebie słowa.

— Pani Etxeleku? Jest tam pani? Niech pani spróbuje zachować spokój. Policja błyskawicznie reaguje na telefony ze Stirling Hall.

Wiedziałam, że ma rację. Gdy kontaktują się ze sobą dwie instytucje, można mieć pewność, że ekipa poszukiwawcza wyruszy znacznie szybciej, niż gdybym to ja zgłosiła zaginięcie. Szczególnie że nie miałam pojęcia, z kim powinnam rozmawiać i od razu dałabym się spławić pstrykającej długopisem urzędniczce, która „nie może nic zrobić, dopóki od zaginięcia nie upłyną dwadzieścia cztery godziny". Byłam pewna, że policja dużo energiczniej wkracza do akcji, gdy chodzi o włamanie w SD2 niż o zaginięcie dziecka w SD1.

Odłożyłam słuchawkę i pobiegłam do Sandy. Okna wciąż miała zasłonięte. Załomotałam w drzwi. Zobaczyłam, że zasłony w oknie sypialni się poruszyły, ale sąsiadka nie zeszła. Mżawka przybrała na sile i kłujące, ostre igiełki smagały mnie po rękach.

— Sandy, muszę z tobą pogadać. Bronte zaginęła! — zawołałam przez szparę na listy.

Po krótkiej chwili okno na piętrze uchyliło się ze zgrzytem i ukazała się głowa ze sterczącymi na wszystkie strony marchewkowymi włosami. Sandy poprawiła ramiączko czegoś satynowego.

— Kurza twarz, czy w tej dzielnicy dziewczyna nie może dłużej pospać? Co tam krzyczysz?

Wyjaśniłam z dołu, co się stało, a na widok współczucia na jej twarzy pękł ostatni maleńki szew trzymający mnie w kupie. Denim i Gypsy często zrywali się z lekcji, więc spodziewałam się usłyszeć: „Bronte wróci. Przestań się zadręczać. Szczęściara z ciebie, że zrobiła to pierwszy raz". Tymczasem Sandy przeczesała palcami nastroszoną fryzurę i zrobiła zmartwioną minę. Z wszystkich sił próbowałam opanować płacz, powstrzymać napierającą falę, która zaczęła się jako ciche, żałosne pochlipywanie, a skończyła wyciem, jakby serce miało mi się wyrwać z piersi.

— Widziałaś Colina, jak wychodził dzisiaj rano? Nie mogę się do niego dodzwonić — powiedziałam.

— Nie, nie widziałam. Pracowałam na nocną zmianę. Poczekaj, zaraz zejdę.

Otworzyła drzwi — w długim do ziemi czymś w lamparcie cętki i z obwisłymi cyckami. Spod skraju dziwnej szaty wyglądały puszyste kapcie tygryski. Wyliczyłyśmy miejsca, dokąd mogła się udać Bronte: centrum rozrywki, galeria handlowa, KFC, McDonald's, hala sportowa. Sandy ciągle odbiegała od tematu, wspominając wagary Denima i Gypsy'ego. Utuliła mnie w niedźwiedzim uścisku, ale byłam za bardzo zestresowana, by się skupiać na własnych uczuciach — zbyt wielu ludzi należało obdzwonić i zbyt wiele miejsc przeszukać.

Wyswobodziłam się z jej ramion i odwróciłam, żeby już odejść, kiedy akurat podjechało czarne audi. Drzwi otwarły się i wysiadł kierownik szkoły średniej.

— Pan Peters! Znaleźliście ją?

— Niestety nie, pani Etxeleku. Policjanci uznali, że będzie szybciej, jeśli porozmawiają z nami obojgiem, zanim ich zawiozę do szkoły na spotkanie z wychowawcą. Umówiłem się z nimi tutaj. Nie mogłem się do pani dodzwonić.

— Przepraszam, próbowałam się skontaktować z partnerem.

Deszcz rozpadał się na dobre. Nauczyciel osłonił mnie parasolem, kiedy skręciłam na ścieżkę do domu.

— Miej oczy otwarte, dobrze, Sandy?! — krzyknęłam przez płot.

— Oczywiście, skarbie. Ubiorę się i przelecę po okolicy. Uważaj na siebie. I nie martw się.

Pan Peters wziął mnie pod rękę.

— Szybko, musi się pani wysuszyć. Proszę pozwolić, że zrobię pani herbaty przed przyjazdem policjantów. Powinni się zjawić w miarę szybko.

Gdy nalewał wody do czajnika, wysypałam z imbryka długopisy, ołówki i kupony zniżkowe. Nie wyglądał na kogoś, kto pija herbatę z torebki w kubku. Nie mogłam uwierzyć, że myślę o takich rzeczach, gdy być może właśnie w tej chwili jakiś szaleniec podrzyna gardło mojej córce. Poszłam się przebrać na piętro. Ściągając wilgotne ubranie, usłyszałam skrzypienie kuchennych drzwi, łomot klamki uderzającej o ścianę, a zaraz potem:

— Coś pan za jeden? Maia! Maia!

Wciągnęłam na siebie suchy T-shirt i wciąż w mokrych dżinsach popędziłam po dwa stopnie na dół, uderzając ramieniem o framugę przy hamowaniu.

— Panie Caudwell, pani Etxeleku wszystko panu wyjaśni.

Nauczyciel uniósł rękę jak policjant, kiedy Colin cisnął swoją kurtkę na stół, aż brzęknęły klucze.

— Maia, co tu się wyprawia, do diabła? Przed momentem wpadłem na Sandy; twierdzi, że Bronte zaginęła.

Co jest grane? Nie odwiozłaś jej rano do szkoły? I co ten gość tu robi?

— Pan Peters jest kierownikiem szkoły średniej. Pomaga szukać Bronte. Nie dotarła na lekcje po tym, kiedy ją podrzuciłam. Policja jest w drodze.

Nauczyciel podał mi herbatę, znacznie słodszą, niż normalnie piję.

— Policja. Policja tu jedzie? Co? Chyba nie myślisz, że stało się coś poważnego? Bronte wkurzyła się o tę pieprzoną dyskotekę, tak?

Chodził tam i z powrotem, skrobiąc się po zaroście.

— Nie wiem. Chyba tak. Mam nadzieję. Boże, nie wiem. Pan Peters polecił przeszukać całą szkołę. Ja sprawdziłam w zaułku na tyłach. Sandy jej nie widziała — odpowiedziałam.

Colin odwrócił się, by wyjrzeć za okno.

— Myślisz, że policjanci zechcą przeszukać dom?

Niemal widziałam punkty w jego umyśle układające się w kształt liścia marihuany. Spojrzałam na nauczyciela, który wzruszył ramionami i wyjaśnił:

— Może będą chcieli obejrzeć jej sypialnię albo na przykład sprawdzić komputer.

— To luzik, nie mamy kompa — odpalił Colin. — Nie mogę tak siedzieć. Przejadę się trasą do szkoły. A ty, ty postaraj się, kurna, pamiętać, żeby do mnie zadzwonić, jak coś się zdarzy.

Dźgnął palcem w moją stronę. Nie czułam potrzeby być górą akurat w tej chwili. Złapał kluczyki do vana i wyszedł, nie zadając sobie trudu, by włożyć kurtkę. Ale dużo bardziej przeraziło mnie to, że nie zadał też sobie trudu, by zabrać zapas trawki ukryty w przegródce na baterie odtwarzacza CD. Wzięłam głęboki oddech i przygotowałam się na wymówki pana Petersa.

— Przepraszam za niego, naprawdę doceniam pańską pomoc — powiedziałam.

— Drobiazg. Ludzie okazują strach na różne sposoby. Niektórzy stają się agresywni, inni przeklinają, niektórzy wybuchają gniewem. W swojej pracy spotykam się z najróżniejszymi reakcjami.

Wydawał się tak łagodny i kompetentny, że znowu się rozpłakałam.

— A jeszcze inni wypłakują sobie oczy.

Moja nędzna namiastka żartu obróciła się przeciw mnie: rozszlochałam się tak, że cała zesztywniałam. Przycisnęłam palce do oczu, ale łzy płynęły dalej.

— Mam nadzieję, że nic się jej nie stało. W ogóle nie powinnam jej przenosić do Stirling Hall.

Nauczyciel położył mi ręce na ramionach i spojrzał prosto w oczy. Stanowczo, krzepiąco, z przekonaniem.

— Chodzi o pani córkę. To zupełnie normalne, że się pani martwi. Policja doskonale sobie radzi w takich sprawach. Jestem pewien, że ją znajdą.

Prawie mu uwierzyłam, że wszystko będzie dobrze. Odezwał się dzwonek — skoczyłam do drzwi i w moim sercu zatliła się nadzieja, ale zamiast rozczochranej Bronte na progu stała wysoka brunetka o ostrym podbródku, niskim głosie i włosach ściągniętych w kok.

— Posterunkowa Blake, ale proszę mnie nazywać Sereną. To posterunkowy Richard Tadman — dodała, wskazując przysadzistego, sympatycznie uśmiechniętego faceta.

Zaprosiłam ich do kuchni, o dziwo nie płacząc. Właśnie miałam im przedstawić pana Petersa, gdy Serena zrobiła krok naprzód i wyciągnęła do niego rękę.

— Cześć, Zachary, kupę lat. Pamiętasz Richarda? — Jej głos brzmiał niezwykle energicznie, niemal gniewnie. Potem zwróciła się do mnie i dodała znacznie łagodniej: — Gdzie moglibyśmy usiąść?

Zaprowadziłam ich do saloniku od frontu. Próbowałam się opanować i nie krzątać jak moje pracodawczynie, kiedy podejmowały gości. Przyłapałam się na tym, że pytam „Herbata? Kawa?" wysokim głosem, jakby wpadli na herbatkę w niedzielne popołudnie.

— Ja zaparzę herbatę, pani Etxeleku, proszę usiąść — polecił pan Peters.

— Mógłbym szybko rzucić okiem na sypialnię Bronte? — poprosił posterunkowy Tadman.

— Oczywiście, to ta pierwsza przy schodach, z tabliczką „Ściśle tajne" na drzwiach.

Przysiadłam na brzegu sofy, a tymczasem Serena wyjęła notes. Na autopilocie podałam podstawowe informacje — imię, wiek, wzrost; kiedy ostatni raz ją widziałam; poranna scysja z powodu dyskoteki; koledzy i miejsca, dokąd mogła się wybrać. Wzdrygnęłam się, kiedy policjantka spytała, czy Bronte z kimś chodzi.

— Jasne, że nie. Ma dziewięć lat!

Serena kiwnęła głową.

— Wiem, ale dziewczynki dorastają w różnym tempie.

Bronte wciąż sypiała z gorylem przytulanką. Cokolwiek ją spotkało, byłam pewna, że nie ulotniła się z chłopakiem.

Pan Peters wrócił z herbatą.

— Jest aktywna w mediach społecznościowych? — dopytywała Serena.

Pokręciłam głową.

— Nie mamy w domu komputera. Co do szkoły, to nie jestem pewna. — Spojrzałam na nauczyciela.

— Nie. Szkolny system został tak skonfigurowany, by dzieci nie mogły wchodzić na tego rodzaju strony.

Z wszystkich sił starałam się zachować spokój. Marzyłam, by Serena skończyła wypytywanie i wreszcie ruszyła do miasta szukać Bronte.

Kiedy poprosiła o aktualne zdjęcie córki, cały strach, który siedział dotąd gdzieś głęboko, wyrwał się na zewnątrz w czymś na kształt dzikiego, zwierzęcego skowytu. Ten dźwięk w pierwszej chwili mnie przeraził, lecz zaraz się roześmiałam. Nie przypominało to jednak odgłosów, jakie normalnie wydaję przy oglądaniu *Tylko głupcy i konie* albo *Chłopców pani Brown*. Docierało do mnie, że tracę nad sobą kontrolę, jakbym nigdy nie miała przestać się śmiać, choć wiedziałam, że to niestosowne, bardzo niestosowne.

Poczułam, jak sofa się ugina, kiedy pan Peters usiadł obok i lekko poklepał mnie po plecach. Oparłam się o niego, a wtedy objął mnie ramieniem, szepcząc cicho, uspokajająco. Wsunął mi w dłoń chusteczkę. Mój śmiech przeszedł w spazmy, potem w urywane szlochy i uświadomiłam sobie, że czuję się idiotycznie. Serena milczała czujnie. Prawie jakby się spodziewała, że wstanę i oświadczę: „No dobra, to teraz kolejna sztuczka".

Zamierzałam się właśnie odkleić od pana Petersa, kiedy usłyszałam, jak drzwi wejściowe się otwierają i do środka wpadł Colin.

— Wróciła? — spytał, strząsając deszcz z włosów.
Widocznie odsunęłam się trochę zbyt raptownie, bo spojrzał na mnie, a potem na nauczyciela.

— Co tu jest grane, cholera? Bawicie się w przytulanki, kiedy moja córka Bóg wie gdzie się podziewa?

Zauważyłam, że pan Peters bierze głęboki oddech, ale wmieszała się Serena, zanim zdążył się odezwać:

— Panie Caudwell! Pańska żona, partnerka, bardzo się zdenerwowała, a pan Peters próbował ją pocieszyć. Proszę się przebrać w coś suchego i wrócić tu do nas. Chciałabym panu zadać kilka pytań.

— Pewnie pani myśli, że zakopałem jej zwłoki przed domem, tak? Ruszcie się i weźcie do szukania mojego dziecka. Za parę godzin zrobi się ciemno.

Wsparł się pod boki.

— Wiem o tym, panie Caudwell, ale być może usłyszymy od pana coś, co przyspieszy poszukiwania, więc gdyby pan zechciał...

Musiałam jej to przyznać: kobieta miała autorytet. Colin wściekły ruszył na piętro.

Wstałam.

— Pójdę tylko po zdjęcie.

Pobiegłam na górę. Posterunkowy Tadman akurat wychodził z pokoju Bronte.

— Znalazł pan coś przydatnego?

Pokręcił przecząco głową.

— Obejrzenie pokoju dziecka pozwala tylko wczuć się w jego charakter, czasem wskazuje nam właściwy kierunek.

Zniknął na schodach.

Odpędziłam myśl, że jeśli córka nie wróci, już nigdy nie zdołam wejść do jej sypialni. Poszłam do naszej, gdzie Colin siedział na łóżku, obejmując głowę rękami. Ramiona drżały mu lekko. Uniosłam jego twarz.

— Hej. Będzie dobrze. Policja ją znajdzie. — W równym stopniu mówiłam do siebie.

Złapał mnie w pasie.

— Nie wiem, co zrobię, jeśli coś jej się stało, nie zniosę tego. Gdzie ona poszła? Dlaczego to zrobiła?

Nawet w tych okolicznościach jego desperacja zszokowała mnie i przeraziła. Nie pamiętałam sytuacji, by płakał, zamiast się awanturować.

Nie znalazłam odpowiedzi.

— Chodź, im szybciej pogadasz z policjantami, tym szybciej wezmą się do roboty.

Pomogłam mu zdjąć przemoczone dżinsy, a potem wyciągnęłam spod łóżka puszkę. Odszukałam moją ulubioną fotkę zrobioną po Bożym Narodzeniu, kiedy spadł śnieg. Bronte wtykała marchewkę w twarz bałwana z uśmiechem odsłaniającym dziurę po zębie, który wypadł w wigilię, i z włosami skręconymi w wilgotne, przyprószone śniegiem świderki. Zdawała się odprężona, beztroska, niepodobna do swojego zwykłego, zapiętego pod szyję „ja". Zapiekły mnie oczy. Nie miałam więcej łez.

Colin podszedł, by spojrzeć na fotkę.

— Wygląda tutaj zupełnie jak ty. Pięknie.

Głos miał zduszony. Przyciągnął mnie blisko. Jego policzek dotykający mojego był lodowaty, gdy staliśmy chwilę, zjednoczeni nieszczęściem. Łatwiej było go lubić, kiedy nie zgrywał chojraka. Ścisnęłam go za rękę i wróciłam na dół. Posterunkowy Tadman czytał informacje na tablicy korkowej w kuchni. Kiedy weszłam do saloniku, pan Peters i Serena podnieśli głosy, jakbym ich przyłapała na obgadywaniu nas szeptem. Podałam zdjęcie Serenie. Jej rysy nawet nie drgnęły, kiedy na nie spojrzała. Nie wiem, czego się spodziewałam. Pewnie zachwytów, że to najcudowniejsze dziecko, jakie widziała w życiu. Dla niej Bronte była tylko kolejną twarzą do zeskanowania i umieszczenia na liście poszukiwanych.

ROZDZIAŁ JEDENASTY

Clover mnie zaskoczyła. Kiedy w końcu odsłuchała moją wiadomość, przeobraziła się w jednoosobowy wulkan energii. Zorganizowała poszukiwania w lasach i na drogach wokół swojego domu, zadzwoniła kolejno do wszystkich matek z klasy Bronte i odebrała Harleya ze szkoły. Gdy nowina rozeszła się po Stirling Hall, pan Peters uznał, że lepiej będzie, jeśli chłopiec wróci do domu. Sterczałam skrępowana przed swoimi drzwiami wejściowymi, próbując znaleźć słowa podziękowania. Clover zbyła mnie machnięciem ręki, a jej akcent z wyższych sfer odbił się echem po uliczce:

— Zrobię wszystko, co w mojej mocy, wszystko. Wystarczy zadzwonić.

Czułam, że mówi szczerze.

Harley przywarł do mnie, a jego oczy wydawały się ogromne w drobnej, zatroskanej buzi. Odkryłam, że trudno mi go przytulić, kiedy moje drugie dziecko błąka się nie wiadomo gdzie i potrzebuje mnie bardziej. Colin przyprowadził Sandy, by posiedziała z małym.

— Maia, skarbie, biedactwo. Zostanę tu na wypadek, gdyby wróciła. A wy idźcie jej szukać, bo obojeześwirujecie od tego czekania w domu.

Brzmiała jak dawna, znajoma Sandy.

Colin pstrykał długopisem.

— Przejadę się koło tego nowego parku, gdzie ją zabierałem na rower. To niedaleko od szkoły. I nad rzekę, gdzie byliśmy popływać w zeszłe wakacje.

— Dobry pomysł. Weź latarkę, na wypadek gdyby zrobiło się ciemno. Jest pod zlewem.

Podeszłam, by go pocałować, ale mnie odsunął.

— Ruchy, bierzmy się do roboty, już pierwsza.

Patrzyłam, jak van odjeżdża z piskiem opon. Zatrzymałam się chwilę przy furtce od frontu, próbując się skoncentrować, żeby dać dojść do głosu logice zamiast panice. Przypomniałam sobie, kogo Bronte zna w okolicy. Była zamknięta w sobie jak ja. Nigdy właściwie nie zadawała się z mieszkańcami z osiedla. Wolała bawić się samotnie w nauczycielkę swoich lalek albo pisać opowiadania o koniach. Wiele dzieciaków z okolicy zamieniało się w ponurych dorosłych, zanim zdążyło przeżyć młodość; przypominały miniaturowe wersje przyszłych dresiarzy — przeklinające, z kolczykami w brwiach i plemiennymi fryzurami. Nigdy nie zachęcałam córki do kontaktów z nimi.

Dokąd mogła się wybrać... dokąd wybrałoby się dziecko w ponury, deszczowy dzień? Sterczyć na miejscu, marnowałam tylko czas. Ruszyłam w kierunku placu zabaw oddalonego o dobre pół godziny marszu, na drugim końcu osiedla. Miałam nadzieję, że starczyło jej rozsądku, by tam nie pójść. Tamtejsze tunele do zabaw aż się prosiły, by ukryło się w nich coś złego. Przeszedł mnie dreszcz.

Plac był pusty. We wszystkich filmach, jakie oglądałam, huśtawki kołyszące się na opustoszałym placu zabaw zapowiadały problemy. Podbiegłam do wielkich tuneli i zmusiłam się, by zajrzeć do środka, omal nie wrzeszcząc z przerażenia, chociaż w środku znalazłam tylko kilka opakowań po chipsach i puszek od lagera. Wspięłam się po stopniach zjeżdżalni, tak na wszelki wypadek — gdyby Bronte ukryła się pod daszkiem na szczycie. Ze swojego punktu obserwacyjnego rozejrzałam się po placu zabaw i dalszej okolicy, wołając ją po imieniu, ale własny głos wracał do mnie przywiany wiatrem.

Było okropnie zimno i mokro. Powędrowałam w stronę bloków na skraju osiedla, bo może poszukała schronienia na klatce schodowej. Po pokonaniu dziesięciu pięter w sześciu blokach nogi trzęsły mi się z wysiłku. Usiadłam na murku, by zebrać myśli i złapać oddech, obojętna na smród ze śmietników.

Dochodziła czwarta. Podniosłam się z murka, kombinując, jak w metodyczny sposób przeszukać ulice. Byłam święcie przekonana, że miniemy się o włos; skręcę w jakiś zaułek, a Bronte akurat wtedy wynurzy się zza rogu i wybierze inny. Maszerowałam przed siebie; burczenie w brzuchu przypomniało mi, że nic nie jadłam od śniadania. Minął mnie nieśpiesznie srebrny mercedes z przyciemnionymi szybami. Jakieś trzysta metrów przede mną zwolnił. Puściłam się biegiem pewna, że za moment ktoś wyrzuci związaną Bronte na chodnik. Nagle z cienia wynurzył się chłopak, a może mężczyzna, i podszedł do wozu. Zobaczyłam, jak szybko wkłada rękę przez okno po stronie pasażera i zaraz ją cofa. Schował coś do kieszeni. Przysięgłam sobie, że pewnego dnia zamieszkam w dzielnicy, gdzie rozrywka w piątkowy wieczór oznacza film na DVD, a nie dawanie sobie w żyłę. Zwolniłam kroku, licząc, że byli zbyt zajęci wymianą forsy na crack, by zwrócić uwagę na mój szalony sprint.

Wszystkie uliczki wyglądały tak samo. Szeregi brzydkich domów z lat sześćdziesiątych z zachwaszczonymi ogródkami pełnymi starych materacy, połamanych krzeseł i zardzewiałych części samochodowych. Z rzadka trafiał się zadbany trawnik z donicami i krzewami. Wołałam Bronte raz po raz, aż rozbolało mnie gardło. Za każdym razem, gdy zerkałam na zegarek, okazywało się, że upłynął kwadrans. Gdy nadeszło wpół do siódmej, bolały mnie stopy, a dłonie miałam skostniałe od wiatru i deszczu. Brnęłam przed siebie już tylko siłą woli. Na piętnastej chyba ulicy dotarłam do Domu Kultury, klocka z prefabrykatów o ścianach obrzuconych tynkiem kamyczkowym i ozdobionych przesłaniem: „Jak nie jesteś fajny, to nie rządzisz", które ktoś wysmarował czerwoną i niebieską farbą w sprayu. W środku paliły się światła i surowy rap grzmiał na cały regulator. Pod ścianą przy wejściu jakiś skinhead obcałowywał dziewczynę. Czarną puchówkę miała rozpiętą do pasa; wsunął jej ręce pod bluzkę i ugniatał piersi niczym ciasto na chleb, obojętny na deszcz.

Nie zaglądałam tam od dnia, gdy Bronte była malutka i jakaś pełna dobrych chęci pielęgniarka środowiskowa zorganizowała spotkanie o opiece nad dziećmi. Kiedy zaczęła nas uczyć jogi dla niemowląt, kobiety wygoniły ją z sali, domagając się większych zasiłków na ogrzewanie, żeby maluchy nie marzły. W tamtym czasie przynajmniej potrafiłam zapewnić córce bezpieczeństwo.

Wyprostowałam ramiona i dziarsko wmaszerowałam na korytarz, zaraz za drzwiami mijając stadko dziewczyn. Jak się zdaje, ich życiową ambicją było odsłonić jak najwięcej wiotkiego ciała, które najwyraźniej nie znało ani ćwiczeń, ani świeżych owoców. Kilku chłopaków zerknęło w moim kierunku niczym psy, które na widok kota warczą cicho, czekając, czy ośmieli się wejść do ogrodu. Nie było sensu rozglądać się za życzliwą twarzą. Dzieciaki na naszym osiedlu nie bywają miłe, zaryzykowałam więc i podeszłam prosto do twardziela próbującego zadźgać palcem iPoda. Miał na rękach tyle tatuaży, że przypominały rękawy. Z czarną kozią bródką i wygoloną głową wyglądał na starszego od pozostałych — na jakieś osiemnaście, może dwadzieścia lat.

— Cześć. Nie chcę przeszkadzać, ale czy mogłabym ci zadać jedno pytanie?

— Zależy jakie.

Spojrzał ponuro, bawiąc się kolczykiem w dolnej wardze. Kilku jego kumpli podeszło bliżej. Nienawidziłam siebie za to, że się boję.

— Moja córka zaginęła. Ma dziewięć lat. Zastanawiam się, czy ktoś z was może ją widział.

— Chryste, ani chwili spokoju. Co tydzień coś nowego. Zgubi się jakiś bachor i od razu przylatuje pani tutaj i wskazuje nas palcem.

— Nikogo nie wskazuję. Pomyślałam tylko, że może ktoś ją spotkał w okolicy. Pytam wszędzie, bardzo się martwię — wyjaśniłam.

Chłopak nie mógłby się wydawać mniej zainteresowany.

— Dlaczego nie pójdzie pani do glin, niech zapracują na swoje pensje. Mają mnóstwo wolnego czasu, ciągle przyłażą zawracać nam głowę. W zeszłym tygodniu szukali cholernych pirackich DVD, tydzień wcześniej podrabianej ecstasy. A my próbujemy się tylko czymś zająć, żeby nie sterczeć na ulicach.

Frustracja zabulgotała we mnie niczym mleko w rondlu. Miałam ochotę szarpnąć go za kółko w brwi i zwrzeszczeć tak, by poczuł na skórze moją ślinę. Chciałam ryknąć: „Tu chodzi o moją córkę, która może się boi i mnie woła; tak, może umiera właśnie w tej chwili, a ty mi radzisz, żebym wezwała gliny? Myślisz, że nie zrobiłam tego już dawno?!".

Zwrócił się do stojącego obok kolesia z białymi włosami zlepionymi w kolce.

— Chyba nie możemy pomóc, nie? Nie kręciły się tu żadne dziewczyny prócz tych starych szmat tam obok, a dziewięciolatka jest za młoda nawet dla nas.

— Proszę, mógłbyś chociaż spytać kolegów? Ma ciemne włosy jak ja. Była w czerwonej spódniczce i zielonym blezerze. Ma dość ciemną karnację, jak Hiszpanka.

Koleś z kozią bródką spojrzał na mnie; jego oczy pod opadającymi powiekami były nieprzyjazne, taksujące. Naraz zjeżony blondyn pochylił się do mnie.

— Ja panią znam.

Na naszym osiedlu te trzy słowa poprzedzają zwykle cios pięścią w zęby. Opanowałam dreszcz paniki. Od dawna staram się trzymać na boku, więc nie miałabym pojęcia, gdybym komuś podpadła. Chłopak roześmiał się, pokazując ukruszoną jedynkę.

— To pani wezwała pogotowie, jak wtedy rozwaliłem sobie łeb. Gdyby nie pani, chyba zbierałbym mózg z chodnika.

W tym momencie zauważyłam pajęczynę na pół ukrytą pod kołnierzem koszuli.

— Tarants?

— Kurde, nawet pani nie zapomniała, jak mam na imię. To pani córka dała w długą?

— Tak. Była ze mną tamtego dnia, kiedy miałeś wypadek, pamiętasz?

Przez chwilę nie odpowiadał. Chętnie bym nim potrząsnęła. Myśl! Myśl!

— Nie, ale chyba ją spotykam w okolicy. Ma starszego brata, takiego blondynka?

Pokiwałam smętnie głową z uczuciem prześladującym mnie cały ten dzień: że marnuję czas i należało wybrać jakieś inne miejsce, o którym nie pomyślałam.

— A dzisiaj? Zaginęła dzisiaj rano. — Starałam się, żeby w moim głosie nie brzmiała irytacja.

— Nie, raczej nie. Nie ma tu wielu dzieciaków w takich mundurkach. Chodzi do tej wypindrzonej szkoły? Ale pani jest stąd, co nie? Więc co ona tam robi?

Teraz, kiedy jego mózg połączył podstawowe fakty, chłopak lekko się ożywił, nie wyglądał już jak upalony.

— Długa historia. Popytałbyś kolegów? Proszę.

Wbiłam ręce głęboko w kieszenie kurtki, żeby nie złapać go za koszulę i nie zacząć błagać.

— Zdaj się na mnie, skarbie. Mam kumpli w całym mieście. To ta szkoła z tymi boiskami do krykieta, niedaleko pubu Royal Oak? Mój kuzyn jest w gangu z tamtej okolicy. Spytam, czy jej nie widział.

Przeciągnął dłonią po nastroszonych kolcach, jakby chciał sprawdzić, czy nadal stoją na baczność.

Koleś z kozią bródką obracał ćwiek w nosie. Wyczułam, że za moment przestanę być mile widziana, ale chciałam podać Tarantsowi swój adres, zapisać mu numer komórki i poprosić, by do mnie zadzwonił. Czułam się rozdarta; wiedziałam, jak funkcjonuje nasze osiedle, lecz pragnęłam, by działało inaczej.

— Rusz tyłek. Puścisz wreszcie tę muzę, czy nie? — burknął kozia bródka, szturchając Tarantsa.

Chłopak go odepchnął.

— Trochę szacunku, kurwa. — Zwrócił się znowu do mnie: — Zrobię, co będę mógł, skarbie.

— Mieszkam przy Walldon dziewięćdziesiąt pięć, przedostatni dom po lewej.

— Tak, tak, znajdę panią. Lepiej niech się pani zbiera, widzi pani, jacy tu wszyscy niecierpliwi.

Odeszłam, powtarzając nazwę ulicy i numer domu i otrzymując w odpowiedzi zirytowane kiwnięcie. Zanim pokonałam dwa kwartały, cała się trzęsłam z zimna. Rozpadało się na dobre. Lodowate igły kłuły mnie w głowę, a dłonie aż bolały z zimna. Wsunęłam je pod pachy. Nie mogłam wrócić do domu, kiedy moje dziecko błąkało się gdzieś samotnie. Dżinsy, ciężkie od wody, zsuwały się ze mnie, tak że z wysiłkiem unosiłam stopy. Wyjęłam z kieszeni telefon, krzywiąc się, kiedy gruba, mokra bawełna otarła zziębniętą skórę. Spojrzałam na wyświetlacz, czy nie przyszły jakieś wiadomości, ale okazał się czarny. Pastwiłam się nad przyciskami, rozpaczliwie próbując wykrzesać z telefonu jakąś oznakę życia. Nic. Włóczyłam się po mieście od blisko sześciu godzin. Normalnie o tej porze Bronte tuliłaby się na sofie do Colina, zaśmiewając się z jakiegoś filmu na DVD. Trzeba wracać i sprawdzić, czy są nowe wieści. Powlokłam się inną trasą, nie zadając sobie trudu, by się odsunąć, kiedy fontanny brudnej wody spod kół samochodów tryskały na chodnik. Gdy znalazłam się w naszej okolicy, przyśpieszyłam kroku. Było wpół do ósmej. Może, tylko może, Bronte siedzi w saloniku frontowym owinięta w koc, z kciukiem w ustach (nadal go ssała w chwilach zdenerwowania)?

Jedno spojrzenie na twarz Sandy powiedziało mi, że tak nie jest. Przyniosła mi ręcznik i zagotowała wodę. Colin jeszcze nie wrócił. Nie chciałam do niego dzwonić. Nie chciałam usłyszeć rezygnacji w jego głosie. Znowu się przekonać, że muszę być silna.

— Gdzie Harley?

— Spłakał się tak, że leciał z nóg. Położył się jakieś dwadzieścia minut temu.

Pobiegłam do niego zajrzeć. Spał; pod oczami miał szare cienie i ręce splecione za głową, jakby się opalał. Uwielbiałam spokojną ufność, jaka malowała się na jego buzi podczas snu. Pogładziłam syna po włosach i pocałowałam w policzek. Obok leżał Gordon, goryl Bronte. Wzięłam zabawkę i wtuliłam twarz w zbite czarne futro, mocno wciągając powietrze. Poczułam tylko woń plastiku, z którego wykonano dłonie i stopy. Umieściłam zabawkę z powrotem obok Harleya, zastanawiając się, czy kiedykolwiek czułam się bardziej nieszczęśliwa.

Wykręcałam mokre ubrania, kiedy zadzwonił telefon. W biustonoszu i dżinsach zbiegłam na dół i chwyciłam słuchawkę.

To pan Peters. Wyjaśnił, że wkrótce skontaktuje się ze mną policja, ale „nieoficjalnie" usłyszał, że około pierwszej po południu Bronte widziano w centrum handlowym, dwadzieścia pięć minut spacerem od szkoły. Co oznacza, że siedem godzin temu żyła. Jeden z policjantów przeglądał nagrania z monitoringu i zauważył jej plecak z herbem Stirling Hall.

— To na pewno była ona? Sama?

— Są tego prawie pewni, bo miała włosy splecione w warkocz. Trudno powiedzieć, czy była sama, ponieważ wchodziła do sklepu. Wciąż szukają innych zdjęć, może zdołają ustalić, dokąd się udała po jego opuszczeniu.

— Jaki sklep odwiedziła?

— Odzieżowy, chyba H&M. Policja właśnie próbuje się skontaktować z kierowniczką.

Westchnęłam. Byłam kompletnie wyprana z sił. Chciałam poczuć choćby małą ulgę na myśl, że widziano ją po wyjściu ze szkoły, ale przecież przez następnych kilka godzin mogło się zdarzyć wszystko.

— Pani Etxeleku? Nie rozłączyła się pani?

— Nie, jestem.

— Proszę się nie poddawać. Rozumiem, jakie to wyczerpujące. Lecz to konkretny krok naprzód. Nie wątpię, że Bronte się znajdzie. Byłbym wdzięczny, gdyby nie wspominała pani, że już zna te informacje, kiedy zadzwonią z policji. Chciałem przekazać pani jak najszybciej nowe fakty. Da mi pani znać, gdybym mógł jakoś pomóc, prawda?

Chciałam, żeby przyjechał, przytulił mnie i zapewnił, że wszystko będzie okej. Moje zasoby zaradności się wyczerpały. Potrzebowałam, żeby ktoś inny przejął pałeczkę. Albo jeszcze lepiej: zjawił się na progu razem z Bronte i listą wytycznych, jak mam przetrwać resztę życia, nie zmieniając się w bełkoczącą wariatkę za każdym razem, kiedy córka zniknie mi z oczu na pięć sekund. Ale to wydawało się już ponad siły nawet pana Petersa, więc tylko podziękowałam i ciężko usiadłam na sofie. Zęby mi szczękały. Sandy stanęła nade mną z twarzą ułożoną w wielki znak zapytania. Powtórzyłam jej całą rozmowę z kierownikiem szkoły i zobaczyłam, jak jej rysy się wygładzają i znikają głębokie zmarszczki — efekt pracy na nocne zmiany, wypalania paczki papierosów dziennie oraz licznych butelek wódki ze sklepiku spółdzielczego.

— Widzisz? Mówiłam, że nic jej nie będzie. Umie sobie dać radę ta nasza Bronte. Jak jej matka. Lepiej się przebierz w coś suchego, bo się przeziębisz na śmierć. I może zadzwoń do Colina, wyglądał na mocno zestresowanego, gdy wychodził.

Miała rację. Ale nie chciało mi się z nim użerać. Wiedziałam, że powinnam wracać na deszcz i szukać dalej. Poza tym chciałam usłyszeć bezpośrednio od policjantów, co wiedzą. Nie pomogę, jeśli będę się błąkać bez żadnego planu po okolicy, zwłaszcza z rozładowaną komórką. Podłączyłam aparat do ładowarki.

— Sandy, bądź taka kochana i zadzwoń do niego w moim imieniu. Pójdę się wysuszyć. Jego numer to... moment, zapiszę ci.

— Nie trzeba, już go mam.

Na piętrze wciągnęłam na siebie najgrubszy sweter i skarpetki, jakie udało mi się znaleźć. Akurat zbierałam siły do kolejnej tury samotnych poszukiwań, kiedy ktoś zapukał do drzwi. Była to Serena. Pierwsze, co mi przyszło na myśl, to że ograniczyłaby się do telefonu, gdyby Bronte żyła, i żołądek zacisnął mi się w węzeł. Policjantka widocznie wyczytała to z mojej twarzy, bo wchodząc, dotknęła mojej ręki i powiedziała:

— Chyba robimy postępy, pani Etxeleku.

Poprowadziłam ją do saloniku i tam zrelacjonowała, co udało się ustalić do tej pory.

Prawie żałowałam, że pan Peters o wszystkim mnie uprzedził, bo teraz nie mogłam się skupić, starając się pamiętać, by w odpowiednim momencie zrobić zaskoczoną minę. Sandy grała, jakby dostała rólkę w jakiejś tandetnej telenoweli policyjnej: krzątała się przy herbacie, kiwała mądrze głową i mamrotała teksty w rodzaju: „Jak to mówią, cicha woda brzegi rwie", aż Serena poprosiła, by zostawiła nas same.

— Czy Bronte zdarzały się kradzieże w sklepach?

— Nie, skąd. Nigdy niczego nie zwędziła.

— Rzecz w tym, że kiedy przesłuchiwaliśmy wieczorem kierowniczkę, doskonale pamiętała pani córkę, bo próbowała ukraść top wyszywany cekinami. Włożyła go pod szkolny mundurek.

Ogarnęła mnie wściekłość. Prawie zapomniałam, że Bronte zaginęła. Nie wychowywałam jej na pospolitą złodziejkę. Serena na pewno myśli, że byłam zbyt leniwa, by nauczyć córkę odróżniać dobro od zła.

— Dlaczego od razu nie wezwali policji? Wtedy w ogóle nie doszłoby do zaginięcia — rzuciłam.

— Zamierzali to zrobić. Ochroniarz zauważył cekiny wystające spod blezera. Dziewczynka zdjęła top i go oddała, ale w tym samym momencie ktoś inny uruchomił alarm i w zamieszaniu uciekła. Ochroniarz próbował ją gonić, lecz jej nie złapał, a ponieważ odzyskali towar, pewnie nie chcieli dalej zawracać sobie tym głowy.

Bronte zawsze biegała jak zając. Była szczupła i szybka. Nic dziwnego, że wymknęła się strażnikowi. Musiałam zdusić w sobie iskierkę dumy. Podczas szkolnych dni sportu zawsze byłam faworytką w biegu na sto metrów, ale nie miałam pojęcia, że najlepsze, co córka po mnie odziedziczy, to talent do uciekania przed ofermowatymi ochroniarzami.

— Jakie jeszcze sklepy lubi oprócz Nexta? — spytała Serena.

— Nexta? Sądziłam, że była w H&M.

Zamknęłam oczy z nagłej rozpaczy, że wrobiłam kogoś, kogo lubię.

Policjantka spojrzała na mnie srogo.

— Skąd pani wie, w jakim była sklepie?

— Tuż przed pani przyjściem odebrałam telefon.

Miałam nadzieję, że pomyśli, iż dzwonił ktoś z posterunku.

— Od kogo? Dlaczego nic mi pani nie powiedziała?

Jezu. Jeśli się nie wezmę w garść, zaraz każe mi skuć beton na tyłach podwórka.

— Od pana Petersa.

Dosłownie usłyszałam plusk, kiedy nauczyciel wpadał jak śliwka w kompot.

Serena ściągnęła usta.

— Zdradziłam mu to w najściślejszej tajemnicy — stwierdziła po chwili i spojrzała na mnie przelotnie. — O czymś jeszcze mi pani nie wspomniała?

— Na przykład? Dlaczego miałabym ukrywać przed panią cokolwiek, skoro moja córka zaginęła?

— Zacznijmy od pana Petersa. Wydaje się, że jesteście ze sobą bardzo blisko. Umawia się z nim pani?

Wytrzeszczyłam oczy.

— Czy się z nim umawiam?

— Owszem, pani Etxeleku. Czy się z nim pani umawia. Macie romans?

— Nie, oczywiście, że nie. To jeden z nauczycieli Bronte, nic więcej. — Poczułam, jak się rumienię. — Próbował mi pomóc, wiedział, że bardzo się martwię.

— Więc nieuprawniona byłaby sugestia, że to pani romans z Zacharym stanowił jeden z powodów ucieczki Bronte?

Już rozumiałam, dlaczego przestępcy łamią się pod jej spojrzeniem.

— Żartuje pani? Ledwie go znam. Pomógł mi, kiedy dzieci aklimatyzowały się w szkole. Jeśli dobrze rozumiem, wspomniał tylko o czymś, o czym i tak zamierzała mi pani powiedzieć, więc nie rozumiem, o co ta afera. — Szok spowolnił moje reakcje, ale czułam wzbierający gniew. — Nie obchodzi mnie pieprzenie pana Petersa. Obchodzi mnie odzyskanie córki.

Serena skrzywiła się, słysząc mój język. Mnie też zawsze szokowały wulgaryzmy — chyba że padały z moich własnych ust. Jeśli zamierzałam zabrzmieć jak prymityw, świetnie mi się to udało. Ale najwyraźniej poskutkowało. Policjantka dała sobie spokój z „Zacharym" i przeszła do wyjaśnień, co planują dalej.

— W dalszym ciągu będziemy przeglądać nagrania z monitoringu w okolicy. Jeśli nie znajdziemy jej dzisiaj wieczorem, jutro zwrócimy się do mediów. Staniemy na głowie, żeby wszyscy usłyszeli o pani córeczce.

— Dlaczego jeszcze tego nie zrobiliście?

Zorientowałam się, że zabrzmiało to nieuprzejmie, bo otworzyła szerzej oczy.

— Statystyki wskazują, że dzieci odnajdują się zwykle w ciągu czterdziestu ośmiu godzin. Gdybyśmy alarmowali prasę zaraz po zaginięciu, w dziewięćdziesięciu dziewięciu wypadkach na sto dzieciak wracałby do domu, zanim gazety trafiłyby do kiosków. Zebrane dotychczas dowody wskazują na to, że Bronte uciekła, a nie została porwana. Wiem, to trudne, ale musi mi pani zaufać. To dla mnie nie pierwszyzna.

Nie poczuwałam się do winy. Czterdzieści osiem godzin! To całe dwa dni. Do tego czasu umarłabym ze zmartwienia. Siedziałam, wyskubując luźne nitki z poręczy sofy, a tymczasem Serena udzielała mi wskazówek, jak postępować z dziennikarzami, gdyby jakiś się do mnie zgłosił. Na sam koniec, wstając do wyjścia, uścisnęła mi dłoń. Wzrok miała czujny, podejrzliwy. Szeroki, swobodny uśmiech raził fałszem, ale czułam się zbyt wykończona, by odgadnąć, czy jest wkurzona na mnie, czy na pana Petersa.

Zaraz po jej wyjściu Sandy wypadła z kuchni.

— I co? Niebieskim obibokom udało się czegoś dowiedzieć?

Byłam tak wyczerpana, że mogłabym zasnąć w połowie zdania, streszczając słowa policjantki. W innej sytuacji zarykiwałybyśmy się ze śmiechu z jej podejrzeń, że bzykam się z panem Petersem, lecz Sandy mówiła całkiem poważnie:

— A bzykasz się?

— Nawet, kurde, nie zaczynaj. Dość mam kłopotu z jednym facetem, żeby pakować się w jakąś historię z drugim. Zresztą pan Peters nie poleciałby na taką prostą babę jak ja. Może mieć każdą.

— Fakt, całkiem niezły — przyznała, podając mi telefon. — Lepiej zadzwoń do Colina i daj mu znać, co jest grane. Jak wcześniej próbowałam, od razu włączała się poczta głosowa.

Kiedy odebrał, w jego głosie dosłyszałam mieszaninę nadziei i lęku. Informacja, że Bronte widziano w centrum handlowym, także jego niezbyt uspokoiła.

— Teraz jej tam nie ma. Ledwie co byłem w okolicy. Wlazłem na sam szczyt wzgórza na wypadek, gdyby i jej to strzeliło do głowy. Nawet podjechałem pół drogi do Guildford; pomyślałem, że może poszła ścieżką rowerową, którą jeździliśmy w lecie. Zaliczyłem centrum rozrywki, oba brzegi rzeki, sklepy na deptaku, stację kolejową i dworzec autobusowy. Zmarzłem jak pies.

— Wracaj do domu. Nic teraz nie zdziałamy. Serena mówiła, że policja na pewno ją znajdzie.

Kiedy wrócił jakieś pół godziny później, przemoczony do suchej nitki i rozdrażniony, nadal najeżdżał na przeklętą policję, która potyka się o własne nogi i tak dalej. Zwykle nie mogłam znieść jego narzekań, bo sam nie umiał znaleźć niczego, nawet jeśli stepowało i potrząsało dzwonkiem, ale tego dnia, gdy tyle rzeczy stanęło na głowie, jego zrzędzenie dodawało mi otuchy. Pewnie tak samo mają ludzie mieszkający przy torach kolejowych, dla których huk pociągów staje się kojącym pomrukiem.

Colin walnął się na sofę obok mnie, tymczasem Sandy kursowała z kawą i grzankami. Ja miałam tylko tyle energii, by rozmasować mu zgrabiałe dłonie.

— Przygotowałam ci gorącą kąpiel, Col — rzuciła, pomagając mu wstać.

Kochałam ją za to, że tak go rozpieszcza. W tej chwili nie chciałam... nie byłam w stanie zrobić tego sama. Lęk o Bronte wypełniał mnie całą, tak że nie zostało miejsca na nic innego. Teraz wprawdzie Colin milczał, ale wiedziałam, że jak tylko odzyska rezon, to nagle się okaże, że jego niepokój o córkę był o niebo większy od mojego, a tak w ogóle, to wszystko moja wina.

Włączyłam telewizor. Debilne telenowele, które zwykle wypełniały wieczory w naszym domu, dzisiaj wydały mi się jeszcze bardziej żałosne. Odsunęłam zasłony w saloniku i wyjrzałam w ciemność. Słyszałam wodę chlapiącą z wanny piętro wyżej. Mimo paraliżującego strachu poczułam irytację, że będę musiała wycierać podłogę po Colinie. W drzwiach stanęła Sandy.

— Spadam, kochanie. Daj znać, jak się czegoś dowiesz.

Nachyliła się i mnie przytuliła. Z wdzięcznością przyciągnęłam ją do siebie. Po jej wyjściu położyłam się na sofie, zastanawiając się, czy jeszcze kiedyś uda mi się zasnąć i jak ludzie potrafią żyć dalej po tym, jak ich dziecko bezpowrotnie znika. Spojrzałam na zegarek. Dziewiąta. Moje ciało domagało się snu, ale wydało się nie w porządku tak po prostu zasnąć. Zamknęłam oczy ze strachem, czekając, aż wyobraźnia wyświetli mi pod powiekami serię przerażających obrazów z Bronte w roli głównej. Nic. Tylko czerń. Odpływałam, choć mój mózg wciąż pracował, w coraz wolniejszym tempie przemierzając osiedle, centrum handlowe... Naraz usłyszałam piknięcie przychodzącego esemesa. Zerwałam się gwałtownie.

Chciałem tylko, żebyś wiedziała, że o Tobie myślę. Przepraszam, że narobiłem kłopotu, mówiąc ci o rzeczach, o których nie powinienem. Miałem najlepsze intencje. Daj znać natychmiast, jeśli czegoś się dowiesz. Uważaj na siebie. Zachary.

Przeklęta Serena. Najwyraźniej prosto ode mnie popędziła zmyć mu głowę. Trzeba było go ostrzec. Nie przywykłam, by ktoś mnie przepraszał, kiedy to ja schrzaniłam sprawę. Położyłam się z powrotem i zaczęłam rozmyślać o panu Petersie, żeby nie odtwarzać w kółko porannej rozmowy z Bronte. Jego włosy zawsze wyglądały na świeżo umyte — być może szamponem Jo Malone z limonką, bazylią i mandarynką, na który często natykałam się w domach, gdzie sprzątałam, po Dniu Ojca albo po urodzinach. Byłam prawie pewna, że akurat od tego mężczyzny nigdy nie było czuć kebabem, gulaszem ani guinnessem. Uwielbiałam jego maniery, całe to odsuwanie krzeseł, otwieranie drzwi. Liczyłam, że Harley weźmie z niego przykład. Pan Peters nie wyśmiałby mnie, gdybym mu powiedziała, że chcę zrobić dyplom na Uniwersytecie Otwartym. Usiadłby i pomógł mi wypełnić wniosek niczym przystojne uosobienie prywatnego szkolnictwa. Zastanawiałam się, jakby to było go pocałować. Taka właśnie była moja ostatnia myśl, nim moje kończyny zapadły się w starą, pełną nierówności gąbkę, a sen, niczym kieszenie obciążone kamieniami, wciągnął mnie pod powierzchnię świadomości.

Odgłos walenia do drzwi dosięgnął mnie w ciemnym tunelu i wydobył z głębiny. Colin wrzasnął, żebym się obudziła, i szturchnął mnie w ramię w drodze do wejścia. Mrugałam przez ułamek sekundy, potem rzeczywistość runęła mi na głowę i się poderwałam. Spojrzałam na zegar. Poczułam wyrzuty sumienia, gdy uświadomiłam sobie, że przespałam całą godzinę.

Zanim pokonałam parę metrów do drzwi, Colin klęczał już, szlochając i obejmując Bronte na stopniu przed wejściem. Jedyne, co słyszałam, to „Kurwa mać, kurwa mać" powtarzane w kółko jak mantra. Córka spojrzała na mnie — brązowe oczy miała szeroko otwarte i niepewne, kręcone włosy tak przemoczone, że niemal się rozprostowały, blezer cały w błocie, a pod pachą trzymała zgniecioną czapkę. Rzuciłam się na nią i zaczęłam ją obwąchiwać, dotykać jej buzi, całować ją po głowie.

— Gdzieś ty była? Tak się martwiliśmy!

Mój głos zabrzmiał dużo ostrzej niż normalnie.

Skrzywiła się, a potem rozpłakała. Nie mogłam zrozumieć, co mówi.

— Daj spokój, Maia, trzeba ją rozgrzać. Wypytamy ją o wszystko później, teraz to nieważne.

Dopiero wtedy przypomniałam sobie o niewyraźnej sylwetce, którą dostrzegłam w mroku, biegnąc do wejścia. Wyjrzałam.

— Tarants?

Pojawił się w mętnym świetle ganku.

— To ty ją znalazłeś? Dziękuję, dziękuję!

Zarzuciłam mu ręce na szyję, rejestrując, że od razu zesztywniał jak ktoś przyzwyczajony do agresji, nie czułości.

Przyciskał ręce do boków, aż opadła pierwsza fala mojej wdzięczności i przypomniałam sobie zasady obowiązujące w naszej dzielnicy.

Wbił dłonie w kieszenie i zaszurał nogami. W szaliku zasłaniającym tatuaż i z białymi włosami przylizanymi deszczem wyglądał zupełnie normalnie.

— Nie ma za co. Byłem winien przysługę. Do zobaczenia przy okazji.

— Zaczekaj. Gdzie ją znalazłeś?

Machnął ręką.

— Sama powie.

I już go nie było, a moje podziękowania i pytania wytłumił deszcz.

ROZDZIAŁ DWUNASTY

Przez co najmniej godzinę raz po raz dotykałam Bronte. Brałam ją za rękę, pytałam, czy dobrze się czuje, aż się wkurzyła. Tak oto nadszedł ten dzień, kiedy jej niedotykalstwo i burknięcia, bym się odczepiła, napełniły moje serce radością. Wykąpałam ją i otuliłam puszystym szlafrokiem, podczas gdy Colin dzwonił na policję („Lepiej zawiadomić psy, że odwaliliśmy za nich robotę"). Nad niezliczoną liczbą kanapek z masłem orzechowym wyjąkała żałosną historię o tym, że chciała być jak Sorrel i Saffy w nowych, cekinowych topach. Jak uciekła przed ochroniarzem. I jak ukryła się na cmentarzu, gdzie trzy lata wcześniej pochowaliśmy moją mamę.

— Dlaczego tam poszłaś? To takie okropne miejsce, szare i przygnębiające — zdziwiłam się.

— Nie wiem. Po prostu chciałam być blisko *amatxi*.

Amatxi. To po baskijsku babcia; nazywała tak moją mamę. Pod pewnymi względami były bardzo podobne. Mama nie potrafiła stanąć w kolejce do kasy, by nie zacząć dyskusji o cenach śliwek, ale miała też swoje tajemnice, tak samo jak Bronte, i skąpo wydzielała mi informacje, jeśli uznała, że nadeszła właściwa pora (jeśli w ogóle). Gdy zmarła, Bronte miała ledwie sześć lat, ale długie popołudnia w parku, hałaśliwe sesje pieczenia tarty z dżemem w mojej kuchni, godziny czytania w kółko *Miejsca na miotle* pomogły im nawiązać kontakt, o jakim ja mogłam tylko pomarzyć.

— Jak się tam dostałaś? — spytałam. — Przecież nie pieszo?

Pokiwała głową.

— Tak. Poszłam ścieżką holowniczą wzdłuż rzeki.

— To z sześć kilometrów.

Zagryzłam wargę. Nienawidziłam, gdy chodziła gdzieś sama.

Mówiła dalej:

— Strasznie długo to trwało. Kiedy dotarłam na miejsce, robiło się ciemno, ale pomyślałam, że tylko sprawdzę szybko, czy grób jest sprzątnięty.

Na miłość boską! I to mówiło dziecko, które nie zasnęło, jeśli na schodach nie paliło się światło. Od początku do końca była to moja wina — od wieków prosiła, byśmy odwiedziły grób mamy, ale ja zawsze szukałam jakiejś wymówki. Nigdy tam nie chodziłam. Wolałam pamiętać mamę, jak siedzi w mojej kuchni, dolewa sobie brandy do kawy i suszy mi głowę, dlaczego dwadzieścia lat wcześniej nie poszłam na studia. „Mogłaś zostać premierem. Zamiast tego spotkałaś tego nicponia, Colina. Ha!"

Determinacja Bronte, to jej pragnienie, by dopiąć celu, nawet jeśli się bała, bardzo przypominały mi mamę.

— Trochę się zagapiłam, bo grób był strasznie zarośnięty, a ja zaczęłam go sprzątać i wyrywać chwasty.

Przez tę latarnię przy grobie *amatxi* nie zauważyłam, że zrobiło się zupełnie ciemno. I kiedy potem się rozejrzałam, bardzo się wystraszyłam. Właśnie miałam się stamtąd zabierać, ale przyszło dwóch chłopaków i zaczęli się wyśmiewać, że pewnie jestem nawiedzona, bo mówię do siebie. Widocznie szeptałam do *amatxi* o dyskotece i całej reszcie.

Czekałam. Cmentarz owiany był złą sławą jako miejsce, dokąd nastolatki z gangów przychodzą dawać sobie w żyłę.

Córka zamieszała czekoladę.

— Powiedziałam, żeby spadali, ale potem zjawiła się cała banda, zaczęli rzucać kamieniami w grób *amatxi* i dokuczać mi z powodu mojego mundurka. Czapka jest zupełnie zniszczona. Strasznie przepraszam. Wyrwali mi ją i rzucali jak latającym talerzem, aż wpadła do kałuży. Mówili, że zedrą ze mnie mundurek i będę musiała chodzić do szkoły w samych majtkach. Nie chcieli słuchać, kiedy tłumaczyłam, że mieszkam na osiedlu Walldon. Ciągle powtarzali: „Aha, jasne", i pytali, czy chodzę na wyścigi konne i gdzie tatuś cumuje swój jacht. A potem mnie otoczyli. Złapali się za ręce i nie mogłam się wyrwać.

Chociaż podkręciliśmy ogrzewanie, poczułam przenikliwe zimno. Poświęciłam dziewięć lat życia, by ją chronić, a kiedy mnie potrzebowała, zabrakło mnie przy niej. Gdyby została w Morlands, to wszystko by się nie zdarzyło. Colin milczał i obgryzał skórki przy paznokciach z miną, jakby zaraz miał wybuchnąć płaczem.

— Jak to się stało, że cię puścili? — spytałam.

— Dzięki tej dziewczynie, mamo. No wiesz, tej, co chodziła wcześniej z Tarantsem. Była z nim wtedy, jak sobie rozciął głowę. Ma na imię Stace. Nie mieszka już tutaj, bo jej mama przeprowadziła się do swojego faceta koło tunelu. Do Eastward czy gdzieś w okolicy. I teraz Stace chodzi z chłopakiem, który się nazywa Colt.

Próbowałam sobie przypomnieć twarz dziewczyny. Pamiętałam tylko grube krechy wokół oczu. Bronte wyraźnie chciała już skończyć swoją opowieść:

— W każdym razie przyszła z Coltem i ze swoim psem Zipem, takim długowłosym wilczurem. Siedziałam skulona w środku kręgu i zakrywałam głowę rękami, a oni krzyczeli i rzucali we mnie puszkami. — Przerwała z zaniepokojoną miną. — Nie wiem, czy blezer da się doprać. Cały jest poplamiony piwem i coca-colą.

Colin zwinął sobie kolejnego skręta. Pogładziłam córkę po włosach.

— Mniejsza o blezer, skarbie. Jakoś sobie poradzimy.

Zastanawiałam się natomiast poważnie, jak zdołam jej jeszcze kiedyś czegokolwiek odmówić.

— Próbowałam uciec z kółka, ale pies zaczął warczeć. Stace podeszła, żeby go zabrać, i mnie poznała, bo byłam przy tym, jak Tarants miał wypadek. Nakrzyczała na nich, żeby mi dali spokój. Do mnie powiedziała, że nie powinnam się kręcić po cmentarzu, kiedy jest ciemno, i zapytała, gdzie jesteś. Więc wytłumaczyłam, co się stało, no wiesz, o topie z Nexta i całej reszcie. Powiedziała, że będziesz się martwić, i żebym wracała do domu. Tamci nie wierzyli, że mnie zna, myśleli, że po prostu jest mięczakiem i ciągle powtarzali, że ją wyrzucą z gangu.

Ogarnął mnie wstyd, bo miałam wielką ochotę obejrzeć się na Colina i rzucić: „Widzisz? Widzisz?", a potem przypomnieć, jakim okazał się dupkiem, kiedy Tarants miał wypadek. Żałowałam, że nie żyję — jak Clover — w świecie, w którym podziękowania można wysłać pocztą kwiatową dowolnej osobie mieszkającej pod danym adresem dłużej niż trzy miesiące. Będę miała wielkie szczęście, jeśli jeszcze się natknę na Stace.

Podobnie jak Colin słuchałam w milczeniu, kiedy córka opowiadała o wielkiej awanturze między Stace a Coltem, gdy dziewczyna nieopatrznie wspomniała o Tarantsie — ekschłopaku i członku konkurencyjnego gangu. Colt uderzył ją w twarz, ale nie pozostała mu dłużna.

— Nic jej się nie stało? — zapytałam.

— Niezupełnie. Inni stali dokoła i się śmiali. Colt jest szefem gangu, więc chyba bardzo się wkurzył, że go nie szanuje. Ząb skaleczył ją w wargę i krew leciała jej z ust. A potem było jeszcze gorzej, bo Colt nosi nabijaną ćwiekami bransoletkę i rozciął jej policzek. Stace się wściekła. Próbował ją odepchnąć, ale kopała i wierzgała.

Twarz Bronte drżała nerwowo z napięcia.

— I co zrobiłaś, złotko?

Nawinęłam pasmo włosów na palec tak mocno, że aż zabolało.

— To już wszystko, mamo. Nic nie zrobiłam. Ich było z siedmiu, klaskali i wiwatowali, patrząc, jak Colt bije Stace naprawdę mocno. Tak się bałam. Popchnął ją, aż uderzyła głową o nagrobek. Pies rzucił się na niego, a wtedy Stace złapała mnie i biegłyśmy całą wieczność. Bała się, że będą nas gonić, wybrała więc bardzo długą drogę naokoło zaułkami, aż dotarłyśmy do tego pubu przy rondzie. Kazała mi się schować przy kubłach, a sama poszła się umyć w toalecie. Potem zadzwoniła do Tarantsa. Z początku nie chciał przyjść, bo był w jakimś klubie. Dopiero jak mu powiedziała o mnie, zgodził się, że mnie odprowadzi. Ale trwało całe wieki, zanim się pojawił. Stace kupiła nam coś do jedzenia w KFC i czekałyśmy na przystanku autobusowym, bo było strasznie zimno.

Ostatecznie Bronte sprawiała wrażenie, że mogłaby się nie kłaść do rana, za to Colin zdawał się bliski załamania, jakby cała niewyładowana wściekłość zwróciła się przeciw niemu. Co do mnie, unosiłam się na falach grozy, jaką we mnie budziły kolejne okropności (cmentarze nawiedzane przez narkomanów, pastwiące się nad słabszymi nastolatki, agresywne psy), przemieszanej z euforią, że Bronte bezpiecznie wróciła do domu.

Colin zabrał małą na górę. Błagała, by mogła się położyć z nami, a i żadne z nas nie chciało jej spuszczać z oka. Kiedy dziesięć minut później poszłam na piętro, oboje spali jak zabici. Colin nawet się nie rozebrał. Leżał, obejmując ramieniem córkę, która zwinęła się w kłębek. Buzię miała bladą, ale odprężoną i beztroską. Bronte — starsza o jeden dzień. Ja — o dziesięć lat.

Nawet nie przemknęło mi przez myśl, żeby się przespać. Wirowało mi w głowie. Miałam ochotę obdzwonić dosłownie wszystkich, obudzić Sandy i upić się do nieprzytomności. Życie ofiarowało mi drugą szansę.

Pan Peters prosił, żebym go zawiadomiła, jeśli pojawią się nowe informacje. Ja również chciałam pogadać z kimś, od kogo można usłyszeć coś więcej niż opis wymyślnych tortur, jakim w najbliższej przyszłości zamierza poddać gang z Eastward. Postanowiłam, że odczekam pięć sygnałów. Odebrał po drugim.

— Maia?

Zaskoczyło mnie, że zwrócił się do mnie po imieniu. Od tygodni marnowaliśmy czas, tytułując się panem i panią. Z zawstydzenia zaczęłam się jąkać:

— Przepraszam, że przeszkadzam tak późno.

— Nic nie szkodzi, nie ma sprawy. Wszystko okej? Zaczekaj chwilę, ściszę tylko muzykę.

W tle produkował się Michael Bublé, lecz zamknięto mu usta w najważniejszym momencie. Pan Peters wrócił na linię.

— Są jakieś wieści?

Szybko zrelacjonowałam ostatnie wydarzenia. Usłyszałam, jak się uśmiecha.

— To wspaniale. Dzięki Bogu, że nic się jej nie stało. Będziemy musieli się spotkać, by omówić powrót Bronte do szkoły. Mogłabyś wpaść do mojego gabinetu w poniedziałek przed lekcjami, powiedzmy o ósmej?

— Tak, oczywiście — zapewniłam, przygotowując się do zakończenia rozmowy.

— Nie rozłączaj się jeszcze, proszę.

Usłyszałam dźwięk otwieranych i zamykanych drzwi, a potem odgłos kroków na drewnianej podłodze.

— Gdzie Bronte jest teraz? Bardzo była wystraszona po powrocie?

Jakoś nie udawało mi się zapomnieć, że dochodzi północ, więc powinnam po prostu przekazać wiadomość i spadać, dlatego bąkałam tylko: „tak", „nie", „w porządku". Wyglądało jednak na to, że każda odpowiedź prowadzi do następnego pytania, aż w końcu dałam sobie spokój z próbami skrócenia rozmowy. Gdzieś po drodze obudził się mój dowcip, ale nie przypominało to droczenia się z Sandy czy nawet z Clover. Co chwilę ogarniało mnie skrępowanie z powodu poufałości, którą słyszałam w swoim głosie. Albo koszmarnej gramatyki.

— A jak twój mąż, to znaczy partner... Colin, prawda?... Radzi sobie z całą sytuacją?

— Nic mu nie jest. Śpi. Bronte to jego księżniczka, więc zniósł to bardzo ciężko. Tak czy owak, nie będę ci dłużej przeszkadzać. Dzięki, że wysłuchałeś mojego biadolenia.

— Koniecznie pomyśl o sobie. Odpocznij. Porozmawiamy w poniedziałek. I jeszcze jedno, chciałbym, żebyś poza szkołą mówiła mi po imieniu: Zachary. Albo Zak. Kiedy słyszę „pan Peters", czuję się tak, jakbym miał dziewięćdziesiąt pięć lat.

Właśnie żegnałam się z nim po raz drugi, gdy w tle zabrzmiał głos jakiejś kobiety; nie załapałam wszystkiego, ale dosłyszałam „miła pogawędka" i „jak malowana lala". Rozłączyłam się szybko.

Cholera. Dlaczego nie powiedział, że ma towarzystwo? A jeśli zadzwoniłam, akurat kiedy przystępował do akcji? Przypomniał mi się Michael Bublé i aż się wzdrygnęłam. A potem — bez ostrzeżenia, i choć nie miałam do tego prawa ani powodu — uświadomiłam sobie, że czuję zazdrość. Nie miałam pojęcia, że wciąż jestem do niej zdolna.

ROZDZIAŁ TRZYNASTY

Gdy w poniedziałek dotarliśmy do Stirling Hall, miałam wrażenie, jakby od mojej ostatniej wizyty minęło pięć lat. Byłam na nogach już od trzech godzin; zaliczyłam sesję sprzątania i popędziłam do domu się przebrać. Bronte najwyraźniej już się otrząsnęła po całej przygodzie. Bez przerwy trajkotała, zadowolona, że znowu zobaczy się z Sorrel i Saffy, i jakimś sposobem z nieporadnej złodziejki sklepowej i mazgaja zdołała się przeobrazić w nieustraszoną, bohaterską poskromicielkę psów. Harley zaczynał mieć dość tego, że to siostra znajduje się w centrum uwagi, i odpowiadał na wszystko: „Wielkie rzeczy". Bez przerwy oblizywałam wargi. Szminka mnie krępowała. Z oczu, zapuchniętych po porannej pobudce, lada moment mogły popłynąć strugi łez, zmywając rzadko używany tusz.

Zaparkowałam na tyłach obok audi pana Petersa, jak mi kazał, spodziewając się, że lada moment któraś ze stetryczałych sekretarek wypadnie mnie poinformować, że dostawcy podjeżdżają pod drugi koniec budynku. Gdy tylko wysiadłam z vana, nauczyciel stanął w drzwiach.

— Dzień dobry. Wchodźcie śmiało. Zrobiłem kawę. Witaj, Harleyu. Możesz iść prosto do klasy. Hej, Bronte, co słychać?

Onieśmielona odpowiedziała szeptem.

— Nie ma powodu się wstydzić. Wszyscy popełniamy błędy. Na tym polega dorastanie. Przypomnij, żebym któregoś dnia opowiedział ci o moim tatuażu z orłem.

Spojrzała na mnie uszczęśliwiona tym sekretem, który niewątpliwie obiegnie klasę czwartą H lotem błyskawicy. Nie byłam pewna, czy pan Peters żartuje. Spojrzał na mnie i puścił oko. Najwidoczniej w ostatnich dniach potrzebowałam bardzo niewiele, by się oblać rumieńcem. Harley uniósł brwi i machnąwszy do mnie lekko ręką, zniknął w korytarzu.

W gabinecie siedziałam oniemiała z podziwu, gdy pan Peters opowiadał Bronte, co się wydarzyło w szkole pod jej nieobecność, ile wiedzą inne dzieci i jak sobie radzić z ich pytaniami. Był poważny, lecz życzliwy, a zanim skończył, dziewczynka siedziała prosto i odpowiadała pewnym głosem. Już na ten widok ściskało mnie w gardle. Córka podjęła wątek w miejscu, gdzie go zgubiła. Ja przeciwnie: miałam wrażenie, że trzymam się na spinaczu do papieru. Nie chciałam spuszczać jej z oczu.

— Poproszę jakiegoś szóstoklasistę, by cię odprowadził do klasy, i zamienię słówko z twoją mamą — oznajmił nauczyciel, podnosząc słuchawkę.

Beztrosko zerwała się z miejsca, jak gdyby Spieprzony Piątek był letnią muchą, którą można przegnać machnięciem ręki. Ja panowałam nad sobą z największym trudem, zassana do wewnątrz, jakbym robiła najdłuższe na świecie ćwiczenie mięśni Kegla. Na szczęście zjawił się jakiś wygadany smarkacz i zaczął wypytywać Bronte o obraz, który namalowała na wystawę na korytarzu.

— Pa, mamo, do zobaczenia później.

Żadnego buziaka. Żadnego: „Nie martw się o mnie, nie zrobię nic głupiego". Była już przy drzwiach, lecz wróciła biegiem, by się przytulić. Wyszeptała: „Kocham cię". Udało mi się wydukać zduszoną odpowiedź i opanować łzy wzbierające pod powiekami do chwili, gdy opuściła gabinet.

Ruszyłam do wyjścia.

— Przepraszam, ale porozmawiamy innego dnia.

Pan Peters wyprzedził mnie i zamknął drzwi. Usłyszałam szczęk zamka. Przyciągnął mnie do siebie, tak że patrzyłam mu w twarz.

— Maiu, to, jak się teraz czujesz, jest zupełnie normalne. Bardzo wiele przeszłaś. Proszę.

Podsunął mi chusteczki higieniczne. Miałam ochotę wydmuchać nos, ale tylko kulturalnie i mało skutecznie przyłożyłam chusteczkę do twarzy. Próbowałam zbyć sprawę śmiechem; wzruszyłam ramionami i łamiącym się głosem zażartowałam, że zasługuję na puchar dla najbardziej zapłakanej matki świata.

Ujął mnie za ramiona. Z tak bliska, z tymi oczami zdołałby mi wmówić wszystko.

— Spójrz na mnie. Wykonujesz świetną robotę. Na razie nie wszystko układa się tak, jak sobie wymarzyłaś, ale to ty jesteś gwarantem tego, że twoje dzieci mają szansę na lepszą przyszłość. Zaufaj mi. Postępujesz właściwie.

Najwidoczniej łagodne traktowanie było błędem. Żadne zagryzanie warg nie zdołało zapędzić chlipiącego dżina z powrotem do butelki. Odwróciłam głowę. Zamaszyście wycierałam oczy chusteczką, w przerwach wgapiając się w wypastowane buty nauczyciela. Zobaczyłam, że podchodzi o krok, i poczułam na barkach lekki dotyk jego ramion. Ostrożny, uprzejmy.

— Tak bardzo mi przykro. Nie zamierzałem cię wytrącić z równowagi.

W końcu darowałam sobie jakąkolwiek walkę o odzyskanie kontroli. Przytuliłam się do pana Petersa i rozszlochałam, a on gładził mnie po włosach. W pewnej chwili uświadomiłam sobie, że masuje mi głowę. Było to tak kojące, że chciałam zamknąć oczy i stać tak cały dzień, lecz kiedy przestałam pociągać nosem, dotarły do mnie szkolne dźwięki: trzaskanie drzwi, głosy, kroki. Ten gość miał inne obowiązki oprócz dbania o samopoczucie stukniętych mamusiek.

Podniosłam na niego oczy. Musiałam mocno odchylić głowę. Był dobrych dwadzieścia centymetrów wyższy ode mnie.

— Przepraszam. Przepraszam za to. Lepiej już pójdę. Musi pan wrócić do pracy — powiedziałam.

Wysunął palce z moich włosów i rozluźnił uścisk, ale mnie nie wypuścił. Chłodne powietrze napłynęło w wąską, ciepłą przestrzeń, gdzie przed momentem znajdowała się jego pierś. Spojrzał na mnie.

— Nie masz absolutnie za co przepraszać.

Oboje wzdrygnęliśmy się, słysząc za drzwiami gabinetu dzwonek o ósmej trzydzieści. Odsunęłam się, wygładziłam T-shirt i odgarnęłam włosy z twarzy.

Odchrząknął.

— Nie ma powodu do pośpiechu. Spokojnie.

Wpatrywałam się w jego twarz, szukając wskazówki, że masaż głowy nie wchodzi w pakiet standardowych usług gwarantowanych przez Stirling Hall w ramach wysokiego czesnego. Że wystarczyłyby dwie butelki wina, Marvin Gaye i ciemny pokój, a tulilibyśmy się skóra do skóry. Potarł twarz dłońmi. Jego oczy poszukały moich. I znowu ta iskierka rozbawienia. Pierwszy odwrócił wzrok. Spojrzał ponownie, zamierzając coś powiedzieć. Było to widoczne w napięciu szczęk, w oczach, które już się nie śmiały.

Zanim jednak zdążył otworzyć usta, rozległo się pukanie. Miałam ochotę zanurkować pod biurko. Pan Peters wskazał krzesło i bezgłośnie polecił: „Usiądź". Poprawił krawat i energicznie otworzył drzwi.

Jego sekretarka wparowała żwawo z plikiem dokumentów, które położyła na biurku, i zasypała go pytaniami o autokary na mecze rugby.

— Właśnie kończę spotkanie z panią Etxeleku, zaraz się tym zajmę — zbył ją.

Kobieta obejrzała się na mnie.

— No proszę. Mogłam sobie oszczędzić kłopotu. Niedawno wydrukowałam dla pani przypomnienie. Zalega pani z opłatami za lunch. Wiem, jak to jest, w ogólnym zamieszaniu najłatwiej zapomnieć o drobiazgach. Gdyby zechciała pani uregulować zaległość możliwie najszybciej...

Z miłym uśmiechem pokłusowała do wyjścia. Chętnie kopnęłabym ją w chudy, ruchliwy tyłek i posłała w przyszły tydzień.

Pan Peters zwrócił się znowu do mnie, przewracając oczami.

— Nieważne. O czym mówiliśmy? — W jego głosie nie było śladu ironii. — A tak. Będę mieć Bronte na oku i dam pani znać, jak sobie radzi. Tymczasem proszę o siebie zadbać. Przeżyła pani ogromny wstrząs i nie zdziwiłbym się, gdyby nastąpiła opóźniona reakcja. Proszę trochę odpocząć, jeśli to możliwe.

Odpocząć? Nie miałam szans na odpoczynek. Już teraz nie udawało mi się zapanować nad naszym życiem i z pewnością nie miałam czasu na miłe, króciutkie sjesty między jednym wiadrem wybielacza a drugim. Ten jedwabny krawat, który udało mi się zasmarkać od góry do dołu, zapewne kosztował więcej niż opłata za lunch przez cały semestr. Wstałam.

— Dziękuję za wszystko, to znaczy za pomoc w sprawie Bronte, ale z Harleyem też. Był pan dla nas bardzo życzliwy, panie Peters.

Westchnął.

— Możesz mi mówić Zac.

ROZDZIAŁ CZTERNASTY

Clover wyjeżdżała ze szkoły tuż przede mną. Światła ostrzegawcze jej wozu błysnęły, gdy zahamowała na poboczu, ryjąc w darni głębokie bruzdy mimo tablic z surowym: „Nie parkować na trawniku". Podbiegła w zabłoconych bryczesach, moherowym swetrze bez pleców i srebrnych kaloszach. Chwyciła mnie w niedźwiedzi uścisk — utonęłam w biuście podobnym do miękkiej poduchy i otoczył mnie zapach olejku paczuli z akcentami przetłuszczonych włosów tudzież wódki.

Mocno trzymając moje ręce, odsunęła się i jak zwykle wypaliła niczym ze śrutówki:

— Maia, dzięki Bogu! Dobrze się czujesz? Chryste, wyglądasz na wykończoną! Ale czego się niby spodziewałam, do kurwy nędzy?! Z Bronte wszystko okej? Moja parka była niepocieszona w piątek wieczorem. Nawet nie poszły na dyskotekę. Oświadczyły, że nie mogą tańczyć, bo tak się o nią martwią. Colin w porządku? I Harley? Mój Boże, musiał przeżyć straszną noc...

Podziękowałam jej za pomoc w poszukiwaniach i streściłam całą historię, trochę ją skracając, bo drobne detale nie wydawały się już ważne. Szczególnie mocno skróciłam fragment o Domu Kultury i ponownym spotkaniu z Tarantsem. Clover przyjęła moje dzieciaki, jakby regularnie nurkowały na Bahamach i spędzały weekendy, cwałując na kucykach. Nie musiała znać wstydliwych detali naszego prawdziwego życia. Nie chciałam, by zaczęła chować rodzinne klejnoty przed wizytą potomstwa Etxeleku-Caudwell.

Zresztą raz po raz się zacinałam, bo jej wygląd wytrącał mnie z równowagi. Zawsze prezentowała się trochę ekscentrycznie, ale tego dnia dosłownie potraktowała określenie „fryzura jak wronie gniazdo". Przypominała jednego z trolli Bronte, a nie było to porównanie pochlebne dla mojej arystokratycznej przyjaciółki. Twarz miała bardziej zarumienioną niż zwykle, jakby wędrowała po skalistych turniach wśród wichru i deszczu. Wyraźnie nie mogła się skupić na mojej opowieści. Gdy dotarłam do punktu, w którym Bronte zjawia się późnym wieczorem przemoczona do suchej nitki, wybuchnęła płaczem, a jej twarz zmarszczyła się jak pognieciona folia aluminiowa.

— Clover, wszystko okej. Dotarła bezpiecznie. Naprawdę. Nie musisz się tak przejmować. To były straszne godziny, ale już wszystko dobrze.

Szlochy stawały się coraz głośniejsze, aż wstrząsały jej ramionami, więc zaczęłam się zastanawiać, w którym momencie należy uderzyć w twarz kogoś, kto najwyraźniej wpadł w histerię. Policzkowanie osoby, która właściwie nie wie, co się z nią dzieje, zawsze uważałam za dziwaczny pomysł, ale zdecydowanie brałam je pod uwagę. Kątem oka dostrzegłam przejeżdżającą Jen1 — wyciągała chudą jak u kurczaka szyję, by zobaczyć, co się dzieje. Cholerna hiena, zapuściłaby żurawia do karetki.

Objęłam przyjaciółkę ramieniem.

— Chodź, nie możemy tu sterczeć. Cała szkoła będzie nas wytykać palcami jak na wystawie osobliwości.

— Masz czas wpaść do mnie na kawę?

Prawdę mówiąc, zabrzmiało to raczej jak „smark, smark, chlip, kawa, szloch", ale jakoś pojęłam, o co jej chodzi. Wyglądała na strasznie zdołowaną, więc pogodziłam się z myślą, że chyba o północy skończę prasowanie, które wzięłam od jednej z klientek. Nie mogłam zrozumieć, dlaczego Clover tak się rozkleiła z powodu Bronte. Nie podejrzewałam jej o skłonności do takiego dramatyzowania.

— Na pewno nie będę przeszkadzać? Lawrence jest w domu? — spytałam.

Na wzmiankę o Lawrensie zmieniła się w machający ramionami i tryskający wodą na wszystkie strony zraszacz. W moim ciężko kapującym mózgu coś zaczęło świtać.

— Ruszaj przodem, pojadę za tobą. — Pchnęłam ją w stronę samochodu i otworzyłam jej drzwiczki. — Jedź bardzo wolno.

Gdy już minęła podjazd, nie zaparkowała przy domu, lecz zatrzymała się zaraz za bramą. Szybko się zorientowałam, dlaczego. Dwie szyby z wykuszowego okna w salonie leżały strzaskane na ziemi, a drewniana rama była wygięta.

— Chryste. Mieliście włamanie?

Pokręciła głową i pchnęła drzwi wejściowe. Poszłam za nią do kuchni.

Można śmiało powiedzieć, że w porównaniu z obecnym stanem dom podczas mojej ostatniej wizyty przypominał sterylną salę operacyjną. Podłoga z łupkowych płytek była upstrzona papuzimi kupami. Na sosnowym stole wśród stosów okruchów i skórek piętrzyły się talerze, kubki i miski co najmniej z trzech dni. Z dwóch worków opartych o szafki kuchenne wysypywały się śmieci. Jezu. Gdzieś tam musiał siedzieć szczur. Podprowadziłam Clover do krzesła.

— Zrobię ci coś do picia — zaproponowałam.

Za cholerne skarby świata nie tknęłabym tu żadnego naczynia, którego wcześniej osobiście nie umyłam. Clover usiadła i wytarła sobie twarz swetrem. Zanurzyłam rękę w szaroburych odmętach zlewu i wyciągnęłam dwa oślizgłe kubki. Wlałam trochę wody do butelki po płynie do naczyń, modląc się, żeby w kranie była ciepła woda. Dzięki niebiosom za AGĘ. Zaparzyłam kawę i patrzyłam ze zgrozą, kiedy na powierzchni pojawiły się kłaczki zwarzonego mleka. Nie chciałam zawstydzać Clover, ale nie mogłam pozwolić, by piła serek wiejski.

— To mleko jest chyba ciut nieświeże. Masz gdzieś inne?

— Kurwa mać. — Nie odpowiedziała na moje pytanie, tylko położyła się na blacie z głową na splecionych rękach i znowu wybuchnęła płaczem. — Niczego nie potrafię zrobić, jak należy.

— Nic się nie stało. Wypiję czarną.

— Ja poproszę o wodę.

Sprokurowanie dwóch napojów, które nie groziłyby nam natychmiastową biegunką, zupełnie pozbawiło mnie sił.

Czekałam. Zapożyczyłam tę technikę od pana Petersa, który siedząc bez słowa, zdołałby mnie skłonić do zdradzenia rzeczywistej wysokości moich długów i koloru bielizny. Zadziałało. Clover uniosła głowę.

— Lawrence mnie rzucił.

— Boże, Clover. Biedaku. Dlaczego?

— Chwilowo ze mną nie rozmawia, ale wypadł z domu w piątek wieczorem, zaraz po tym, gdy wróciłam z poszukiwań Bronte. Wygadywał absolutnie przerażające rzeczy. Nie zdawałam sobie sprawy, że tak się czuł.

— Dzieci wiedzą?

— Nie, myślą, że wyjechał w interesach. Ostatnio był taki opryskliwy, że chyba się ucieszyły z jego nieobecności.

Ciągle jeszcze próbowałam wyczuć, co jest akceptowalne w rozmowach klasy średniej. Tak lubiane przeze mnie i Sandy dyskusje o pieniądzach, szczególnie z podaniem konkretnych sum — ceny nowego telewizora, wysokości zarobków, rat kredytu czy w naszym wypadku czynszu — uchodziły za równie prostackie jak dłubanie w nosie przy obiedzie. Gdzie przebiega granica, jeśli chodzi o wady mężów, orientowałam się gorzej — choć byłam prawie pewna, że Clover nie weszłaby w rolę Sandy i nie zaczęła opisywać odgłosów, jakie Lawrence wydaje podczas seksu. Siedziałam cierpliwie, czekając, aż gospodyni zacznie mówić, i krzywiąc się do bezmlecznej kawy.

Podniosła się z miejsca.

— Lepiej chodź sama zobacz.

Minęłyśmy wykładany dębowymi panelami hol oświetlony przez lutowe słońce wpadające przez witrażową kopułę na dachu. Kurz wirował wokół przy każdym naszym kroku. Clover pokazała mi „salon". Wyglądał, jakby przed momentem opuściła go horda imprezowiczów. Szczątki wybebeszonego stojącego zegara sterczały przez rozbite okno wykuszowe; wszędzie poniewierały się jego mosiężne flaki niczym na obrazie Dalego, którego tak bardzo lubiła profesorka. Przez szpary ciągnął zimny powiew. Nikt nie pomyślał, by zdjąć piękne jedwabne zasłony, więc były mokre od deszczu.

— Dzieciaki tak się martwiły o Bronte, że nie mogły usiedzieć w miejscu, dlatego żeby je czymś zająć, zaproponowałam, by rozbiły obóz w salonie. Odrobina rozrywki z kocami, poduszkami i tak dalej. Orion postanowił zbudować tor wyścigowy dla rowerów. Nie byłam tym zachwycona, ale podłoga jest solidna, a nie chciałam też wyjść na zrzędę. Odsunęliśmy meble, lecz kiedy poszłam zrobić popcorn, Orion wpadł na genialny pomysł, by przeskoczyć przez stolik do kawy. Udało mu się zahaczyć o mebel tylnym kołem i wpadł ze sporym impetem na zegar. A ten, jak widzisz, wyleciał przez okno.

Kopnęła odłamki szkła na podłodze.

— Chłopakowi nic się nie stało?

— Posiniaczył ramię, ale nic więcej. Podejrzewam, że bardziej wkurzył się tym, że przegrał zakład z bliźniaczkami.

— I, jak sądzę, Lawrence po powrocie miał dość...

Byłam zszokowana, jak lekko Clover traktuje szkody. Sam zegar musiał być wart kilka tysięcy.

— Wpadł w furię. Oświadczył, że nie nadaję się na matkę, że muszę dorosnąć i nie pozwalać dzieciakom biegać samopas. Że ma dość życia w chlewie z leniwą, tłustą dupą utrzymującą się z funduszu powierniczego, kiedy on musi tyrać w otoczeniu dupków, mało mu jaja nie odpadną, tylko po to, by moja rodzina nie uznała go za nieudacznika.

Przeczesała palcami włosy, od czego nastroszyły się jeszcze bardziej. Naprawdę można by ją było wziąć za menelkę mieszkającą pod mostem. Rozejrzała się po pokoju.

— Wiem, że w domu jest straszny burdel, ale sam zawsze powtarzał, że nigdy by nie poślubił maniaczki sprzątania. Nawet nie miałam pojęcia, że bałagan mu przeszkadza. Nigdy dotąd o tym nie wspominał.

Rozumiałam, dlaczego nie był zachwycony, zastając po długim dniu pracy bawialnię pełną szkła zgrzytającego pod nogami. Wyścigi rowerów górskich w salonie? Hallo? Nie łaska zająć się czymś normalnym, jak kilka rundek na chrzanionym PlayStation albo zabawa koralikami Hama? W tym momencie przypomniało mi się, że Clover to moja przyjaciółka, co automatycznie oznaczało, że Lawrence nie ma racji. Moja świeżo odkryta umiejętność milczenia szybko poszła w odstawkę.

— Masz fundusz powierniczy?

Stojąca przede mną bezdomna żebraczka nie pasowała do absolwentów Cambridge, pereł i powiewnych sukien z mojej wyobraźni. Za późno zajarzyłam, że mówienie o pieniądzach jest plebejskie.

— Mój dziadek zbił fortunę, wykopując z dna rzeki glinę do budowy. Lawrence zawsze nienawidził tego, że mam własne pieniądze, w dodatku bez konieczności podejmowania pracy, bo choćby nie wiadomo ile zarobił, ja zawsze będę miała więcej. Cholerny dinozaur z północy przekonany, że obowiązkiem faceta jest utrzymać rodzinę. Typowy reprezentant klasy robotniczej, mający wszystko wszystkim za złe i przekonany, że każdy spadkobierca fortuny to rozbestwiony matoł.

Próbowałam zignorować jej niezbyt pochlebną opinię o klasie robotniczej. Słuchając o jej problemach, powinnam docenić Colina, który ochoczo wysiadywał na sofie i pozwalał zarabiać mi każdy grosz. Nie doceniłam. Znacznie chętniej zadręczałabym się posiadaniem małżonka z funduszem powierniczym.

— Staram się nie korzystać z tych pieniędzy, a przynajmniej robić to za jego plecami, ale prawda jest taka, że premie w City poleciały na pysk, więc gdybym nie dokładała do gara, musielibyśmy się stąd wyprowadzić.

— Dlaczego nagle zaczęło mu to przeszkadzać? Co się zmieniło? — zapytałam.

— Właściwie nie wiem. Zawsze wydawał się zadowolony z tego, że dzieci mają wszystko to, na co sam nigdy nie mógł sobie pozwolić. Ale ostatnio zaczął im prawić kazania, że są rozpuszczone i uważają bogactwo za coś oczywistego. Nie wiem, co zrobię, jeśli nie wróci.

— W jednym mogę ci pomóc.

Uniosła brew z odrobiną nadziei.

— W czym?

— Umiem sprzątać. Może jeśli uporządkujesz dom, Lawrence nabierze ochoty na rozmowę?

— Nie mogę pozwolić, żebyś u mnie sprzątała, Maiu. Naprawdę nie mogę. Żądasz ode mnie zbyt wiele. Nigdy nie zatrudniałam sprzątaczek. Lawrence uważa, że to poniżające zmuszać innych do zbierania naszych śmieci — odparła.

— Clover, tak zarabiam na życie. Powinnaś zobaczyć niektóre miejsca, gdzie pracuję. — Prawdę mówiąc, daleko im było do brudu panującego w tym domu. — Gdyby nie ty i twoje dzieci, nigdy nie znaleźlibyśmy przyjaciół w Stirling Hall. Jako jedyni nie patrzyliście na nas z góry, i pewnie to się nie zmieniło. Lawrence nie musi o niczym wiedzieć.

— Zapłacę ci.

W jej głosie pojawił się proszący ton.

— Nie chcę pieniędzy — odparłam.

— Maiu, nie bądź głupia. Ktoś musi to zrobić, a skoro ty jesteś gotowa poświęcić swój czas, ja zamierzam ci płacić.

Przekonywałyśmy jedna drugą, nie mogąc dojść do zgody, aż w końcu pomaszerowałam do kuchni i uzbroiłam się w śmietniczkę i zmiotkę, czarne worki, płyn do politury oraz ściereczki do kurzu — wszystko w oryginalnych opakowaniach.

Widząc mnie w akcji, Clover najwidoczniej otrząsnęła się z otępienia wywołanego nieszczęściem. Szybko wpadłyśmy w zgodny rytm — ja wymiatałam kawałki potłuczonych szyb z kątów pokoju, ona zbierała je odkurzaczem. Zapytałam, co zamierza zrobić z zegarem.

— Bóg jeden wie. Nawet go nie lubiłam. Zapakujmy go do worka i upchnę go w garażu — odparła, szturchając stopą mosiężną tarczę.

Najwyraźniej idea oszczędzania i szanowania rzeczy była jej z gruntu obca. Gdy tak pracowałyśmy, padały kolejne okruchy informacji o jej życiu, niemal jakby próbowała zrozumieć, jakim cudem trafiła z punktu A do punktu B. Za młodych lat Lawrence był biedny jak mysz kościelna. Wpadła na niego w Hyde Parku, gdy uciekła z lekcji manier dla dziewcząt z dobrych domów. Nie miałam nawet pojęcia, że wciąż istnieją szkoły, które prowadzą takie kursy.

— Nigdy nie lubiłam układać kwiatów. A szpilki to dla mnie śmierć, chociaż potrafię wysiąść z samochodu, nie pokazując majtek.

Lawrence pracował na stażu jako księgowy, ale rodzina Clover i tak wpadła w popłoch.

— Był taki zjeżony. Przychodził na kolację w T-shircie z supermarketu i opierając łokcie na stole, prawił mojej mamie kazania na temat jej futer.

— Nigdy bym go nie wzięła za księgowego.

Mięśnie moich ud zaprotestowały, kiedy przesuwałam na miejsce wielką skórzaną sofę.

— Zdecydował się na to, jedynie by się wyrwać z Manchesteru. Chodziło o jakiś projekt dla zdolnych dzieciaków z ubogich domów sponsorowany przez jedno z wielkich biur rachunkowych. Nie chciał żyć na mój koszt i pewnie dlatego dał się w to wciągnąć. Nawet nie brał tego pod uwagę, że mógłby nie zarobić na swoje utrzymanie. Ale jak większość młodych ludzi marzył, by zostać gwiazdą rocka. Świetnie śpiewa.

Aha. Potrafiłam go sobie wyobrazić w rurkach i T-shircie Sex Pistols.

Clover wyprostowała się z rękami na biodrach.

— Kurwa mać, Maiu. To wygląda fantastycznie. Będę musiała zamknąć dzieciaki w piwnicy, żeby nie nabałaganiły.

— Zostało jeszcze mnóstwo roboty. Przestań się obijać.

— Obijać? Od lat tyle nie sprzątałam. Moja matka nie potrafiła się odprężyć, jeśli zasłona wisiała krzywo albo na szybie został odcisk palca. Najwidoczniej nie przekazała mi tego w genach.

Wręczyłam jej butelkę starego płynu do czyszczenia miedzi, który znalazłam na dnie kredensu.

— Ja się zajmę drewnem wokół kominka. Ty bierzesz okucia.

Nie trzeba jej było powtarzać dwa razy; na czworakach zabrała się do dzieła. W opiętych na tyłku bryczesach wyglądała kropka w kropkę jak budowlaniec.

— Nie spodziewałam się dożyć dnia, kiedy sprzątanie poprawi mi humor. Dziś nadszedł. Dzięki, kochana. Mam tylko nadzieję, że Lawrence wróci, by to zobaczyć.

— Jestem tego pewna.

Zastanawiałam się, czy Clover widzi pulsujący nad moją głową komiksowy dymek z pytaniem: „Wyniósł się do innej?". Ponieważ znacznie się ożywiła, uznałam, że kwestią, czy jej mąż bzyka koleżankę z pracy, zajmiemy się później. Wysunęłam do wypolerowania kilka małych stolików i odkryłam kręgi po mokrych szklankach, liczne niczym rysunki zrobione spirografem, oraz wprawki Sorrel w ryciu własnego imienia. Lepiej dbałam o mój kuchenny stół z laminatu. Najwyraźniej podkładki pod szklanki są dla klasy robotniczej.

Wymiotłam odkurzaczem zdechłe skorki zza zasłon i resztki rozmaitych potraw ze szpary wzdłuż oparcia sofy, a potem umyłam szyby, które ocalały z kolizji z rowerem górskim tudzież zegarem. Clover rozpogodziła się, wyśpiewywała *We are the champions* do puszki z płynem do mebli, a tymczasem salon z wysypiska śmieci przeobrażał się w miejsce odpowiednie dla kamerdynerów i tac z szampanem. Opracowałyśmy plan: przez następny miesiąc miałam przychodzić na dwie godziny dziennie, prosto po porannej zmianie w siłowni, gdzie zaczęłam właśnie pracę.

I owszem, zgodziłam się, żeby mi płaciła. Nie mogłam sobie pozwolić na odmowę.

ROZDZIAŁ PIĘTNASTY

Do dnia, kiedy w szkole wystawiono adaptację musicalu *Oliver!* — tuż przed początkiem przerwy semestralnej — nuciłam *Consider yourself* przez sen. Clover pożyczyła nam CD i żadne śniadanie nie mogło upłynąć bez odśpiewania przez dzieci *Food, glorious food*. Wchodząc do frontowego saloniku, często zastawałam Harleya ćwiczącego wymyślne kroki do *You've got to pick-a-pocket or two*. Nabrał zwyczaju wdzięczyć się przed lustrem i wygłaszać przemowy do publiczności.

Colin nieustannie go poszturchiwał i powtarzał: „Mam nadzieję, że nie zmienisz się w cholernego pedzia tańczącego w balecie jak ten, jak mu tam? Billy Elliot. Masz sobie znaleźć porządny fach".

Jak by to ująć...? Przyganiał kocioł garnkowi? Jego stała odpowiedź, gdy napomykałam, że powinien przyjść na przedstawienie, brzmiała: „Słyszałem to pięć milionów razy. Po co mam leźć do szkoły?".

Wiedziałam, że ostatecznie nie zawiedzie syna. I bardziej niepokoiłam się jego występem niż Harleya.

W wieczór premiery goście stłoczyli się na czerwonym dywanie przed wejściem do Stirling Hall. Wypatrywałam pana Petersa. Byłam właściwie pewna, że jako kierownik szkoły średniej będzie obecny, ale zobaczyłam tylko dyrektora, który witał rodziców, wymieniając ich nazwiska, i zapraszał wszystkich do środka. Mężczyźni nosili szyte na miarę garnitury i jedwabne krawaty, kobiety — wirujące, powiewne suknie i szpilki od Jimmy'ego Choo. Colin nie zrezygnował z koszulki West Ham United; uczepił się jej niczym maluch ulubionego misia. Aż pojaśniał na widok szóstoklasistów kursujących wzdłuż kolejki z tacami wina.

— Świetnie, darmowa gorzała. Myślisz, że mają tu Newkie Browna?

Patrzyłam wprost przed siebie, szlifując sztukę niesłyszenia szeptów w otaczającym nas tłumie. Colin beknął. Kątem oka przyuważyłam, że odstawił pusty kieliszek na tacę i zgarnął następny. Nie mogłam się doczekać, kiedy się znajdę w środku i będę mogła na niego syknąć. Szturchnęłam go stopą.

— Co? — spytał.

— Powinieneś wziąć tylko jeden.

— A gdzie to jest napisane?

Westchnęłam i odwróciłam wzrok. Żałowałam, że nie przyszłam sama. Minęliśmy drzwi i nagle stwierdziłam, że stoję przed panem Petersem. Nie znalazłam się tak blisko niego od poranka, gdy Bronte wróciła do szkoły. Kilka razy przypadkiem pochwyciłam jego spojrzenie z przeciwnego końca szkolnego dziedzińca, i to wystarczało, by mój żołądek wywinął salto. Stojąc tuż obok, poczułam nagłą falę gorąca. Miałam straszną ochotę wspiąć się na palce i powąchać jego szyję. Colin pryskający się dezodorantem pod pachami i w okolicach krocza jakoś nie działał na mnie w podobny sposób.

— Pani Etxeleku. Panie Caudwell. Dobry wieczór. Oglądałem próbę generalną i myślę, że będą państwo pod wielkim wrażeniem występu Harleya. Proszę przechodzić i zajmować miejsca — rzucił nauczyciel, zapraszając nas gestem do holu.

Drewniane panele, ozdobny sufit i wznosząca się widownia sprawiły, że poczułam się jak w teatrze na West Endzie. W Morlands byłam szczęśliwa, jeśli udało mi się zawisnąć jednym pośladkiem na składanym krześle.

W jakimś zakątku mojego umysłu czaiło się lekkie rozczarowanie, że pan Peters nie zdobył się na jakąś bardziej osobistą uwagę skierowaną pod moim adresem. Trzydzieści sześć lat, a zachowuję się jak trzynastolatka.

— Siadamy z przodu — oświadczył Colin, taranując jakąś grupkę debatującą, gdzie najlepiej się ulokować „z akustycznego punktu widzenia".

Zatrzymał się w połowie pierwszego rzędu i podniósł z krzesła program. Ledwie zdążył się rozsiąść, kiedy przydreptała Jen1.

— Przepraszam, te miejsca są zajęte.

— Jak to? — spytał.

— Jesteśmy całą grupą, dlatego przyszliśmy wcześniej i położyliśmy na fotelach nasze programy.

— Nie widzę nigdzie kartki „Rezerwacja". Że niby mam zobaczyć program i pomyśleć: „A tak, to miejsce tamtej blondyny, co stoi kawałek dalej"? Niby dlaczego? Pomyślę sobie: „Fajnie, ktoś się postarał i położył dla mnie program".

Oczy kobiety zwęziły się w szparki.

— Panie Etxeleku, rozumiem, że ostatnio przeżył pan problematyczne chwile w związku z zaginięciem

Bronte, dlatego wybaczam panu to zachowanie, lecz byłabym wdzięczna, gdyby zechciał się pan przenieść na inne miejsce, ponieważ te już są zarezerwowane.

— Słuchaj, lala. Zacznijmy po kolei. Po pierwsze, nie jestem żaden pan Etxeleku, tylko pan Caudwell. A po drugie, kochaniutka, nigdzie się nie ruszę i moje zachowanie nie ma nic wspólnego z Bronte. Taki już mam charakter, słowo daję, cały ja. Jak chciała pani tu siedzieć, trzeba było posadzić dupkę na fotelu. Maia, siadaj.

Zastygłam niezgrabnie z ugiętymi kolanami, wahając się między zajęciem miejsca a rzuceniem się do ucieczki.

— Daj spokój, Colin, zobacz, zostało mnóstwo wolnych miejsc.

Pociągnęłam go za rękę, wskazując w głąb sali.

— Jak chcesz, to się przesiadaj, ale ja zostaję. Pani z cyckami jak naparstki może się odchrzanić i siąść gdzie indziej.

Nie wiem, która z nas zakrztusiła się pierwsza — ja czy Jen1. Ale Colin miał rację. Jej klatka piersiowa pod wiązanym na szyi topem rzeczywiście przypominała patyk z przybitą parą orzechów laskowych. Już myślałam, że ród Etxeleku-Caudwell do swojej listy chwały będzie mógł dodać zaszczyt wyrzucenia ze Stirling Hall przez ochronę, gdy Jen1 dźgnęła Colina palcem, oświadczyła, że jest wstrętnym, wulgarnym, żałosnym człowieczkiem, a potem okręciła się na szpilkach i odeszła, głośno tupiąc. Umościł się, rechocząc i gratulując sobie, że pokazał paniusi z wyższych sfer to i owo, następnie aż do chwili, gdy zgasły światła i kurtyna się rozsunęła, perorował, że Jen1 potrzebuje, by ktoś ją porządnie przeleciał.

Spodziewałam się garstki dzieci pląsających z tamburynami, trójkątami i parą bębnów na tle dekoracji z masy papierowej. Tymczasem ulokowana z boku sceny orkiestra w pełnym składzie odegrała *Food, glorious food*, a potem Marlon, syn Frederiki, znalazł się w kręgu reflektorów i oczarował nas swoją interpretacją Olivera. Nawet Colin kiwał głową i szeptał: „Jasna cholera, niezły jest".

Zapomniałam o Jen1 i o Colinie, zafascynowana energią płynącą ze sceny: każde starannie wyliczone tupnięcie, każdy gest wciągały mnie w opowieść. Czekałam na chwilę, kiedy pojawi się Harley jako Spryciarz. Ledwie go poznałam, gdy wybiegł z uczernionymi przednimi zębami i włosami postawionymi na jeża. Zwrócił się do Olivera i machnąwszy ręką, zaczął śpiewać *Consider yourself*. To nie był tamten blady chłopiec, który miesiąc temu chlipał w gabinecie pana Petersa. To był mój syn — opanowany i pewny siebie. Colin ujął mnie za rękę i ścisnął. Odpowiedziałam tym samym. Szczypały mnie oczy. Kiedy Harley zwędził zegarek z kieszeni kamizelki Fagina, widownia zaczęła klaskać, wszyscy śmiali się i wiwatowali. Czułam się tak, jakbym to ja stała na scenie. Zerknęłam na Colina. Zwykle nie lubił „pedalskich musicali". Bez drwiącego grymasu na twarzy wydawał się niemal przystojny.

Kiedy w przerwie opuszczono kurtynę, na równe nogi poderwała go wiadomość, że w stołówce będą serwowane drinki. Uczniowie ze szkoły średniej krążyli wśród rodziców z tacami zastawionymi winem oraz sokiem pomarańczowym. Posłałam w niebo modlitwę, by udało mi się dociągnąć do czasu, aż Bronte i Harley pójdą do szóstej klasy. Te dzieciaki miały chyba nie więcej niż po szesnaście lub siedemnaście lat, ale wydawały się wcieleniem pewności siebie. W moich oczach wyglądały jak z katalogu; miały w sobie coś z gruntu zdrowego. Te ich lśniące włosy i proste zęby. Oraz proste plecy, jakby nigdy nie wątpiły, że znajdą swoje miejsce w świecie. Nie było w nich napięcia, gotowości na atak, czujności typowej dla nastolatków z naszej okolicy. Zdawały się takie urocze. Gdy Colin z wytwornym akcentem zaczął zadawać głupawe pytania o rocznik czerwonego wina, które zamierzał wlać sobie do gardła, obsługująca go dziewczyna uśmiechnęła się jak w reklamie pasty do zębów i odpowiedziała:

— Nie wiem, z którego jest roku, ale przyniosę panu butelkę.

Mrugnął do mnie.

— Udało się!

Rozejrzałam się dokoła. Jen1 stała na przeciwnym krańcu sali otoczona stałą gromadką wiedźm; sprawiała wrażenie kanciastej i spiętej. Nie wątpiłam, że Colin będzie tematem wieczoru. Zobaczyłam wchodzącą Fredericę z uniesioną wysoko głową, w pozie godnej królowej czerwonego dywanu, jakby lada moment miał ją sfotografować jakiś paparazzo. Ruszyła prosto w naszą stronę.

— Czyż Harley nie jest niesamowity? Brał lekcje? Nie? Ma naturalny talent. Powinniście go wspierać, żeby go rozwijał. Widziałam bardzo, bardzo niewiele dzieci posiadających taką osobowość sceniczną. Nawet wśród tych, które uczęszczały do Italia Conti, odkąd nauczyły się chodzić.

Przedstawiłam jej Colina i wciągnęłam go do rozmowy, wyjaśniając, że syn Frederiki, Marlon, gra Olivera.

Na szczęście nawet jego mikre umiejętności społeczne wystarczyły, by jej pogratulował znakomitego występu chłopaka.

— Czy ja pani nie widziałem w telewizji? Nie grała pani w *Lewisie*? Tej wykładowczyni, co ją zawiesili za całowanie się ze studentem? — spytał.

— Nigdy się nie uwolnię od mrocznej przeszłości. — Odrzuciła włosy na ramię.

— W realu wygląda pani znacznie szczuplej. I młodziej.

Chwyciła go za ramię i przytuliła się do niego.

— Rzeczywiście ucharakteryzowali mnie na starszą, ale komplementy są zawsze mile widziane. — Zwróciła się do mnie: — Cóż za pochlebca. Nie wspominałaś, że masz w domu takiego fantastycznego męża, Maiu. Gdzie go ukrywałaś?

Szczerze mówiąc, wolałabym dalej trzymać go w ukryciu, ale byłam gotowa ją wyściskać za to, że stara się być miła. Colin kokietował ją na całego, wypytując o plotki ze świata filmu. Też chciałam je usłyszeć, ale nie pytałam, żeby nie wyjść na zdesperowaną fankę. W każdej chwili spodziewałam się, że Frederica uwolni się od naszego towarzystwa wymówką: „Pójdę po kolejnego drinka", tymczasem stała przy nas całe wieki, z satysfakcją obrzucając błotem kolegów po fachu.

— Gordon? Na scenie wygląda jak sympatyczny wujaszek, ale ma wstrętny charakter. Ta blondynka grająca przyjaciółkę? Wcale nie taka sexy, jak się zdaje. Któż jak nie ja ma o tym wiedzieć? To po prostu zazdrość. Gdy zmyje charakteryzację, cerę ma okropną. Za to niezłe cycki, jeśli ktoś lubi balony.

Właśnie kadziła Colinowi, że Harley odziedziczył urodę po ojcu, kiedy dołączyła do nas Clover. Postukałam partnera w rękę, więc szybko skinął jej głową („Słucham?"), nie zadając sobie trudu, by jej uścisnąć dłoń, i znowu zaczął się ślinić do Frederiki. W jego hierarchii aktorka w obcisłej czerwonej sukni stała wyżej niż gospodyni domowa w zgrzebnym worku. Pocieszyłam się, że maniery Lawrence'a też pozostawiają wiele do życzenia.

— Jak leci? — spytałam.

— Nigdy nie bywam na szkolnych imprezach bez Lawrence'a. Mam wrażenie, jakby wszystkie się na mnie gapiły.

— Jestem pewna, że to nieprawda. Chyba są zbyt zajęte wypatrywaniem, która paraduje z najmodniejszą torebką. Gdybyśmy miały o tym jakieś pojęcie, mogłybyśmy się przyłączyć do zabawy.

Zdobyła się na blady uśmiech.

— Ale to nie fair wobec dzieciaków. Powiedział Orionowi, że wyjeżdża do Nowego Jorku i nie będzie mógł przyjść, a założę się, że właśnie zlizuje sos czekoladowy z sutków jakiejś dwudziestolatki w hoteliku w Hackney.

— Pst. — Zerknęłam dokoła, ale zdawało się, że nikt nie słucha.

— Cóż, taka jest prawda, nie? To znaczy może niekoniecznie dwudziestolatki i niekoniecznie sos czekoladowy. Być może siedzi na kolacji z kobietą w moim wieku, która jada wyłącznie tofu i kiełki lucerny, pija herbatę rumiankową i ma tyłek o połowę mniejszy od mojego. Albo z taką, która codziennie odkurza listwy podłogowe, prasuje bieliznę, zawsze ma w kredensie zapas przekąsek koktajlowych, a w torebce zapasową parę rajstop.

Wyglądała, jakby miała zaraz wybuchnąć płaczem. Z wielką chęcią włączyłabym się do gry, wymyślając opisy setki wrednych i starych — lub młodych — bab, z jakimi mógł się spiknąć Lawrence, oczywiście w nadziei, że ją rozśmieszę, nie mogłam jednak ryzykować, że nie trafię i doprowadzę ją do łez. Zamiast tego wzięłam więc od przechodzącego szóstoklasisty kieliszek wina i wyciągnęłam w jej stronę.

— Daj spokój, odzyskamy go dla ciebie. Zrobimy z twojego domu taki pałac, że nie będzie chciał się gnieździć w jakiejś brudnej wynajętej kawalerce. Wszyscy faceci przechodzą kryzys wieku średniego. — Obejrzałam się przez ramię. — Coś mi się zdaje, że w wypadku Colina jest nim Frederica.

— Przeszkadza ci to? — zapytała.

— Ani trochę.

Przygnębiła mnie prawda zawarta w tym stwierdzeniu. Ucieszyłam się, kiedy rozległ się dzwonek wzywający do powrotu. Klepnęłam Colina, lecz rzucił:

— Idź, dołączę do ciebie za minutkę, tylko skończę drinka.

Obejrzałam się i zobaczyłam, jak wlewa w siebie wino, a potem szybko zgarnia parę stojących obok kieliszków. Zostawiłyśmy go przy tym zajęciu.

Jen1 dotarła do drzwi jednocześnie ze mną.

— Harley jest fantastyczny jako Spryciarz. Powinnaś być z niego bardzo dumna.

— Dziękuję. — Poczułam skrępowanie. Nie bardzo umiałam przyjmować pochwały.

— Choć z drugiej strony akcent pewnie przychodzi mu łatwiej niż innym dzieciom.

Ulotniła się, nim zdołałam zrozumieć, co miała na myśli. Ale jeszcze ją dopadnę. Któregoś dnia zetrę ten uśmieszek z jej podłych, wybotoksowanych usteczek.

Clover zdążyła ścisnąć mnie za ramię i dopiero wtedy poszła, żeby się wcisnąć do swojego rzędu na tyłach.

— Cholerna suka. Nie zwracaj na nią uwagi.

Colin, sapiąc, zajął sąsiedni fotel parę sekund przed podniesieniem kurtyny, wywołując głośne westchnienia i sapnięcia rodziców w naszym rzędzie. Wykonywał taneczne ruchy do wtóru muzyki, rzucając głośne, choć w większości pochlebne komentarze. Marzyłam tylko o jednym: by przedstawienie się skończyło i żebym mogła zgarnąć Harleya, a potem zatrzasnąć drzwi tego dziwacznego świata, w którym wszystko robiłam źle. Próbowałam się skupić na fabule, ale fałszywy cockney już nie wydawał mi się zabawny. Gorące owacje, jakie Harley dostał na koniec, i czysta radość bijąca z jego buzi złagodziły moje rozdrażnienie, lecz mimo to pierwsza zerwałam się z miejsca, gdy kurtyna opadła ostatni raz.

— Chwila, chwila, gdzie się pali? — burczał Colin, próbując wyciągnąć marynarkę spod krzesła.

Siadając, zawsze ściągał adidasy, więc czekało go jeszcze ich włożenie.

— Gorąco mi. Poczekam na ciebie na zewnątrz.

Wymaszerowałam z holu i ruszyłam w kierunku wyjścia. Stał tam pan Peters z parą asystentek, które znałam z klasy Bronte. Pożegnałam się, nie patrząc nikomu w oczy, wypadłam na zimne wiosenne powietrze i przemknęłam przez trawnik, by zaczekać na Colina i Harleya przy niskim murku ukryta w cieniu. Gdy podniosłam głowę, zobaczyłam nauczyciela zmierzającego w moją stronę.

— Wszystko w porządku? — spytał.

— Tak, dzięki. Odrobinę się zgrzałam.

— Mówiłem ci, że Harley gra fantastycznie. Naprawdę powinnaś być z niego dumna.

— Jestem. Z takiego, jaki jest.

Musiał zarejestrować mój cierpki ton. Po jego twarzy przemknął wyraz zaskoczenia. Uniósł brwi, jakby oczekiwał, że powiem coś jeszcze. Wpatrywałam się w niego bojowo. Nie odwrócił wzroku i poczułam, jak pod jego spojrzeniem odprężam się, a moje rysy się wygładzają. A nawet układają w zapowiedź leciutkiego uśmiechu. Usiadł obok.

— Zawsze jesteś taka wycofana? — spytał.

Zamajaczyło mi coś o parze ludzi różnej płci siedzących ciut zbyt blisko siebie. Gdybym odrobinę nachyliła się w lewo, dotknęłabym go ramieniem.

Obróciłam się, by na niego spojrzeć.

— Wobec ludzi, którzy mnie znają, nie jestem wycofana, ale trudno być sobą, gdy wszyscy nieustannie mnie oceniają.

— Mnie chyba nie zaliczasz do tej kategorii?

— Cóż, a ty tego nie robisz?

Wolno pokręcił głową.

— Nie, Maiu.

Hałaśliwa paplanina rodziców wylewających się ze szkoły niosła się nad trawnikiem. Odcięłam się od niej. Wpatrywaliśmy się w siebie. Wydawało się to równie intymne, jak gdybym przesunęła palcami po jego wargach. Pan Peters otrząsnął się pierwszy.

— Okej. Skoro nic ci nie jest, lepiej pójdę wypełniać swoje PR-owe obowiązki. Nie zapomnij, że zawsze możesz zadzwonić, gdybyś chciała porozmawiać na dowolny temat.

Musiałam mu to przyznać: świetnie sobie radził w sferze zawodowej. A w prywatnej wręcz znakomicie.

Gapiłam się na niego, gdy się oddalał. Harley i Colin ukazali się w wejściu, akurat kiedy zajął pozycję przy drzwiach. Uścisnęli sobie ręce i wskazał Colinowi, gdzie się schowałam.

— W porządku, skarbie? — spytał mój partner, podchodząc z rozwiązanymi sznurowadłami i odrobinę chwiejnym krokiem.

Wróciliśmy do vana, a Harley trajkotał jak najęty. Dopytywał, czy zauważyłam, że śpiewając, pomylił tekst. Czy wypadł równie dobrze jak Marlon? Czy któryś z nauczycieli o nim wspomniał? Komplementy Colina ten jeden raz brzmiały szczerze, nie sugerował żadnych ulepszeń.

Obok samochodu wziął mnie za rękę.

— Ta szkoła nie jest taka kiepska, jak myślałem. Jest trochę nadętych rodziców, ale Harley nieźle sobie radzi. Spodobał mi się ten gość, Peters. Mówię do niego: „Myślałem, że zobaczę tu samych dupków, ale tak jakby spotkała mnie miła niespodzianka". — Nachylił się do mojego ucha i poczułam od niego wino. — Połóżmy dzisiaj Harleya wcześniej spać. Mam ochotę ci zafundować nieco tego i owego.

Akurat teraz pan Peters byłby bardzo przydatny, przybywając z odsieczą.

ROZDZIAŁ SZESNASTY

Policjanci pukają inaczej niż znajomi. Albo listonosze. Albo faceci odczytujący liczniki. A komornicy dobijają się jeszcze inaczej od wszystkich pozostałych. Był pierwszy dzień po przerwie semestralnej, ostatnie stresujące pięć minut przed wyjściem do szkoły. Bronte marudziła, że źle jej zaplotłam włosy, a ja jak zwykle miotałam się w poszukiwaniu długopisu, by podpisać zadania domowe, a na dodatek odkryłam, że w kredensie nie ma nic, co by mogło uchodzić za „zwykłe" herbatniki. Łomot do drzwi frontowych sugerował, że lada moment zobaczę muskularną pięść otoczoną wianuszkiem drzazg. Liczyłam, że to któryś z chamowatych kumpli Colina przybył odebrać hazardowy dług. Harley rzucił się otwierać, ale go uprzedziłam.

Założyłam łańcuch i krzyknęłam na Bronte, żeby wyciągnęła Colina z łóżka. Jeden cholerny krok po drugim. Uchyliłam drzwi i uśmiechnęłam się przez szparę.

— Dzień dobry. Czym mogę służyć?

W odróżnieniu od wielu innych urzędników państwowych, których miałam okazję poznać, ten facet nie był napakowany jak ceglany wychodek, ale i tak raczej nie pokonałabym go na rękę. Zerknęłam na jego dłonie, by sprawdzić, czy nie trzyma nożyc do metalu, ale miał tylko identyfikator, który podsunął mi przez drzwi z szorstkim:

— Komornik. Muszę zająć kilka przedmiotów na spłatę długu za podatek komunalny. Dostała pani list z powiadomieniem?

— Nie widziałam żadnego listu.

Nie przyznałam się, że przestałam otwierać wszystko, co wyglądało na rachunki, a Colin marnie się sprawdzał w roli sekretarki.

— Według naszych wyliczeń zalega pani trzysta siedemdziesiąt pięć funtów, więc nakazano mi zabrać kilka rzeczy. Możesz otworzyć, kochanie? Nie ma sensu się opierać, bo przyjdę znowu.

Przysunął się o krok bliżej. Ja się cofnęłam. Colin przecwałował, tupiąc głośno, z nagą piersią i dopinając dżinsy. Ryknął coś, wypadając do kuchni, ale nie zrozumiałam co.

Przybrałam najrozsądniejszy ton, na jaki mnie było stać:

— Nie może pan tak po prostu wejść. Zresztą i tak nie mamy nic wartościowego.

— W porządku, kochanie. Nie ma powodu panikować. Dlaczego nie wpuści mnie pani do środka, żebym się mógł przekonać, a potem złożę raport i może dadzą pani spokój?

Wahałam się. Wyglądał na gościa, który świsnąłby damską torebkę z dziecinnego wózka.

— No już, skarbie, otwieraj. Im szybciej mnie pani wpuści, tym szybciej będzie po wszystkim.

Colin wybiegł z kuchni. Odepchnął mnie i przysunął twarz do szpary.

— Te, spieprzaj, słyszysz? Mowy nie ma, żebyś tu wlazł kraść moje rzeczy. A teraz wypad.

Widziałam kropelki śliny tryskające mu z ust i lądujące na drzwiach. Facet na zewnątrz zaczął się awanturować, że nie pójdzie, dopóki czegoś tam nie podpiszemy, ale Colin nie dał mu szans. Zatrzasnął drzwi, a potem naskoczył na mnie:

— Ty głupia krowo! Chciałaś go wpuścić, co nie? Czy ty, kurwa, nic nie rozumiesz? Cholerne kuchenne drzwi były otwarte. Mógł sobie tak po prostu wleźć. Musisz trzymać wszystko zamknięte na klucz, inaczej wlezą albo wdrapią się przez cholerne okno. A mamy jak w banku, że kiedy raz znajdzie się w środku, zgarnie wszystko: telewizor, DVD, odtwarzacz CD, mikrofalę. Zawsze każą coś podpisać, ale to oznacza, że będą mogli wrócić i zabrać graty. Jasna cholera, Maia, potrafisz być strasznie głupią babą.

Wstrząs dodał mi odwagi:

— Cóż, pozwól, że coś ci powiem. Sam nie jesteś zbyt cwany. Jakbyś ruszył swój leniwy zad i znalazł cholerną robotę, zamiast przepuszczać moją forsę, bo prawda jest taka, że nie zarabiasz ani pensa, nie doszłoby do sytuacji, kiedy jakiś mięśniak zjawia się po nasze rzeczy. Więc zanim zaczniesz się przychrzaniać do mnie, może powinieneś spojrzeć na siebie.

Miałam mu do powiedzenia dużo więcej, ale uciszył mnie przeszywający ból w lewym policzku — siła Colinowego ciosu, która rzuciła mnie na poręcz schodów, wzmocniona poprawką, aż zadzwoniło mi w uchu.

— Ty pieprzona dziwko!

Pomaszerował do kuchni i usłyszałam, jak potrząsa słoikiem, w którym trzymałam funciaki na mleko i chleb. Trzasnęły tylne drzwi.

Dotknęłam swojej twarzy. Policzek miałam wilgotny pod okiem, gdzie o skórę zahaczył pierścionek wiecznej miłości na Colinowym ręku. Sama mu go kupiłam. Miałam wtedy dwadzieścia lat i wystarczyło, by zawołał: „Maia?", a pędziłam niczym pies, któremu pomachano ciasteczkiem. Colin nigdy dotąd nie uderzył mnie na serio. Kilka razy popchnął. Czasem szturchał nieprzyjaźnie. Mnóstwo razy obiecywał, że „dostanę z bekhendu". Ale nigdy, przenigdy mnie nie pobił. Usiadłam na schodach zbyt wstrząśnięta, żeby płakać, obmacując twarz, by ocenić rozmiary opuchlizny. Nie chciałam patrzeć w lustro.

Zawsze gardziłam kobietami, które pozwalają się bić facetom i znoszą to bez słowa. Uważałam, że to żałosne. Tylko dokąd mogłam teraz pójść? Absolutnie donikąd. Akurat w tym tygodniu miejscowa gazeta napisała, że rada miasta potrzebuje czternastu lat, by rozładować kolejkę oczekujących na lokale komunalne. Wcześniej dobiłabym cholernej pięćdziesiątki. Co miałam zrobić? Odstawiać dzieciaki do Stirling Hall z przyczepy kempingowej stojącej na parkingu dla biedoty przy torach kolejowych? Zmusić do wyprowadzki Colina? Bronte chciałaby pójść z nim. Na sto procent zwróciłaby się przeciwko mnie. Nie miałam innego wyjścia, jak tylko zachrzaniać dalej, pocieszając się, że kiedyś to się zmieni.

Usłyszałam za sobą kroki. Harley podał mi wilgotną ścierkę.

— Nic ci nie jest, mamo?

Próbował powstrzymać płacz. Przytuliłam go, powiedziałam, że to był przypadek i tato wcale nie chciał mnie uderzyć, a potem poprosiłam, by z szuflady na piętrze przyniósł mi okulary przeciwsłoneczne.

Byliśmy mocno spóźnieni do szkoły, ale ośmieliłam się wychynąć za próg, dopiero gdy się upewniłam, że komornik nie czai się gotowy do ataku, jak tylko zdejmę łańcuch. Sprawdziłam ogródek na tyłach i posłałam Harleya naokoło do głównego wejścia. Zastukał w okno, pokazując na migi, że droga wolna, a wtedy obie z Bronte wybiegłyśmy niczym parka brojlerów zmykających na swobodę. Krzyknęłam na dzieciaki, by się pośpieszyły, i nagle uświadomiłam sobie, że nie ma vana, do którego mogłyby wsiąść. Suchy placek na ulicy kawałek przed nami wyznaczał miejsce, gdzie samochód stał jeszcze pół godziny temu. Czyli akurat wtedy, kiedy sprawdzając pracowicie, czy wszystkie okna na parterze są zamknięte, nie zauważyliśmy, że go odholowują. Rzuciłam pod swoim adresem grube przekleństwo, że nie zaparkowałam przy sąsiedniej uliczce. Policzek pulsował bólem, a łzy, które z trudem hamowałam, zbuntowały się i popłynęły mi po twarzy, aż zapiekło rozcięcie pod okiem.

Harley wziął mnie za rękę.

— Już wiem, mamo, poprośmy Sandy, żeby nas zawiozła. Na pewno się zgodzi. Zdążymy na pierwszą przerwę. Możemy powiedzieć, że van się zepsuł. Nikt nie musi wiedzieć, że go odholowali, bo jesteśmy biedni, prawda?

Kiwnęłam głową, bo i tak nie miałam lepszego planu.

Bronte rzuciła plecak na ziemię.

— Nie wsiądę do reliant robina. Wystarczy, że musimy jeździć do szkoły vanem. Idę do autobusu. — Zawahała się. — Przepraszam, mamo, nie chcę robić kłopotu, ale nie mogę nim pojechać. Cała klasa mnie zobaczy.

Chwyciłam ją za rękę i pociągnęłam w kierunku domu sąsiadki.

— Zrobisz, co mówię. Miałam koszmarny ranek, czeka mnie absolutnie koszmarny dzień i nie zepsujesz go jeszcze bardziej. Słyszysz? Zbieraj się w tej chwili.

Oczekiwałam oporu, ale chyba nawet ją zszokowało, że Colin mnie uderzył, więc powlokła się naburmuszona u mojego boku. Załomotałam do drzwi Sandy.

Otworzyła z petem w jednej ręce i puszką coli w drugiej. Od naszego ostatniego spotkania zmieniła się z powrotem w blondynkę.

— Jezu, Maia, co ci się stało w twarz?

Wzruszyłam ramionami i wskazałam wzrokiem dzieci. Pokręciła głową. Spuchnięte wargi i podbite oczy nie były dla niej żadną nowiną.

— Możesz nas podrzucić do szkoły? Komornik zajął vana — wyjaśniłam.

— Skurwysyny. Nie mają nic lepszego do roboty? Za co tym razem? Za prąd? Kiedyś zabrali mi z tego powodu telewizor. Za podatek komunalny? Podwójne skurwysyny. Cholera, niech sprzątną śmieci i zbiorą strzykawki i prezerwatywy z uliczki na tyłach, zanim zaczną się martwić, czy im płacimy. Momencik, wezmę tylko kluczyki.

Bronte, burcząc, wsiadła z tyłu. Harley, niech mu Bóg wynagrodzi, przez całą drogę zabawiał Sandy opowieścią o tym, jak ekipa Top Gear próbowała przerobić relianta na prom kosmiczny. Zgarbiłam się na przednim fotelu, rozmyślając, jakim cudem jeszcze kiedyś odezwę się do Colina. I jak, do cholery, odzyskam vana, nie buląc trzystu siedemdziesięciu pięciu funtów plus ogromnej opłaty zwrotnej? Bez vana nie mogłam pracować, co oznaczało, że sytuacja jeszcze się pogorszy. Pierwszy raz przyznałam otwarcie przed sobą, że eksperyment z prywatną szkołą był szaleństwem. Jak mogłam wierzyć, że stać mnie będzie na buty do rugby, kije do lacrosse i budrysówki dla dzieciaków, skoro nie potrafiłam wyskrobać pieniędzy nawet na czynsz za naszą ruderę — nie mam pojęcia. Tryumf optymizmu nad realizmem. Stara profesorka z pewnością sądziła, że robi dobry uczynek. Prawdę mówiąc, jedyne, co udało mi się osiągnąć, to pokazać dzieciakom, czego nigdy nie będą miały.

Reliant z wysiłkiem pełzł przez podjazd Stirling Hall, a Sandy wyśpiewywała hymn kiboli *Who ate all the pies?* Na szczęście byliśmy o godzinę spóźnieni, więc nikt się nie kręcił w okolicy.

— Zaczekać na ciebie, skarbie? — spytała.

— Nie, z powrotem złapię autobus. Nie wiem, ile mi zejdzie. Muszę wpisać dzieciaki na listę. Ale wielkie dzięki.

Próbowałam się uśmiechnąć, lecz wyszedł z tego tylko dziwny grymas.

— Zawsze do usług.

Pomachała i odjechała, podskakując na garbach spowalniających, aż się bałam, że jej grat zaraz się przewróci.

Zasłoniłam okularami najgorsze rozcięcie, wzięłam głęboki oddech i weszłam do recepcji.

— Dzień dobry, pani Etxeleku. Dzieci były u dentysty, nieprawdaż? — spytała sekretarka, odsuwając szklane okienko.

Trzeba było przytaknąć, ale mózg miałam zbyt odrętwiały, żeby właściwie zareagować.

— Nie, zepsuł się samochód.

Jakoś nie mogłam się zmusić, żeby wypowiedzieć słowo „van".

— Biedactwo, cóż począć, takie rzeczy się zdarzają. Gdyby zechciała się pani podpisać w dzienniku spóźnień, o tutaj... Harleyu, twoja klasa zaraz zacznie się przebierać na lekcję pływania. Ojej, pani Etxeleku, wszystko w porządku? Pani twarz?

— Nic mi nie jest, dziękuję.

Nie podałam żadnego wyjaśnienia, choć mało nie wypadła przez okienko, próbując lepiej zobaczyć moje obrażenia. Odwróciłam się do niej plecami, by pożegnać dzieci, i wyszłam. Ruszyłam szybko podjazdem, mijając boiska do rugby i korty tenisowe. Colin miał rację, a ja się myliłam. Skończymy na ulicy, jeśli będę się dłużej okłamywać, że Stirling Hall to miejsce dla naszych dzieci. Dzisiaj wieczorem napiszę podanie o rezygnację i zobaczę, czy uda mi się je z powrotem upchnąć do Morlands.

Zatrzymałam się na końcu podjazdu i obejrzałam na szary kamienny budynek. Ostatnim razem czułam się taka bezradna, kiedy pochowałam mamę. Pomyślałam o Clover i jej słowach na temat Lawrence'a oraz jego robotniczego kompleksu. W tej chwili przypuszczalnie nadawalibyśmy z jej mężem na tych samych falach. Istnieją bowiem kwestie, w których dama dysponująca funduszem powierniczym oraz pozostająca na łasce komorników kobieta z podbitym okiem nie zdołają się porozumieć.

Przyśpieszyłam kroku, słysząc samochód zbliżający się podjazdem. Zostało mi siedemdziesiąt pięć pensów, co oznaczało, że będę musiała wysiąść z autobusu w połowie drogi do domu. Właśnie kombinowałam, do których pracodawczyń uda mi się dotrzeć piechotą, jeśli zdołam udźwignąć ekwipunek sprzątaczki, kiedy wóz zahamował obok mnie. Pan Peters opuścił szybę i kazał mi wsiadać. Najwyraźniej sekretarka, gadatliwa stara torba, nie umiała trzymać gęby na kłódkę nawet przez dwie sekundy. Głos nauczyciela brzmiał surowo. Usłuchałam.

— Co ci się stało, na miłość boską?

Na moich wargach zawisła odpowiedź: „Nic takiego", riposta tysięcy moich poprzedniczek. Zacisnęłam oczy i się wzdrygnęłam. I tak opuszczamy Stirling Hall.

— Colin mnie uderzył.

Nie odpowiedział, ale skóra wokół jego ust się napięła.

— Jak rozumiem, van się zepsuł.

I tak uważa mnie za hołotę.

— Komornik go zajął.

Zgarbił się.

— Czy to ma związek z podbitym okiem?

— Mhm.

Minął ostatnie zabudowania Sandbury, skręcił w długą wiejską drogę i zaparkował w lesie.

— Co zamierzasz zrobić?

— Niby w jakim sensie? Nie zamierzam nic robić. Zamierzam z tym żyć. Jakie mam opcje? Iść na policję? W czym pomoże dzieciakom, że będą miały notowanego tatusia? Nigdy dotąd mnie nie skrzywdził. To z szoku, że nasza sytuacja tak się pogorszyła, że zjawił się komornik.

Nawet w moich uszach brzmiało to żałośnie.

— Nie próbuj go usprawiedliwiać, Maiu. On jest dwa razy większy od ciebie.

Nigdy wcześniej nie słyszałam w jego głosie chłodu.

— Wcale, kurwa, nie próbuję go usprawiedliwiać. — O kurwa, powiedziałam „kurwa". — Nie usprawiedliwiam go. Okej, usprawiedliwiam. Tylko że ktoś taki jak ty tego nie zrozumie. Mieszkacie w swoich eleganckich domach, jeździcie fajnymi brykami, a jak przychodzi rachunek, to nie koniec świata, możecie go zapłacić. Ja po prostu żyję w zupełnie innym świecie. Muszę walczyć, żeby dzieciaki nie straciły dachu nad głową, i każdego dnia miały co jeść. I nie tracić nadziei, że od czasu do czasu trochę się zabawimy, i pamiętać o zamykaniu na klucz cholernych kuchennych drzwi, żeby komornik nie wlazł do środka. Niepotrzebnie je posłałam do Stirling Hall, bo to tylko pogorszyło naszą sytuację, a teraz nie mogę nawet pracować, bo straciłam vana.

Sięgnął ręką i uniósł moje okulary. Skrzywił się. Ja też, że widzi mnie w takim stanie.

— Co za skurwysyn! Wybacz mój język. Biedactwo — skomentował.

— Nie bądź dla mnie miły, bo się poryczę — ostrzegłam.

— Jakoś to zniosę.

Omal się nie uśmiechnęłam.

— Przykładałaś coś na to? — spytał.

— Wilgotną ścierkę.

Przypomniała mi się buzia Harleya, gdy próbował opanować emocje, a wtedy moje własne uczucia zalały mnie falą. Naprawdę nie powinnam spędzać czasu z panem Petersem. Założę się, że za plecami przezywa mnie beksą.

Odpiął swój pas bezpieczeństwa, potem mój, i przyciągnął mnie do siebie.

— Boże, Maiu, chodź tutaj.

Tulił mnie z wielką czułością, gładził po plecach i uciszał tak słodko, że moje życie wydało mi się jeszcze bardziej samotne. Kiedy w końcu się odsunęłam, wstrząsnął mną widok troski w jego oczach. Jedyną osobą, która tak się o mnie martwiła, była mama — a to też nie była odpowiednia w tym momencie myśl, bo wywołała nową falę łez. Pan Peters bardzo delikatnie zdjął mi okulary.

— Poczekaj moment.

Wysiadł i podszedł do bagażnika. Po kilku sekundach wrócił z apteczką, a następnie przetarł odkażającymi chusteczkami rozcięcie na mojej twarzy i posmarował mi policzek maścią z arniki.

— Marnujesz się jako nauczyciel — rzuciłam.

— Marnujesz się przy Colinie.

Po jego twarzy przemknął nagły błysk zaskoczenia, jakby nie zamierzał tego wyznać na głos. Lecz gdy to zrobił, zarazem przekroczył jakąś granicę, bo nachylił się i mnie pocałował — delikatne, pełne wahania muśnięcie. Uniósł głowę i przesunął palcem po moich wargach. Wiedziałam, że powinnam odwrócić wzrok przed ciemnozielonym spojrzeniem wbijającym się w moją duszę jak kosmiczny promień holowniczy ze Star Treka. Znowu przywarł ustami do moich, delikatnie badając językiem moje wargi i wnętrze ust, aż zapomniałam o opuchniętym policzku, o rozcięciu pod okiem i jedyne, czego byłam świadoma, to jego oddechu, mojego oddechu oraz dojmującego wrażenia, że budzę się z długiego, zimowego snu. Po całych latach, gdy Colin traktował moje ciało raczej jak obiekt podboju niż zachwytu, zapomniałam o potężnej mocy pocałunku.

Pan Peters odsunął się i spojrzał na zegarek.

— Muszę wracać. Dokładnie za dwadzieścia pięć minut prowadzę z twoim synem lekcję francuskiego.

— Ma chłopak szczęście.

— Maiu?

— Nie. Nie wiem, co chcesz powiedzieć... A może wiem, ale mam swoje życie, a ty swoje, i nie istnieje między nimi część wspólna.

Zabrałam okulary przeciwsłoneczne z deski rozdzielczej.

— Posłuchaj.

— Nie. No już, musisz się zbierać.

Zapięłam pas.

— Wysłuchasz mnie, jeśli powiem, w jaki sposób mógłbym ci pomóc odzyskać vana?

A, tak. Van. Kilkanaście żywotów temu. Pan Peters uruchomił silnik.

— W jaki? — spytałam.

— Zgodnie z prawem komornik nie może zająć niczego, co jest ci niezbędne do pracy. Van zalicza się do tej kategorii. Znam kogoś w zarządzie komunalnym. Po powrocie zadzwonię w kilka miejsc. Dowiedzmy się przynajmniej, gdzie go zabrali, a może uda się załatwić, żebyś go odebrała.

— Nie mam pieniędzy.

— To nieważne. Zgodnie z prawem nie mogą zarekwirować auta.

Wszystko zależy więc od tego, kogo znasz. Odepchnęłam niewdzięczne myśli na chwilę wystarczająco długą, by mu podziękować.

— Cała przyjemność po mojej stronie — zapewnił.

— Pewnie wszyscy w szkole już wiedzą, że mąż mnie bije...

— Nie — odrzekł i cicho westchnął.

— Jak rozumiem, twoja sekretarka przyleciała w te pędy, by ci o tym donieść.

— Felicity istotnie „przyleciała w te pędy". Ostrzegłem ją jednak, że jeśli piśnie komuś słowo, z miejsca dostanie wypowiedzenie.

Mimo woli uśmiechnęłam się szeroko na myśl o Felicity dostającej niestrawności z wysiłku, by trzymać swoją wielką gębę na kłódkę.

— Och, gdybym miała twoją magiczną różdżkę!

Po jego twarzy przemknęła chmura.

— Chciałbym. Istnieją rzeczy, które potrafię załatwić, ale znacznie więcej znajduje się poza moim zasięgiem.

Zastanawiałam się, czy chodzi mu o mnie. Nie chciałam tego wiedzieć. Zresztą i tak nie miało to znaczenia.

Zmarszczył brwi.

— Sugeruję, żebyś zostawiała dzieci na początku podjazdu, póki twarz ci się nie zagoi. Zadbam, by po południu czekały na ciebie przy bramie szkoły, tak abyś nie musiała wchodzić do środka.

Mężczyzna, który myśli o wszystkim. Pokiwałam głową.

Podrzucił mnie na przystanek autobusowy. Kiedy zatrzymał samochód, wahałam się przez moment, nie wiedząc, jak się pożegnać. Pora na pocałunki dawno minęła, więc wybrałam poklepanie po ręce, jakim częstuje się stryjecznego dziadka Arnolda w domu starców, ale pan Peters ścisnął moje palce.

— Maiu, nie jestem człowiekiem porywczym. W najmniejszym stopniu. Lecz kiedy Felicity przyszła dzisiaj z tą koszmarną wiadomością, chciałem wskoczyć w samochód i wyjaśnić parę rzeczy twojemu mężowi. Nie pamiętam, kiedy ostatni raz byłem równie wściekły. — Zrobił pauzę. — Chciałem tylko, żebyś o tym wiedziała.

Myślałam o nim, siedząc w autobusie. I potem, gdy maszerowałam do domu. To było jak zaglądanie do pudełka ze skarbami, puszki wypełnionej wspomnieniami. A ulubione było to, jak delikatnymi palcami wcierał kolistymi ruchami maść w mój policzek — na samą myśl o jego dotyku czułam, jak w moim brzuchu otwiera się otchłań pożądania. Wciąż rozpamiętywałam to zdarzenie, podchodząc do frontowych drzwi. Sprawdziłam tylko, czy Colin nie wrócił, a potem, świadoma, że właśnie zdradzam własne dzieciaki, profesorkę i pana Petersa, poszukałam papieru i zrobiłam to, co musiałam.

ROZDZIAŁ SIEDEMNASTY

Van wrócił tego samego popołudnia. Nie musiałam nawet po niego jechać. Patrzyłam, jak dwóch mięśniaków z zarządu komunalnego stacza go z lawety, aż brzęknął na podstarzałych osiach. Jeden z mężczyzn podszedł do drzwi i podetknął mi formularz do podpisu.

— Musi mieć pani niezłe dojścia. Nieczęsto oddajemy coś z powrotem, szczególnie tego samego dnia. A nawet jeśli, ludzie muszą to sami odebrać z magazynu.

Czekając na odpowiedź, wytarł nos rękawem odblaskowej kurtki. Podpisałam bez słowa i zatrzasnęłam przed nim drzwi. Od razu wysłałam za to nauczycielowi esemesa, że van wrócił cały i zdrowy. Zastanawiałam się, czy zakończyć wiadomość „x", ale darowałam sobie podpis — na pewno się domyśli, od kogo mogły pochodzić tego rodzaju wieści.

Odpowiedź przyszła natychmiast: „To była przyjemność. Musimy porozmawiać, kiedy będziesz gotowa". Żadnych pocałunków. Musimy porozmawiać? Nie potrzebowałam się umawiać na wizytę, by wiedzieć, że obcałowywanie go było poważnym błędem. Tyle potrafiłam wykombinować sama. Pewnie pluł sobie w brodę i równocześnie robił w gacie ze strachu. Dałabym sobie głowę uciąć, że jego szef „nie pochwalał" takich zachowań. Zabiorę stamtąd dzieciaki i tym samym po prostu zejdę mu z oczu. Chciałam go uprzedzić przed wysłaniem listu, choć wiedziałam, że będzie mnie próbował odwieść od tego kroku. Bez entuzjazmu zaczęłam szukać znaczka, przekonana, że postępuję słusznie, lecz z cichą nadzieją, że w ostatniej chwili coś mi w tym przeszkodzi. I wtedy przez szparę na listy dobiegł mnie bojowy okrzyk Sandy.

Upłynęły ponad dwa tygodnie od jej ostatnich odwiedzin — owego pamiętnego dnia, gdy zniknęła Bronte.

— Cześć, skarbie. Wszystko w porządku? Naprawdę się zaniepokoiłam dzisiaj rano. Jak twoja twarz? Paskudnie wygląda. To robota Colina, tak? Oni wszyscy są tacy sami, co nie? Nie spotkałam faceta, który wcześniej czy później nie startowałby z pięściami. Nieważne. Do przyszłego tygodnia się wygoi.

W kuchni opowiedziałam o potyczce z komornikiem.

— Zupełnie nie rozumiem, dlaczego Colin się na mnie rzucił. Ostatnio układało nam się trochę lepiej. Poszedł do szkoły na występ Harleya i nawet nie kręcił za bardzo nosem.

Postawiłam czajnik na kuchence.

— Widać pogodził się z myślą, że jego dzieciaki uczęszczają, jak to się mówi, do szkoły dla wyższych sfer. Cholera, będziemy musieli pilnować języka, skoro wszyscy w to wsiąkliście.

Chciałam zmienić temat. I tak się nie dogadamy co do Stirling Hall. Zamieszałam jej kawę, wytężając pamięć, jak ma na imię jej facet.

— A jak ci się układa z nowym mężczyzną?

— Z kim? Z Seanem? To znaczy, z Shane'em?

— To w końcu Sean czy Shane? Ilu ich masz na tapecie?

— Wiesz, jaka jestem, nie lubię stawiać wszystkiego na jedną kartę. Dzisiaj Sean, jutro Shane. — Upiła łyk kawy i się skrzywiła. — Masz cukier?

— Przepraszam. Nie byłaś u mnie od tak dawna, że zapomniałam, jaką lubisz — tłumaczyłam, wygrzebując torebkę z kredensu.

— Ano, w piątki wieczorem zwykle teraz pracuję w fabryce, więc nie mam czasu się obijać. A jak twoje zlecenia?

— Dalej sprzątam u paru kobiet, u dentysty i na biurach przy sklepiku z rybą i frytkami. — W ostatniej chwili ugryzłam się w język, by nie powiedzieć poprawnie „w biurach". — Ale to za mało, ledwo wychodzimy na zero. Ostatnio złapałam robotę w nowej siłowni przy szkole. Trzy godziny dziennie, cztery razy w tygodniu, niezła stawka. Fakt, muszę się zrywać o pierwszym pierdnięciu skowronka, ale dostałam darmową kartę członkowską, więc mogę podreperować kondycję, jeśli znajdę czas poćwiczyć.

— Dla mnie brzmi nieźle. Kurczę, laska z ciebie. Colin padnie z wrażenia, jak mu pokażesz to i owo, używając mięśni miednicy.

— Nie byłabym taka pewna. Po dzisiejszej akcji minie sporo czasu, zanim dam się zaciągnąć do łóżka. Zresztą ostatnio i tak nie wydawał się zainteresowany. Przedwczoraj rzucił się na mnie jak wariat, ale myślę, że fantazjował o Frederice, no wiesz, tej z *Ofiary*. Flirtowała z nim w szkole i chyba zawróciła mu w głowie.

Sandy ściągnęła usta.

— Strasznie próżny ten twój Colin. Już to widzę, jak się nim interesuje gwiazda telewizji.

Znowu zaczynała mnie wkurzać. Jakby wszyscy jej faceci byli nie wiadomo jakimi ciachami. Większość od dawna nie widziała swoich stóp, bo brzuch wchodził im w paradę.

— Nie jest taki najgorszy. Powinnaś zobaczyć niektórych ojców ze szkoły. Połowa wygląda na dziadków własnych dzieci. Colin nie ma sześciopaka, ale prezentuje się dużo lepiej niż wielu podtytych chłoptasiów z City z brzuszyskami hodowanymi na funduszach reprezentacyjnych.

Wzruszyła ramionami i sięgnęła po podrabianą torebkę od Gucciego.

— Słuchaj, muszę lecieć do roboty. Uważaj na siebie. Posmarowałaś czymś tę twarz?

— No, jakimś antyseptykiem. I arniką.

— Arni czym?

— Arniką. Podobno zapobiega siniakom, takie tam ziołowe lekarstwo.

— Woda utleniona byłaby zbyt pospolita, co? — Zmrużyła oczy i jej rysy stwardniały.

Przypomniało mi się, dlaczego ostatnio tak rzadko się z nią spotykam.

— Nie. Dostałam od jednego z nauczycieli. Przypadkiem miał ją przy sobie.

— Och, najwyraźniej przygruchałaś sobie przyjaciela, prawda? Rycerza w lśniącej zbroi. Nie chodzi przypadkiem o tego gościa w bajeranckiej bryce?

— Nie bądź głupia. Zobaczył mnie przypadkiem w recepcji, jak odprowadzałam dzieci. — Czułam, że się czerwienię. Odwróciłam się, by zebrać kubki ze stołu. — Zresztą przenoszę dzieciaki z powrotem do Morlands. Nie stać nas na dalszą naukę w Stirling Hall.

Nie mogłam uwierzyć, że wszystko wychlapałam. Nawet jeszcze nie omówiłam tego z Colinem. Żałosna mała ja licząca, że Sandy polubi mnie bardziej, jeśli będę równie beznadziejna i pozbawiona ambicji jak ona.

— Ale na razie nie mów dzieciakom, bo o niczym nie wiedzą. Prawdę mówiąc, nie wspominaj nikomu. Jeszcze nie wysłałam listu. Dopiero dzisiaj się zdecydowałam.

— Szkoda. Ta cała forsa wyrzucona na nowe mundurki... No, trudno. Dzieciaki i tak nie do końca tam pasowały, co nie? — rzuciła. Miała minę, jakby wygrała w totka.

Znalazłam się z powrotem tam, gdzie moje miejsce.

ROZDZIAŁ OSIEMNASTY

Kiedy nazajutrz zameldowałam się na swoje dwie godziny harówki, Clover otworzyła mi drzwi z wielkim entuzjazmem. Sprzątanie ciągle miało dla niej urok nowości. Dużo bym dała, żeby myśleć w podobny sposób o posiadaniu funduszu powierniczego. Szeroki uśmiech szybko jednak zniknął z jej twarzy.

— Kurwa mać, Maiu. Co ci się stało?
— Colin. Rozmowa o pieniądzach. Długa historia. Chwilowo nie pokazuję się w szkole.
— Jezu Chryste. Byłaś z tym gdzieś?
— Wszystko okej, wygląda gorzej, niż jest naprawdę. No dobra, od czego dzisiaj zaczynamy?

Nie mogła oderwać ode mnie oczu, więc zignorowałam ją i zaproponowałam:

— Co powiesz na twoją sypialnię?

Nigdy wcześniej nie widziałam jej choćby bliskiej zamilknięcia, lecz mój zwięzły opis lekcji boksu w wykonaniu Colina najwidoczniej odebrał jej mowę. Wyglądała, jakby miała mnóstwo pytań, lecz nie chciało mi się zastanawiać nad odpowiedziami. Ruszyłam więc za nią po schodach — takich, po jakich w wyobraźni zstępujesz w długiej sukni z trenem, gdy ktoś w muszce uroczyście wymienia twoje nazwisko. Clover zaprowadziła mnie do wielkiego pokoju ze sklepionym sufitem o widocznym belkowaniu. Pod ścianą stało gigantyczne łoże z kolumienkami. Choć Lawrence był nieobecny od ponad dwóch tygodni, jego dżinsy i T-shirt wciąż leżały udrapowane na skraju materaca.

Przebiegłam wzrokiem po hałdach ubrań zalegających pomieszczenie. Płaszcze i marynarki wisiały na krzesłach. Dwa różne buty leżały na dywanie. W każdym kącie pączkowały reklamówki.

Moją uwagę przyciągnął akt węglem naturalnej wielkości. Przedstawiał Clover, lecz chudą. Clover z wydatnymi kośćmi policzkowymi i wielkimi oczyma w drobnej twarzy. Spojrzałam uważniej.

— To ja. Lawrence zamówił go za pierwszą otrzymaną premię. On miał wtedy dwadzieścia jeden lat, a ja dziewiętnaście. Trzymam obraz tutaj, żeby mnie dręczył i nakłaniał do schudnięcia, ale nie pomaga.

— Prawdę mówiąc, chyba trochę schudłaś.

Twarz miała zdecydowanie szczuplejszą. Co do reszty ciała, trudno było ocenić, bo ukryła je pod T-shirtem z pacyfą oraz karmazynowymi szarawarami.

— Może odrobinę. Efekt diety pod nazwą „Mój mąż dał nogę i pewnie bzyka jakąś dwudziestkę".

Zabrałyśmy się do roboty. Chwilę to trwało, ale udało nam się wydobyć na światło dzienne szmaragdowy szezlong — z tych, jakie widuje się na zdjęciach wytwornych domostw celebrytów w czasopiśmie „Hello!" — spod warstwy rajstop, starych dżinsów, pulowerów tudzież długiej, wyszywanej cekinami sukni balowej.

— A niech mnie drzwi ścisną, zapomniałam o tej sukience. Włożyłam ją na bożonarodzeniowe przyjęcie u Lawrence'a w pracy. Ale nie w zeszłym roku, tylko dwa lata temu — skomentowała.

Otworzyłam szafę, by odwiesić suknię, i zobaczyłam przed sobą wysypującą się z półek wielobarwną plątaninę rękawów, nogawek i pasków. Nic dziwnego, że Clover zawsze wyglądała, jakby włożyła na siebie coś, co przeleżało pół roku na spodzie hałdy rzeczy do prasowania. Westchnęłam.

— Chodź, wyciągnijmy to wszystko.

Rzuciłyśmy rzeczy na stos na środku pokoju — egzotyczne ognisko z markowych ciuchów w mikroskopijnych rozmiarach. Przy odrobinie szczęścia Clover zdołałaby w nie obecnie wcisnąć jedną nogę. Właśnie kombinowałam, jak bez używania słów: „Strasznie utyłaś", zasugerować, by się pozbyła choć niektórych, kiedy wybuchnęła śmiechem — niestety pełnym ironii, a nie z rozbawienia.

— Nie ma sensu chować ich z powrotem. Nie zmieszczę się w nie. Biedny, stary Lawrence. Kiedy się poznaliśmy, nosiłam rozmiar trzydzieści sześć, a spójrz na mnie teraz. Mógłby się ze mną rozwieść na podstawie niezgodności towaru z warunkami umowy.

— Daj spokój, nie ożenił się z tobą dlatego, że byłaś chuda.

— Ale to część dilu, prawda? Chuda jak ptaszek lala, którą możesz się pochwalić na firmowej imprezie. Nic dziwnego, że nie mógł już wytrzymać. To musi być dla niego okropne, kiedy wszyscy wytykają go palcami, komentując: „Nie powiem, żeby jego stara mi się podobała".

Sięgnęła po T-shirt w batikowe wzory, przyłożyła do swojego biustu i cisnęła na stos rzeczy do oddania.

— Nie bądź śmieszna. Przypomnij sobie te patyczaki, które znamy, jak choćby matka Hugona. Nie powiesz mi, że byłby szczęśliwszy, gdyby się z nią ożenił.

— Z Jennifer może nie, ale z zawodnikiem sumo w babskiej wersji też nie. — Nadęła policzki.

— To może wybierzesz się ze mną na siłownię? Mam darmowy wstęp, odkąd zaczęłam sprzątać w Browns. Mogłybyśmy razem podreperować kondycję.

Zrobiła minę, jakby chciała odrzucić ten pomysł, a potem wzruszyła ramionami:

— Czemu nie? Warto spróbować. Dzieciaki będą zachwycone wizją matki próbującej wcisnąć tłusty tyłek w dresy. Ile mogłabym zrzucić w miesiąc? Pięknie byłoby zaprezentować moje nowe ja na balu, żeby odebrało im mowę.

Załadowałyśmy worki na śmieci do pełna ciuchami (niektóre miały jeszcze metki), pozostałe ubrania składałyśmy i sortowałyśmy, aż moje plecy zaczęły się głośno domagać litości. Szafa przypominała teraz jeden z tych eleganckich butików, gdzie musisz zadzwonić do drzwi, by cię wpuszczono: tylko kilka ubrań leżało schludnie złożonych pośrodku półek.

Clover wyciągnęła długą, czerwoną suknię z ogonem.

— Wyglądałabyś w niej niesamowicie. Przymierz. Mogłabyś ją włożyć na bal.

— Nie wybieram się na bal.

— Musisz. Wygrałaś bilety na kiermaszu, pamiętasz?

— Pamiętam, ale nie idę.

— Proszę, pójdź, Maiu. Lawrence gra w zespole. To może być moja jedyna szansa, by się z nim spotkać. Nie odbiera, kiedy do niego dzwonię, a jak podniosę słuchawkę przy tych rzadkich okazjach, gdy chce pogadać z dziećmi, mówi tylko, że w tej chwili nie może ze mną rozmawiać. Nie odważę się pójść sama, skoro wszyscy wokół o mnie plotkują. Wiesz, jak działają tam-tamy... Na pewno ludzie już wiedzą. Będą szeptać: „Biedna, stara Clover. Słyszałaś, że mąż ją zostawił? Cóż, trochę się zapuściła...". W całym Sandbury ceny karnetów na siłkę poszybują w niebo. Powinnam zażądać procentu od zysków. Zapraszamy, ładujcie do środka wasze tłuste zadki, bo inaczej zostaniecie na lodzie jak ten oto kaszalot.

Klapnęła na podłogę.

— Proszę, pójdź ze mną — powtórzyła.

Chciałam być bardziej stanowcza, ale była naprawdę dobrą przyjaciółką. Wyciągnęłam rękę po suknię. Skorzystanie z łazienki jako przebieralni wydało mi się przesadną pruderią, więc tylko odwróciłam się plecami, mimo że wstydziłam się swojej bielizny w kropki kupionej na wyprzedaży w Primarku za dziewięćdziesiąt pięć pensów. Pewnie w oczach Clover wyglądałam jak zdzira. Pocieszałam się, że byłam świadkiem, gdy do torby na charytatywne cele wyrzucała naręcze poszarzałych biustonoszy i workowatych majtek.

Na widok własnego odbicia w lustrze przeżyłam szok. Nigdy nie miałam na sobie czegoś równie wytwornego. Fantastyczny wygląd to w dużym stopniu efekt odpowiednich pieniędzy, chociaż dobre geny nie zawadzą. — Wyglądasz niesamowicie. Każdy facet na balu będzie się ślinił na twój widok. Lepiej niech Colin zacznie się bardziej starać, zanim ktoś mu cię sprzątnie sprzed nosa.

„Skurwysyn", dodała półgłosem, ale udałam, że nie słyszę. Patrząc na świat przez pryzmat funduszu powierniczego, żadnym sposobem nie mogła pojąć mojego położenia. Ale wytykanie jej tego wydawało się trochę małoduszne.

Udałam więc, że podziwiam w lustrze odbicie własnego tyłka. Chociaż nie jestem próżna, nie miałam ochoty zdejmować sukni. Przez tak wiele lat starałam się wtopić w tło w domach obcych ludzi, że sama kompletnie przestałam się zauważać. Lecz to nie była suknia, którą wkłada się tylko po to, by zakryć bieliznę. Skoro zamierzałam w niej wystąpić, musiałam się nauczyć odpowiednio poruszać. Zastanawiałam się, czy wystarczy mi na to odwagi. Nie przywykłam demonstrować publicznie rowka między piersiami.

— To byłby po prostu skandal, gdybyś nie poszła na bal. Prezentujesz się absolutnie niesamowicie.

— Colin nie puści mnie samej.

Było to jedno z tych zdań, po których z łomotem zapada cisza.

Clover przestała dobierać w pary skarpetki z leżącego przed nią tęczowego stosu.

— Mogę o coś zapytać?

— Chcesz wiedzieć, dlaczego od niego nie odejdę, prawda? — odparłam.

— Bo nie masz dokąd. Tego pytania nie muszę ci zadawać. Widzę, jak ciężko pracujesz, jak ogromnym obciążeniem jest dla ciebie cała ta impreza ze Stirling Hall. Gdybyś mogła to zorganizować inaczej, z pewnością byś tak zrobiła.

Jej nieoczekiwana przenikliwość z jakiegoś powodu przypomniała mi panią profesor. Rose Stainton potrafiła się użalać, że Waitrose nie produkuje już tych małych czekoladowych wafelków, które tak bardzo lubiła, albo że whisky Glenfiddich nie smakuje jak dawniej, gdy ja kombinowałam, jak opłacić czynsz w tym tygodniu. I właśnie kiedy dochodziłam do wniosku, że pani profesor nie ma zielonego pojęcia o prawdziwych problemach, proponowała, żebym przyprowadziła ze sobą dzieciaki, jeśli akurat wypadały ferie. Uwielbiały ganiać po jej olbrzymim ogrodzie i pożerać drogie ciasteczka. Czytała z nimi Szekspira, przydzielając Harleyowi rolę Spodka w *Śnie nocy letniej* i każąc Bronte wirować jako Tytanii. Ale nie mogłam o niej teraz myśleć. Byłaby strasznie rozczarowana, że zamierzam zrezygnować ze Stirling Hall.

— Nie, moje pytanie brzmi: czybyś się wyniosła, gdybyś miała się gdzie podziać? — dokończyła Clover.

Wzruszyłam ramionami.

— Trudno na to pytanie odpowiedzieć, skoro nie mam.

— Nie chcę, żebyś wracała do Colina. Jezu, Maiu, szczęście, że nie złamał ci szczęki. Nie możesz być z kimś, kto uważa bicie za coś normalnego.

Zaczęłam ją przekonywać, że zdarzyło się to pierwszy raz, wiedziałam jednak, że już nigdy nie poczuję się całkiem bezpieczna. Ona też o tym wiedziała. Poprzedniego wieczoru w domu na szczęk klucza w zamku dostałam skurczu brzucha i z ukłuciem strachu zerwałam się z miejsca, by chwycić coś do obrony. Colin wszedł do środka — cuchnął piwem i ledwie mógł się utrzymać na nogach, nie było więc mowy o wymierzeniu prawego sierpowego. Wybełkotał przeprosiny i zapewniał, że mnie kocha, ale w moich oczach należał już do innej kategorii. Z partnera, na którym nie można polegać, zmienił się we wroga, przed którym należy się bronić. Skoncentrowałam się na tym, żeby zachować pozory spokoju, sięgnęłam po egzemplarz *Opowieści o dwóch miastach* — wreszcie dotarłam do Dickensa — i kazałam mu iść do łóżka. Nie mieliśmy sobie nic do powiedzenia.

Clover podsunęła mi parę złotych louboutinów pasujących do sukni.

— Cały czas próbuję zapytać, dlaczego na trochę nie wprowadzisz się z dzieciakami do mnie. Będziesz się mogła spokojnie zastanowić nad przyszłością. Ostatecznie przynajmniej porządnie go nastraszysz, nawet jeśli postanowisz wrócić. Mogę odstawiać dzieci do szkoły i z powrotem, dopóki twarz ci się nie wygoi. W zamian przypilnujesz, żebym nie żłopała dżinu każdego wieczoru. Zgódź się, dzieciaki będą zachwycone.

Chciałam się sprzeciwić. Ale atak Colina wszystko zmienił. Czułam się zbyt zmęczona. Zmęczona szarpaniną, ciągłym zamartwianiem się, krążeniem bez celu. Wciąż nie wysłałam listu do szkoły, bo nie umiałam wymyślić, co powiedzieć Harleyowi i Bronte. Kiwnęłam więc głową i oświadczyłam:

— Wprowadzimy się na kilka dni. Dziękuję. Tak bardzo ci dziękuję.

I zawirowałam lekko na wysokich obcasach.

— Ale stawiam jeden warunek — odparła, puszczając do mnie oko. — Idziesz ze mną na bal.

ROZDZIAŁ DZIEWIĘTNASTY

Odkąd Colin mnie uderzył, właściwie z nim nie rozmawiałam. Gdy wróciłam od Clover tamtego dnia, wparował do środka rozgadany i przejęty jakimś kantem, dzięki któremu zamierzał naciągnąć opiekę społeczną na kolejny zasiłek. Pokiwałam głową i wzruszyłam lekko ramionami.

— Słuchasz mnie?

— Tak, słucham.

Dalej wyjmowałam z mikrofali ziemniaki w mundurkach.

— I co myślisz?

Głównie myślałam o tym, jakie to smutne, że boję się do niego odwrócić plecami, by nie uderzył mnie znowu.

— Myślę, że jesteś niesamowicie sprytny, ponieważ to wykombinowałeś, i zasługujesz na rzęsiste oklaski — odparłam.

Dzięki świadomości, że mam się dokąd wynieść, stałam się odważna — albo głupia. Wyjęłam z kredensu rondel. Gdyby Colin zaatakował znowu, zamierzałam mu oddać tak, aż mózg mu zadzwoni.

Przez moment wyglądał, jakby musiał się uporać ze skomplikowanym równaniem kwadratowym (Harley wciąż wierzył, że umiem je rozwiązywać). Potem uśmiechnął się i spytał swoim najbardziej czarującym głosem:

— Jesteś obrażona?

Ten gość sądził, że pogodzi się ze mną w łóżku.

— Nie, nie jestem obrażona.

Nałożyłam ziemniaki na talerze i dodałam trochę fasoli z podnoszącą na duchu myślą, że przez najbliższych kilka dni nie będę dla niego gotować. Chociaż jeszcze niezupełnie wiedziałam, jak mu niby zakomunikuję, że z dniem jutrzejszym udaję się z dzieciakami na krótkie wakacje do wiejskiej posiadłości. Zawołałam dzieci. Bronte z miejsca zaczęła marudzić, że na jej ziemniaku nie ma masła.

— Pieniędzy też nie ma, kochanie, to dlatego.

— Ale ziemniaki są smaczne, prawda, mamo, i zdrowsze bez masła, co nie? Przerabialiśmy dzisiaj na przyrodzie dobre i złe tłuszcze. Za tydzień będziemy robić pieniącą się fontannę z wody utlenionej — wtrącił się Harley.

Zauważyłam, że z każdym kolejnym tygodniem nabiera większego entuzjazmu do szkoły. Znowu poczułam falę mdłości, kiedy spojrzałam na list, zdradziecki list oparty o bok telefonu. Wyślę go jutro.

Obserwowałam Colina, który z łokciem na stole szuflował fasolę niczym koparka zaprogramowana na powtarzanie w kółko tych samych ruchów. Miał kilkudniowy zarost, więc prezentował się jak niechluj, choć sam uważał, że to takie męskie i surowe. Skończył załadunek i odsunął się z krzesłem od stołu. Parę fasolek spadło mu na T-shirt. Beknął donośnie, pobudzając Harleya i Bronte do chichotów tudzież prób dorównania tacie.

Zostawiłam ich przy bekaniu, puszczaniu bąków oraz pluciu jedzeniem ze śmiechu, i ulotniłam się na piętro, by spakować trochę nowszych ubrań. Próbowałam traktować tę rejteradę jako miniurlop — niczym moje klientki niezdolne przetrwać dnia bez masażu kryształową pałeczką albo kąpieli z olejkiem frangipani w wannie z hydromasażem. Pobyt u Clover nie stanowił rozwiązania. Nie zamierzałam opuścić Colina. Ale, do jasnej cholery, nie pozwolę mu myśleć, że ujdzie mu to na sucho i może mnie znokautować, a ja rzucę tylko: „Drobiazg, skarbie, omsknęła ci się ręka".

Clover miała rację. Mało nie wpadłam w pułapkę myślenia, że nie mam wyjścia, że muszę pogodzić się z losem i zacisnąć zęby. Colinowi nic się nie stanie, jeśli spędzi tydzień sam jak palec — bez swojej niewyczerpanej portmonetki, majtkowej wróżki, niewolnicy od prasowania i cholernego worka treningowego. Uzgodniłyśmy, że nazajutrz przyjaciółka odbierze dzieci i wyjaśni im, że zostaniemy u niej kilka dni, bym mogła jej pomóc w sprzątaniu. Nie chciałam dopuścić do debaty w stylu „mamusia zostawia tatusia", ponieważ było to tymczasowe rozwiązanie i wiedziałam, że muszę wrócić. Ale nie mogłam się doczekać, by dać Colinowi nauczkę.

Kiedy dzieciaki się położyły, siedzieliśmy w milczeniu. Wsadziłam nos w książkę, a Colin oglądał kolejne mordobicie z Jackiem Chanem. Poszłam na górę sprawdzić, czy Bronte i Harley zasnęli, a w drodze powrotnej odryglowałam drzwi wejściowe i zabrałam z kuchni komórkę. Nie planowałam wzywać policji, gdyby zrobiło się niebezpiecznie, ale już sama groźba mogła przynieść pożądany skutek. Teraz, gdy ta chwila nadeszła, zaschło mi w ustach, więc zanim się odezwałam, bezgłośnie otwierałam je i zamykałam niczym złota rybka. Musiałam kilka razy wołać go po imieniu, by odciągnąć jego uwagę od Jackiego Chana, w końcu jednak zwrócił w moją stronę znudzoną twarz z ustami wciąż jeszcze lekko rozdziawionymi ze skupienia.

— Co?

Podniosłam się z miejsca i stanęłam, zasłaniając telewizor. Złączyłam kolana, żeby nogi mi nie drżały.

— Wyprowadzamy się z dzieciakami na jakiś czas.

— Wyprowadzacie się? Dokąd? Skąd wzięłaś na to pieniądze?

— Zatrzymam się u Clover. Nie mogę tu zostać, bo nie wiem, czy znowu nie wpadniesz w szał. Umieram ze strachu, a to nie jest dobre dla dzieci.

Otwarł usta trochę szerzej.

— Co, zostawiasz mnie, żeby się wprowadzić do tej tłustej pindy? Nic dziwnego, że jej mąż dał dyla. Zaczęła teraz grać na dwie strony, tak?

Tępy ćwok. Miałam ochotę odpyskować mu tak samo. Słowa, które padły z moich ust, ani trochę nie przypominały spokojnego scenariusza, który tyle razy przećwiczyłam w myślach.

— Rozumiem, że trudno ci to pojąć, ale to moja przyjaciółka i martwi się o mnie, bo w napadzie furii rozwaliłeś mi twarz i teraz się ciebie boję. Mam nadzieję, że zanim rana się zagoi, jakoś się pozbieram. Do tego czasu Clover będzie za mnie odbierać dzieci ze szkoły, bo nie wszyscy muszą wiedzieć, że tatuś Harleya i Bronte ma ciężką rękę. I będzie mi płacić za sprzątanie.

Czułam się, jakbym podbiegła do wielkiego, warczącego brytana i odebrała mu kość. Colin nawet nie drgnął na sofie.

— Maia. Maia. Dlaczego mi to robisz? Wiesz, że cię kocham. Wcale nie chciałem cię uderzyć.

Rozłożył ręce, odstawiając wcielenie niewinności, jakby zdjął mi z policzka rzęsę, a nie podbił oko.

— Chciałeś. Tylko się nie spodziewałeś, że zrobię z tego wielką sprawę. Nie pozwolę, by Harley dorastał w przekonaniu, że to w porządku bić dziewczynę, jeśli zacznie się trochę ciskać. A gdyby padło na Bronte, cieszyłbyś się, że jakiś facet od czasu do czasu zupełnie niechcący funduje jej limo?

Ściągnął wargi. Wyprostował się. Od zawsze nie znosił, kiedy pyskowałam, dlatego w miarę upływu czasu zaczęłam się ograniczać do najważniejszych spraw, zwykle związanych z dziećmi, w których nie mogłam odpuścić. Prawie zdążyłam zapomnieć, jak to jest mieć inne wyjście. Zdenerwowanie opadło. Balansowałam na granicy euforii. Niemal mnie korciło, żeby się z nim podrażnić, zatańczyć po pokoju, wyśpiewując: „No, dawaj, chłopie, przyłóż mi, skoro ci się zdaje, że jesteś taki twardy". Akurat spięłam mięśnie, gotowa na szarpaninę, gdy Colin opuścił ręce na kolana.

— Maia, przepraszam. Nie odchodź. Nie wiem, co we mnie wstąpiło. To się więcej nie zdarzy.

Naprawdę wydawał się skruszony, ale może po prostu uświadomił sobie, że jeśli nie chce umrzeć z głodu, będzie musiał trochę częściej zwlekać tyłek z sofy.

— Nie odchodź. Kocham cię. Naprawdę.

Wstał. Miałam wrażenie, jakby pobicie stępiło moją umiejętność odczytywania jego nastrojów. Chociaż właśnie zapewnił o swojej miłości, cofałam się, gotowa chwycić stojący na telewizorze metalowy puchar za jego wygraną w darta. Podszedł wolno i spróbował mnie objąć. Pokręciłam głową i go odsunęłam. Nie chciałam, by się do mnie zbliżał. Powinnam się teraz rozpłakać z wściekłości, ale jedyne, co czułam, to gorycz porażki. Może rzeczywiście mnie kochał. Może zbyt często zrzędziłam, a jego dobijał stres, bo nie mógł znaleźć roboty albo przez komornika puściły mu nerwy. Może naprawdę nie zamierzał mnie uderzyć. W tyle głowy usłyszałam głos pana Petersa: „Nie próbuj go usprawiedliwiać".

Może bym uległa, gdybym nie zauważyła, jak zapuszcza żurawia obok mojego biodra na Jackiego Chana — jak gdyby groźba mojego odejścia martwiła go mniej niż nieznajomość techniki kopnięcia karate w szyję. Przemaszerowałam obok niego.

— Naprawdę się wyprowadzisz, co nie? — spytał.

— Z całą pewnością. Być może wrócę, jeśli się ogarniesz. Jeśli jeszcze raz tkniesz mnie palcem, odejdę na dobre. Tymczasem powiem dzieciakom, że przeprowadzamy się do Clover na wiosenne porządki. Jeśli nie chcesz jeszcze bardziej skomplikować sytuacji, będziesz udawał, że to prawda.

Sięgnął po swoją bluzę z podłogi i ruszył ciężko do wyjścia. Przepraszanie nigdy nie było jego mocną stroną.

— Zawsze sobie wyobrażałaś, że jesteś taka cholernie nadzwyczajna. Nie zwlekaj za długo z powrotem. Nie jesteś jedyną kobietą na świecie, wiesz?

Frontowe drzwi trzasnęły i Klub Robotnika mógł powitać ostatniego wyrzutka.

ROZDZIAŁ DWUDZIESTY

Nie spałam pół nocy, nasłuchując szmeru klucza wsuwanego niezgrabnie do zamka. Nigdy dotąd nie uważałam się za tchórza, ale leżąc z pulsującą z bólu twarzą, myślałam tylko o tym, w jakim nastroju zjawi się Colin po kilku piwach. Przewracałam się z boku na bok, szukając wygodnej pozycji, ale każda urażała posiniaczone miejsca. Najmniejszy hałas — krzyk na zewnątrz, brzęk kopniętej puszki, trzask samochodowych drzwiczek — sprawiał, że podrywałam głowę z poduszki. Gdzieś koło północy usłyszałam, jak Sean — czy może Shane? — daje do wiwatu sprężynom łóżka Sandy, a potem starałam się nie słuchać pobzykankowych szeptów i chichotów zza ściany.

Musiałam się zdrzemnąć dopiero nad ranem. O siódmej dźwięk przychodzącego esemesa gwałtownie wyrwał mnie ze snu w obolałą jawę. Prawe oko nie chciało się otworzyć do końca, a kiedy spojrzałam w dół, widziałam własny policzek. Sięgnęłam po komórkę i przeczytałam: „Możesz do mnie zadzwonić, proszę?". Imię na wyświetlaczu brzmiało „Mary". Pan Peters dla wszystkich, Mary dla mnie — i dla Colina, gdyby przypadkiem sięgnął po mój aparat. Fakt, że ktoś tak cudowny myśli o mnie, ledwie otworzy oczy, miał w sobie coś wspaniałego. Spojrzałam na Colinową stronę łóżka. Zdecydowanie nie nocował w domu. Co oznaczało, że mógł się zjawić w każdej chwili. Nie życzyłam mu śmierci, najwyżej przejściowego paraliżu w stanie alkoholowego stuporu na cudzej sofie. Zeszłam na paluszkach na dół, by sprawdzić, czy nie chrapie w saloniku, i nalałam wody do czajnika. Zadzwoniłam do pana Petersa. Odebrał od razu. Brzmiał tak, jakby już od wielu godzin był na nogach. Wyobraziłam sobie, jak o świcie urządza sobie przebieżkę po parku, bierze prysznic z użyciem wytwornych kosmetyków, a następnie zjada śniadanie złożone z płatków owsianych, moreli i jogurtu naturalnego. Zawsze wyglądał, jakby przed momentem wysuszył włosy i opiłował sobie paznokcie.

— Maia! Możesz rozmawiać? Dobrze. Jak twoja twarz? Wszystko okej? Martwiłem się o ciebie. Powinnaś iść na policję w sprawie Colina. Żeby nie uszło mu to na sucho.

— Nie mogę. Jak miałabym wyjaśnić dzieciom, że celowo wpakowałam ich ojca w kłopoty? To niczego nie zmieni. Tylko pogorszy sytuację.

Powąchałam mleko, zanim wlałam odrobinę do herbaty.

— Wczoraj wieczorem dobrze cię traktował?

Przeszłam do frontowego saloniku i zerknęłam przez okno, wypatrując, czy mój partner nie nadchodzi uliczką.

— Mhm. Przepraszam, ale muszę kończyć. Nie ma go w tej chwili, a chcę wyjść przed jego powrotem. Na kilka dni wprowadzam się do matki Oriona Wrighta.

— Zostawiasz Colina? — w jego głosie zabrzmiała ulga.

— Niezupełnie. Zamierzam wrócić, ale dopóki twarz mi się nie wygoi, Clover ogarnie dowożenie dzieci do szkoły.

Na drugim końcu linii zapadła cisza.

— Mogę się z tobą spotkać? — zapytał w końcu.

— Spotkać? Co? To znaczy w szkolnych sprawach?

— Częściowo. Ale też jak Maia z Zakiem. Muszę z tobą porozmawiać.

Wydawał się zdenerwowany i taki niepewny, że omal nie wybuchnęłam śmiechem. Wspaniały pan Peters, idol wszystkich matek, tańczy wokół mnie na paluszkach.

— Obecnie niezbyt się nadaję na publiczne występy.

— To może wpadnij do mnie do domu? Przed lunchem mam okienko. Udałoby ci się koło południa? Nawet zrobię ci kanapkę — obiecał.

Jestem święcie przekonana, że wytrzeszczyłabym oczy, gdybym tylko mogła unieść powiekę. I postawiłabym ostatniego funciaka, że kanapka będzie z pełnoziarnistego chleba.

— Będę musiała się zjawić prosto z pracy. Czyli w starych łachach i śmierdząca wybielaczem.

— Maiu, nie dbam o to. Po prostu przyjedź.

Podał mi adres niedaleko szkoły.

Usłyszałam jakieś poruszenie na piętrze.

— Naprawdę muszę kończyć.

Na szczycie schodów pojawiła się Bronte.

— Z kim rozmawiałaś?

— Umawiałam się, że na jakiś czas przeniesiemy się do Clover. Trzeba jej pomóc przy sprzątaniu, więc uznała, że najlepiej, jeśli zostaniemy u niej kilka dni, by ogarnąć wszystko porządnie.

Nawet nie próbowałam sobie wyobrazić, ile trzeba się nakłamać, kiedy ma się romans.

Buzia dziewczynki pojaśniała.

— Będę mogła jeździć konno?

— Myślę, że tak. Clover z pewnością się zgodzi. — Zaczęła podskakiwać w miejscu. Roześmiałam się. — Spakowałam nas wczoraj wieczorem, więc musisz tylko zabrać Gordona.

Ruszyła do swojego pokoju, ale zatrzymała się w połowie schodów.

— Tato też jedzie?

— Nie, skarbie. Zaopiekuje się domem do naszego powrotu.

— A gdzie jest?

— W tej chwili... nie jestem pewna, gdzie się podziewa. Później do niego zadzwonimy. Zbieraj się, nie chcę się spóźnić.

Powędrowała do sypialni. Perspektywa przejażdżki konnej chwilowo przeważyła nad rozpaczą z powodu rozstania z Colinem. Harley, kiedy mu o wszystkim powiedziałam, jak zwykle obojętnie wzruszył ramionami, wcisnął mi kilka roczników „Top Gear" i pomógł zanieść bagaże do vana.

Podrzuciłam dzieciaki do szkoły i w mig rozprawiłam się z porannym sprzątaniem. Mnóstwo czasu poświęciłam na polerowanie luster, uważnie studiując swoją twarz i zastanawiając się, czy warto maskować podkładem limo pod okiem. Starałam się nie myśleć o panu Petersie, ale co jakiś czas — wycierając okolice sedesu albo związując uszy cuchnącego worka na śmieci w kuchni — zauważałam, że szczerzę się od ucha do ucha. Albo wykonuję taneczne *pas*, składając ręczniki, tańczę walca z odkurzaczem lub superenergicznie strzepuję poduszki. Aż się spociłam z podniecenia i nerwów. Przed wyjściem przepłukałam usta i użyłam podkradzionego damskiego dezodorantu. Zanim zaparkowałam przed odnowioną edwardiańską kamienicą, gdzie jedno z mieszkań zajmował pan Peters, cała się trzęsłam, jakbym najadła się na śniadanie waty cukrowej.

Sądząc po opisach na domofonie, trafiłam do centrum zdrowia i urody z pełnym zakresem usług. Założę się, że budynek miał w piwnicy siłownię i basen. Na parterze urzędowali homeopata, kosmetyczka oraz specjalista od refleksoterapii. Naturalnie mieszkańcy nie przetrwaliby bez pomocy homeopaty, trzymającego na podorędziu malutkie pigułki, w razie gdyby rozbolał ich palec u nogi. Połowa kobiet, u których sprzątałam, przysięgała, że tableteczka z jakiegoś głupiego zielska rozcieńczonego milion razy może uleczyć wszystko od artretyzmu po łuszczycę. Szkoda, że nie wyleczyła ich z głupoty i marnowania pieniędzy na idiotyzmy. Będę musiała sprawdzić, czy pan Peters nie dał się wciągnąć do grona wyznawców komarzego guana. Obejrzałam zęby w lusterku puderniczki i nacisnęłam przycisk domofonu. Nauczyciel natychmiast odblokował drzwi i gdy tylko weszłam do holu, przywołał mnie gestem na górę, wychylając się przez poręcz.

Starałam się nie dyszeć jak podczas wspinaczki. Bez marynarki i krawata wydał mi się dużo przystępniejszy. Zaprosił mnie prosto do otwartego jasnego salonu z drewnianą podłogą i kremowymi ścianami — oprócz jednej, jasnopomarańczowej. Meble — zgodnie z tym, co piszą we wszystkich wnętrzarskich czasopismach, które układałam w schludne stosy — miały „osobowość". Były to olbrzymie sofy i fotele w oliwkowozielone, pomarańczowe i brązowe pasy. Żadnych poduszek, wazonów, ozdóbek ani roślin. Nieźle.

— Dzięki, że przyszłaś — powiedział, a potem spojrzał na moją twarz i pokręcił głową.

Nie winiłam go za to. Odsunął dla mnie wysoki stołek przy granitowym barze śniadaniowym.

— Kawy?

Kiwnęłam głową i spojrzałam na swoje ubranie.

— Przepraszam za mój strój. Nie zdążyłam zajrzeć do domu. — Wzruszyłam ramionami. — Gdziekolwiek to jest.

— Nie kokietuj. Większość matek ze Stirling Hall oddałaby prawą rękę, by wyglądać równie dobrze jak ty.

Czyli nie zamierzał udawać, że nic się nie wydarzyło. Chwilę milczał, grzebiąc w zamrażarce.

— Może położyłabyś się na kanapie z chłodnym okładem na twarzy, a ja tymczasem zaparzę kawę?

— Nie, nie, wszystko okej. Nic mi nie jest.

— Nieprawda. Nie możesz nawet otworzyć oka. No, śmiało, poczujesz się dużo lepiej.

— Sądziłam, że chcesz ze mną porozmawiać, a nie bawić się w niańkę.

— Chcę z tobą porozmawiać. Ale chcę się też tobą zaopiekować.

Wystarczyło jedno uniesienie brwi i grzecznie poszurałam w stronę sofy. Czy też „kanapy", jak ją nazwał.

Umierałam ze strachu, że wybielacz albo pozostałości jakichś innych straszliwych chemikaliów na moim ubraniu odbarwią tapicerkę, więc zmusiłam go, by mi rozścielił prześcieradło. Oczywiście nie była to postrzępiona, zszarzała szmata, jaką dostałby u mnie, tylko jakieś superwykrochmalone, superbiałe cudo z superbawełny, w którą miałam ochotę się wtulić i odpłynąć. Przytrzymując mnie delikatnie za ramiona, ułożył mnie i wsunął pod głowę poduszkę. Był tak blisko, że poczułam zapach jego płynu po goleniu. I zobaczyłam przekłuty płatek ucha. Pan Peters z kolczykiem? Pewnie w weekendy stawia sobie miniirokeza i wpina w ucho kolczyk w kształcie liścia marychy. Jakoś nie mogłam sobie tego wyobrazić. Położył okład na moim posiniaczonym oku i policzku.

— Nie wstawaj przez dziesięć minut. To powinno zmniejszyć obrzęk.

Doleciały mnie odgłosy otwieranej i zamykanej lodówki, sztućców i szklanek rozstawianych na granitowym blacie, piłującego coś noża do chleba. Zdrowym okiem próbowałam wypatrzyć jak najwięcej. Wyśledziłam na parapecie samotne zdjęcie, ale nie mogłam dojrzeć, kogo przedstawia. Jak już wstanę, trzeba będzie się temu przyjrzeć. Ocenić przeszłe rywalki. A może nawet aktualne. Przy kominku stał stojak na czasopisma. „Private Eye Magazine". Chyba nie oczekiwał, że zrozumiem te wszystkie polityczne dowcipy? *BBC Good Food*? Albo osobiście stoi przy garach, albo po domu kręci się jakaś kobieta.

Po kilku minutach pan Peters zabrał chłodzący okład, osuszył mi twarz ręcznikiem i wtarł nieco kremu, cmokając z niezadowoleniem. Wcale mi się nie śpieszyło do wstawania. Ukląkł przy mnie na podłodze.

— Wygląda nieco lepiej.

Nachylił się niżej. Gdybym odrobinę uniosła głowę, mogłabym go pocałować w podbródek. Spojrzał na mnie pytająco; widocznie zobaczył w moich oczach dobrą — lub właśnie złą — odpowiedź. Dotknął wargami moich ust tak delikatnie, że poczułam, jak ulatują wszelkie moje zastrzeżenia typu: „Nie wolno mi tego robić". Odgarnął mi włosy z twarzy, ciągle całując, aż poczułam zawrót głowy. Przesunęłam się, robiąc mu miejsce na sofie. Położył się obok, wsunął mi ramię pod głowę.

— Nie sprawiam ci bólu? — spytał szeptem, a potem podjął akcję w miejscu, w którym przerwał. Moje ciało zaczęło się już domagać czegoś więcej, jednak pan Peters, podobnie jak w kwestii przepuszczania w drzwiach, miał nienaganne maniery. Niech go szlag. W końcu podparł się na łokciu i popatrzył na mnie.

— Co? — spytałam.

W chwilach skrępowania zawsze brzmię agresywnie.

— Naprawdę nie chciałem tego zrobić. — Oblał się rumieńcem, przez co wyglądał jak nastolatek. — To znaczy, chciałem, oczywiście że chciałem, ale najpierw zamierzałem z tobą porozmawiać. To znaczy nie najpierw, czyli przed, no wiesz. O Boże, mniejsza z tym.

Przycisnął do powiek czubki palców, a potem wstał, poprawił mankiety i wsunął koszulę w spodnie.

— Zrobiłem ci coś na lunch. Mam nadzieję, że lubisz sałatkę krewetkową z rukolą.

W tym momencie ucałowałabym jego stopy za kanapkę z pastą z makreli.

Podniósł mnie z kanapy. Udając, że sprawdzam pogodę, zerknęłam na zdjęcie. Starsza pani w wielkim wełnianym szalu. Nie wyglądała na kogoś, z kim sypia pan Peters. Wysunął mi stołek przy barze, a potem usiadł obok.

— Nie ściągnąłem cię tu, by się z tobą całować. Chociaż jesteś absolutnie cudowna. Chciałem porozmawiać o twojej rodzinie.

Przewróciłam oczami. Akurat w tym momencie moja rodzina nieszczególnie zasługiwała na to miano.

— Wysłuchaj mnie. Potem, jeśli zechcesz, możesz mi powiedzieć, żebym spadał — ciągnął.

Kiwnęłam głową.

— Chociaż trudno mi teraz przeprowadzić tę rozmowę, skoro właśnie pogrzebałem swoją zawodową wiarygodność, muszę to jednak zrobić, nawet gdybyś miała się do mnie nigdy więcej nie odezwać. — Podsunął mi oliwę z oliwek i ocet balsamiczny. Upił łyk kawy. — Dorastałem w podłej dzielnicy w Bolton.

— Bolton? Wyrażasz się, jakbyś się urodził w Guildford.

— Pozory mylą — odparł z idealnym akcentem z Lancashire.

Rozpiął koszulę pod szyją i odsunął połę, ukazując orła wytatuowanego tuż powyżej lewego sutka.

— O mój Boże! Nie żartowałeś, kiedy wspomniałeś Bronte o tatuażu. Myślałam, że ją podpuszczasz.

Nie umiałam połączyć pana Petersa, sztywniaka o wytwornych manierach, z dawnym klientem jakiegoś salonu tatuażu prowadzonego przez zarośniętego bikera.

Ciągnął dalej w czystym dialekcie boltońskim:

— Tuż przed maturą wylali mnie ze szkoły za bójki. Nikt z mojej szkoły nie zdawał egzaminów nawet na poziomie podstawowym. Tato odszedł, gdy miałem pięć lat, a mama właściwie nie miała wykształcenia. Według niej byłoby lepiej, jakbym to „pieprznoł w cholere" i poszukał roboty, zamiast nabijać „se łeb gupotami".

— Mógłbyś mówić normalnie? — poprosiłam.

Przerażał mnie. Czułam się, jakbym trafiła na lunch z komikiem Peterem Kayem, który lada moment spyta, czy mam chęć na pieczywo *czooosnkowe*.

— To jest mój normalny akcent. Okej, jeden z wielu.

Uf. Wrócił Wytworny Pan Peters.

— Przepraszam, że funduję ci odcinek biograficznego talk-show z Zacharym Petersem w roli głównej, ale mam w tym swój cel. Wylądowałem na budowie, bez kwalifikacji i bez perspektyw. Któregoś dnia mój dawny nauczyciel historii przechodził przypadkiem obok i zobaczył, jak szufluję żwir. Nie dał się przepędzić. Siedział na chodniku, czytając gazetę, aż skończyłem zmianę, a potem odprowadził mnie do domu.

Siedziałam bardzo cicho. Nigdy nie widziałam pana Petersa równie przejętego. Mówił lekko zdławionym głosem.

— Tamten nauczyciel zawsze nosił koszule ze spinkami i garnitury. Pamiętam, że czułem się strasznie zawstydzony, bo mama chodziła po domu w płaszczu i wełnianej czapce podobnej do pokrowca na imbryk, ponieważ nie mieliśmy ogrzewania. Oświadczył, że mam wielki potencjał i byłoby zbrodnią, gdybym nie kontynuował nauki. Przekonał ją, by pozwoliła mi się ubiegać o stypendium w prywatnej szkole średniej, którą jego kuzyn prowadził w Surrey.

— Więc w ten sposób trafiłeś tutaj?

Próbowałam go sobie wyobrazić jako niechlujnego dresiarza, który nagle znalazł się w eleganckim otoczeniu.

— Tak. Dwa lata mieszkałem w internacie, zdałem z dobrym wynikiem maturę rozszerzoną i dostałem się na studia. Nie będę ci wmawiał, że wszystko szło gładko. Nie wyobrażasz sobie, ile razy się biłem, głównie z innymi chłopakami, którzy mnie wyśmiewali z powodu akcentu i dziwnego „północnego" słownictwa. Później zacząłem mówić jak oni, aż teraz weszło mi to w nawyk. Ale gdybym został tam, skąd pochodzę, pewnie skończyłbym jako narkoman i drobny przestępca.

W jego wymowie pojawiły się echa boltońskiego akcentu, jakby same wspomnienia przeniosły go tam z powrotem.

— Wszystko, co zdobyłem, to wynik tego, że ktoś we mnie uwierzył, kiedy byłem o krok od spieprzenia sobie życia.

Przekleństwo zabrzmiało dziwnie w jego ustach. Policzki miał pokryte różowymi cętkami. Ujął mnie za rękę. Moje palce zacisnęły się wokół jego palców. Każde jego słowo wydobywało się z obolałego miejsca głęboko w jego wnętrzu — co naturalnie sprawiło, że miałam ochotę wybuchnąć histerycznym chichotem.

— Wyśmiewasz się ze mnie? — spytał z udawaną surowością.

— Nie, skąd. Tylko to takie śmieszne usłyszeć, jak przeklinasz. Przed każdym spotkaniem z tobą recytuję w vanie „sikać, dupa, kurwa", żeby z nich oczyścić system. Stresujesz mnie.

Wstał.

— To ty mnie stresujesz. Zawsze chcę ci powiedzieć tyle rzeczy, a jeśli to zrobię, żałuję, że nie trzymałem cholernej gęby na kłódkę. — Znowu przełączył się w tryb boltoński.

Okręcił stołek, na którym siedziałam, i ujął w dłonie moją twarz.

— Całe szczęście, że umówiłem się z tobą tutaj. Muszę przyznać, że z trudem nad sobą panuję. W młodości nie byłbym taki powściągliwy.

— W jakim sensie „powściągliwy"? — Uznałam, że nacieszę się swoją przewagą jeszcze przez chwilę.

Posłał mi niegrzeczny uśmiech w stylu: „Jak nie będziesz ostrożna, zaraz ci pokażę".

— Bójki nie były moją jedyną wadą. — Wydął policzki. — Lepiej usiądę. Zamierzam z tobą poważnie porozmawiać, a nie potrafię jasno myśleć, gdy cię dotykam.

W chwili, kiedy się odsunął, całe moje ciało za nim zatęskniło. W jego głosie znowu dosłyszałam napięcie i gniew.

— Próbuję powiedzieć, że nie chcę, żebyście ponieśli klęskę, ty i twoje dzieci. Tak samo jak ja dostaliście szansę, by całkowicie zmienić swoje życie. Jeśli nie będziesz uważać, Colin to zniszczy. Nie pozwala twoim dzieciom rozwinąć skrzydeł. Żeruje na tobie, bije cię, daje fatalny przykład, szczególnie Harleyowi.

Poruszyłam się niespokojnie na stołku.

— Wiem o tym wszystkim, ale w tej chwili niewiele mogę zrobić.

Czułam się krytykowana za to, że źle wybrałam ojca dla swoich dzieci. Nienawidziłam, gdy pan Peters zmieniał się z łagodnego i seksownego faceta we wścibskiego mentora. Musiałam się bardzo postarać, by nie zrobić nadąsanej miny.

On jednak był o krok przede mną.

— Nie zrozum mnie źle. Podziwiam cię. Walczysz o lepsze życie, nie jęczysz i nie rozczulasz się nad sobą. Lecz stać cię na znacznie więcej. Jesteś inteligentna. Jesteś zabawna.

Ujął moją rękę, odwrócił i zaczął rysować na dłoni kółka, aż nagle zamarzyłam, by jakoś się znowu dobrać do jego tatuażu z orłem.

— Opowiadaniem dowcipów nie opłacę czynszu.

Wiedziałam, że mówi to wszystko z najlepszymi intencjami, ale ani trochę nie zachęcało mnie to do słuchania. Pobicie przez Colina, wyprowadzka z domu, żeby zamieszkać u Clover, całowanie się z nauczycielem własnego syna... moja karta pamięci była pełna, nie miałam ani grama wolnej przestrzeni na dodatkowe dane. Nie byłam w stanie sobie wyobrazić, że odchodzę od Colina na dobre. I gdy pan Peters wychwalał mnie z takim przejęciem za „walkę o lepsze życie" — cha, kurde, cha — jak niby miałam mu wykrzyczeć, że zabieram dzieciaki ze Stirling Hall? Nie potrafiłam na niego spojrzeć. Czułam, jakbym miała odciśnięty na czole wielki napis OSZUSTKA. Skupiłam się na pogoni za kawałkiem krewetki na talerzu.

— Mogłabyś zdobyć wykształcenie, znaleźć sobie lepszą pracę niż sprzątanie. Naprawdę cię na to stać. Myślę, że byłabyś znakomitą nauczycielką. Widziałem, jak sobie radzisz z Harleyem i Bronte, jak ich motywujesz. To połowa sukcesu. Sprawić, by chcieli dobrze wypaść.

— Ja nauczycielką? Śmiechu warte.

Był to zapewne największy komplement, jaki usłyszałam w życiu.

— Dlaczego nie? Jesteś inteligentniejsza od wielu nauczycieli, których znam. Mogłabyś iść na studia wieczorowe. Jestem pewien, że na Uniwersytecie Otwartym mają sporo kursów dla ludzi takich jak ty, którzy za pierwszym podejściem nie ukończyli edukacji. A tymczasem dlaczego nie poszukasz pracy jako gosposia, tak żebyś mogła zamieszkać z dziećmi gdzie indziej? Mnóstwo rodzin w okolicy ma aneksy albo domki w ogrodzie. Obiecaj, że się zastanowisz. Colin nadal będzie mógł widywać dzieci, ale ty zaczniesz dużo spokojniejsze życie. I nie będziesz musiała się zastanawiać, kiedy znowu zechce cię pobić.

— Naprawdę sądzisz, że mogłabym uczyć?

— Jestem tego pewien. Cechuje cię naturalna empatia w stosunku do dzieci, ale nie pozwalasz sobie wejść na głowę.

— Tobie tak.

Słowa wyfrunęły z moich ust, zanim zdążyłam je powstrzymać.

— Serio? Dobrze wiedzieć. Nie potrafię sobie ciebie wyobrazić jako czyjegoś popychadła.

Całe szczęście, że nie leżeliśmy na jego kanapie, serio. Nachylił się i ujął pasmo moich długich włosów.

— Maiu, jesteś kimś naprawdę niezwykłym. Przepraszam, że skomplikowałem sytuację, za bardzo zbliżając się do ciebie. Staram się to powiedzieć jako obiektywny obserwator, a nie mężczyzna mający bardzo nieprzyzwoite myśli za każdym razem, kiedy wchodzisz do pokoju.

Radość, że uznał mnie za atrakcyjną, zmąciła irytacja, że skoro wyraził głośno swoje obawy, będzie teraz oczekiwał, że coś w tej sprawie zrobię. Czy mogłabym znaleźć jakiś sposób, by nie zabierać dzieciaków ze Stirling Hall i zarazem nie skończyć pod mostem? Mieliśmy takie zaległości w opłatach za czynsz, że cierpliwość zarządu komunalnego wkrótce się skończy. Z powodu obolałej twarzy trudno było mi myśleć. Spojrzałam na zegarek.

— Muszę iść. Za pół godziny zaczynam zmianę w centrum sportowym.

— Zastanowisz się nad tym, co mówiłem? — Zbliżył się, by pomóc mi zejść ze stołka, i ujął mnie mocno pod ramię.

— Mhm. Zastanowię. Tylko mam wrażenie, że przez całe życie robię dwa kroki naprzód, a potem krok w tył.

— Nie poddawaj się. Wiem, że zdołasz to przetrwać. A gdybyś mi pozwoliła, naprawdę mógłbym ci pomóc.

— Już wystarczająco nam pomogłeś.

Aż mnie skręcało, by się przyznać. Wyjaśnić, że wkrótce go zawiodę, spieprzę wszystko, poślę dzieciaki z powrotem do Morlands i do świata zerowych perspektyw na przyszłość. Nie miałam czasu. Takiej rozmowy nie da się odbyć w dwie minuty.

— Dzięki za lunch… i za mowę motywacyjną.

Zawahałam się. On nie. Oparłam się o granitową wyspę, by nie dygotać na całym ciele, kiedy mnie objął.

— Nawet nie zacząłem rozmowy o nas — szepnął w moje włosy.

— Jakich nas?

Poczułam, jak westchnął tuż obok. Spróbował mnie uciszyć pocałunkiem. Na ułamek sekundy pozwoliłam sobie odpłynąć, ale musiałam być twarda.

— Ciężko pracowałeś, by dotrzeć tu, gdzie jesteś. Nie zamierzam tego zniszczyć. Za kilka lat możesz zostać dyrektorem Stirling Hall, jeśli tego nie schrzanisz, sypiając z białą hołotą.

Zrobiłam pocieszną minę, by pokazać, że mówię pół żartem, ale się nie uśmiechnął. Odkleiłam się od niego. Wspięłam się na palce po ostatniego słodkiego całusa w usta i zmusiłam do tego, by przekroczyć próg.

Mopy czekały.

ROZDZIAŁ DWUDZIESTY PIERWSZY

Wracając samochodem po sprzątaniu u dentysty, już na początku podjazdu usłyszałam głośne wybuchy śmiechu. Mieszkaliśmy u Clover prawie od tygodnia i dzieciaki były szczęśliwe jak świnie w błocie. Jeśli Bronte nie wyprowadzała na spacer Cudaka, owczarka staroangielskiego, rezydowała w przybudówce wśród świnek morskich i królików. Orion popełnił błąd, wspominając o quadzie stojącym w garażu, i od tej pory niemal nie miałam odwagi, by choćby rzucić okiem za kuchenne okno, gdy Harley śmigał po pełnym posągów ogrodzie i po padokach za domem. Kiedy wreszcie wrócimy, nasza mała szeregówka wyda się nam ciasna jak pudełko po butach.

Clover wydawała się zachwycona naszym towarzystwem. Choć ja musiałam się hamować, żeby nie wrzeszczeć na jej dzieci za przeklinanie i skakanie po meblach, moje dzieciaki, jak się zdaje, zupełnie jej nie irytowały. Zaczęła uczyć Bronte jazdy konnej — widok córki na białym kucyku, z prostymi plecami i piętami nisko, sprawiał, że miałam ochotę zatrzymać czas i zostać tu na zawsze. Gdy dzieciaki, zaśmiewając się na całe gardło, bawiły się w chowanego, śmigając po wszystkich kątach i skradając się po schodach dla służby, by uniknąć pogoni, ja starałam się nie zamartwiać, jak zareagują na wieść o powrocie do domu. A musieliśmy wrócić, chociaż na razie zarabiałam na zakwaterowanie sprzątaniem. Za każdym razem gdy kończyłyśmy kolejny pokój, Clover przynosiła z piwniczki na wino szampana i wznosiła za nas toast, jakbyśmy były parą odkrywczyń wracających z Antarktydy.

Kiedy wjeżdżałam na podjazd, krzyki i wrzaski przybrały na sile. Podążyłam za hałasem na tyły domu. Clover stała ze stoperem, a dzieciaki kolejno pokonywały tor przeszkód — przełaziły przez leżaki, okrążały ogród na rowerze Oriona, skakały z trampoliny na stary materac i huśtały się na drabinkach. Nigdy nie widziałam jej dzieci wgapiających się w telewizor, jak robiły to moje: z otwartymi ustami, głuche na każde słowo, póki nie stanęłam, zasłaniając im ekran. We własnym domu miałam po powrocie z pracy taki nawał rzeczy do zrobienia, że nigdy nie starczało mi sił ani wyobraźni na zabawy. Sądzę, że fundusz powierniczy bywa w takich sytuacjach pomocny.

Przyjaciółka zauważyła mnie i przywołała gestem.

— Kto chce, żeby Maia spróbowała?

Cała gromadka zaczęła się domagać donośnie, bym dołączyła do zabawy. Obawiałam się urazić w twarz, ale nie przyznałam się do tego, by im nie przypominać o przykrych rzeczach. Harley chwycił mnie za stopy, robiąc taczki, i poprowadził po zboczu do sadu.

— Szybciej, mamo, dawaj! Mamo, dawaj, dawaj, dawaj!

Często przewracałam się na brzuch w wilgotną trawę, lecz zmusił mnie do pokonania całej trasy. Minęły lata, odkąd się wspinałam po drabinkach, ale wciąż byłam silna — przydały się godziny polerowania mebli. Pękałam z dumy, kiedy dotarłam do końca, choć ścięgna pod kolanami dawały mi do wiwatu, gdy pokonywałam ostatnich kilka metrów przy wtórze komentarzy Clover, że jeśli się przyłożę, mogę minimalnie pokonać Saffy. Uparłam się, by Clover też spróbowała, a potem każdy chciał sprawdzić, czy zdoła pobić swój poprzedni wynik, więc zaliczyliśmy jeszcze jedną rundę z twarzami zarumienionymi z zimna.

Dopiero kiedy trzęsłam się na całym ciele, marząc o ciepłej kuchni, uświadomiłam sobie, że za pół godziny muszę być na wywiadówce Harleya. Zapisałam się na wczesną porę, by Clover mogła się zająć dzieciakami do mojego powrotu, a potem miałyśmy się wymienić. Wbiegłam do środka, rozkoszując się myślą, że mam pokój z własnym prysznicem, więc nie będę musiała przez dwadzieścia minut męczyć się z zapalaniem bojlera, zanim uda mi się odtajać.

Owinęłam się w ręcznik i obejrzałam swoją twarz w lustrze. Cerę miałam zdrową jak zaprawiona w bojach turystka. Ciemne smugi pod oczami zniknęły. Życie w wiejskim dworze wyraźnie mi służyło. Nie malowałam się przesadnie, ale uznałam, że wparować do szkoły bez choćby odrobiny szminki to jak przyjść w samym biustonoszu. Szybko pociągnęłam oczy tuszem i kredką, a potem całe wieki maskowałam żółknące sińce grubą warstwą korektora. Opuchlizna zeszła i każdemu, kto pytał, wyjaśniałam, że rozcięłam sobie twarz o okno dachowe, sprzątając czyjś strych. Włożyłam jedyną parę przyzwoitych czarnych spodni oraz zielony sweter i wybiegłam z domu, przeskakując nad hałdą dzieci bawiących się na korytarzu w twistera.

Sądziłam, że spotkania odbywają się w klasach, ale asystentka wskazała mi drogę do holu, gdzie nauczyciele siedzieli przy biurkach. Wszędzie stały pewne siebie pary, gawędząc z innymi pewnymi siebie parami. Przystanęłam w drzwiach, wypatrując nauczyciela Harleya, łysego pana Ricksona. Do holu weszła święta Venetia od szoku („O mój Boże, nie poszłaś na studia"); wyglądała, jakby brała udział w przesłuchaniach do *Tańca z gwiazdami*.

— Amayra, tak?

Kiwnęłam głową. I tak nigdy się nie zaprzyjaźnimy.

— Jeśli szukasz pana Ricksona, to go nie ma. Jego żona rodzi. Zastępuje go pan Peters i to on prowadzi spotkania.

Przed minutą czułam się onieśmielona. Teraz wpadłam w panikę. Miałam dwie minuty, żeby się pozbierać.

— Dzięki. Idziesz teraz do niego?

— Nie, jesteśmy na liście po tobie. Lepiej zgłoś się pierwsza. Zapewne zostaniemy dłużej, bo mam pewne zastrzeżenia co do osiągnięć Theo z matematyki. Chcę zapytać, czy szkoła wyrazi zgodę, by tutor metody kumon przychodził w przerwie na lunch, bo po lekcjach Theo ma zajęcia z prywatnymi nauczycielami innych przedmiotów.

Chryste. Nie wyszłabym do Wielkanocy.

— W takim razie idę. Powinnam skończyć raz-dwa.

Co to jest metoda kumon, do diabła?

Bardzo chciałam wyskoczyć do toalety i sprawdzić, czy nie mam między zębami szpinaku — czy raczej herbatników czekoladowych — ale nie zniosłabym dyszącego za plecami monstrum w postaci ambitnej Venetii. Podeszłam do biurka pana Petersa, wykrztusiłam „Dzień dobry", usiadłam i zarumieniłam się tak, że bardziej nie mogłam.

— Jak się pani miewa, pani Etxeleku? — Utkwił wzrok w moich sińcach.

— W porządku, dziękuję — odparłam świadoma, że Venetia i jej mąż czają się kilka metrów za naszymi plecami, z pewnością wyposażeni w profesjonalny sprzęt podsłuchowy, by mieć pewność, że Theo nie da się wyprzedzić Harleyowi w żadnej dziedzinie poza balansowaniem na granicy wydalenia ze szkoły.

— Twoja twarz wygląda lepiej — szepnął nauczyciel. I dodał głośniej: — Sprawdźmy zatem oceny Harleya. Radzi sobie znakomicie.

Poczułam tylko lekką pokusę, by się obejrzeć i rzucić do Venetii: „A widzisz!".

Otworzył wielką księgę i zaczął odczytywać kolumny z ocenami. Urywkowe wizje jego pięknych dłoni gładzących mnie po twarzy nie pozwalały mi się skupić na wynikach sprawdzianów ortograficznych syna. Biorąc pod uwagę, że wybrałam Stirling Hall wyłącznie po to, by zapewnić dzieciom lepsze wykształcenie, moje problemy z przyswojeniem, czy w ogóle robią jakieś postępy, wydawały się trochę nie na miejscu. Ogólny sens był chyba taki, że Harley ma naturalny dar do nauki języków — „Jest znakomitym imitatorem" — choć wciąż ma problemy z matematyką, za to pod każdym innym względem „idzie jak burza i wykazuje olbrzymi talent dramatyczny".

Prawie wolałabym usłyszeć, że eksperyment okazał się totalną klapą, bo wciąż do poruszenia pozostawała kwestia wypisania Harleya i Bronte ze Stirling Hall. Doszłam do wniosku, że absolutnie nie mogę wysłać listu, nie informując wcześniej pana Petersa. Kiedy zakończył frazą: „Wiem, że Harley kilka razy wpadł w tarapaty, ale to nadzwyczajne, jak wiele zdołał osiągnąć w tak krótkim czasie", uznałam, że nie mogę zafundować mu zimnego prysznica akurat w tej chwili, szczególnie że czułam presję, by ustąpić miejsca Venetii. Jeszcze moment, a zleci z krzesła, desperacko próbując coś podsłuchać. Właśnie zamierzałam wstać, kiedy pan Peters nabazgrał coś na karteczce i podsunął ją w moją stronę. „Okropnie dużo o tobie myślałem", przeczytałam. Gapiłam się na tekst niepewna, czy w swojej tępocie czegoś nie pokręciłam. Kiedy podniosłam wzrok, nauczyciel patrzył prowokująco.

— Chętnie usłyszę o tym więcej.

Nie flirtowałam od miliona lat, więc moje błyskotliwe riposty co nieco zardzewiały — podobnie jak głos, który nagle zaczął brzmieć, jakbym ostatnich trzydzieści lat przepracowała na kopalni.

Usłyszałam, jak Venetia wierci się za moimi plecami i bębni paluchami po poręczy swojego krzesła. Zapewne zajęłam nauczycielowi znacznie więcej czasu niż wyznaczone dziesięć minut. Próbowałam dać panu Petersowi znak oczami, że ta kobieta nasłuchuje każdego słowa. Na szczęście okazał się bardziej rozgarnięty niż Colin, który zareagowałby nie inaczej, jak tylko wrzeszcząc: „Co?! Dlaczego tak się na mnie gapisz?".

— Okej, zapiszę jeszcze stopnie syna, by mogła je pani przeanalizować w wolnej chwili.

Szybko napisał: „Idź już, bo kusi mnie, żeby cię znowu pocałować". Sięgnęłam po kartkę i udałam, że czytam w skupieniu.

— To cudownie. Bardzo panu dziękuję za poświęcony czas.

Musiałam się skoncentrować, by zmusić nogi do podniesienia mnie z krzesła. Każdy nerw w moim ciele stanął na baczność, kiedy pan Peters ściskał mi dłoń. Nastąpił niebezpieczny moment, gdy łatwo moglibyśmy zapomnieć, iż w pomieszczeniu znajdują się inni ludzie.

— Miło było panią zobaczyć, pani Etxeleku.

Zdaje się, że mówił szczerze.

Kiedy mijałam Venetię, spytała:

— Rozmawialiście o nauczaniu matematyki metodą kumon?

— Aha. Jego zdaniem dzieciakom bardziej służy oglądanie *Simpsonów*.

ROZDZIAŁ DWUDZIESTY DRUGI

Zaraz po moim powrocie Clover wybyła z domu niezwykle wystrojona — założyła nawet długie do łokci koronkowe rękawiczki, które odkryłyśmy na dnie szafy podczas jednej z sesji megasprzątania. Wyglądała, jakby się ubiegała o rolę w musicalu *Moulin Rouge*. Zaczęłam układać do snu piątkę dzieciaków, co w gospodarstwie Clover nie było łatwym zadaniem. Orion, Saffy i Sorrel właściwie nie rozumieli tego pojęcia, co odbiło się na mojej parce, szczególnie na Bronte, która musiała się wysypiać, tymczasem z dnia na dzień stawała się coraz bardziej pyskata. W domu pakowałam ich do łóżek przed dziewiątą, ale trójka Clover o dziesiątej nadal kręciła się po domu, piekąc pianki w ADZe i przyrządzając czekoladowy milkshake, co ich matka kwitowała zwykle: „Cóż, jutro na pierwszej lekcji macie tylko religię i plastykę. Nikt nie umarł od tego, że nie umiał narysować drzewa".

Próba wypchnięcia ich na górę trochę wcześniej groziła mi tym, że usłyszę ripostę, żebym spieprzała do siebie. Domy o jednej klatce schodowej mają jednak sporo zalet. Zlokalizowanie tutaj każdego dziecka, przypilnowanie całej czeredy przy myciu zębów i przygotowanie mundurków na następny ranek przypominało próbę okiełznania stada królików.

Dlatego dopiero kiedy usiadłam wykończona w skórzanym fotelu w salonie, by obejrzeć wieczorny dziennik BBC, zaniepokoiłam się, gdzie się podziewa Clover. Była umówiona w szkole na ostatnią rozmowę, o dwudziestej pierwszej, ale ponieważ regularnie wysłuchiwałam jej okrzyków: "Powiedz pani Harper, że konie zjadły twoje wypracowanie", albo: "Powiedz, że tato przez pomyłkę wrzucił twoje zadania z matematyki do niszczarki", sądziłam, że nie zabawi długo.

Nie przywykłam przebywać w dużych domach późną nocą. Ani trochę nie tęskniłam do życia z Colinem, ale brakowało mi znajomych dźwięków: warkotu autobusów, głosów ludzi wracających do domu z pubu, lisów grzebiących w kubłach na śmieci w zaułku na tyłach oraz Denima i Gypsy'ego galopujących w górę i w dół po schodach za ścianą. Co do samego Colina, to nawet z nim nie rozmawiałam; widząc na wyświetlaczu jego imię, od razu przekazywałam aparat Bronte. I nawet ona się krzywiła, jeśli jej przerwał zabawę z bliźniaczkami.

Zaciągnęłam częściowo zasłony, odgradzając się od mroku i ciszy, i wypatrywałam na podjeździe świateł samochodu. Coś zastukało w okno na drugim końcu salonu. Wyjęłam z kieszeni komórkę i zgasiłam wszystkie lampy. Gdy moje oczy zaczęły się przyzwyczajać do ciemności, przygotowałam się na widok szaleńca o dzikim spojrzeniu przyciskającego nos do szyby. Zobaczyłam lekkie poruszenie i zmusiłam się, by podejść bliżej. Właśnie sobie wyobrażałam, jak Clover po powrocie zastaje ekipę kryminalistyczną badającą rozbryzgi krwi, kiedy sobie uświadomiłam, że moim wrogiem jest kołysząca się na wietrze glicynia.

Zapaliłam lampy z powrotem, wściekła na siebie. Sięgnęłam po „Guardiana" (Clover twierdziła, że musi go czytać, by nie stać się z wiekiem zbyt prawicowa), włączyłam telewizor i postanowiłam, że nie będę zachowywać się jak mazgaj. Mimo to z radością powitałam chrzęst kół na żwirze i stłumione trzaśnięcie kuchennych drzwi. Clover najwidoczniej weszła od tyłu. Powstrzymałam się przed tym, żeby tam do niej popędzić, bo uznałam, że nikt nie lubi być napastowany we własnym domu. Za życia mamy nie znosiłam, gdy witała mnie w drzwiach i informowała szczegółowo o nadzwyczajnej zupie, jaką mi ugotowała, nim jeszcze zdążyłam zdjąć płaszcz. Naturalnie teraz byłabym zachwycona, gdybym mogła powkurzać się na jej szczególną metodę duszenia czosnku i cebuli.

Siedziałam zatem, szeleszcząc gazetą, skacząc po kanałach i starając się wyglądać jak urodzona arystokratka. Usłyszałam kroki na schodach i się uśmiechnęłam. Clover może i była luzaczką, ale najwyraźniej nie mogła się doczekać, by powtórzyć Orionowi, co mówią na jego temat nauczyciele. Mimo wykrętów w rodzaju: „Króliki pożarły moje lekcje", był bardzo popularny. Najwidoczniej wciąż nie spał, bo słyszałam, jak ktoś chodzi tam i z powrotem. Drewniane podłogi świetnie niosły dźwięk, szczególnie nocą. Mimo wszystko nędzna wykładzina z lat siedemdziesiątych w moim domku miała swoje plusy. Nie słyszałam jednak żadnych głosów. Może Clover udała się prosto do łóżka, choć wydawało się dziwne, że nie zajrzała do mnie, by zamienić parę słów. Natychmiast zaczęłam się zamartwiać, że marzy już tylko o tym, by się pozbyć nas wszystkich.

Na paluszkach wyszłam z salonu i postałam, nasłuchując, u stóp schodów. Zdecydowanie na górze ktoś się kręcił. Uspokoiłam się, że Cudak zaszczekałby, gdyby to nie była Clover. Potem dopadła mnie bardzo niepokojąca myśl, że głupi kundel zrobiłby wszystko za ciastko z kremem. Zastanawiałam się nad tym, czyby nie sprawdzić, czy to land rover stoi przed domem, kiedy usłyszałam znajome skrzypnięcie drzwi jej sypialni, a potem kroki na schodach. Udałam, że idę do kuchni, by nie przyłapała mnie na skradaniu się niczym jakiś świr. Kątem oka dostrzegłam sylwetkę niepodobną do Clover, a gdy raptownie odwróciłam głowę, ujrzałam jakiegoś brodacza w czarnym kapeluszu mafiosa, czarnym płaszczu przeciwdeszczowym i z workiem na śmieci w ręce. Napadli nas gangsterzy, a ja do obrony siebie i pięciorga dzieci miałam jedynie wysoką drewnianą żyrafę stojącą na korytarzu. Zawsze sądziłam, że w takiej sytuacji posikam się ze strachu i dam dyla, lecz zaskoczyłam samą siebie. Chwyciłam rzeźbę za szyję i sterczącymi nogami zamachnęłam się na napastnika. Broń wydawała się raczej nędzna, ale gniew obudził we mnie rottweilera. Zdumiała mnie stanowczość obecna w moim głosie.

— Odłóż tę torbę. W tej chwili. Połóż ręce na poręczy, bo jak nie, dzwonię po policję.

— Do kurwy nędzy, ja tu mieszkam, cholera. A ty co za jedna, u diabła?

Sapnęłam. Manchesterski akcent.

— Lawrence! O mój Boże! Strasznie przepraszam. Pewnie uznasz mnie za kompletną wariatkę. Wzięłam cię za włamywacza. Szlag. Nie poznałam cię. To ta broda... Nie nosiłeś jej wcześniej, prawda? — Ochłonęłam odrobinę. — Trzeba było zajść do salonu i powiedzieć, że przyjechałeś.

Odwróciłam się i odstawiłam żyrafę na miejsce. Lawrence sprawiał wrażenie dość zaniedbanego. Skręcone włosy sterczały mu spod cholernego kapelusza Ala Capone i wyglądał, jakby sypiał w ubraniu.

— A ty to...?

— Jestem Maia, już się kiedyś spotkaliśmy. Zajmuję się dziećmi, Clover poszła do szkoły na zebranie.

Uznałam, że nie jest to właściwy moment, by objaśniać, że wparowałam do jego domu z potomstwem i walizkami, gdy tylko wyszedł za próg.

— Wiem, gdzie jest. Dlatego wpadłem teraz. Zabrać kilka rzeczy bez wielkich scen. Obawiałem się, że w podbramkowej sytuacji ściągnie do pomocy swoją matkę, dlatego starałem się zakraść cicho, by starsza pani mnie nie zauważyła.

Przepraszająco wzruszył ramionami.

— Clover niedługo wróci. Spodziewam się jej lada chwila.

Próbowałam wymyślić jakiś sposób, by go zatrzymać, ale najwyraźniej nie miał ochoty na pogaduchy z obcą babą.

— Nie chcę żadnych awantur, więc będę się zbierał. Powiedz jej tylko, że byłem. Ucałuj ode mnie dzieciaki. Tęsknię za nimi.

Oczy zaszkliły mu się przez moment. Pokiwał głową, rozglądając się wokół.

— Dom wygląda niesamowicie. Czyżby ktoś się włamał i zrobił porządek? — Wskazał worek na śmieci. — Nie mogłem znaleźć swoich ubrań. W pierwszej chwili nie przyszło mi do głowy, żeby zajrzeć do szuflady.

Ruszył w kierunku kuchni. Usłyszałam, jak coś mówi do Cudaka, a potem trzasnęły tylne drzwi. Usiadłam ciężko na schodach. Przynajmniej zauważył, że w domu jest czysto. Krok we właściwym kierunku. Wciąż rozpamiętywałam absurdalną scenę sprzed parunastu minut, kiedy Clover wtoczyła się do środka.

— Co tu robisz na schodach? — spytała.

— Lawrence wpadł do domu. Myślałam, że to włamywacz, i zaatakowałam go żyrafą.

Rozejrzała się wokół zbita z tropu.

— Był Lawrence? Po co? Chciał się ze mną zobaczyć?

— Nie. Wiedział, że jesteś na zebraniu. Przyszedł po ubrania.

Skrzywiła się. Rozważyłam ponownie swój komentarz godny dyplomaty roku i rozpaczliwie spróbowałam się wycofać.

— Wydawał się trochę przygnębiony, jakby smutny. I przyznał, że tęskni za wami wszystkimi.

Byłam pewna, że mówiąc o dzieciach, nie zapomniał także o Clover. Jeśli za nią nie tęskni, wkrótce się o tym dowiemy.

— Serio? Wyglądał okej?

— Nie, miał brodę i przypominał menela z East Endu.

Zrelacjonowałam jej całe spotkanie i bardzo mi ulżyło, że się roześmiała.

— Pieprzona Jennifer. Gdyby mnie nie dopadła, dotarłabym wcześniej. Podeszła z tym swoim: „Tak mi przykro z powodu twojego nieszczęścia. Koniecznie opowiedz wszystkie bolesne szczegóły". Przykro jej, kurwa. Założę się, że jest zachwycona. Głowę dam, że co tydzień sprawdza w „Surrey Mirror", czy dom został wystawiony na sprzedaż. A gdy tak się stanie, przyszpili mnie na szkolnym boisku, zapewniając: „Tak będzie lepiej. Nowy start w domu łatwiejszym w utrzymaniu dobrze ci zrobi". Nie mogłam się od niej uwolnić. Uderzyła w taki ton, jakby mnie czekało ostateczne rozstanie z życiem, a nie z mężem.

— Nie wiesz, czy Lawrence chce rozwodu. I nie dowiesz się tego, dopóki z nim nie pogadasz. Nie wyglądał mi na gościa, którego wszelkie potrzeby zaspokaja kochanka.

Clover cisnęła płaszcz na balustradę schodów.

— Co jeszcze nie znaczy, że nie zamieszkał z jakąś słodką idiotką wyposażoną w cipkę jak dziadek do orzechów, prawda? Może skusiło go nie świetne gotowanie, sprzątanie czy prasowanie, tylko świetny seks?

— Ale zwrócił uwagę, że dom ładnie wygląda, a to już coś.

— Muszę się napić — oznajmiła. — Jeśli Lawrence nie wróci, przynajmniej będę miała satysfakcję, że opróżniłam jego piwniczkę.

W połowie drugiej butelki szampana oraz pudełka czekoladek firmy Thorntons (oprócz tych posypanych krokantem, „zbyt twardych na moje biedne, stare zęby") Clover ujrzała światło w tunelu.

— W porządku. Stanę do walki z każdą cipką jak dziadek do orzechów. Sprawię sobie własny idealny tyłek. Pójdę na tę twoją siłownię.

Następnie kiwając mądrze głową, zaatakowała kolejną warstwę czekoladek, szukając maślanych toffi, ja tymczasem zastanawiałam się, jak szybko powinnam się udać do łóżka, by mieć cień szansy, że zbudzę się o piątej rano na swoją zmianę w siłowni.

ROZDZIAŁ DWUDZIESTY TRZECI

Nazajutrz po tym, gdy w butelce Dom Pérignon znalazła odpowiedzi na wszelkie życiowe dylematy, Clover bynajmniej nie zjawiła się na ćwiczeniach. Wróciłam do domu z porannej szychty, spodziewając się, że zastanę ją w szlafroku, rozwaloną na sofie i zajadającą kanapki z jajecznicą, tymczasem otworzyła mi drzwi cała triumfująca.

— Wybacz, Maiu. Bałam się, że rzygnę na sam widok bieżni. Tak się odwodniłam, że wywróciłoby mnie na lewą stronę niczym ślimaka posypanego solą, ale nie okazałam się zupełnie bezużyteczna. — Wskazała ogród. — Widzisz tę kupę kompostu?

Kiwnęłam głową, zastanawiając się, co to ma wspólnego z przemianą Clover w szczupłą, zabójczą maszynę do fitnessu.

— Zakopałam klucz do piwniczki na samym jej dnie. Więc jeśli teraz zapragnę się napić, będę musiała zacząć od grzebania wśród gnijących bananów i cuchnących skorupek od jajek. Powinno mnie to zachęcić do przyhamowania z szampanem. Cudownie będzie się budzić bez kaca.

Cóż, chwilowo nie podzielałam jej entuzjazmu dla nieszampańskiego stylu życia. Będzie mi brakowało bąbelków, bo ostatnio stały się ważną częścią i mojej codzienności.

— Jestem pod wielkim wrażeniem — pochwaliłam, kryjąc rozczarowanie.

Od tego dnia jednak — jak na kobietę, która twierdziła, że całe życie miała z górki — Clover wykazywała taką siłę woli, że spokojnie przebiłaby Maggie Thatcher. Sądziłam, że zajrzy do siłowni góra raz, zobaczy te wszystkie laski z cyckami jak z reklamy biustonoszy i poczuje niepowstrzymany apetyt na pączka z dżemem. Nie wiem, czy tak desperacko zależało jej na utracie wagi, czy pragnęła, by ból mięśni zaćmił ból serca, ale zawsze gdy miałam ranną zmianę na siłowni, wpadała do środka po ósmej, kiedy tylko kończyłam, rwąc się do czynu. Odkąd przejęła poranne odwożenie dzieci do szkoły, życie stało się znacznie łatwiejsze. Mój organizm przeżyje szok, kiedy w końcu wrócę do Colina i na nowo będę musiała pędzić z piskiem opon przez Sandbury po dzieciaki, by odstawić je do Stirling Hall na sekundę przed dzwonkiem.

Na wiadomość, że mogę za darmo korzystać z siłowni, pomyślałam, że od czasu do czasu nawet chętnie popedałuję z dziesięć minut na rowerku stacjonarnym albo pomacham hantlami, kiedy nikt nie będzie patrzył. Tymczasem dzięki Clover zyskałam regularne godzinne sesje z osobistym trenerem. „Za nic nie wytrwam, jeśli będę się męczyć samotnie. Potrzebuję kogoś, kto da mi wycisk, ale ćwicząc sama, czułabym się śmiesznie", oznajmiła.

Potraktowałam to jako formę zapłaty za czynsz, całkiem uczciwą wymianę: trochę bólu w zamian za coś, co zaczynało wyglądać na dłuższy pobyt. Tygodniowy limit, jaki sobie wyznaczyłam na wakacje u Clover, przeciągnął się już do dziesięciu dni, ale jak się zdaje, nikomu to nie przeszkadzało. Kiedy wspomniałam o wyprowadzce, teatralnie wyrzuciła ręce w powietrze i zawołała: „Zostań na zawsze!".

I tak oto wytrzasnęła skądś blond potwora, który przedstawił się: „Tristram, ale wszyscy mówią mi Tryk". Clover ryknęła śmiechem, lecz darowała sobie pytanie: W łóżku czy poza? Wyglądał na kogoś, kto powinien wrzeszczeć na defiladzie: W tył zwrot! — niestety ilość czasu, jaką spędzał na prężeniu muskułów przed lustrem, była nie do przyjęcia w żadnej armii.

W ten sposób doszło do sytuacji, że kicałyśmy po sali z tyłkami w powietrzu niczym króliczki, kiedy do środka wpłynęła Jen1 w czarnych leginsach z lycry i zielonym body ze stringami, wrzynającymi się między jej mikroskopijne pośladki jak wstążka na bożonarodzeniowym prezencie. Odstawiła scenkę w rodzaju: „Cześć, Tryk, mam tylko szybkie pytanie w kwestii tętna... Zechciałbyś też zerknąć do mojego dzienniczka żywieniowego, bo sama już nie wiem, czy dla utraty wagi korzystniej jest pić mleko sojowe, czy zwykłe...", a potem zaczęła demonstrować niewidzialne boczki. Wątpię, by ktoś tak wredny jak ona mógł się dorobić sadełka.

W pierwszej chwili mnie nie zauważyła.

— Clover! Więc to tu się ukrywasz!

— Kara za gadanie! Pajacyki z przysiadami! — Tristram nie zamierzał pozwolić Clover na przerwę, musiała więc wysapać powitanie z głową między nogami.

Wybuchnęłam śmiechem, bo po naszej komandoskiej zaprawie ledwie dawałyśmy radę wejść po schodach, nie mówiąc o robieniu pajacyków. Żadna kobieta, która urodziła dziecko, nie powinna być zmuszana do tego rodzaju wyczynów. Skupiłam się maksymalnie na napięciu mięśni dna miednicy.

— O mój Boże, posikałam się! — zawołała Clover.

Tryk odpuścił i wskazał w kierunku toalet. Jen1 zrobiła dziwną minę i wdrapała się na bieżnię. Jej cienkie jak spaghetti nogi poruszały się niczym u jelonka puszczonego w przyśpieszonym tempie.

Gdy Clover wróciła, Jen1 próbowała ją zignorować, ale tamta zaśmiała się głośno i oświadczyła:

— Posiadanie tylko jednego dziecka ma wiele zalet, Jennifer. Cholerne bliźniaczki mnie załatwiły. Może powinnam sobie sprawić kulki gejszy. Podobno świetnie robią na dno miednicy, wiesz? Można, jakby to powiedzieć, ustrzelić dwa ptaszki jedną kulką.

Jen1 wytrzeszczyła oczy tak bardzo, że przypominała dziecinny rysunek. Najwyraźniej należała do dziewczyn, które robią to przy zaciągniętych zasłonach i wyłącznie w pozycji misjonarskiej.

Szczęśliwie udało nam się porzucić kwestię pieluch dla dorosłych, nim Tryk wyrzucił nas z siłowni. Wymyślił kolejną torturę polegającą na tym, że obie miałyśmy rozciągać za plecami elastyczne taśmy. Czułam, jak Jen1 nas obserwuje, uśmiechając się złośliwie od ucha do ucha za każdym razem, kiedy taśmy ze świstem wymykały się nam z rąk, podczas gdy sama pedałowała szaleńczo, jakby prowadziła w Tour de France. Tryk wierzył w pracę zespołową. Każdego dnia kazał mi pokonywać sprintem pięćset metrów na bieżni, gdy Clover wykonywała deskę — obrzydliwe ćwiczenie pilates sprawiające, że czas staje w miejscu i pękają mięśnie brzucha. Pędziłam ile sił w nogach, by skrócić jej cierpienia. Pokonałam zaledwie pięćdziesiąt pięć metrów, kiedy zaczęła wrzeszczeć, żebym się pośpieszyła. Przy dwustu pięćdziesięciu zaczęła kląć, a w okolicach czterystu nie można było zrozumieć nic oprócz jej ulubionego słowa na „k".

Kiedy się w końcu zgięła, skręcając z bólu, Jen1 podeszła i poklepała ją po plecach.

— Dobra robota. Muszę wspomnieć Lawrence'owi, że nie pozna własnej żony, kiedy ją zobaczy następnym razem.

— Taki jest plan, kurwa — warknęła Clover przez zaciśnięte zęby.

Ja nieźle się rozgrzałam, ale ona po wyjściu z siłowni była tak fioletowa, że próbowałam sobie przypomnieć, jak komuś pomóc w razie ataku serca.

Wieczorem spałaszowała wielki stos kiełków lucerny, soczewicy i cieciorki. Wróciwszy ze sprzątania eleganckich biur, gdzie pozostawiłam po sobie aromat lawendy i wosku do mebli, trafiłam do kuchni cuchnącej końskim nawozem. Całkiem serio pomyślałam, że to Cudak zostawił kupę w którymś kącie, ale ponieważ Clover jakimś magicznym sposobem utrzymywała od pewnego czasu kuchnię w idealnym stanie, każdy nietypowy element łatwo byłoby zauważyć. Zmarszczyłam nos. Nie chciało mi się wierzyć, że jedna kobieta potrafi wyprodukować tak odrażający smród bez pomocy szczura rozkładającego się w najbliższym otoczeniu.

— Przepraszam. Chyba było lepiej, jak się żywiłam śmieciowym żarciem. Dzieciaki grożą, że każą mi spać na basenie.

Nie wydawała się w najmniejszym stopniu speszona.

— Zapalę kilka świec.

Wciąż z ogromną przyjemnością otwierałam szuflady w jej kuchni, bo wszystko, od taśmy klejącej po sznurek i zapałki, leżało schludnie ułożone na swoim miejscu.

— Po co? Jesteś katoliczką? A dzisiaj wypada jakieś święto?

— Jestem katoliczką, to znaczy kiedyś byłam. Świeczki pozwalają się pozbyć nieprzyjemnych zapachów.

Zaczęła bez entuzjazmu podjadać pestki dyni z miski.

— Boże, Maiu, jesteś krynicą wszelkiej mądrości. Jak ja przetrwam po waszej wyprowadzce?

— Do tego czasu wróci Lawrence, więc nie będziesz mnie potrzebować.

Zaszkliły jej się oczy.

— Nie byłabym taka pewna. Nawet kiedy odbiera moje telefony, nie chce rozmawiać o nas, tylko o dzieciach. Nie mam pojęcia, co sobie myśli, ale wiem, że jeśli zażądam odpowiedzi albo go przycisnę, zamknie się w sobie na dobre. Boję się go nawet spytać, czy w ogóle zamierza wrócić. — Poruszyła się nerwowo. — Zabiłabym za kieliszek sauvignon blanc.

— Agrest — odpowiedziałam posłusznie.

— Świetnie! — zawołała, klaszcząc w ręce.

Uznałam za swoją misję poduczyć ją co nieco o sprzątaniu. Ona mnie — o winach. Wyglądała, jakby rozważała przekopanie do samego dna pryzmy kompostu, kiedy rozległo się głośne walenie do drzwi od frontu.

W komorniczym stylu. Ucieszyłam się, że znajduję się w domu, gdzie kwestia, do kogo należy toster, nigdy nie budziła wątpliwości.

Clover spojrzała na zegarek.

— Kto to może być, do cholery, o dziesiątej w nocy?
— Może Lawrence?

Byłam gotowa się ulotnić.

— Raczej nie, wszedłby od kuchni. Miał małe skrzywienie na punkcie głównych drzwi. Twierdził, że czuje się swobodniej, używając wejścia dla dostawców.

Najwidoczniej była ode mnie dużo odważniejsza, bo otworzyła, nie pytając kto tam. Na progu w całej swej pijackiej chwale stał Colin. Zatoczył się w naszą stronę, cuchnął gorzałą i wyglądał, jakby od trzech tygodni nie zadał sobie trudu, by włączyć bojler. Co jest z tymi facetami? Potrzebują żony albo dziewczyny, żeby pamiętać o prysznicu?

— Colin.

Głos Clover brzmiał bardzo oficjalnie.

— Ja się tym zajmę. — Nie byłam pewna, czy mi się uda, ale byłoby niegrzecznie nie spróbować.

— Co tu robisz? — spytałam.

Współczucie, strach, skrępowanie, niesmak. Wirowały zmieszane ze sobą niczym w wielobarwnym koktajlu.

— Musisz wracać. Jesseś moją żoną. Ffoje miejsse jes przy mnie.

— Nie jestem twoją żoną. Nigdy nie zadałeś sobie trudu, żeby mnie poślubić. Ale mniejsza o to.

Pora nie była odpowiednia, by dzielić włos na czworo.

— Zawsze była z ciebie pyskata krowa. Dzie moje dzieci? Chse zobaczyć dzieci. — Próbował wejść do środka.

Clover zastąpiła mu drogę.

— Posłuchaj, Colinie, nie chcę być niegościnna, ale jest późno, a ty najwyraźniej wypiłeś kieliszek albo dwa, więc co powiesz na to, żebyś wrócił do domu, a Maia porozmawia z tobą rano?

— A tobie sso do tego? Jakby nie ty, siedziałaby w domu ze mną.

Clover nie zamierzała tego słuchać. Co najdziwniejsze, przypominała moją matkę, zawsze lubiącą powiedzieć innym do słuchu. Czy raczej „do ucha", według jej określenia.

— Nie, Colinie. Powodem, dla którego znalazła się tutaj, jest fakt, że ją uderzyłeś. Dlatego sugeruję, byś nas zostawił w spokoju, wytrzeźwiał i się ogarnął. Wtedy zyskasz cień szansy na jej powrót.

Widziałam, że Colin poważnie rozważa, czy nie wedrzeć się siłą. Gdy tak stał, kiwając się z boku na bok z zamkniętym jednym okiem, wyraz jego twarzy mówił: „Udaję, że cię słucham".

Clover boso sięgała mu zaledwie do połowy piersi. Nie zamierzała jednak ustąpić. Blokowała drzwi ze skrzyżowanymi ramionami, podobna do kloca. Colin nie sprawiał wrażenia, jakby zamierzał odejść. Próbował ze mną dyskutować nad głową gospodyni. Spytała półgłosem:

— Mam się go pozbyć?

Przytaknęłam.

— Zaraz wracam. Nie wpuszczaj go do środka. — Szybko oddaliła się korytarzem.

Bez niej u boku nie czułam się tak pewnie jak chwilę wcześniej. Colin spojrzał na mnie pożądliwie.

— No już, złotko. Zabawiłaś się. A teraz wracaj do domu. Bez ciebie to nie to samo.

— W jakim sensie?

— Nie jestem stworzony do samotnego życia. Dom wydaje się strasznie pusty bez dzieciaków. I bez ciebie, oczywiście. Za duży dla mnie samego. I nie jadam jak należy. Nawet znalazłem sobie robotę.

— Gdzie?

Powinnam w tym momencie poczuć żywe zainteresowanie tym, co ma do powiedzenia. Tymczasem wydawał się widmem z odległej przeszłości, jak ktoś paradujący z czubem à la Elvis i wyobrażający sobie, że jest na topie.

— W punkcie bukmacherskim. Ale nie gram. — Czknął i zaśmiał się głupio. — Maluję. Odnawiam front. Szyldy prawie poodpadały, więc je naprawiam. Jeszcze mi nie zapłacili, ale to nas ustawi. Ten skurwysyn komornik przez jakiś czas będzie się trzymał z daleka.

Co dowodziło, jak słabo się orientował w naszych długach. Nie miałam wielkich nadziei, że tych parę funtów, które wcisną mu w garść na koniec tygodnia, przeznaczy na spłatę zadłużenia, a nie na wyścig o czternastej dwadzieścia w Kempton. Próbowałam wymyślić jakiś entuzjastyczny komentarz, świadoma, że chcąc nie chcąc, wkrótce znowu z nim zamieszkam pod jednym dachem. Nim się zdobyłam na coś choćby odrobinę pozytywnego, zaczął bełkotać dalej:

— Co u dzieciaków? Stęskniłem się za nimi, wiesz? I za tobą.

Przysunął się o krok, by mnie objąć. Kiedy się cofnęłam, nagle zrobił się agresywny.

— Za dobra jesteś teraz dla mnie, tak? Tylko nie próbuj mi utrudniać kontaktów z dziećmi.

— Nie zabraniam ci się z nimi widywać. Ale to ty nawet nie spróbowałeś czegoś zorganizować.

Spojrzał na swoje stopy. Najwyraźniej tracił równowagę, więc zrobił parę kroków bokiem jak krab.

— Myślałem, że wrócisz do domu po kilku dniach. Pewnie całkiem o mnie zapomniały, odkąd mieszkają w tej wielkiej, starej budzie.

— Bronte uczy się jeździć konno, o czym zawsze marzyła. A Harley jest szczęśliwy, że ma psa. Ale tęsknią za tobą. Szczególnie ona.

Jego rysy złagodniały. Być może znalazłabym dla niego odrobinę współczucia, gdyby nie zaczął dźgać palcem powietrza tuż przed moją twarzą.

— To wszystko twoja wina! — krzyknął. — Ty i te twoje ambicje. Myślisz sobie, że jesteś ode mnie lepsza, a nawet mi nie wspomniałaś, że zabierasz dzieciaki ze Stirling Hall. Jestem ich ojcem, tak? Mam swoje prawa!

Colin uwielbiał podkreślać, że ma różne „prawa". Niestety nie przyszło mu nigdy do głowy, że z prawami wiążą się obowiązki, na przykład zapewnienie rodzinie czegoś do jedzenia i uregulowanie rachunku za prąd.

Odsunęłam się od niego.

— Myślałam, że się ucieszysz z ich powrotu do Morlands. Wygrałeś. Ja się myliłam. Sądziłam, że sobie poradzę, ale przeceniłam własne siły.

Urwałam. Nie wysłałam jeszcze listu i nie wspomniałam o nim nikomu, nawet Clover.

— A właściwie skąd o tym wiesz?

— Powiedziałaś Sandy, tak? Jak usłyszałem o tym od niej, myślałem, że padnę.

Sandy. Podła krowa. Najwidoczniej nie mogła wytrzymać, by nie wetknąć nosa w nie swoje sprawy. Prawie ją widziałam, jak woła do niego zza żywopłotu: E, Colin, jaka szkoda, że musisz zabrać dzieciaki ze Stirling Hall! Ale i tak nigdy za tym nie byłeś, co nie!? I jak tańczy z radości, kiedy dociera do niej, że nie miał o niczym pojęcia. Nawet nie przysłała esemesa, by się dowiedzieć, gdzie się podziewam. Chociaż ja też jej nie wspomniałam, że się wynoszę. Nie byłam ani trochę lepsza od niej, choć chciałam wierzyć, że gdyby to do niej uśmiechnęło się szczęście, okazałabym się bardziej wielkoduszna.

Colin rzucił się naprzód, próbując mnie złapać za rękę.

— Raz-dwa, wracasz ze mną do domu.

Odepchnęłam go.

— Nie wrócę w nocy. Dzieciaki leżą w łóżkach.

— Zaraz pójdę i sam je obudzę. Przyprowadź je.

— Nie. Zresztą nie chcę, by cię oglądały w takim stanie.

— Ooo, stary tatuś stał się dla nich zbyt prostacki, tak? — Złapał mnie znowu; jak na kogoś z trudem poruszającego się po linii prostej, okazał się całkiem szybki.

— Zostaw mnie. Wynocha!

Zaczęłam się wyrywać, gdy próbował mnie wywlec z domu.

— Nie. Musisz sobie wbić do tej tępej głowy, że jestem panem domu i masz robić, co każę. Wszystkie te przeklęte liberalne bzdury, którymi nabiła ci głowę twoja przyjaciółka Doniczka, czy jak jej tam, możesz wrzucić do śmieci. Wracasz ze mną do domu. Przyprowadź dzieci. Ale już!

Wykręcił mi boleśnie rękę, gdy naraz po ogrodzie poniósł się strzał, cholerny wystrzał z broni palnej. Colin zanurkował na ziemię. Ja odskoczyłam do wnętrza i zatrzasnęłam drzwi. Rozległ się kolejny huk, a potem usłyszałam Clover krzyczącą z piętra:

— Odpierdol się! Zwyczajnie się odpieprz! Następnym razem oberwiesz w jaja.

Wyjrzałam przez okno na korytarzu. Słyszałam, jak Clover wywrzaskuje z góry wszelkie możliwe przekleństwa zaczynające się na „od-". Colin pokazywał środkowy palec, wygrażał pięścią i nie pozostawał jej dłużny. Lecz jego pijane stópki tylko śmigały po żwirze i wkrótce zniknął mi z oczu.

Clover, ze strzelbą pod pachą i kciukami wsuniętymi w kieszenie, zeszła po schodach rozkołysanym krokiem Johna Wayne'a, przemawiając z rozwlekłym teksaskim akcentem:

— A niech mnie diabli! Gwintówka wreszcie się na coś przydała. To ci nikczemny, wstrętny łajdak.

Powinnam ją zrugać, ale tylko ryknęłam śmiechem na cały głos. Całe szczęście, że dzięki grubym murom dzieci przespały awanturę. Nie byłam dziś w nastroju do rozmów z gatunku: „Clover naprawdę wcale nie chciała odstrzelić tatusiowi głowy".

Przyjaciółka była w siódmym niebie.

— Zawsze o tym marzyłam. Lawrence trzyma ją w garażu, żeby strzelać do wiewiórek. Gnieżdżą się na strychu i ciągle przegryzają przewody. Rozumiesz, ani przez moment nie zamierzałam go trafić. Celowałam w kasztana przy bramie.

Chwała Panu, że klucz do piwniczki leżał pod pryzmą kompostu.

ROZDZIAŁ DWUDZIESTY CZWARTY

Następnego dnia klasa Bronte miała apel. Zaproszono też rodziców, więc skończyłam zmianę na siłowni wcześniej i wróciłam do domu — w samą porę, by wziąć udział w radosnej śniadaniowej krzątaninie, upływającej pod znakiem przekleństw Einsteina i ujadania Cudaka, z królikiem lub świnką morską przebiegającymi przez kuchnię. Od naszego wielkiego sprzątania Clover zakazała wstępu do domu ogrodowym milusińskim, lecz dzieciaki zaczęły traktować ich szmuglowanie jak sport. Z góry dobiegał szum prysznica, co tłumaczyło, dlaczego olbrzymi biały królik imieniem Zawierucha mógł teraz pałaszować obfite śniadanie wprost z misek dzieci.

Za sprawą nowej fitnessowej manii Clover miodowe kółeczka i czekoladowe kulki bez ostrzeżenia zastąpiły na stole organiczne płatki śniadaniowe — o entuzjastycznych nazwach typu „Tygrystyczne!" i „Małpi Cyrk", tyle że przypominały wolne od glutenu, orzechów i smaku grudki hipopotamowego łajna chlapniętego dla niepoznaki miodem. Prawdziwą piątą kolumną było jednak nie łajno hipopotama, tylko amarantus, zdaniem Clover pełen potasu, wapnia i Bóg wie czego jeszcze. Niestety po dodaniu mleka wyglądał jak świeży krowi placek, a smakował jeszcze gorzej.

Orion właśnie próbował podrzucić Bronte grudę tego paskudztwa tak, by się nie zorientowała. Wskazał Einsteina i oświadczył:

— Chyba zaraz zrobi kupę.

Gdy Bronte się odwróciła, nałożył jej pełną łychę. Wiedziałam, że źle się to skończy, bo miała mniej więcej tyle poczucia humoru, ile Colin etyki zawodowej. I rzeczywiście po kilku: „Patrz, Zawierucha właśnie zjada pająka", zaczęła szturchać chłopaka i na niego krzyczeć:

— Nienawidzę cię! Masz tyle pryszczy, że na twojej twarzy można grać w „połącz kropki".

— A w twojej wielkiej japie można zaparkować ciężarówkę. Nikt cię nie prosił, żebyś się do nas wprowadzała. Dlaczego się nie wyniesiesz do siebie? — spytał.

Położyłam jej rękę na ramieniu.

— No już, spokój. Orion tylko żartował. Pokroić ci banana? Musimy się pośpieszyć, przecież nie chcemy się spóźnić na twój apel, prawda?

Strząsnęła moją dłoń.

— Mam dość mieszkania tutaj. Chcę wracać do domu. Chcę być z tatą, a nie z głupią Clover i jej głupimi dzieciakami!

Cieszyłam się, że gospodyni nie ma w pobliżu i nie może docenić rozmiarów niewdzięczności mojej córki.

— Bronte. Nie są głupi i bardzo wspaniałomyślnie pozwolili nam tu pomieszkać. No już, kończ śniadanie.

— Nienawidzę ich. Naprawdę nienawidzę. Gdzie jest tato? Chcę go zobaczyć. Czy już nas nie kocha? Dlaczego nie przyszedł nas odwiedzić?

Odepchnęła miskę tak mocno, że ta uderzyła w naczynie chłopaka i obie z hukiem poleciały na podłogę.

Orion zareagował jak przystało na dziesięciolatka. Zaczął się śmiać i stroić miny. Harley próbował zachować powagę, ale widziałam, że pokusa jest ogromna, bo Bronte fioletowiała na twarzy coraz bardziej, aż w końcu wrzasnęła:

— Nie wiem, co cię tak śmieszy! Wasz tato was zostawił! Prawie do was nie dzwoni. Już was nie kocha i wcale mu się nie dziwię.

— Ty cholerna kłamczucho! Wcale nas nie zostawił. Wyjechał w delegację. Najpierw do Ameryki, a teraz chyba do Skandynawii.

Orion spoważniał, coraz mniej pewny siebie.

Zaczęłam kiwać głową, aż rozbolała mnie szyja.

— Owszem, twoja mama wspominała o północnej Skandynawii, bardzo odległej części, gdzie komórki nie mają zasięgu.

Wolałam na tym poprzestać, żeby nie brnąć dalej w kłamstwa.

Chwyciłam Bronte i siłą oderwałam od stołu. Początkowo się opierała, ale kiedy znalazłyśmy się na korytarzu, wybuchnęła płaczem — potężnym, wstrząsającym całym ciałem szlochem z samego dna serca.

— Gdzie jest tato? Mówiłaś, że zostaniemy tu tylko trochę, żebyś pomogła Clover w sprzątaniu. Zostawiłaś go?

— Nie, nie zostawiłam.

— Ale chcesz zostawić, zgadza się?

Jej spojrzenie domagało się prawdy. Tylko że za pół godziny miał się zacząć jej występ w głównej roli żuka gnojarza, więc nie był to dobry moment na tłumaczenia.

— Nie zostawię waszego taty. Oczywiście, że nie. Był dla mnie bardzo niemiły, kiedy mnie uderzył. Mam nadzieję, że teraz dostał nauczkę. Gdy tylko dokończę sprzątanie z Clover, wrócimy do domu.

Prawie chciałam, by to było kłamstwo, ale nie mogłam wiecznie zachowywać się jak struś i chować głowę w piasek.

— Kiedy? — Brwi Bronte prawie się spotkały pośrodku czoła.

— Niedługo, serio. No to gdzie jest twój kostium żuka gnojarza?

Podczas jazdy do szkoły moje serce wykonało niezwykły taniec. Nie mogłam się doczekać kolejnej dawki pewnego ciemnowłosego mężczyzny. Od zebrania z rodzicami przed ponad tygodniem dzwonił do mnie codziennie. Za każdym razem gdy na wyświetlaczu pojawiała się „Mary", czułam się jak posiadaczka radosnego małego sekretu. Odbierałam, zawsze obiecując sobie, że to ostatni raz. Lecz w rzeczywistości czułam się dzięki niemu wyjątkowo. Zdecydowanie zbyt wyjątkowo. Poprzedniego wieczoru, gdy opowiadałam o nieoczekiwanej wizycie Colina i szczególnej metodzie Clover na żegnanie nieproszonych gości, rozmawialiśmy długo po północy. Mało nie umarliśmy ze śmiechu. Byłam zachwycona, że potrafię go aż tak rozbawić, nawet kosztem Colina. Szczególnie kosztem Colina.

— Planujesz do niego wrócić? — spytał.

— Nie chcę, ale dzieci zaczynają się niepokoić. Naprawdę za nim tęsknią, a on stara się poprawić. Znalazł sobie pracę.

Zobaczyłam w duchu, jak pan Peters kręci głową.

— Obiecaj, że mnie uprzedzisz, zanim to zrobisz. — Zapadła cisza. — Bardzo bym chciał cię zobaczyć, Maiu. Wciąż o tobie myślę.

Zrobiłam to, co zawsze. Obróciłam sprawę w żart.

— Zobaczysz mnie jutro na paradzie żuków gnojarzy.

Skończyłam rozmowę. Wiedziałam, że nie mogę pozwolić, by zaangażował się bardziej. Wypruwał sobie flaki, by z chuligana o szybkiej ręce zmienić się w szanowanego nauczyciela. Ja potrafiłam najwyżej narobić wstydu na przyjęciu, więc nie powinnam przyjmować zaproszenia. Musiałam tylko znaleźć w sobie siły, by odmówić.

Wchodząc do szkoły, kątem oka dostrzegłam pana Petersa w holu, ale dzięki marudzeniu Bronte, która zaczęła narzekać, że czułki żuka nie trzymają się dobrze, nie musiałam z nim nawiązywać kontaktu wzrokowego, póki nie dotarłam do drzwi.

Był ubrany w garnitur khaki i różową koszulę. Nigdy nie lubiłam mężczyzn w różach (pewnie nasłuchałam się zbyt wielu pełnych uprzedzeń komentarzy Colina — „różowy jest dla pedałów"), ale pan Peters wyglądał jak z reklamy drogich zegarków.

Towarzyszył mu dyrektor o ostrych rysach twarzy i w okularach w niemodnych srebrnych oprawkach. Zauważyłam, że spogląda na mnie, a potem półgębkiem mówi coś do nauczyciela. Ten wzruszył ramionami. Dyrektor przywitał mnie dziarskim „Dzień dobry", a pan Peters rzucił cicho „Witam" i uśmiechnął się, nie unosząc kącików ust.

Wybrałam miejsce na końcu rzędu niedaleko sceny. Nauczyciele schodzili się powoli i zajmowali siedzenia z boku sali. Pan Peters usiadł kilka metrów przede mną po lewej. Czekałam, aż pochwyci moje spojrzenie, ale gapił się w podłogę. Może dyrektor udzielił mu reprymendy, że za bardzo się angażuje w nasze sprawy, ale przecież mogło chodzić tylko o plotki. Wkurzyłabym się na pana Petersa, gdyby mnie spisał na straty — chociaż sama właśnie do tego go zachęcałam.

Skupiłam uwagę na scenie, gdy Bronte w roli żuka gnojarza pchała wielką brązową kulę, prawiąc widzom kazanie o gazach cieplarnianych powstających, gdy nie kompostujemy obierków z warzyw. Wpadłam w taki nastrój, że wszystko budziło teraz moją irytację. Budowanie wermikompostownika, by dżdżownice mogły dojeść po tobie resztki awokado, oraz wykorzystywanie skórek od bananów jako nawozu pod róże, były to typowe idiotyzmy klasy średniej. Profesorka zacmokałaby i stwierdziła, że nie klasa decyduje o inteligencji. Ale to i tak były idiotyzmy. Zbyt ciężko tyrałam, próbując zarobić na jedzenie, by sobie zawracać głowę, czy listopad nie stał się odrobinę cieplejszy, ponieważ wyrzuciłam do śmieci natkę z marchewki. Ale na wypadek, gdyby pan Peters miał przeoczyć moją obecność, klaskałam, jakbym nigdy w życiu nie słyszała czegoś równie fascynującego. Po żukach gnojarzach wystąpiła grupka chłopców, którzy za nic w świecie nie mogli zachować powagi, gdy prezentowali perły mądrości o recyklingu ludzkich odchodów — „Nie marnujcie siuśków. Są bogate w azot. Zmieszajcie je z trocinami i wysypcie na grządce z sałatą".

Zastanawiałam się, czy tylko ja jedna wolę sałatę lodową bez siuśków. Zerknęłam na pana Petersa. Sądząc z tego, jak się nachmurzył, również nie uznał tego pomysłu za szczególnie apetyczny. Kiedy nadszedł czas modlitwy, zerknęłam na niego spod opuszczonych powiek, słuchając radosnych fraz o „zachłannym stylu życia, pryzmach odchodów, bezgranicznej chciwości i irracjonalnej nienawiści, nadmiarze opakowań, zatrutym powietrzu, górach odpadków... Jest tam kto?".

Poczułam się, jakbym sama wchłonęła kilka szkodliwych związków chemicznych. Bóg bezsprzecznie był postacią bardzo tajemniczą. Pragnęłam jakiegoś znaku, że pan Peters nie jest taki jak wszyscy. Nie oczekiwałam, że nakarmi pięć tysięcy ludzi, wystarczyłby mi nieznaczny ruch jego oczu w moją stronę. Tymczasem nauczyciel siedział z poważnym wyrazem twarzy, ściskając śpiewnik, jakby się obawiał, że ucieknie mu hymn *Panie, pozostań*.

Z powrotem skupiłam uwagę na suplikach: „Temperatury na świecie rosną, lasy znikają, zwierzęta wymierają... Czy ktoś nas słyszy?".

Co było nie tak z *Modlitwą Pańską*? Mamrotanie trwało. Nie sądzę, żeby dzieciaki w ogóle się zastanawiały nad wygłaszanym tekstem, po prostu klepały słowa jak tabliczkę mnożenia. Nie czułam, żebym była przyjazna naturze. Ani w ogóle przyjazna. Nie potrafiłam wykrzesać z siebie lęku przed szkodliwymi pestycydami, przez które mogą mi wypaść rzęsy, gdy pan Peters fundował mi epokę lodowcową. Najwidoczniej postanowił o mnie zapomnieć. Podczas ostatniej rozmowy żartowaliśmy o wspólnym wypadzie do Kraju Basków. Teraz wyglądało na to, że nie wybierzemy się razem nawet na kawę.

Zerknęłam wzdłuż rzędu na innych nauczycieli. Dyrektor patrzył na mnie. Być może nawet z wyższością. Żałowałam, że brak mi tej odrobiny bezczelności, by zaświecić cyckami. Skąd mógł się dowiedzieć o mnie i panu Petersie? Może to ta wścibska stara wiedźma, sekretarka, o wszystkim mu doniosła. Całowanie się z matkami uczniów, szczególnie biednymi matkami, których nie stać na zrzutkę na nową bibliotekę/ściankę wspinaczkową/pole treningowe do golfa nie jest rozsądnym posunięciem z punktu widzenia dalszej kariery.

Na koniec, po jedynym hymnie, który rozpoznałam — *Wszystko, co jasne i piękne* — poszuraliśmy zgodnie do wyjścia. Pomachałam Bronte na pożegnanie. Chichotała rozpromieniona. W odróżnieniu od mojej córki stojący przy drzwiach pan Peters zupełnie nie promieniał. Mówiąc językiem nieprofesorskim, był nieźle nabuzowany. Jego doskonałe umiejętności PR-owe wzięły sobie wolne. Matkom próbującym go olśnić najbardziej słonecznymi uśmiechami fundował cierpkie: „Do widzenia, dziękuję za przybycie". Guzdrałam się, udając, że manipuluję przy zamku od kurtki, aż większość widzów wyszła. Gdy spostrzegłam w kolejce przyzwoitych rozmiarów lukę, wepchnęłam się w nią szybko i rzuciłam głośno:

— Do widzenia! — A po chwili zapytałam szeptem: — Wszystko okej?

Oczy pociemniały mu z gniewu.

— Nie, nie okej. Dlaczego nic mi nie powiedziałaś?
— O czym?

Pokręcił głową, jakbym była niewyobrażalnie tępa. Mój umysł miotał się w desperacji, szukając właściwego kierunku rozumowania, gdy kątem oka dostrzegłam nadciągającego dyrektora. Nie miałam innego wyjścia, jak tylko się ulotnić z wymuszonym:

— Dziękuję za piękne nabożeństwo, bardzo oryginalne.

Tkwiłam przy vanie całe wieki. Liczyłam, że może pan Peters do mnie wyjdzie, lecz po dwudziestu minutach zrozumiałam, że Efekt Etxeleku przestał działać.

ROZDZIAŁ DWUDZIESTY PIĄTY

Po apelu wysłałam panu Petersowi esemesa z pytaniem, co jest grane, ale nie raczył odpowiedzieć. W pracy co chwilę wyciągałam z kieszeni komórkę, by sprawdzić, czy jakimś cudem nie przegapiłam przychodzącej wiadomości. Wolałam dawniejsze czasy, kiedy dwa ciche piknięcia nie rozstrzygały o tym, czy mój dzień będzie wspaniały, czy wręcz przeciwnie. Znalazłam natomiast w poczcie głosowej nagranie Colina, pozostawione nieco wcześniej, kiedy konałam od toksycznych substancji. „Skarbie, to ja. Przepraszam za wczoraj wieczorem. Przepraszam. Po prostu nie wyszło, jak trzeba. Potrzebuję cię w domu, skarbie. Naprawdę się staram, pracuję i tak dalej. Daj mi szansę. Przynajmniej wpadnij zobaczyć, co zrobiłem. Chciałem, żeby ci się podobało".

Był taki okres w moim życiu, kiedy obietnica Colina, że będzie się bardziej starał, zapewniała mu natychmiastowe przebaczenie. Teraz jednak przypominał mi tylko malucha marudzącego, że chce zostać dłużej w parku.

Pan Peters nie mógł mi pomóc. Clover nie mogła mi pomóc. Nikt nie mógł. Pora przestać się łudzić, że mam wybór, i wracać do dawnego życia. Musiałam to zrobić, zanim dzieciaki całkiem się odzwyczają od surowych warunków. Jeśli jednak miałam tam żyć znowu, zamierzałam odbyć rozmowę z Colinem i ustalić kilka podstawowych zasad, bez dzieci jako słuchaczy. Doskonałym punktem wyjścia byłoby: „żadnego bicia", a następnym: „stała praca". Wrócę, nie ma sprawy, ale Myszka Maia zniknęła na zawsze.

Skierowałam więc swój okręt w rodzinne strony. Skręciłam w lewo, gdzie luksusowe wiktoriańskie domy stawały się nieco bardziej zaniedbane — pojawiały się już zardzewiałe furtki, ogrodowe szopy tęskniące za warstwą bejcy, zachwaszczone, porośnięte badylami trawniki. Potem dalej, wprost między wiktoriańskie szeregówki, których frontowe ogródki dawno wyasfaltowano, a miejsce róż zajęły vany i fiesty. I na koniec, pokonując kolejny zakręt, zbliżyłam się do naszych króliczych klatek z lat sześćdziesiątych, z kamienną okładziną i małymi okienkami w morzu betonu.

Moje serce nie wezbrało wzruszeniem. Nie należałam do tego miejsca. Ani trochę. Zdumiewające, jak szybko się przystosowałam do wielkiego, rozlazłego domostwa Clover. Ale jak sobie pościelesz... Idąc ścieżką do drzwi, robiłam się coraz mniejsza. W żywopłocie oddzielającym mój dom od posesji Sandy pojawiło się kilka nowych torebek po chipsach. Farba na drzwiach wejściowych złuszczyła się trochę bardziej. Tylko jedna zasłona w saloniku była odsunięta.

Nie zapukałam, chociaż miałam wrażenie, że powinnam. W domu panowała atmosfera opuszczenia, bezruchu. Zawołałam „Halo?", ale nikt nie odpowiedział. Najwidoczniej Colin nie kłamał, mówiąc, że znalazł pracę. Wycieraczkę zaśmiecały ulotki z tanich jadłodajni, Lidla i podejrzanej speluny, gdzie wymieniano bony żywnościowe na gotówkę bez niepotrzebnych pytań. Doleciał mnie zapach farby. Otworzyłam drzwi salonu. Brudne ściany w żółtawobiałym odcieniu były teraz jasne, bladokremowe. Odsunęłam zasłonę. Do pokoju wlało się wiosenne światło. Wydawał się znacznie większy. Chciałam poczuć wdzięczność, skoro tak długo suszyłam mu o to głowę, lecz gdy wreszcie to zrobił, odmalował ten cholerny pokój, uświadomiłam sobie, że nie chcę tu mieszkać, z magnoliowymi ścianami czy bez. Meble wydawały się bardziej sfatygowane i niemodne, niż zapamiętałam. Zastanawiałam się, czy dzieci to zauważą i zaczną jęczeć, żebyśmy wracali do Clover.

Poszłam do kuchni. Albo Colina zmęczyło machanie pędzlem, albo nie spodziewał się mojego powrotu tak szybko. Stół pokrywały puste pudełka z KFC, opakowania z McDonald'sa, kleksy curry i puste puszki po piwie z Lidla. Nienawidził malibu, ale wydudlił nawet likier. Poczułam smród kubła na śmieci.

Na kredensie leżał plik brązowych kopert, bez wyjątku nieotwartych. Sięgnęłam po nie i przejrzałam serial o nieopłaconym życiu. Pośrodku szarego stosu urzędowej korespondencji wyróżniała się biała koperta dobrej jakości. Obróciłam ją. Na tylnej klapce widniał herb Stirling Hall. Rozerwałam ją. Gdy tylko przeczytałam „…potwierdzam otrzymanie Pani listu z informacją o zabraniu Harleya i Bronte Caudwellów ze Stirling Hall…", niewyraźne fragmenty mojego życia nabrały nagle ostrości pod wpływem gniewu, że Colin — ten leń, który ociągałby się z sięgnięciem po wiadro wody, gdyby paliła mu się dupa — jakimś cudem zdołał wysłać moje pismo. Choć bynajmniej stanowczo, zdecydowanie, kategorycznie, autentycznie, bezwzględnie nie zamierzałam go wysłać.

Zapewne nie był to najlepszy moment na roztrząsanie, jak wielką wiarę pokładała we mnie pani profesor. Albo pan Peters. Nic dziwnego, że się na mnie wkurzył. Przypomniały mi się jego słowa: „Rozmawiaj ze mną, Maiu, rozmawiaj ze mną". Gdy usłyszał od kogoś innego — pewnie od tego babsztyla, sekretarki Felicity — że dzieciaki odchodzą, musiał się poczuć, jakby ktoś dźgnął go palcem w oko.

Powlokłam się na piętro. Schrzaniłam to. Nie chodziło tylko o list, ale o wszystko. Nie należało się schodzić z Colinem. Pozwoliłam sprowadzić się do jego poziomu, zamiast podciągnąć go do mojego. Zajrzałam do sypialni Bronte. Pomalował ją na jasny lila. Mała będzie zachwycona. Szczerze kochał dzieciaki. Tylko czy to wystarczy? Czułam się jak szczur zamknięty w kuchni, na oślep szukający wyjścia.

Poszłam do naszej sypialni. Panował w niej nieprzyjemny zaduch. Znowu będę musiała się kochać z Colinem... Po delikatnych pieszczotach pana Petersa nie potrafiłam sobie wyobrazić, że dawny partner będzie mnie znów dotykał tłustymi paluchami. Otworzyłam okno i poczułam na twarzy słabe ciepło słońca. Mogłam się założyć, że sypialnia nauczyciela pachnie płynem po goleniu i żelem pod prysznic. Zerknęłam do niej w drodze do kibelka. Nie była idealna — para spodni wisiała na oparciu krzesła, w kącie stała nierozpakowana torba z ubraniami — ale łóżko było pościelone, a wielka biała kołdra zapraszała, by się pod nią skulić.

W moje marzenia na jawie wdarł się odgłos czyichś kroków na schodach za ścianą. Stłumiony dźwięk donośnego, przeciągłego pierdnięcia. Wody spuszczanej w toalecie. Zapomniałam już, jak znaczną część życia Sandy dzieliłam z nią bez jej wiedzy. Potem rozległy się głuche uderzenia. Początkowo nie zwracałam na nie uwagi, zastanawiając się, jak wiele osób dowiedziało się przede mną o odejściu Harleya i Bronte ze Stirling Hall. Będę musiała poinformować dzieciaki i Clover, zanim zaczną się szepty za ich plecami. Wspaniale!

Uderzenia stały się bardziej rytmiczne, szybsze. Sandy z pewnością dorobi się otarć. Kiedy nie była w pracy, to właśnie stanowiło jej główne zajęcie. Zaczęłam przeglądać ubrania, patrząc na swoje rzeczy, jakby należały do kogoś innego. Cały czas próbowałam przy tym ignorować zachęcające okrzyki Sandy dobiegające zza ściany, aż eksplodowała głośnym: „Tak, tak, tak! Dawaj, prosto między słupki!". Wstałam, zamierzając wrócić na parter. Orgazmy innych wydają się śmieszne. I wtedy to usłyszałam. Głęboki ryk, nie do pomylenia z niczym innym: „Goooool!".

Jak długo? Od jak dawna, cholera? Od jak dawna moja „najlepsza" przyjaciółka bzykała mojego nie całkiem męża? Nieustannie darła z niego łacha. Ciągle nadawała, co z niego za tępak. Leniwy palant. Jak się roztył. Co z niego za beznadziejny typ. Próbowałam odepchnąć obraz ich dwojga leżących w łóżku i chichoczących ze swojego małego sekretu, kiedy ja za ścianą opatrywałam podbite oko.

Pojedyncze okruchy zaczęły mi się układać w całość. Znała numer jego komórki, kiedy szukaliśmy Bronte. Dlaczego nigdy nie natknęłam się na Seana, Shane'a czy innego dupka o imieniu zaczynającym się na „S"? — ponieważ imię tego dupka zaczynało się na „C". Stirling Hall wcale jej nie obchodziło. Szukała tylko pretekstu, by się ze mną pokłócić, bo chciała spotykać się z Colinem, a nie ze mną, w piątkowe wieczory, kiedy rzekomo wychodził do Klubu Robotnika. I ta genialna zasłona dymna, gdy obrabiała mu tyłek przy każdej okazji. Pusta butelka po malibu. A pan Peters twierdził, że jestem bystra...

Na myśl o tym, jak się ze mnie wyśmiewali za moimi plecami, miałam ochotę walnąć pięścią w ścianę. Wybić dziurę (nie byłoby to trudne) i wsadzić przez nią głowę. Helloooooo-uuu. Nie mogłam znieść wizji, która wryła mi się na zawsze w mózg: chudych jak kurze łapy nóg Sandy oplatających tłusty brzuch Colina. Ale na razie stałam w drzwiach, zastanawiając się, co dalej. Skurwysyny. Korciło mnie, by się wedrzeć do jej domu i zobaczyć ich panikę, gdy będą w pośpiechu łapać ubrania. Aż mnie skręcało, żeby załomotać w ścianę i wrzasnąć do Sandy, niech uważa, bo Colin wytrze swojego małego w jej szlafrok. Zemszczę się.

Do wściekłości dołączyła ulga. Hura! Teraz to Sandy ma go na głowie. Zachciało jej się rozkładać przed nim nogi, więc proszę bardzo. Nie dam go sobie wcisnąć z powrotem. Niech go wspiera, wysłuchuje dyrdymałów o West Ham, ściera jego siki z podłogi w łazience, użera się z niekończącą się falą meneli domagających się forsy za jego hazardowe długi. Miałam ochotę złożyć jej wizytę i skręcić tę chudą, pomarszczoną szyję za numer, jaki mi wywinęła. Ale żebym miała się zadręczać, że kopnął ją ten zaszczyt i teraz Colin to ją posuwa, stękając z zadowolenia niczym świnia w kartoflach — co to, to nie. Odtąd to ją będzie budził szturchnięciem, żeby odstawiła golasa wyskakującego na boisko podczas meczu.

Moja furia szybko jednak minęła. Colin chciał mnie tu ściągnąć z jakiejś przyczyny. Nie znałam tej przyczyny, ale na pewno nie miała nic wspólnego z uczuciami. Co bardzo mi odpowiadało. Od tak dawna niszczył kawałek po kawałku wszystko, co było dobre w naszym związku, że niewiele tego zostało. Nagle garść miłych wspomnień i cała kupa złych. Można skończyć z udawaniem. Jeszcze nie w tym momencie, bo nie obmyśliłam żadnego planu. Harley i Bronte będą mieli dostatecznie dużo na głowie po powrocie do dawnej szkoły. Nie mogłam zrzucić na nich jeszcze tego. Gdzieś na dnie mojego umysłu zakiełkowała nieśmiała myśl. Jestem wolna. I pan Peters też. Muszę z nim porozmawiać...

Wyciągnęłam spod łóżka pudełko z pamiątkami i zeszłam po cichu na parter. Nie zamierzałam wszywać krewetek w zasłony, bo musiałam tu wrócić z dzieciakami, nawet jeśli zdołam się pozbyć Colina. Za to ukryłam pilota do telewizora pod ścierkami w kuchni.

Wyszłam.

ROZDZIAŁ DWUDZIESTY SZÓSTY

Nie mogłam się doczekać rozmowy z panem Petersem. Krążyłam po domu Clover, tupiąc głośno i wydzwaniając raz po raz na jego komórkę niczym mściwa ekskochanka pakująca do garnków stworzenia o długich uszach i puszystych białych ogonkach. Powinnam się zabrać do prasowania koszul, które wzięłam od jednej z klientek, ale nie mogłam ustać w miejscu. Z egipską bawełną pierońsko trudno sobie poradzić, gdy jest się w normalnym stanie ducha, a tego dnia robiłam więcej zmarszczek, niż ich rozprasowywałam. Po piątym podejściu do zakładek na plecach dałam sobie spokój.

Mogłam albo popędzić do szkoły, wparować do jego gabinetu i oświadczyć, że wszystko źle zrozumiał — co równałoby się zamówieniu całostronicowego ogłoszenia w „Surrey Mirror" („Etxeleku leci na Petersa") — albo zadzwonić do sekretariatu i poprosić go do telefonu. Powtarzałam sobie w kółko, co powiem, wbijając sobie do głowy, że jako płacący czesne (w każdym razie do końca następnego semestru) rodzic mam święte prawo do kontaktu z kierownikiem szkoły średniej. W efekcie mój głos brzmiał, jakbym była krewną królowej. Sprowadziłam samą siebie na ziemię, naśladując Sandy. Zdzira.

W końcu wystukałam numer. Odebrała Felicity — takim tonem, jakby przed chwilą wróciła z polowania na bażanty.

— Jest mi niezmiernie przykro, pani Etxeleku, pan Peters w tej chwili jest nieobecny na terenie szkoły. Czy mogłabym w czymś pomóc?

Wyrecytowałam swoją przemowę:

— Jak zapewne pani wiadomo, dzieciaki, to znaczy moje dzieci, odchodzą ze Stirling Hall z końcem przyszłego semestru, chciałam zatem zamienić słówko z panem Petersem w sprawie informacji, których potrzebuję do nowej szkoły.

— Skoro chodzi o koniec przyszłego, letniego semestru, to nie jestem przekonana, czy będzie właściwą osobą, bowiem opuszcza nas w Wielkanoc. Zaraz sprawdzę, czy uda się panią połączyć z panią Saltrey, która go zastąpi.

— Nie, nie, jedną chwileczkę. Pan Peters odchodzi? Kiedy?

Mój głos przeszedł w pisk. Kiedy, cholera, pan Peters, który jeszcze niedawno codziennie do mnie wydzwaniał, postanowił opuścić okręt? Bez ostrzeżenia?

— Wkrótce zostanie wydane oficjalne oświadczenie, lecz mogę pani zdradzić, że oddelegowano go na rok do szkoły państwowej, gdzie ma wprowadzić zalecone przez władze oświatowe zmiany. — Rozmawiając ze mną, stukała w klawiaturę; pańcia pracowita. — Zarząd i kierownictwo Stirling Hall w pełni popierają ten krok, stojąc na stanowisku, że powróci z nowymi pomysłami. Nadążanie za duchem czasów i tak dalej. Tak czy inaczej łączę.

Usłyszałam w słuchawce zaskoczony głos pani Saltrey. Moja kulawa prośba oczywiście zbiła ją z tropu, bo musiałam w ostatniej chwili wymyślić jakieś bzdury, że niby szkoła potrzebuje informacji na przykład o tym, jak dobrze czytają moje dzieci. Ustaliwszy, że przenoszę je do Morlands, oświadczyła: „Jak sądzę, może pani być spokojna; zarówno Harley, jak i Bronte znacznie wyprzedzają kolegów ze swoich grup wiekowych", tonem dającym do zrozumienia, że potrafią recytować z pamięci łacińską prozę, gdy pozostali będą na etapie dziecięcego komiksu *The Beano*. Podziękowałam jej i cisnęłam komórką.

Nie mogłam w to uwierzyć. Kiedy pan Peters zamierzał mi powiedzieć, że się wynosi? Że już nie będzie mnie wspierał ani pomagał Harleyowi i Bronte w szkole? Musiał podjąć decyzję, zanim usłyszał, że zabieram dzieciaki. Różnica polegała na tym, że w jego wypadku był to wybór, w moim — konieczność. I jeszcze całe to bzdurne: „Rozmawiaj ze mną", podczas gdy sam, cholera, zamierzał wykręcić lepszy numer niż Houdini. A udawał, że zawsze mogę na niego liczyć... Stwarzał pozory, że ma dzieciaki na oku, chociaż w rzeczywistości już przebierał nogami, wypatrując interesujących fuch, by je dodać do swojego CV. Takich decyzji nie podejmuje się z dnia na dzień. Myślałam, że jesteśmy przyjaciółmi...

Prawie mu uwierzyłam. Prawie zaczęłam myśleć, że mimo wszelkich komplikacji i trudności to ten mężczyzna, z całą swoją życzliwością, może mi być przeznaczony.

Spojrzałam na zegarek. Wpół do pierwszej. Pamiętałam, że w środy wpada czasem do domu, bo ma przed lunchem okienko. Może przypadkiem go zastanę. Nie wiedziałam, co mu powiem, ale nie miałam nic do stracenia. Do końca semestru nie zostało wiele czasu, a potem on wyjedzie i nie spotkam go nigdy więcej. Ruszyłam — nad wyraz często używając klaksonu — do jego mieszkania. Przeklinałam luksusowy podziemny parking, bo nie mogłam sprawdzić, czy stoi na nim samochód pana Petersa. Spojrzałam w okna, kombinując, który balkon należy do niego. Zdawało mi się, że ten na pierwszym piętrze. Tak, miałam rację, pasiaste oliwkowo-pomarańczowe zasłony. Nie zauważyłam żadnego ruchu.

Podeszłam do drzwi wejściowych, wspominając swoją ostatnią i jedyną wizytę w jego mieszkaniu. Jeśli to wszystko okaże się jedną wielką podpuchą, już nigdy nikomu nie zaufam. Zbierałam odwagę, by zadzwonić, pełna obaw, że nauczyciel nie zechce ze mną rozmawiać. Że nie podniesie słuchawki domofonu, a ja przez całe wieki będę się zadręczać, co jest grane. Wielka awantura wydawała się lepsza od niewiedzy. Stałam z palcem zawieszonym nad guzikiem, kiedy drzwi się otworzyły i wyszła przez nie wysoka kobieta o długich brązowych włosach. Wyglądała ciut znajomo.

Uśmiechnęła się niepewnie.

— Maia, prawda?

Kiwnęłam głową. Chwilę to trwało, zanim ją rozpoznałam. Serena, policjantka, która pomagała szukać Bronte. Kiedy widziałam ją ostatnim razem, nosiła mundur, a włosy miała zebrane w ciasny kok. Teraz powiewała lokami, wystrojona w stylu casual od Timberlanda, ale ten niski głos poznałabym wszędzie.

— Co cię sprowadza w te okolice? — spytała.

Coś mi nie pasowało. Przyjrzałam się jej uważniej. Okolice ust i podbródek miała zaczerwienione. Wyglądała, jakby ktoś ją naprawdę mocno całował. Boże, ależ byłam tępa. Ta poufałość plus dziwne napięcie między nią a panem Petersem, kiedy u mnie byli. Oschłe: „Kupę lat". Najwidoczniej się z nim pogodziła.

Zazdrość ukłuła mnie tak mocno, aż poczułam mdłości. Zerknęłam na nazwiska przy dzwonkach.

— Mam zaraz wizytę u homeopaty.

Chociaż moja wiara ulotniła się wieki temu, katoliczka w moim wnętrzu wciąż nie umiała kłamać.

Zauważyłam, że jej ramiona się rozluźniły. I chyba unikała mojego wzroku.

— Słyszałam o homeopatii dobre rzeczy. Chętnie się dowiem, czy poskutkowała w twoim wypadku. Z Bronte już wszystko dobrze?

Wydawało się, że zamierza uciec jak najszybciej, i pyta tylko z obowiązku, a nie ze szczerego zainteresowania.

Miałam ochotę wypalić: „Byliście tak zajęci seksem, że pan Peters ci nie powiedział?". Ale uratowała mnie duma.

— Dobrze sobie radzi, dziękuję, na razie bez większych zgrzytów.

— To świetnie. Miło mi to słyszeć. Wszystkiego dobrego.

Przytrzymała mi drzwi, więc weszłam, ale nie miałam zamiaru biec do pana Petersa. Nie mogłabym patrzeć, jak z miną winowajcy uprząta w kuchni dwa kubki po pobzykankowej kawie. Nie chciałam zerkać w głąb korytarza, żeby zobaczyć rozgrzebane łóżko. I zdecydowanie nie chciałam oglądać jego ciemnych, zmierzwionych włosów. Zapewne wyczułabym od niego perfumy Sereny, Armaniego. Nie mogłam z nią rywalizować — wykształconą, odnoszącą sukcesy, wysoką, piękną. Bóg wie, co mi pozwoliło uwierzyć, że kiedykolwiek miałam u niego jakieś szanse.

Krążyłam u stóp schodów, aż nabrałam pewności, że jest daleko. Nie miałam pojęcia, co bym zrobiła, gdyby pan Peters wysiadł nagle z windy. Nigdy nie myślał o mnie poważnie. Przypuszczalnie wyśmiewał moje żałosne próby zdobycia edukacji dla siebie i dzieci. Dlaczego więc zachowywał się tak, jakby był mną zainteresowany? Może traktował mnie jak eksperyment socjologiczny, odjechaną współczesną wersję *My Fair Lady*. Albo szczerze mnie lubił, lecz kiedy sprawy zaszły za daleko, wpadł w popłoch, że ściągnę go z powrotem tam, skąd się wyrwał: w rejony odległe od sałatek z krewetkami, octu balsamicznego dojrzewającego w dębowych beczkach i tłoczonej na zimno oliwy extra vergine. Do świata chińskich zupek, kiełbasek w cieście i kubełków z KFC. Usłyszałam, że winda rusza, wypadłam z budynku i pognałam do vana.

Po powrocie z konnej przejażdżki Clover zastała mnie przy sprzątaniu największego kredensu. Układałam miliony pudełek na kanapki, żebyśmy nie ginęły pod lawiną plastiku za każdym razem, gdy trzeba spakować drugie śniadanie. Nauczyłyśmy się doskonale odczytywać swoje nastroje. Jeśli ona wyjadała na stojąco płatki śniadaniowe prosto z pudełka albo szuflowała łyżką masło orzechowe ze słoika, obchodziłam ją z daleka. Jeśli zaś moje działania porządkowe nabierały cech obsesji — zmywanie wierzchów szafek, szorowanie wybielaczem fug między płytkami w kuchni — Clover wiedziała, że próbuję znaleźć sensowne ujście dla roznoszącej mnie czarnej energii. O wiele łatwiej było mieszkać z kobietą niż z facetem.

Mimo tej zażyłości nie mogłam się zmusić, by przedstawić pełne rozmiary mojego upokorzenia. Nigdy jej nie wspominałam o panu Petersie. Uwielbiała intymne detale, a ja nie byłam jeszcze gotowa na przesłuchanie w jej wykonaniu: — „Zaciągnęłaś go do łóżka? Jak wygląda jego mieszkanie? Widziałaś jego łazienkę?". Dlatego zaprezentowałam scenariusz Colin–Sandy. Był wystarczająco poniżający.

— Powinnam odstrzelić mu łeb, kiedy miałam szansę. Wiele by to uprościło — skomentowała.

— Już go nie kocham. Naprawdę. Ale będę musiała go znosić. Dzieciaki zdążą się usamodzielnić, nim zarząd komunalny przydzieli mi nowe lokum.

Wyrzuciłam stos zapleśniałych opakowań po daniach na wynos.

— Nie zostawisz mnie! Nie pozwolę ci tam wrócić. Może go nie kochasz, ale przecież to niedorzeczne, żeby pieprzył Sandy, kiedy ty za ścianą będziesz mu gotować podwieczorek. Co innego, gdyby zaliczył skok w bok, ujrzał nędzę swego upadku i się opamiętał. Ale nie dopuścisz do tego, żeby zjadł ciastko i miał ciastko, prawda? — spytała.

— Nie. Nawet ja nie jestem tak głupia, by godzić się na to, że on kręci z Sandy, kiedy na niego tyram. Lecz to nie twój problem, Clover. Dwa tygodnie, które tu spędziliśmy, były cudowne, ale to nie moje życie, tylko twoje. Lawrence po powrocie nie będzie chciał oglądać na każdym kroku Etxeleku/Caudwellów. Zachowałaś się bardzo, bardzo wspaniałomyślnie, pod każdym względem. Ale co za dużo, to niezdrowo. — Zamknęłam oczy. — Dzieciaki wracają do Morlands. Nie stać mnie, żeby je dłużej posyłać do Stirling Hall.

— Nie! Nie! Nie możesz tego zrobić! Nie możesz, Maiu. Świetnie sobie radzą. Nie możesz ich teraz zabrać. To chore. Bronte jest w grupie najlepszych uczniów ze wszystkich przedmiotów, z ortografii, z matematyki. Saffy mówi, że wszyscy marzą, by jej dorównać. A Harley zdołał wygryźć Hugona z pierwszego składu drużyny futbolowej i rugby. Podejrzewam, że Jennifer właśnie się dobija do drzwi dyrektora. Na zajęciach teatralnych chłopak radzi sobie tak dobrze, że nie zdziwię się, jeśli skończy na scenie. — Próbowała mnie rozbawić. — Chryste, udało mu się nawet wejść do pierwszego składu najbardziej pożądanych gości urodzinowych: dostał zaproszenie na imprezę u Hugona, z wynajętym czołgiem i grą w paintball. Dziesięciolatek potrafiłby za coś takiego wystawić na aukcję własną matkę.

— Już wysłałam pismo. Odchodzą z końcem przyszłego semestru.

Bogaci patrzą inaczej na różne sprawy. Clover mogła udawać, że jest taka jak ja. Jasne, obie wściekałyśmy się na dzieciaki. Obie miałyśmy problemy z facetami. Uwielbiałyśmy swoje towarzystwo i bardzo często przesiadywałyśmy do pierwszej lub drugiej nad ranem, upewniając się, że nie ma takiego szczegółu w życiu tej drugiej, którego nie omówiłyśmy drobiazgowo albo nie obśmiałyśmy. Rozśmieszała mnie, parodiując swoją matkę, dla której nieformalny podwieczorek oznaczał, że nie podłoży pod upieczony osobiście tort ozdobnej serwetki. Ja doprowadzałam ją do łez wyznaniami, jak bardzo tęsknię za moją mamą i jak mnie frustruje to, że nigdy się nie dowiem, kim był mój ojciec. Upodabniała się do mnie — umiała już wytrzeć lepką plamę, zanim ta porośnie futrem, a ja do niej — coraz częściej przyłapywałam się na mówieniu: „niewątpliwie", „najwidoczniej", „szczerze powiedziawszy". Dzieliło nas jednak kilkaset tysięcy funtów, a to w tej chwili miało decydujące znaczenie. A w dodatku w obecnym nastroju rozumiałam wszystko opacznie.

— Na miłość boską, Clover. Tu w ogóle nie chodzi o cholerną szkołę. Chodzi o kasę, w sensie: nie mam złamanego grosza, cholerni komornicy oblegają mój dom, żeby zabrać nasz nędzny telewizor, więc nie mam, kurwa, wyjścia!

Zatrzasnęłam z hukiem drzwiczki kredensu.

Otwarła szeroko oczy.

— Przepraszam. Naprawdę przepraszam. To było ogromnie nietaktowne i głupie z mojej strony. Znowu zachowałam się z wdziękiem hipopotama. — Pogrzebała w torebce i wyjęła wymiętą książeczkę czekową. — Czesne masz opłacone, więc dlaczego nie przyjmiesz ode mnie niewielkiej pożyczki na najpilniejsze wydatki, którą oddasz, jak będziesz mogła? Na przykład za dwadzieścia lat?

To wykraczało daleko poza zwykłą wspaniałomyślność i powinnam się poczuć wdzięczna. Lecz w tej chwili nienawidziłam każdego, kto miał życie łatwiejsze od mojego. Udało mi się złagodzić wyraz twarzy.

— Nie mogę ci na to pozwolić. Ale dziękuję.

Gdy próbowała mnie przytrzymać, omal jej nie odepchnęłam — w ostatniej chwili zamaskowałam nieprzyjemny gest, lekko poklepując ją po ręce. W takim stanie pozostawało mi tylko jedno.

Pojechałam na siłownię. Tryk tylko na mnie spojrzał i od razu wyjął rękawice bokserskie. Wymierzałam cios za ciosem: hak, sierpowy, prosty. Naparzałam w jego dłonie, aż rozbolały mnie ramiona i pot kapał mi z włosów. Niekiedy zauważałam własne odbicie w lustrze: z mokrymi pasmami przylepionymi do czoła, w T-shircie oblepiającym ciało, jakby ktoś wylał na mnie wiadro wody, i ze wzrokiem wariatki, która uciekła z pokoju na strychu. Tryk zrobił przerwę, żebym mogła złapać oddech. Ukryłam twarz w ręczniku, wyżłopałam całą butelkę wody i walczyłam dalej. Lewy, prawy, sierp, krok naprzód, skręt tułowia; wymierzałam wyimaginowane ciosy Colinowi, Sandy, ścianie dzielącej sypialnie. Miałam ochotę sprzedać piąchę także panu Petersowi, ale za każdym razem, kiedy o nim myślałam, gniew, wrzący we mnie przez cały dzień, opadał, a w jego miejsce zjawiał się smutek — taki, który wymaga wielomiesięcznego dopieszczania za pomocą gorących termoforów i koców polarowych. Chwilowo gniew był łatwiejszy do zniesienia.

— Już dobrze? — spytał Tryk, gdy w końcu zwolniłam, a moje ciosy osłabły, bo zaczęły protestować nadgarstki.

Kiwnęłam głową. Wyglądał, jakby zamierzał wyłączyć trenerskiego autopilota oraz mantry w stylu: „Zaprzyjaźnij się z głodem", „Nie jedz godzinę po treningu", „Zwycięzcy wyznaczają sobie cele, przegrani szukają wymówek", by skupić się na drugim członie określenia „trener osobisty". Zabrałam ręcznik i uciekłam. Tego dnia nie chciałam żadnych więcej rad. No i musiałam sobie zostawić kogoś, z kim będę się mogła pokłócić przy innej okazji.

ROZDZIAŁ DWUDZIESTY SIÓDMY

Następnego dnia bolało mnie chyba wszystko. Nawet odrzucenie kołdry wywołało bolesny skurcz w ramionach i wzdłuż pleców. Lecz w porównaniu z głową obolałe ciało to było małe piwo. Kojarzyłam mgliście deklarację Clover, że tylu nieszczęść nie przetrwamy bez alkoholu. „Trzeba nam taty, kochanie". Zapaliła latarkę i ruszyła przez ciemny ogród w butach do konnej jazdy, by po dobrych dwudziestu minutach wrócić z oślizgłym kluczem od piwniczki.

— Kurwa mać, ostatni raz wyrzucam coś na kompost. Cholerne szczury zrobiły tam sobie gniazdo. Myślałam, że to stara, łykowata rzepa, póki nie zaczęła się ruszać i nie przegalopowała mi po stopach. Nawet gdybym wcześniej nie potrzebowała drinka, to teraz już tak.

No więc piłyśmy. Szampana. Głównie różowego taittingera. Potem wyciągnęła kira. Jęknęłam na samo wspomnienie. Koniecznie chciała mnie przekonać, żebym u niej została i zostawiła dzieci w Stirling Hall. „Każdego wieczoru do końca życia będę ci robić *kir royale*".

Nie mogłam sobie pozwolić na pożyczanie pieniędzy. Nigdy nie zdołałabym ich oddać. A jeśli Lawrence nie wróci, fundusz powierniczy będzie Clover potrzebny. Może miałam „ciasne horyzonty" (profesorka mawiała tak o ludziach, którzy nie umieli wyrecytować z pamięci co najmniej dziesięciu wierszy), ale z całą pewnością nawet Clover nie mogłaby mi lekką ręką pożyczyć piętnastu tysięcy funtów. A taka kwota wystarczyłaby jedynie na spłatę moich obecnych długów i pozwoliła dzieciakom przetrwać kolejnych kilka lat, a potem znowu musiałabym ruszyć na żebry. Clover wydawała się niemal oburzona, że nie chcę przyjąć jej oferty. „Skarbie, nie proponowałabym tego, gdyby nie było mnie stać — brzmiał jej ostatni komentarz. — To dla mnie tyle co nic".

Zmarszczyłam czoło. Oczy mnie piekły, jakby jakiś elf całą noc szlifował je papierem ściernym. Przez poranne otępienie wolno torowało sobie drogę mętne wspomnienie, że w końcu jej uległam i zgodziłam się zostać do balu w przyszły piątek. Oznajmiła, że potrzebuje kogoś, z kim będzie mogła topić żale, gdyby Lawrence odszedł na dobre, i zalała się łzami. Poddałam się gdzieś między szampanem a zeschniętymi chrupkami serowymi, które jakoś ocalały, gdy czyściłyśmy szafki ze śmieciowego jedzenia. Miałam niewiele ponad tydzień na zaplanowanie naszej przyszłości bez perspektyw.

Poszukałam na oślep telefonu i włączyłam go. Jedna poważnie brzmiąca wiadomość od pana Petersa, nagrana na poczcie głosowej o północy: „Pięć minut przed apelem na moim biurku pojawił się Twój list o zabraniu dzieci ze szkoły. Doszedłem do wniosku, że całkowicie się co do Ciebie myliłem, ale powinniśmy przynajmniej porozmawiać". I esemes wysłany o szóstej rano: „Maiu, proszę, zadzwoń do mnie".

Pomylił się co do mnie? A to, że nie pisnął ani słowa o swoim odejściu ze Stirling Hall? Że zapomniał wspomnieć o swoich bliskich relacjach z bielizną Sereny — to nic? Wystarczy, że Colin okłamywał mnie w żywe oczy. Pan Peters był jednak inteligentny. Poradziłby sobie lepiej. Gdybym się zgodziła na rozmowę, przechytrzyłby mnie i wszystko przekręcił. Z trudem podniosłam się do pozycji siedzącej i odpisałam: „Bez sensu. Nie mam Ci nic do powiedzenia". Telefon zadzwonił natychmiast. Na wyświetlaczu błysnęło imię „Mary". Patrzyłam, jak wibruje. Korciło mnie, żeby odebrać, usłyszeć jego głos. Nie nagrał wiadomości. Nie przejął się za bardzo.

Zwiesiłam nogi z łóżka, zastanawiając się, czy nie odryczeć się szybko pod prysznicem i nie zamknąć sprawy. Komórka zadzwoniła ponownie. Moje serce się poderwało, lecz zaraz grzmotnęło o ziemię. Colin.

— Maia, Maia, to ja. Wszystko u ciebie okej? Wróciłaś wczoraj do domu? Taa? O której wpadłaś? O dziesiątej trzydzieści? Musieliśmy się minąć. Pewnie byłem w punkcie bukmacherskim. To znaczy, żeby malować, a nie obstawiać. Z tym skończone. Jasne, nie do końca, nigdy nie wiadomo, kiedy ci się trafi główna wygrana, ale tak jakby gram w granicach rozsądku.

Zawsze mówił za dużo, jeśli z jakiegoś powodu czuł się winny. Ograniczyłam swoje komentarze do „mhm". Z facetów są tacy marni kłamcy.

— Wracasz, skarbie? — Ja mu dam „skarbie". — Podobało ci się, jak pomalowałem? Nieźle wygląda, co nie?

Chciałem ci zrobić niespodziankę. Widzisz, naprawdę cię potrzebuję, skarbie. Nie chcę, żebyś ty mieszkała tam, a ja sam tutaj. Chcę, żebyśmy znowu byli rodziną.
Usiadłam prosto. W jego głosie było coś dziwnego. Nie miłość, pożądanie ani nawet tęsknota. Miałam mnóstwo okazji obserwować, jak Colin coś knuje. Zamierzałam wszakże udawać, że mnie nabrał, chociaż aż mnie skręcało na myśl, że sobie wygodnie siedzi, zwijając jointa, i może nawet mruga do Sandy przekonany, że mu się upiekło.

Wystawiłam środkowy palec do aparatu, ale zadowoliłam się odpowiedzią:

— Wracam za tydzień w poniedziałek. Możesz pomalować też pokój Harleya? Nie chcę, żeby się czuł pominięty. I sprzątnij w kuchni.

Nie pora teraz na konfrontację w sprawie Sandy. Jeśli chciałam mieć najmniejszą szansę na wywalenie Colina i odzyskanie domu dla siebie, potrzebowałam elementu zaskoczenia.

— Zobaczę, co da się zrobić — usłyszałam. — Zdaje się, że w punkcie bukmacherskim zostało trochę niebieskiej farby. Spróbuję ją zgarnąć. A co do kuchni, to przepraszam.

Rozłączyłam się. Dostał, czego chciał. Teraz pora na mnie.

ROZDZIAŁ DWUDZIESTY ÓSMY

Wakacje i ferie w Stirling Hall trwały właściwie dziewiętnaście tygodni w roku, lecz mimo to nauczyciele nie potrafili odbyć najkrótszego szkolenia, nie zarządzając przy tym cholernego dnia wolnego. Jen1 — której kalendarz był zapewne wypełniony na pięć lat naprzód — widząc lukę między zajęciami z dramatu i lekcją gry na klarnecie Hugona, wcisnęła w nią jego militarną imprezę urodzinową. Harley i Orion przez całą drogę bawili się więc w komandosów SAS w Afganistanie. Clover hałasy nigdy nie przeszkadzały, ale co do mnie, to zanim land rover zaczął podskakiwać na błotnistej wiejskiej drodze, nerwy miałam już w strzępach. Gdy minęliśmy róg stodoły, powitał nas widok srebrnej limuzyny obwieszonej balonami z hasłem: „Najlepszych jedenastych urodzin, Hugonie!", tkwiącej w błocie, spod której kół wielkie fontanny lepkiej mazi tryskały wprost na czterech mężczyzn próbujących ją wypchnąć z rozjeżdżonej koleiny. Jen1 miotała się, wykrzykując rozkazy do kierowcy i popychaczy.

    Harley wyskoczył z land rovera.

— Super! Chodź, Orion, pomożemy.

Nim zdążyłam ryknąć, by trzymali się z dala od samochodu, opadła na nich potężna struga brązowej brei. Zaczęli obrzucać się grudami błota, zaśmiewając się do łez. Hugo i Marlon z ochotą dołączyli do zabawy. Theo, syn Venetii, wołał, by natychmiast przestali. Stał ze skrzyżowanymi rękami, wyglądając kropka w kropkę jak jego czepialski ojciec, gdy naraz spora gruda błota wylądowała mu na piersi. Nagle opadły z niego wszystkie lekcje skrzypiec, korepetycje z mandaryńskiego i matematyki metodą kumon, gdy zaatakował Harleya z energią, jakiej nie zauważyłam u niego nigdy wcześniej.

W pewnej chwili jeden z ubłoconych popychaczy zostawił samochód i podbiegł do chłopców. Spięłam się, oczekując, że za karę zabroni im prowadzić czołg. Tymczasem mężczyzna chwycił Oriona w objęcia.

Clover poderwała rękę do ust.

— To Lawrence. Kurwa mać. Sześć tygodni go nie widziałam i zjawiam się w jego starym swetrze. Nawet bez szminki.

— Idź się przywitać.

— Nie mogę. Niedobrze mi.

Obserwowałyśmy, jak Lawrence tuli syna, który odpowiada uściskiem, kompletnie niespeszony, że widzą go wszyscy koledzy. Mężczyzna pomachał do Clover.

— Pójdę zanieść prezenty do stodoły — rzuciłam.

Błyskawicznie wyciągnęła rękę.

— Nie, zostań, nie porzucaj mnie.

Lawrence przypominał gliniany posąg, gdy oblepiony błotem od stóp do głów zmierzał z chlupotem w naszą stronę.

— Cześć, kochanie.

Clover wydusiła ledwie słyszalne powitanie. Nie mogłam na to patrzeć. Pewne rzeczy żona musi robić bez przyjaciółki w odwodzie. Do tej kategorii zaliczają się seks i rozmowy z partnerem na temat związku. Pomachałam więc Lawrence'owi i po prostu czmychnęłam. Reszta facetów zrobiła sobie przerwę, mogłam zatem spokojnie podejść do Jen1. Miała na sobie bluzę ze zdjęciem Hugona z czasów niemowlęcych i głupimi tekstami na temat jedenastych urodzin.

Nie chciałam się nad nią pastwić, toteż słowem nie zająknęłam się o samochodzie.

— Jesteś bardzo dzielna, że urządziłaś przyjęcie na dzień przed balem. Musisz być niesamowicie zorganizowana. Harley mało nie wyskoczył ze skóry z radości.

— Zrobiliśmy rezerwację, kiedy tylko usłyszeliśmy o szkoleniu. Nie potrafiłabym powiedzieć Hugonowi, że z przyjęcia nici, bo mamusia jest zbyt zajęta przygotowaniami do szkolnego balu. Jedenaste urodziny ma tylko raz w życiu... Mój synek kończy jedenaście lat! To nie jego wina, że wypadają dzisiaj. Przez cały tydzień piekłam i mroziłam ciasta, więc dzisiaj rano musiałam je tylko wyjąć.

— Jejku. Jak moje dzieciaki były małe, przesuwałam imprezę na taki dzień, który mnie odpowiadał — odparłam.

— Co takiego? Jeśli urodziny Harleya wypadały we wtorek, przesuwałaś je na czwartek, bo tak ci było wygodniej?

— Jasne.

— Ale dawałaś im prezenty we właściwym terminie, prawda?

Gapiła się na mnie, jakbym jej oznajmiła, że w niemowlęctwie dolewałam im do mleka whisky, by się nie zbudziły, kiedy wyskoczę do pubu.

— Nie. Po prostu przenosiłam całą imprezę na dwa albo trzy dni później. W ogóle nie byli tego świadomi.

Uśmiechnęłam się i przekazałam jej prezenty. Chciałabym zobaczyć jej minę, kiedy Hugo je otworzy. Poprosiła o voucher do Opery Królewskiej („Syn marzy o zobaczeniu *Così fan tutte*"), a to niezupełnie mieściło się w moim funduszu prezentowym w wysokości pięciu funtów. Mojej przyjaciółce zasugerowała tablicowy atlas ptaków („Hugo uwielbia podglądać je w ogrodzie. Dzisiaj rano widzieliśmy dzięcioła zielonego"). Clover tylko prychnęła i skomentowała: „Biedny gnojek, idę o zakład, że nienawidzi ptaków i nie znosi, kiedy go ciągają na jakieś okropne opery, chociaż wolałby obejrzeć w kinie wygenerowaną komputerowo tandetę. Kupię mu wielkie wiadro słodyczy i procę do płoszenia ptaków". Ja też olałam Jen1 i udałam się do sklepiku dobroczynnego Oxfam, gdzie zachwycona wygrzebałam trzecią część trylogii Suzanne Collins, *Kosogłos*, za siedemdziesiąt pięć pensów. Wiedziałam od Harleya, że Hugo przeczytał drugą część, więc uznałam, że prezent będzie wyglądał na przemyślany, nawet jeśli nie kosztowny. A w ogóle zignorowanie prośby nie wydawało mi się bardziej niegrzeczne od dyktowania innym, co powinni przynieść.

Obejrzałam się na Clover i Lawrence'a. Orion wciąż obejmował tatę, zapominając o wszelkich wymogach etykiety dziesięciolatków.

— Co Lawrence tu robi? — zwróciłam się do Jen1.

— Są z Leo dobrymi przyjaciółmi i podobno zawsze marzył, by pojeździć czołgiem, więc Leo go zaprosił. Chciałam uprzedzić Clover, ale wyleciało mi to z głowy z powodu tortu dla solenizanta. Ma kształt kameleona. Musiałam użyć lukru w sześciu różnych kolorach. To nawet nie takie trudne, jak się wydaje. Trzeba się trochę napracować przy wycinaniu osobno tych wszystkich malutkich łusek, ale wyszedł bajeczny.

— Clover z pewnością będzie zachwycona, że Hugo dostał taki cudowny tort.

Gapiła się na mnie, jakby próbowała wykombinować, czy mówię poważnie. Zastanowiłam się, czy Leo kiedykolwiek w życiu miał okazję porządnie pośmiać się z żoną.

Lawrence odsunął się od syna, bo Leo ponownie zawezwał wszystkich panów do pchania. Clover podeszła do mnie wolnym krokiem. Uniosłam brwi, ale tylko wzruszyła ramionami.

— Nie mogliśmy pogadać, bo Orrie słuchał. Lawrence twierdzi, że przemyślał wiele spraw. I że okropnie tęskni za dziećmi. Nie wiem jednak, czy za mną też. Ma wpaść w przyszłym tygodniu i podjąć jakieś decyzje. Udało mi się szepnąć, że go kocham.

— Coś odpowiedział?

— Nie. Tylko mrugnął ukradkiem. Strasznie, strasznie go kocham.

Po twarzy płynęły jej łzy.

Wzięłam ją za rękę.

— Chodźmy stąd. Nie zamierzam pomagać Jennifer w wydobywaniu z błota jej durnej limuzyny. Głupia krowa.

Jakby na dowód, że cierpliwych czeka nagroda, Jen1 dokładnie w tym momencie runęła na twarz w błoto — jej długie blond włosy rozłożyły się wokół głowy niczym ośmiornica. Nadzwyczaj radośnie pomachałam Harleyowi na do widzenia i wskoczyłam do land rovera. Ramiona jeszcze długo trzęsły mi się ze śmiechu.

ROZDZIAŁ DWUDZIESTY DZIEWIĄTY

W dzień balu o świcie Clover mało nie przyprawiła mnie o zawał. Była szósta trzydzieści i zwykle o tej porze nic nie przerywało mi konsumowania owsianki prócz Cudaka nadstawiającego brzuch do połaskotania. Wparowała z hałasem i zaczęła przetrząsać szafki w poszukiwaniu czegoś mniej zdrowego niż muffinki z otrąb. Mieć jej za złe, że weszła do własnej kuchni, było zapewne lekką bezczelnością z mojej strony, ale nigdy nie znosiłam poranków.

Poprzedniego wieczoru zdążyłyśmy omówić pięćset — jeśli nie pięć tysięcy — scenariuszy z Lawrence'em w roli głównej, poczynając od tego, że nagle przestawił się na facetów, przez sypianie z prostytutkami, na odkurzonej miłości do koleżanki ze szkoły, na którą natrafił na Facebooku, kończąc. Clover wciąż domagała się ode mnie zapewnień, że jest idealną partnerką dla swego męża, w odróżnieniu od wszelkich znanych nam kobiet. Niestety nie znałam go na tyle dobrze, by o tym rozstrzygnąć. Jeśli zależało mu na małżeństwie z istotą ludzką o ogromnym sercu, hojną i zabawną, to Clover była wymarzoną kandydatką, ale jeśli roiły mu się lśniące listwy przypodłogowe, wypolerowane na błysk buty i niewyczerpane zapasy kuchennych ręczników — to raczej nie.

O pierwszym brzasku miałam dość wszelkich dyskusji o Lawrensie. Nie sądzę, by w życiu Clover był taki moment, kiedy jej szczęka nie znajdowała się w ruchu. Normalnie mi to nie przeszkadzało, bo mnie rozśmieszała, ale właśnie przeżywałam własną traumę z powodu pana Petersa. Zdążyłam zignorować tyle jego telefonów i esemesów, że nie było odwrotu. Potrzebowałam kilku chwil na spokojne obmyślenie, w jaki ton uderzyć, gdyby jednak zjawił się na balu. Nie sądziłam, by naprawdę to zrobił — co to za rozrywka balować w miejscu pracy, w dodatku płacąc osiemdziesiąt pięć funciaków za wstęp — ale musiałam być przygotowana na każdą ewentualność. Nie mogłam się jednak skupić, bo Clover co dwie minuty żądała ode mnie odpowiedzi. Odstawiłam scenkę: „O mój Boże, już tak późno?", i wyrwałam do vana, nim zaczęła rozważać, czy sprzątaczka wymieniająca w firmie Lawrence'a worki na śmieci mogła skraść mu serce.

Niewiele zapamiętałam z tego dnia, lecz klientki nie miały powodów do narzekań. Gdzie się dało, wynosiłam chodniki na dwór i trzepałam, aż huczało. Strzepywałam poduszki z takim zapałem, że pióra niemal fruwały wokół. Polerowałam stoły, aż ukazywało się odbicie mojej drobnej, zaciętej twarzy, by odwzajemnić mi wściekłe spojrzenie. Minęło prawie dwadzieścia lat, odkąd pierwszy raz popełniłam ten głupi błąd i zakochałam się w Colinie, ale nie pamiętałam, by budził we mnie podobne reakcje. Chociaż byłam wściekła na pana Petersa, na każdą myśl o nim mój żołądek odstawiał trzepoczącą rybę. Wyglądało, że jeśli nie chcę oszaleć, będę musiała rozpocząć drugą karierę: boksera.

Po powrocie zastałam Clover stojącą pod ścianą na głowie. Twarz miała wymazaną jakimś czarnym błotem.

— Czytałam, że pozycje odwrócone poprawiają krążenie na twarzy. Pomyślałam, że mi to pomoże na zmarszczki. A błoto pochodzi z Morza Martwego. Nie jestem przekonana, czy to zaleta, ale rzekomo odmładza. Wyglądam już jak osiemnastka?

Niebezpiecznie balansując całym ciałem, wykonywała nogami nożyce.

Nie chciałam jej urazić, wybuchając śmiechem, ale bardzo wątpiłam, by Lawrence prowadził podobne przygotowania.

— Nie masz zmarszczek.

To nie była grzeczność z mojej strony. Choć jej zabiegi kosmetyczne sprowadzały się do ochlapania twarzy zimną wodą i paroma kroplami olejku paczuli, miała świetną cerę. A jej wystające kości policzkowe znowu zaczynały być widoczne.

— Ale wyglądam trochę chomikowato. Nic już jednak na to teraz nie poradzę. Nie ośmielę się więcej zjeść tej króliczej paszy. Zabójcze pierdnięcia prosto w nos raczej nie pomogą mi go odzyskać.

Amen.

Zataskałam do kuchni wielką górę rzeczy do prasowania, gdy Clover udała się na piętro, by nakładać na siebie chochlami depilator w kremie. Musiałam uporać się z cudzymi koszulami, zanim będę mogła poświęcić chwilę na własne przygotowania. Nie planowałam wyczarować jedwabnej torebki ze świńskiego ucha, ale dzięki sukience od Clover istniała szansa, że jeśli pan Peters jednak się objawi, nie ucieknie z krzykiem na mój widok.

Siedemnaście koszul oraz kilkanaście wyimaginowanych, wariackich konwersacji z Colinem i z panem Petersem później powędrowałam na górę. Spodziewałam się zastać Clover wirującą przy dźwiękach Hot Chocolate, jak zwykle gdy się przygotowywała do wyjścia. Tymczasem nie słyszałam ani *You sexy thing*, ani *It started with a kiss*.

— Clover? Clover?

Zapukałam do jej drzwi.

Ukazała się w puszystym szlafroku, z włosami zawiniętymi w ręcznik i napuchniętą od płaczu twarzą. Nawet nie musiałam pytać, co się stało.

— A jeśli on mnie nie chce?

Zapędziłam ją do sypialni.

— Absolutnie nie ma takiej możliwości. Spójrz na siebie, wyglądasz fantastycznie. No chodź, ułożę ci włosy.

Czas nagle przyspieszył. Wybiła osiemnasta, więc musiałyśmy wyjść w ciągu godziny. Trudno, będę wyglądać jak kocmołuch. I tak nic to nie zmieni w moim życiu. Walczyłam z blond włosami Clover, żeby w końcu opadały gładko na ramiona i w miarę bez kołtunów. Powtarzała, żebym ją zostawiła i zajęła się sobą, ale we mnie już obudziła się buntowniczka. Miałam ochotę wystąpić w dresach na dowód, że mi na niczym nie zależy.

Przewracając oczami, podałam Clover małą brązową buteleczkę ziołowych kropli na uspokojenie. Zaliczałam je do tej samej kategorii, co homeopatów, czakry i aury.

Zanim odniosłam specyfik do łazienki, pociągnęłam szybki łyk. Tego wieczoru zamierzałam się zabezpieczyć na wszystkie strony. Zapięłam Clover na plecach nowiutką limonkową suknię. Wsunęła stopy w srebrne szpilki. Jakiekolwiek podobieństwo do żony farmera zniknęło. Wyglądała w każdym calu na wielką damę. Z grubsza ociosany klocek sprzed kilku tygodni przeobraził się w apetyczną babeczkę z bujnym biustem. Obróciłam przyjaciółkę przodem do lustra i zobaczyłam w jej oczach wiarę i ulgę.

Zostawiłam ją przy wybieraniu kolczyków. Wpadłam pod prysznic, a potem wysuszyłam włosy na największej mocy ze zwieszoną w dół głową, aż przypominałam coś, co wiatr przywiał z wrzosowisk. Taksówka już trąbiła. Zbiegłam na parter, dopinając czerwoną suknię, wciąż w crocsach i ze złotymi sandałami od Clover w dłoni. Krzyknęłam „Do widzenia" dzieciakom, które rozgrywały hałaśliwy mecz w piłkarzyki z babysitterką jako sędzią. Bronte podeszła do drzwi, by mi pomachać.

— Wyglądasz ślicznie. Wcale nie jak sprzątaczka. Jak księżniczka.

Dalej czułam się jak sprzątaczka.

Zapakowałyśmy się do samochodu. Spięłam włosy na czubku głowy plastikowym krokodylkiem, którego używałam przy pracy, zrobiłam sobie makijaż w lusterku puderniczki i pomalowałam dwa paznokcie u nóg widoczne w wycięciach fantastycznych louboutinów.

Kiedy taksówka minęła bramę posiadłości Jen1, uświadomiłam sobie, że metamorfoza dokonana w dwadzieścia minut może nie wystarczyć. Nigdy wcześniej nie byłam na balu. Nie wypatrywałam dżinsów i polarów jak w wiejskiej remizie, ale nie spodziewałam się, że trafię na cholerny festiwal filmowy na południu Francji. Wzdłuż całego podjazdu rozpięto między drzewami różowe lampiony. Na trawnikach ustawiono oliwne kaganki. Wzdłuż ściany domu czerwony dywan prowadził do wielkiego namiotu. Dominowała czerń. W wersji długiej, krótkiej, koronkowej, falbaniastej, wyszywanej cekinami, z akcentami złota lub czerwieni. Wysiadłyśmy z Clover. W twarz błysnął mi flesz. Mgliście rozpoznałam za aparatem jednego z ojców. Z pewnością zrobiłam minę wioskowej idiotki, która przedobrzyła z cydrem. Spuściłam wzrok. Cholerne złote sandały trzymałam w garści, a spod skraju sukni wystawały ubłocone crocsy.

Chciałam się skulić i śmignąć do środka, najchętniej do damskiej toalety, i zostać tam na zawsze. Wiedziałam, że Clover się denerwuje. Lecz tu wkroczyła do akcji pewność siebie kupiona w szkole manier dla dziewcząt. W momencie gdy wysunęła stopę z samochodu, rozpoczął się show. Kiwała dłonią, żartowała, przybierała efektowne pozy przed aparatem, obcałowywała cudzych mężów, nie popełniając żadnej, nawet najmniejszej gafy. Sunęłam za nią wyszczerzona jak gamoń, starając się nie odsłaniać zębów na wypadek, gdyby zostały na nich ślady szminki. Kiedy tylko znalazłyśmy się w cieniu namiotu, ulotniłam się do toalety, zostawiając ją z dwoma kieliszkami koktajlu Buck's Fizz w dłoniach.

Powinnam się domyślić, że szkolny bal podwoi dochody okolicznych fryzjerów, kosmetyczek i sklepów obuwniczych. Sterczałam przed lustrem całe wieki, bo nie mogłam się zdecydować: włosy upięte do góry à la sprzątaczka czy rozpuszczone jak u Morticii z *Rodziny*

Addamsów? Po kryjomu sprawdziłam w szafce pod umywalką, czy nie znajdę szczotki lub jakichś perfum, które bym mogła podwędzić, lecz zobaczyłam tylko starych przyjaciół: wybielacz i odświeżacz powietrza. Przeczesałam włosy palcami i zostawiłam je rozpuszczone. Zadowoliłam się sporą porcją kremu do rąk, który wtarłam w ramiona, łydki i dekolt. Ktoś zapukał do drzwi. Wcisnęłam crocsy pod umywalkę, wsunęłam na stopy sandały i wyszłam z łazienki z nastawieniem: „I tak się nie uda". Wpadłam prosto na Serenę.

— Witaj, witaj znowu — zaćwierkałam, jakbym stęskniła się za nią najbardziej na świecie.

Mięśnie brzucha miałam tak napięte, że Tryk byłby ze mnie dumny. Co ona tu, do cholery, robi? Zakręciła włosy, przez co znacznie mniej przypominała panią policjant w butach taktycznych i z notesem, a bardziej kociaka prężącego się na tygrysiej skórze. Wszystko w niej lśniło. Jaskrawoczerwone wargi. Jasnoczerwone paznokcie. Idealnie wyregulowane brwi. Długa, wiązana na szyi brokatowa suknia, odpowiednia dla kobiet, które miały więcej niż metr siedemdziesiąt pięć wzrostu. Oczywiście ja mogłam tylko o takiej pomarzyć. Miałam za to nadzieję, że Serena nie przyszła na bal z panem Petersem.

Uśmiechnęła się.

— Nie możemy tak ciągle na siebie wpadać. Miło cię znowu widzieć, wyglądasz fantastycznie. W wolnej chwili nadrobimy zaległości. Musisz mi powiedzieć, co sądzisz o tym homeopacie.

Kiwnęłam nieprzytomnie głową.

— Mhm. Tak. Był interesujący. Do zobaczenia wkrótce — rzuciłam, kiedy znikała w toalecie.

Homeopata. Cholera. Będę musiała coś wymyślić. Wróciłam do namiotu i stanęłam pod ścianą. Zimny powiew muskał moje odsłonięte stopy. Rozstawiono grzejniki, pomimo tego czułam na plecach chłód. Żałowałam, że nie jestem w domu. Nawet w gównianym domu Colina. Nie mogłam dojrzeć Clover, lecz właściwie to nie jej szukałam. Wypatrywałam pana Petersa, modląc się do ulubieńca mojej matki, świętego Judy Tadeusza, patrona spraw beznadziejnych, by nauczyciel się nie zjawił. W myślach słyszałam gardłowy głos mamy: „Amaia, San Judas Tadeo, on pomaga w ostatniej chwili. Ty wierzysz, ty się modlisz, on zawsze odpowiada".

Najwidoczniej święty Juda miał przerwę na kawę lub okazałam się zbyt beznadziejnym przypadkiem nawet dla niego. Pan Peters stał bowiem odwrócony do mnie plecami, rozmawiając z dyrektorem. Wiedziałam, że będzie się świetnie prezentował w stroju wieczorowym. Przypomniałam więc sobie dla porządku, że ulotnił się bez słowa wyjaśnienia, na długo zanim usłyszał, że zabieram dzieciaki ze szkoły. Obejrzał się. Celowo wpatrywałam się w scenę, unikając jego spojrzenia. Nie miałam pojęcia, co bym w nim znalazła. Litość, nienawiść, gniew? A może zwyczajną obojętność. Lepiej nie wiedzieć.

U mojego boku pojawiła się Clover.

— Widziałam Lawrence'a.

— I?

— Spanikowałam. Uciekłam do kuchni.

— Przecież musiał wiedzieć, że przyjdziesz. Dlaczego nie zaczekasz, aż skończy pierwszy set, i nie podejdziesz pogadać? Z pewnością się denerwuje, występując przed znajomymi.

— Jak zwykle masz rację. Chodź, łyknijmy jeszcze szampana.

Wzięła od przechodzącej kelnerki dwa kieliszki.

— Lepiej nie przesadzaj z alkoholem, żebyś nie wpadała na doniczki, kiedy wreszcie trafi ci się szansa z nim pogadać.

— Nie bądź taka koszmarnie rozsądna. Niewykluczone, że jutro będę zdruzgotana, więc teraz zabawmy się trochę.

Zamiast podać mi kieliszek, wlała w siebie zawartość obu i zgarnęła dwa kolejne. Odebrałam jej jeden. Na szczęście ktoś zadzwonił łyżeczką w szkło i zaprosił gości, by usiedli. Clover prezentowała się już trochę niewyraźnie.

Dotarłyśmy do naszego stołu pierwsze. Na środku umieszczono wielką orchideę okoloną sztucznymi płatkami róż i złotymi cekinami. Niewielkie, złocone wizytówki z imionami wskazywały, gdzie kto powinien usiąść. Clover zaczęła je zbierać.

— Świetnie, Frederica jest z nami. Niedobrze, Venetia Dylan-Jones również. Ooooch, szczęściaro, siedzisz obok pana Petersa. Kto to jest Serena Blake? Dostała miejsce po jego drugiej stronie.

— Policjantka, która pomagała szukać Bronte. — Chciało mi się płakać. — Nie mogę usiąść koło niego. Zamienisz się ze mną? — wysyczałam z lekką desperacją.

— Co za pomysł? Dostałam męża Venetii, Randolpha. Jego wersja pasjonującej dyskusji to rozmowa o tym, jak zbudować od zera teleskop. Zostań, gdzie ci dobrze.

— Nie, nie, naprawdę. Zamieńmy się. — Chwyciłam swoją wizytówkę.

— Maiu, nikt tego od ciebie nie oczekuje. Nie mogę cię skazywać na rozmowę w stylu: „Nie wiem, czy ta szkoła jest dostatecznie dobra dla mojego genialnego syna", gdy możesz odbyć tête-à-tête z panem Petersem.

— Zupełnie mi to nie przeszkadza. Zgódź się, proszę. On bardzo cię lubi. Na pewno nie będzie chciał siedzieć obok mnie. Myślisz, że możemy wcisnąć w to miejsce Fredericę?

— Maiu, pora wyrosnąć z lęku przed władzą. To tylko nauczyciel.

Zaczęłam protestować, ale zamknęłam się błyskawicznie, słysząc za sobą:

— Pani Wright, pani Etxeleku, dobry wieczór.

Clover zaśmiała się i bezczelnie pomachała panu Petersowi.

Oparł dłoń na oparciu sąsiedniego krzesła. Drugą obejmował w talii Serenę, prowadząc ją na miejsce. Kiedy zobaczyłam, jak jej dotyka, mój żołądek zwinął się w precel. Nienawidziłam jej tak bardzo, że aż zmrużyłam oczy. Jej towarzysz wyglądał, jakby urodził się w smokingu. Nikt by się nie domyślił, że nie pochodzi z wyższych sfer. Wyobraziłam go sobie po skończonym wieczorze, ze zwisającą luźno, rozwiązaną muszką i w rozpiętej koszuli...

— Pani Wright, posterunkowa Blake.

Pan Peters przedstawił kolejno Fredericę i jej męża Lloyda, Venetię z Randolphem oraz chuderlawego mężczyznę imieniem Howard o wyrazie twarzy zbitego psa, co zapewne tłumaczyło, dlaczego nie towarzyszy mu żona.

— Pani Etxeleku poznała już posterunkową Blake — ciągnął nauczyciel.

— Ależ proszę, nazywaj mnie Sereną.

Miałam ochotę wypalić: „Maia, znana też jako była flama pana Petersa. Wiesz o tym, prawda?", ale zamiast tego tylko pokiwałam głową niczym welurowy psiak na tylnej półce auta.

— Czy możemy sobie darować szkolny formalizm i zwracać się do siebie po imieniu? Inaczej będziemy się czuć jak na wywiadówce. Proszę, mówcie mi Zak — oznajmił pan Peters.

Wszyscy się przedstawili. Wymamrotałam swoje imię w kierunku Venetii, która pomachała mi palcami i ryknęła:

— Dobry wieczór, Amayro!

Usiedliśmy. Cały czas czułam jego obecność. Zgrabnie prowadził rozmowę, włączając do niej wszystkich gości. Szeroko się przy tym uśmiechał, dolewał mi wody do szklanki i podsuwał masło. Mógł udawać, że jestem jedną z wielu matek, ale ja nigdy nie zdołam go traktować jak pierwszego lepszego belfra. Spróbowałam odsunąć się z krzesłem, by jego marynarka nie muskała mnie wciąż po ręce. Nie chciałam, by mnie dotykał, bo mogło się to skończyć na dwa sposoby. Mogłam go pobić. Albo wybuchnąć płaczem. Siedzieliśmy w dziewięcioro przy stole na osiem osób — niewątpliwie zebrano przy nim wszystkich singli — więc zdołałam się przemieścić o jakieś dwa centymetry w stronę Howarda po mojej prawej. Jego oddech zachęcił mnie jednak, by cofnąć się z powrotem aż o cztery.

Howard był jednym z tych gości, którzy przy doborze kwestii otwierających rozmowę nie biorą pod uwagę faktu, że przypominają z wyglądu niedożywionego kundla.

— A zatem, Megan — zwrócił się do mnie — jak to możliwe, że nie widziałem cię wcześniej? Zapamiętałbym tak piękną kobietę.

Próbowałam oddychać w takim rytmie, by mój wdech dla zaczerpnięcia tlenu nie nakładał się z jego wydechem cuchnącym końskim nawozem.

— Lepiej nie pij za dużo, Megan, bo jeszcze ulegniesz moim awansom — ciągnął, nalewając mi pełny kieliszek białego wina. — Osobiście nie należę do wielbicieli chablis. Wolę chardonnay.

— Chablis w y t w a r z a   s i ę ze szczepu chardonnay.

Clover dobrze mnie wyszkoliła. Nie zamierzałam mu wytykać pomyłki, po prostu strasznie się przejęłam, że wiem coś takiego... wyrafinowanego. Howard jednak nie był zachwycony. Próbował zwerbować do pomocy Fredericę, by dowieść, że się mylę. Spojrzała tylko na niego i burknęła:

— Skąd mam niby wiedzieć, do jasnej cholery? Ja to piję, a nie zrywam z krzaków.

Na szczęście wniesiono przystawki. Krewetki z mango i kolendrą. Frederica natychmiast zaczęła narzekać, że nie zostały obrane.

— Nie uznaję kości, skorup ani niczego, co mi przypomina, że to było kiedyś żywe. Proszę o cholerny koktajl.

Skupiłam się na tym, by nie opryskać krewetkowym sosem sukni, kiedy Howard nachylił się w moim kierunku:

— Te małe miseczki z cytryną służą do opłukiwania palców.

Wyczułam obok siebie poruszenie. Najwyraźniej pan Peters miał w sobie coś z kobiety, bo potrafił słuchać dwóch rozmów jednocześnie.

— Panie Sutton, lub raczej Howardzie, wiedziałeś, że matka Mai była szefową kuchni? Nie wątpię, że Maia z wielką chęcią zdradzi ci kilka baskijskich przepisów i sekretów kulinarnych.

Nie uznałam za stosowne sprostować, że moja matka była kucharką oraz gospodynią domową, a nie koleżanką Jamiego Olivera.

Howard zaczął głośno protestować.

— Nikogo nie chciałem obrazić, to był tylko żart.

Pan Peters się nie uśmiechnął.

— Zawsze powtarzam uczniom: coś jest żartem tylko wtedy, kiedy śmieją się wszyscy.

I dalej obierał krewetki jak gdyby nigdy nic. Howard skurczył się na krześle. Prawie zrobiło mi się go żal. Kątem oka zerknęłam na nauczyciela. Kręcił głową z surową miną.

Serena gawędziła z Clover swoim niskim głosem Lauren Bacall. Jej nikt nie pytał, czy poradzi sobie z przystawkami. Widocznie nawet w eleganckiej sukni wyglądałam jak stuprocentowa dresiara. To, że nie pasuję do reszty towarzystwa, musiało być dla wszystkich tak oczywiste, że aż sprowokowało pana Petersa, by znowu zaczął mnie bronić.

Straciłam apetyt, ale nie chciałam jeszcze bardziej zwracać na siebie uwagi. Włożyłam do ust krewetkę i natychmiast tego pożałowałam. Oprócz soku z limonki i kolendry przyprawiono ją chili, co bardzo mi nie służyło. Na czoło od razu wystąpił mi pot. Osuszyłam górną wargę serwetką. Czy może chusteczką? Nigdy nie pamiętam, które określenie demaskuje prostaka. Czułam, że policzki robią mi się jaskrawoczerwone. Wypiłam haust wody, potem kolejny. Wiedziałam, że przez najbliższych dwadzieścia minut będę się pocić jak szczur. Przeprosiłam i wyszłam na zewnątrz, by postać na zimnie i spróbować ostudzić wrzącą krew.

Usiadłam na ławce pod wielkim jaworem i patrzyłam na gwiazdy. Pot na mojej twarzy i ramionach powoli znikał pod wpływem powiewów wiatru, a wrażenie przypiekania na ruszcie zastąpiło uczucie, że jestem duszona na wolnym ogniu. Ze środka namiotu dochodziły okrzyki i śmiechy. W ciemności dotarł do mnie szmer ściszonych głosów. Usłyszałam kobietę mówiącą: „Nie wiem, co bym bez ciebie zrobiła", lecz odpowiedź barytonem mi umknęła.

Przyciągnęłam kolana do piersi. Podsłuchiwanie, jak ktoś inny romansuje, tylko potęgowało moje przygnębienie. Podniosłam się z miejsca i poszłam okrężną drogą, by uniknąć spotkania z tajemniczą parą. Przecinając kuchnię Jen1, zerknęłam na obraz z kamery. Monitor wyświetlał kolejno ujęcia garażu, głównej bramy i obu boków namiotu. Ziarnisty obraz poruszył się lekko. Mężczyzna o ciemnych, zmierzwionych włosach tulił kobietę z blond kokiem. Lawrence. Ale nie z Clover. Wytrzeszczyłam oczy. Jen pieprzona 1.

ROZDZIAŁ TRZYDZIESTY

Gdzie się podziewałaś? — spytała, a raczej wybełkotała Clover, kiedy wróciłam do stołu.
Serce wciąż mi waliło. Cholera. Lawrence i Jen1. Jak jej to powiedzieć? Poczekać, aż wytrzeźwieje? Czy lepiej zadać cios, kiedy jest pijana? Jeśli postanowi zabić posłańca, odstrzeli mi, kurde, głowę. Nie przyznawałam się do swojej alergii na chili — w Stirling Hall każdy dzieciak był uczulony na jakieś cholerstwo, orzeszki ziemne, jajka, mleko, pszenicę, więc nie chciałam sprawiać wrażenia, że małpuję innych. Zaczęłam coś bredzić o tym, że potrzebowałam zaczerpnąć świeżego powietrza.

Wydawało się, że Serena i Clover świetnie się bawią, wyśmiewając telenowele kryminalne i debatując, na ile oddają one prawdziwe życie. Venetia, z przylepionym do twarzy uśmiechem, najwyraźniej marzyła, by się przyłączyć, lecz oglądała wyłącznie programy informacyjne i ambitne teleturnieje. Miałam ochotę stuknąć Serenę w ramię i powiedzieć jej, żeby spadała — już mi podprowadziła faceta, więc niech trzyma łapy z daleka od mojej przyjaciółki. Pan Peters zajął moje krzesło i spierał się z Howardem oraz Lloydem o długość nauczycielskich urlopów.

Wstał, kiedy się zbliżyłam.

— Maiu, proszę, to twoje miejsce.

— Nie, zostań śmiało. I tak chciałam zamienić słowo z Fredericą.

Próbował zablokować mi drogę, przewiercić mnie na wylot tym swoim stalowym spojrzeniem. Nie zamierzałam dać się nabrać na starą sztuczkę.

— Więc znowu ze mną rozmawiasz. — Mówił bardzo cicho, zwrócony plecami do pozostałych.

— Nie ma sensu rozmawiać, kiedy nie ma nic do powiedzenia.

Łyknęłam wina, podnosząc kieliszek gestem kobiety światowej. Miałam nadzieję, że nie zauważył, jak pociekło mi po brodzie.

— Wszystko u ciebie okej? — spytał.

Zerknęłam na Serenę, wzruszyłam lekko ramionami i odparłam:

— Klawo. Wspaniale. Miód, malina.

Chyba chciał coś powiedzieć, ale widząc w wyobraźni wymówki i kłamstwa gromadzące się niczym gołębie na drutach, zostawiłam go i obeszłam stół, zmierzając do Frederiki. Dostrzegłszy kątem oka, jak pokręcił głową, ledwie się powstrzymałam, by nie wrzasnąć: No co?! Co? Z czym masz problem, cholera?!

Frederica przywołała mnie gestem i zagrzmiała swoim scenicznym głosem, jakby chciała, by ją słyszano w ostatnim rzędzie:

— No, Maiu, gdzie się podziewa dzisiejszego wieczoru twój fantastyczny mąż? Oto facet, który świetnie wyglądałby w smokingu. Poważnie. Sądzę, że Colin ma w sobie coś z Daniela Craiga.

Łomot mojej opadającej szczęki musiały zarejestrować sejsmografy.

— Niezbyt lubi takie imprezy. Woli biesiady w pubie. Przyszłam dotrzymać towarzystwa Clover.

— Wyglądasz fantastycznie. — Zrobiła pauzę. — Czy Harley wspominał Marlonowi, że tymczasowo mieszkacie u Clover, czy to sobie wymyśliłam? Sama już nie wiem, w co wierzyć.

— Trochę pomagałam się jej pozbierać, kiedy Lawrence... no wiesz. Tak czy owak, w poniedziałek wracamy do siebie.

Próbowałam rzucić to lekko i zmienić temat. Nie chciałam, by pan Peters o tym usłyszał i uznał, że wracam z podkulonym ogonem do Colina. Frederica nadal zwracała się do przeciwnego krańca namiotu, gdy dołączyła do nas Clover, która również miała zasięg jednej lub dwu syren przeciwmgielnych.

— Ma dość rodziny Wrightów. Wciąż ją namawiam, żeby została, ale nie, najwyraźniej Colin pociąga ją bardziej niż ja.

To mnie wkurzyło. W ogóle nie chodziło o niego i świetnie o tym wiedziała.

— Taki przystojniak, Clover. Dziwi cię to, kochanie? Masz wiele zalet, ale podejrzewam, że w pewnych dziedzinach bije cię na głowę. Nieprawdaż, Maiu?

I zarechotała z własnego dowcipu. Poczułam ulgę, gdy podano jagnięce golonki i mogłam znowu usiąść. Serena zerwała się i zaczęła nakładać wszystkim szparagi, groszek cukrowy oraz ziemniaki *dauphinoise*, poklepując mężczyzn po ramionach i okrążając stół tanecznym krokiem, jakby znała wszystkich od lat.

Kiedy znalazła się dokładnie naprzeciwko nas, pan Peters nachylił do mnie głowę.

— Zatem wracasz do Colina?
— Masz z tym problem?
— Owszem. Ten sam co zawsze. Colin to dupek.
— Swój pozna swego.

Riposta godna dwunastolatki, ale nie zdołałam się powstrzymać. Przez ułamek sekundy myślałam, że posunęłam się za daleko, i ramiona podjechały mi do uszu. Nie chciałam zostać bohaterką plotek w Stirling Hall.

Nauczyciel miał jednak zbyt wiele klasy, by zrobić scenę. Wydał dźwięk, jakby ktoś walnął go pięścią w brzuch.

— Czy wydarzyło się coś, o czym nie wiem? Nie odniosłem wrażenia, byś wcześniej uważała mnie za dupka.

Poczułam, jak wycofuję się rakiem przed konfrontacją. Przypomniałam samej sobie, że nie jestem uczennicą, która musi się przed nim tłumaczyć, a on nie jest moim nauczycielem — tylko mężczyzną, nikim szczególnym; po prostu kimś, kto dłużej ode mnie chodził do szkoły. Zdwoiłam wysiłki i w jakimś zakamarku odnalazłam cudowny zapas gniewu.

— Skoro pytasz, naprawdę się wkurwiłam na wiadomość, że odchodzisz ze Stirling Hall i nie zadałeś sobie trudu, by o tym wspomnieć.

— Kto ci powiedział? — spytał.
— To prawda?
— Tak, ale...
— Ale co, cholera?

Zauważyłam, jak Serena zerka w naszą stronę. Napięłam z wysiłku wszystkie mięśnie twarzy, by się do niej uśmiechnąć. Pan Peters nachylił się i dolał jej wina do kieliszka. Siedzieliśmy z przylepionymi uśmiechami, aż wróciła do rozmowy z Clover. Szepnęłam:

— Ale co? Dlaczego nic nie powiedziałeś?

— Boże, to skomplikowane. — W jego głosie dosłyszałam północny akcent. Zaczął się bawić spinkami przy mankietach. Mówił tak cicho, że musiałam się do niego nachylić, by słyszeć. — To samo mógłbym powiedzieć o tobie. Też nie byłem szczególnie zachwycony, kiedy na moje biurko trafił list z wieścią, że zabierasz Harleya i Bronte, nie mówiąc mi o tym.

— Nie ja go wysłałam.

— Ostatnio Colin zaczął podrabiać twój podpis, tak? — Zabębnił palcami o swój kieliszek.

— Nie. To znaczy rzeczywiście napisałam list, ale zamierzałam o tym z tobą porozmawiać. Zostawiłam go w domu, bo ciągle się wahałam. A Colin go wysłał, zanim zdążyłam ci cokolwiek powiedzieć.

Zmrużył oczy, a potem jego twarz się odprężyła. Przeczesał włosy palcami.

— Zachowywałaś się dziwnie, zanim zdążyłem ci powiedzieć o zmianie pracy. Miałem ważne powody.

Nigdy ich nie poznałam. Serena ujęła go za rękę i wmieszała się do rozmowy:

— Czy nie wspominałeś, że masz ochotę się wybrać do Florencji, Zac? Venetia była tam w czasie przerwy semestralnej.

Na co Venetia, niczym kapłan objawiający ludowi Słowo Boże, zaczęła sypać frazesami na temat Florencji, i pan Peters nie miał wyjścia — musiał tego słuchać.

— Uznaliśmy za okropnie ważne, by Theo zobaczył *Narodziny Wenus*, że tak powiem, we własnej osobie. Co ciekawe, wolał Giotta od Botticellego. Oczywiście tyle tam niesamowitych kościołów. Musieliśmy sobie ustalić limit dwóch dziennie. Moim faworytem został Santa Croce.

Dawała z siebie wszystko, jeśli chodzi o włoską wymowę. Przy „Santa Krrrrrocze" brzmiała jak reklama sosu do spaghetti.

Clover prychnęła śmiechem.

— Czy to tam zanoszą modły, żeby im się trafił wielki kutas?

Venetia wyglądała, jakby zamierzała odpowiedzieć z całą powagą. W ostatniej chwili zorientowała się, że to żart, i wyszczerzyła zęby w bladym uśmiechu. Frederica opowiadała o Mauritiusie i jakichś cudownych domkach na palach. Howard zaczął się rozwodzić nad swoim domem wakacyjnym w St. Lucia. Nawet cholerna Serena wyskrobała forsę na objazd Napa Valley — „Dałabym się zabić za Zinfandel Blush". Ja dałabym się zabić, żeby być jak ona.

Jak się zdaje, pan Peters nie zamierzał nas oświecić, czy niebotyczne czesne w Stirling Hall przekładało się na jego zarobki, które pozwoliłyby mu opłacić luksusowy rejs po Wyspach Galapagos. Kiwał głową we właściwych momentach, ale nie pochwalił się swoimi wojażami. Nie widziałam, czy nadal trzyma za rękę Serenę. Siedziałam, skubiąc jagnięcinę i rozpaczliwie marząc, by zespół muzyczny zagłuszył ich wszystkich.

— A ty, Amayro? Pochodzisz z Grecji, tak? Wracasz tam co roku? — spytała Venetia.

Uszło ze mnie całe powietrze.

— Zabrałam dzieciaki tylko na kemping w Suffolk.

Klasnęła.

— Oooch, luksusowe kempingi. To ostatni krzyk mody. Mieszkaliście w jednej z tych wielkich jurt z piecem na drewno? Mieliście prysznic ogrzewany panelami słonecznymi? Musieliście pedałować, żeby samodzielnie wytworzyć elektryczność? W dzisiejszych czasach większość miejsc stała się taka ekologiczna. To musiała być niesamowita przygoda.

— To był zwyczajny kemping.

Nie dodałam, że lało cały tydzień i nasza czwórka gnieździła się w namiocie cuchnącym pleśnią, bo Colin rok wcześniej zwinął go, zanim zdążył wyschnąć.

— Oooch — powtórzyła Venetia. — Wakacje nad brytyjskim morzem są teraz niezwykle trendy. Karaiby brzmią okropnie passé. Ale jesteś bardzo odważna, Amayro, nie wiem, czy ja potrafiłabym się na to zdobyć.

Nie odważna. Po prostu biedna.

— Gdzie dokładnie w Suffolk? — dopytywała.

— Sizewell.

— To nie tam, gdzie jest ten reaktor nuklearny? — Randolph nagle ocknął się z letargu. — Zdaje się, że planują zbudować podziemne komory do przechowywania odpadów radioaktywnych.

I wygłosił tyradę o tym, jakim „monumentalnym idiotyzmem" jest ten plan oraz wiele innych. Nie rozśmieszyła mnie nawet Clover udająca, że zasypia.

Właśnie pomyślałam, że gorzej być nie może, gdy Serena zwróciła się w moją stronę:

— A więc, Maiu, jak ci się podobało u homeopaty? Zastanawiałam się, czy homeopatia pomogłaby na moje hormony. Zak wie, że każdego miesiąca w pewne dni bywam okropnie wybuchowa. — Lekkie klepnięcie w kolano.

— Sądziłem, że po prostu taką masz osobowość — odparł z kamienną twarzą.

Na jej twarzy na moment pojawił się wyraz irytacji. Brnęła jednak dalej:

— Zapomniałam ci wspomnieć, że przed kilkoma dniami wpadłam na Maię w budynku, gdzie mieszkasz.

Teraz ja się wkurzyłam.

— Chodzę do homeopatki. Pomaga mi zwalczyć egzemę. Myślę, że to od środków czystości.

Serena ściągnęła brwi.

— Homeopatki? Sądziłam, że to mężczyzna.

Cholera.

— Chyba jest ich dwoje. Kobieta, jak mi się zdaje, przychodzi tylko na kilka godzin w tygodniu.

Spojrzałam na pana Petersa.

— Nigdy nie widziałem tam kobiety — odparł. — Może chodzi o Mandy, kosmetyczkę, która korzysta z tego samego gabinetu?

— Ja chodzę do Mandy — wyjaśniła Serena. Nachyliła się, zasłoniła usta dłonią jak uczennica zwierzająca się z sekretu, i szepnęła: — Na elektroepilację twarzy. — Znowu podniosła głos. — Mandy nigdy nie wspominała mi o homeopatii. No, Maiu, przyznaj, tak naprawdę poszłaś sobie zrobić bikini, co?

Myślała, że jest niesamowicie zabawna. Zastanawiałam się, czy też sobie zafundowała pas startowy, który nieco później tego wieczoru zaprezentuje panu Petersowi. Na twarzy mężczyzny odmalowała się czujność, jakby nie był zachwycony kierunkiem, w jakim zmierza rozmowa.

Po moim dekolcie rozlał się olbrzymi rumieniec. Nie mogłam sobie przypomnieć żadnego żeńskiego imienia. Rozejrzałam się za inspiracją i zobaczyłam w menu ocet z sherry.

— Chyba ma na imię Sherry. Zresztą byłam tam tylko parę razy, więc nie wiem, czy pracuje na stałe.

— Co ci przepisała? — chciała wiedzieć Serena.

— Nie pamiętam. Jakieś tabletki.

Już planowałam sobie wykopać norę na tyle głęboką, bym mogła uścisnąć łapę kangurowi, gdy szczęśliwie podano sery. Venetia z podniecenia zerwała się z krzesła.

— Ooooch, patrzcie, herbatniki Duchy Originals od Waitrose'a. I cambozola. Pycha.

— Wydaje mi się, że to dolcelatte, a nie cambozola — poprawiła ją Serena.

Venetia ściągnęła brwi.

— Przecież robiłam kurs gotowania w Cordon Bleu. Rozpoznawanie serów było w programie.

— Przepraszam, tak tylko powiedziałam.

Venetia prychnęła gniewnie i dalej wskazywała na talerzu.

— To jest Cornish Yarg, patrzcie, został obtoczony w pokrzywach. To Norbury Blue. Robią go na farmie aż pod Mickleham. A to, zdaje się, zwyczajny brie.

— Jezu, a ja marzyłam o kawałku edama — skomentowała Frederica, puszczając do mnie oko.

Howard podsunął mi talerz.

— Ty pierwsza, Megan.

Bałam się pomyśleć, jaką woń zacznie roztaczać po zjedzeniu porcji błękitnego sera. Wzięłam tylko kawałek cambozoli/dolcelatte z kryzysem tożsamości i akurat odkrawałam brie, kiedy Howard pisnął:

— Megan!

Poszukałam wzrokiem pożaru, gościa z karabinem maszynowym lub wielkiego szerszenia z żądłem wielkości wiertła.

— Co? — spytałam.

— Odcięłaś nos — wyjaśnił.

— Co?

— Nie wolno ucinać nosa brie.

Gdybym powtórzyła „co?" po raz trzeci, wyszłabym na osobę pozbawioną wyobraźni. Wmieszała się Clover:

— Odpieprz się, Howard. Poszukaj sobie czegoś do roboty. Skoro się zadręczasz, bo ktoś odkroił zaostrzony koniec brie albo użył nieodpowiedniego pieprzonego widelca, masz za dużo wolnego czasu.

Tej dziewczyny nie dało się nie kochać. Wyjaśniła mi, w czym rzecz, nie odciągając mnie na stronę. Wyszeptałam bezgłośne podziękowanie. Odpowiedziała niezbyt dyskretnym gestem oznaczającym idiotę.

Howard zakrztusił się, ale nie złościł się dłużej. Venetia zapuściła się w nudne, techniczne wyjaśnienia, jakie to ważne, by zachować oryginalny kształt sera, bo dzięki temu każdy otrzymuje tyle samo lepszych i gorszych części. Howard kiwał głową jak opętany, aż niedorzeczna, luźna pożyczka podskakiwała mu na głowie w górę i w dół. Jak można gadać o właściwym czy niewłaściwym krojeniu sera? Rozumiem, że sposób manipulowania nożem ma znaczenie podczas operacji mózgu, rzeźbienia w drewnie albo przeprowadzenia sekcji szczura, ale przy krojeniu sera? Czy gdzieś, w jakimś gabinecie siedział jakiś gość, całymi dniami wymyślający idiotyczne zasady dla wyższych sfer? I czy stosowały się one tylko do brie, czy także do serka topionego, wiejskiego i liliputa? I jak ktoś z wyższej sfery mógł uważać za kulturalne wytykanie towarzyskich potknięć osobom gorzej zorientowanym?

Na szczęście zanim użyłam noża do serów, by poderżnąć Howardowi gardło, światła przygasły i zadudniła gitara elektryczna. Z radości, że zostałam chwilowo wybawiona od tej bandy zapatrzonej we własne pępki, omal nie zdarłam z siebie sukni i nie przeparadowałam przez namiot, wyśpiewując „Pokaż cycki chłopakom". Clover zamarła. Venetia próbowała zakrzyczeć muzykę, wyliczając zalety krojenia sera gilotyną zamiast nożem, ale Clover odwróciła się do niej plecami, by patrzeć na scenę. Pojawił się na niej Lawrence, który wyglądał na znacznie mniej niż swoje czterdzieści dwa lata w dżinsach rurkach, T-shircie z Andym Warholem i skórzanej kurtce. Z kręconymi czarnymi włosami i niebieskimi oczami do złudzenia przypominał chłopaka, który wyskoczył w Galway z romskiej przyczepy kempingowej. Ukłonił się nisko i zaśpiewał: „I love rock'n'roll".

Howard nachylił się do mnie.

— Każdy facet w średnim wieku jest gwiazdą rocka.

Chciałam go potraktować jak powietrze, lecz musiałam bronić Lawrence'a:

— Ale idzie mu fantastycznie, spójrz tylko.

Lawrence żył i oddychał każdym akordem. Z półprzymkniętymi oczami i mikrofonem w ręku, sprawiał wrażenie, jakby do tego się urodził. Trudno mi było go sobie wyobrazić ślęczącego nad szeregami cyfr i nudzącego się na zebraniach wśród starych bankierów cierpiących na łupież. W tym momencie przypomniało mi się jednak, że romansuje z Jen1, więc złożyłam mu w duchu życzenia, by musiał zasuwać jako księgowy do końca życia i do zgrzybiałej starości cierpiał na zapalenie migdałków.

W oczach Clovera widać było zachwyt. Frederica pohukiwała, unosząc kieliszek. Kiedy melodia przeszła w *Twist and Shout*, Lloyd porwał aktorkę z miejsca. To odczarowało całą resztę i teraz wszyscy stłoczyli się na parkiecie do tańca, twistując w górę i w dół. Bawiła się nawet Venetia. Jej wielki zad podrygiwał, jakby ktoś przywiązał do niego wór fasoli. W białej powiewnej sukni z rzędami falban przypominała weselny tort w podróży, natomiast Randolph wykonywał numer ze wskazywaniem palcem w sufit — wyglądał jak marionetka Pinokia, którą miała kiedyś Bronte.

Howard klepnął mnie po ręce.

— Chodź, Megan, pokażmy im, jak to się robi.

Przywołałam Clover gwałtownym skinieniem ręki, lecz zachichotała i machnięciem odprawiła mnie na parkiet. Posyłałam jej gwałtowne rozpaczliwe spojrzenia, ale stara wiedźma nie zamierzała mi pomóc. Siedziała bardzo z siebie zadowolona, szczerząc się znad kieliszka z winem. Howard okazał się dokładnie takim tancerzem, jak się spodziewałam, jedynie z nadprogramowym smrodkiem. Słysząc *Good Vibrations*, zdjął marynarkę, żeby sobie zapewnić swobodę ruchów, gdy będzie odstawiał Freddiego Mercury'ego i rosyjskich Kozaków. Spojrzałam na Clover — ramiona aż trzęsły się jej ze śmiechu. Nie daruję jej tego.

Pan Peters i Serena siedzieli naprzeciw siebie z poważnymi minami. Mówiąc coś, muskała jego kolano. Nienawidziłam jej za ten przywilej. Nienawidziłam jej za to, że patrzy na niego z przechyloną głową, ze spojrzeniem małego psiaka i głupawym uśmiechem. Udawała laskę w stylu „Kocham szpilki od Jimmy'ego Choo i puszyste kotki", ale jakby przyszło co do czego, pewnie wykończyłaby cię za pomocą martensów i zardzewiałego śrubokrętu. Chciałam ją zamordować za to, że nam przerwała akurat wtedy, kiedy mieliśmy jedyną, maleńką szansę wyprostować parę rzeczy. Teraz było już za późno. Pan Peters pokochał inną. Szykowną. Zresztą w moim świecie i tak nie było wiele miejsca na miłość. Ależ byłam durna, gdy myślałam, że jest inaczej.

Kiedy rozbrzmiały pierwsze dźwięki *(I Can't Get No) Satisfaction*, przerażona, że Howard uniesie ręce, wyznałam mu, że Clover uwielbia ten kawałek i powinien ją poprosić do tańca. Popędził w podskokach do stołu i zwlókł ją z krzesła. Pomachałam jej i obserwowałam, jak ogarnia ją wielka chmura zapaszku. Jedynymi osobami przy stole byli teraz pan Peters i Serena. Na widok zabawnego małego wicherka na jego karku poczułam pokusę, by go dotknąć. Tkwiłam na skraju parkietu. Frederica mnie zauważyła i porwała do kręgu swoich towarzyszy tupiących nogami i machających rękami. Brylantowe kolie podskakiwały na dekoltach. Tłuste brzuchy wylewały się nad szarfami smokingów. Na nadgarstkach błyskały rolexy. Wszyscy tańczyli, jakby trafili na skautowski zlot i upili się cydrem, a nie châteauneuf.

Nagle nastrój się zmienił. Lawrence spojrzał na słuchaczy. Jego wzrok zatrzymał się na Clover.

— Ten kawałek jest dla bardzo szczególnej osoby. Ona wie, kim jest, lecz pewnie się zastanawia, kim, do cholery, jestem w tej chwili ja. To dla ciebie.

Zabrzmiały akordy *Just the Way You Are*, a potem jego niski głos wypełnił namiot i pary się objęły. Kątem oka zobaczyłam, jak pan Peters i Serena podnoszą się z miejsc. Clover stała pośrodku parkietu ze szklącymi się oczami, głucha i ślepa na wszystko wokół. Lawrence śpiewał, ani na chwilę nie odrywając oczu od żony. Genialne posunięcie dupka grającego na dwie strony. Cudowny sposób, by zapewnić sobie alibi: przy wszystkich zaśpiewać żonie ckliwy miłosny kawałek. Nie mogłam na to patrzeć.

Zrejterowałam do kibelka, ale zdążyłam jeszcze zauważyć, jak Serena obejmuje za szyję pana Petersa. Zerknęłam na swoje odbicie w lustrze, by sprawdzić, czy kipiąca w moim wnętrzu chora zazdrość jest widoczna także na twarzy. Nie mogłam uwierzyć, jak normalnie wyglądam, pomijając brwi uniesione niczym u byłego polityka. Nigdy nie potrafiłam ich zmusić, by tworzyły eleganckie łuki. Nie chciałam wracać, więc raz jeszcze obejrzałam sobie fotki Jen1, Leo i Hugona. Hugo miał taki sam chytry, niemiły grymas na twarzy jak matka — podobną minę mają nastolatki palące papierosy w szkolnych mundurkach. Twarz Leo była dużo bardziej otwarta. Na jakimś wytwornym evencie stał z Lawrence'em, unosząc trofeum. Obaj byli w smokingach. Wręcz pękał z dumy. Lawrence zdołał zachować niechlujny wygląd dzięki rozczochranym włosom, jak gdyby zabłąkał się na uroczystość podczas huraganu. Na jego twarzy malował się ironiczny półuśmiech, jakby zamierzał wygłosić przemowę: — „I chciałbym podziękować mojemu agentowi, charakteryzatorce oraz manikiurzystce".

Zastanawiałam się, czy Leo wie, że Lawrence obraca jego żonę. Ktoś szarpnął za klamkę. Muzyka w tym momencie ucichła, co oznaczało kolejną posiadówę przy stole i mizdrzenie się do Sereny, uśmiechniętej głupawo do pana Petersa. Nie mogłam udawać, że cieszę się razem z Clover, skoro było tylko kwestią czasu, kiedy przeżyje gorzkie rozczarowanie. Wyciągnęłam crocsy z kryjówki pod umywalką, chwyciłam złote sandałki w dłoń i przemknęłam korytarzem. Zajrzałam do kuchni. Jen1 dyrygowała dziewczynami przygotowującymi kawę jak wiktoriańska pani dworu.

— Jessiko, nie, proo-ooszę, nie chlap na spodek. Daj mi to. Mój Boże, czy niczego was nie uczą w tej szkole gastronomicznej?

Jak Lawrence mógł przedkładać tę polującą na facetów sztywniaczkę od Clover? Otworzyłam drzwi frontowe i wyszłam na zewnątrz. Drobniutkie kropelki mżawki pokryły moje ramiona. Spojrzałam na kamerę monitoringu, pokazałam jej środkowy palec na wypadek, gdyby Jen1 patrzyła, i ruszyłam podjazdem.

ROZDZIAŁ TRZYDZIESTY PIERWSZY

Gdy tylko znalazłam się za bramą posiadłości, ruszyłam w stronę pubu, czując, że skraj pięknej sukni Clover wlecze się po chodniku, bo zdjęłam wysokie obcasy. Podciągnęłam ją wyżej. Było piętnaście po jedenastej. Przy odrobinie szczęścia zdążę dotrzeć do pubu przed zamknięciem i będą mi mogli wezwać taksówkę. Gdy dowlokłam się do parkingu, kilka osób właśnie wychodziło. Weszłam do baru. Właściciel przerwał zmywanie kufli i burknął opryskliwie:

— Zamknięte.

Nic go nie obchodziło, że jestem bez płaszcza, z mokrymi włosami i w balowej sukni.

— Wiem, chciałam tylko prosić o namiary na jakiegoś taksówkarza.

Ruchem głowy wskazał korytarz.

— Tam na ścianie.

Wystukałam numer na komórce, a ponieważ nie zaproponował, żebym zaczekała w środku, wyszłam na zewnątrz. Zanim podjechał samochód, cała się trzęsłam.

— Jasna cholera, skarbie, gdzie twój płaszcz? Wy dziewczyny... Zaziębisz się. Udany wieczór, co? Więc teraz dokąd się wybieramy? — spytał kierowca.

Nie zaplanowałam tego. Po prostu mi się wyrwało. Rowley Road, SD1. Zobaczyłam w lusterku wstecznym, jak brwi podjeżdżają mu w górę.

— Trochę daleko od domu, co? Nieźle zabulisz. Starczy ci forsy? Niewiele dostaniesz reszty z dwudziestki.

Pomyślałam o wszystkim, na co mogłabym wydać dwadzieścia funtów. Ale powrót do Clover był niemożliwy. Nie zniosłabym, gdyby się tam zjawiła z Lawrence'em. Nie miałam siły oglądać tulących się do siebie par.

Taksówkarz nawijał dalej:

— Pierwszy raz wiozę kogoś z twojej okolicy w sukni balowej. Zwykle się tam nie zapuszczam. Za dużo ćpunów. Dawniej pracowałem w kwartale między centrum rozrywki a Walldon Estate, ale za wiele razy zarzygali mi samochód. Mieszkasz tam, tak? Odkąd zjechali się ci z Europy Wschodniej, zrobiło się znacznie gorzej. Teraz zabierają nam robotę na taksówkach. A ledwo taki gada po angielsku, nie mówiąc o znalezieniu adresu w Sandbury. Jakbyś potrzebowała podwózki, skarbie, zadzwoń koniecznie do mojej korporacji i poproś o Ronniego. Świetnie się tu orientuję, słowo.

I tak dalej. Wyjrzałam przez okno, zastanawiając się, czy pan Peters zauważył moją nieobecność. Wysłałam Clover esemesa, że pojechałam do siebie, wszystko dobrze, rano wrócę po dzieci. Oddzwoniła, kiedy wysiadałam. Mówiła szybko, podniecona i szczęśliwa. Spławiłam ją argumentem, że chcę, by miała dom dla siebie. Gdy usłyszała, że jestem bezpieczna, nie protestowała za bardzo.

Popatrzyłam na dom. Światła były zgaszone. Sypialnia po sąsiedzku była za to rozświetlona i dolatywały z niej ciche akordy Boba Marleya. Bzykankowy podkład Sandy. Cicho weszłam na ganek z sandałami i małą, błyszczącą torebką w dłoni. Otworzyłam drzwi. W środku panowała cisza. Stałam w korytarzu i nasłuchiwałam, patrząc, jak mój oddech tworzy w lodowatym powietrzu puszyste małe obłoczki. Włączyłam ogrzewanie i weszłam na palcach na piętro. Zawiesiłam suknię Clover na wieszaku, wciągnęłam na siebie stary dres i zabrałam się do roboty. Przyniosłam z kuchni worki na śmieci i załadowałam do nich na łapu-capu ubrania Colina, wkurzona, że marnowałam czas na prasowanie jego T-shirtów. Nieważne. Od teraz to problem Sandy. Do wora poszły przynoszące szczęście spodnie West Ham, koszulka Angielskiego Związku Piłkarskiego, bejsbolówka z logo „I'm forever blowing bubbles". Dorzuciłam stos zardzewiałych jednorazowych maszynek do golenia, rozczochraną szczoteczkę do zębów, wszystkie skarpetki, których od mojej wyprowadzki nie chciało mu się dobierać parami. Następnie małą tarczę do darta wygraną przez niego w lidze pubowej, stare egzemplarze „Racing Post", których nie chciało mu się wyrzucić, oraz wszystkie stare buty, bluzy i dziurawe dżinsy pleśniejące na dnie szafy.

W niecałą godzinę spakowałam go w parę czarnych worków na śmieci. Przeskoczyłam przez niski płotek do ogrodu Sandy. *No Woman, No Cry* sączyło się w ciemność. Jeden worek. Drugi worek. Stos badziewnych CD. Colinowa kolekcja DVD z gęsto padającymi trupami. Nadmuchiwany fotel do oglądania meczów. Wcisnęłam guzik dzwonka. Na piętrze coś upadło z łoskotem. Muzyka umilkła. Rozległ się piskliwy dyszkant Sandy. Burkliwa odpowiedź Colina. Ciężkie kroki na schodach. Jego głos, mrukliwy i agresywny:

— Kto tam?

Nie odpowiedziałam, stałam cierpliwie. Wiedziałam, że ciekawość zwycięży.

Klucz obrócił się w zamku. Colin, bez koszuli, w spodniach od dresu.

Cofnął się o krok.

— Maia!

— Rozumiem, że się wyprowadziłeś. Zapomniałeś zabrać część rzeczy, więc ci je spakowałam.

— Maia. — Jego usta się poruszały, ale z trudem wydobywał się z nich głos. — To nie tak, jak myślisz.

— A co myślę? Pijesz herbatkę u sąsiadki? Przepychasz kibel? Colin, daruj sobie. Tydzień temu słyszałam twój okrzyk „Gooool!". Niezbyt jesteś oryginalny, co? Niech Sandy bierze sobie i ciebie, i wszystkie twoje problemy.

— Nie możesz mnie tak po prostu wyrzucić.

— Patrz uważnie. — Uniosłam jego martensa i cisnęłam do korytarza. — Jesteś przeszłością, Colin. Historią. Teraz niech ona się męczy, gdy się będziesz zachowywał niczym osioł w rui. Możesz zaliczyć tyle goooooli, ile zechcesz.

— E! Zawsze mówiłaś, że jestem dobry w łóżku.

— Nie, to t y zawsze mówiłeś, że jesteś dobry w łóżku.

Ściągnął brwi, próbując wykombinować, czy to prawda. Potem zaczął się odgrażać.

— Nie możesz tak po prostu przyjść i mnie wywalić.

— Właśnie cię wywaliłam. A jeśli nie chcesz, bym doniosła, że pracujesz i jednocześnie bierzesz zasiłek, trzymaj się ode mnie z daleka. Nie zapominaj, że wiem, gdzie przechowujesz fanty, poczynając od odtwarzaczy DVD i komórek niepewnego pochodzenia. A wrobię nie tylko ciebie, wskażę palcem także twoich kumpli, więc jeśli nie dopadną cię gliny, pewnie zrobią to Duży Harry z Brunem.

Widziałam, jak jego mózg budzi się z letargu, gdy sobie wyobraził, jakich szkód mogę narobić.

Sandy ukazała się za nim w koronkowym szlafroczku, z papierosem zwisającym z ust. Powinna umierać ze strachu w swoich puszystych kapciach. Tymczasem jak to ona, wsparła się pod bok i wysunęła szczękę, jakby mówiła: „No, chodź tu".

Powinnam się na nią rzucić, oskarżyć o zniszczenie mojej rodziny, dodać kilka obelg, że jest szmatą i gównianą przyjaciółką. Nie potrafiłam jednak wykrzesać z siebie aż tyle energii. Czułam się, jakbym znalazła nową przystań dla sofy, której od dawna chciałam się pozbyć, i nie musiała się męczyć z jej wywożeniem na wysypisko. Najbardziej mnie zaskoczyło, że nie odczuwam złości, tylko rezygnację. Niewiele po dziewiętnastu latach ciężkiej harówki nad jednym facetem.

Wyjrzałam zza Colina.

— Zrobiłaś mi przysługę, skarbie. Jest twój. Nie chcę go z powrotem.

Położyła mu dłoń na ramieniu.

— Nigdy nie rozumiałam, na co się tak skarżysz.

— Daj sobie trochę czasu. — Odwróciłam się, by już odejść, lecz przystanęłam na chwilę. — Wyjaśnij mi tylko jedno, Colinie. Dlaczego chciałeś, żebym wróciła?

— Nie chciałem.

Poczułam lekkie bolesne ukłucie, jakby dźgnięcie widelcem. Zapewne z powodu urażonej dumy.

— Przecież właściwie mnie błagałeś.

— Dom jest na ciebie, tak? Przyszedł ten gość z zarządu komunalnego i zaczął się czepiać, bo zalegamy z czynszem, a ciebie nie ma. Powiedział, że jak się nie pojawisz w tym tygodniu, stracimy mieszkanie. Mają jakąś akcję. Nie pozwolą samotnemu facetowi zatrzymać czteropokojowego domu.

Kiwnęłam głową.

— Bogu dzięki! Już sądziłam, że pomyślałeś o kimś jeszcze oprócz siebie. To by było przerażające.

— Lepiej załatw sprawę z czynszem albo wracaj do tej całej Doniczki, twojej przyjaciółki z wyższych sfer. Moje dzieciaki muszą mieć dach nad głową.

Pierwsze, co mi wpadło w rękę, to kubek West Ham. Uderzył w poręcz z przyjemnym trzaskiem.

ROZDZIAŁ TRZYDZIESTY DRUGI

Ptaki zaczęły już śpiewać, nim zasnęłam. Gdy opadło podniecenie faktem, że pozbyłam się Colina na dobre, dotarło do mnie, że bojler nie działa. Dygocząc z zimna, całe wieki sterczałam na stołku, wciskając przycisk zapłonu, aż rozbolał mnie palec. Powlokłam się na piętro, rozmyślając, jak długo potrwa, zanim zarząd to naprawi.

Nie chciałam leżeć w łóżku, które dzieliłam z Colinem, na wypadek gdyby wcześniej zaprosił do niego Sandy. Położyłam się u Harleya i nakryłam wszystkimi kołdrami i śpiworami, jakie udało mi się znaleźć. Łóżko nie pachniało synkiem. Było wyziębione i niekochane jak reszta domu. Próbowałam myśleć o przyjemnych rzeczach, co zwykle doradzałam dzieciom, jeśli nie mogły zasnąć, ale mój skupiony na nieszczęściach mózg uczepił się Sereny i pana Petersa, aż podciągnęłam kolana do piersi i zwinęłam się w ciasną kulkę. Po chwili pojawiły się obrazy Lawrence'a w miłosnym uścisku z Jen1 i okropnego Howarda z jego smrodkiem. W krótkim przebłysku przemknęło upokorzenie przy serach, potem znowu pojawił się Colin, i Sandy mająca głęboko w nosie to, że sprzątnęła mojego faceta, aż w końcu zatonęłam w czarnej mazi myśli o przyszłości.

Naprawdę zamierzałam tu mieszkać z Bronte i Harleyem, chowając głowę pod poduszką, by nie słyszeć zza ściany Colina i Sandy? I co z dzieciakami? Gypsy i Denim w ogóle nie znali swoich ojców. Czy Colin zajmie się nimi? Bronte byłaby wściekła. Profesorka zmarszczyłaby nos. „Odrażające, Maiu. Absolutnie odrażające". Wyrecytowałaby jeden ze swoich ulubionych tekstów: „Stać cię na więcej, moja droga, na znacznie więcej. Taką uroczą młodą kobietę". Żałowałam, że nie mam jej po swojej stronie. Z jakiegoś powodu we mnie wierzyła. Płakałam, aż łzy pociekły mi do uszu, a poduszka przypominała mokry i stęchły ręcznik kąpielowy Harleya, tydzień za tygodniem gnijący w jego szkolnym plecaku.

Zatem gdy świat budził się wolno w sobotni poranek, ja wciąż spałam snem głębokim jak nigdy. Trochę trwało, zanim sobie uświadomiłam, że ktoś się dobija do drzwi frontowych, i jeszcze dłużej, nim poszłam sprawdzić, kto to. Jeśli Colin, to niech spada. Zdumiało mnie, że potraktował poważnie moje słowa i nie otworzył sobie własnym kluczem. Uchyliłam lekko drzwi i wyjrzałam. Facet w niebieskim kombinezonie pomachał mi podkładką.

— Dzień dobry, przepraszam, że przeszkadzam tak wcześnie. Ja w sprawie gazu.

— Och. — Skrzyżowałam ręce na piersi. — Proszę wybaczyć, że jestem w piżamie, spodziewałam się kogoś innego. Nie wiedziałam, że pracujecie w weekendy. Tak czy inaczej to cudownie, proszę wejść. — Machnęłam ręką. — Bojler jest w kuchni, tędy. Nie daje się zapalić. Jeden momencik, pójdę się przebrać.

Popędziłam na górę, pierwszy raz od dłuższego czasu myśląc życzliwie o Colinie. Przynajmniej zadał sobie trud i zadzwonił do zarządu. Co pewnie oznaczało, że wyprowadzka go zaskoczyła. Doskonale.

Narzuciłam dżinsy oraz jakąś bluzę i pognałam z powrotem na parter. Spodziewałam się, że gość będzie majstrował przy bojlerze, tymczasem stał w kuchni, coś pisząc i rozglądając się, jakby oceniał rozmiary lokalu.

— Już go pan widział? I co pan powie?

Przystanęłam w wejściu w obawie, czy aby nie wpuściłam do domu kogoś, kto za chwilę poderżnie mi gardło. Prawdę mówiąc, gdy spojrzałam uważniej, nie dostrzegłam śladów naprawy. Mężczyzna się obejrzał. Po jego twarzy przemknął wyraz współczucia. Wiedziałam już wszystko, zanim jeszcze się odezwał.

— Nie przyszedłem naprawić bojlera. Przysłała mnie firma gazownicza, ponieważ nie płaci pani rachunków. — Zajrzał do notatek. — Od listopada zeszłego roku.

Postukał w swój identyfikator, w razie gdybym zaczęła protestować.

Tak długo udawałam cioteczną babkę Immaculadę i trenowałam niedorzeczny hiszpański akcent, by uniknąć telefonów od ludzi, którym byliśmy winni pieniądze, a w kluczowym momencie otwarłam drzwi jednemu z nich i niemal podsunęłam mu wózek do wywiezienia naszych gratów. Spuściłam wzrok na swoje stopy. Dwa jaskrawoczerwone paznokcie odcinały się od trzech, których nie pomalowałam, podczas moich pośpiesznych przygotowań na bal poprzedniego wieczoru. Czekałam.

Mężczyzna poruszył ramieniem, jakby przygniótł je sobie podczas snu.

— Wie pani, ile jesteście winni?

Chciałam się wytłumaczyć. Powiedzieć, że mnie tu nie było. Że Colin nie ma pracy. Że mnóstwo środków pochłania szkoła. Ale co go obchodziło, że pieniądze na rachunek za gaz poszły na nowe adidasy Harleya, bo musiały być zupełnie białe, a nie białe z czarnymi paskami, w jakich go posłałam. Albo że wydałam piętnaście funtów na ogromny słownik angielsko-francuski dla Bronte, kolejne cztery na czekoladki Ferrero Rocher, których zażądała z okazji Dnia Włoskiego, i jeszcze kilka na neonowe sznurówki z okazji Piątku w Dziwacznym Obuwiu.

— Nie jestem pewna.

Przerzucił stronę.

— Sto dziewięćdziesiąt siedem funtów i dwadzieścia trzy pensy.

Ogarnęła mnie panika. Na dnie jednej z szuflad u Clover schowałam dziewięćdziesiąt pięć funtów zwiniętych w rulonik i obwiązanych gumką. Zapas na czarną godzinę.

— Nie mogę zapłacić. Nie mam tyle pieniędzy. — Pomyślałam o Colinie, który całą zimę wylegiwał się na sofie i podjadał delicje przy ogrzewaniu podkręconym tak, że można by hodować orchidee. — Mogłabym spłacać dług w ratach co miesiąc?

— Mogłaby pani. Ale z gazowni wysłano tyle listów i dzwoniono bez skutku tyle razy, że stracili cierpliwość. — Wzruszył ramionami.

— Dzieci wracają dzisiaj do domu. Nie możemy żyć bez ogrzewania. Kuchenkę też mam na gaz. Muszę gotować.

— Przykro mi. Jeśli nie zgodzi się pani na instalację licznika przedpłatowego, doładowywanego kartą, całkowicie odetnę gaz.

Oczyma duszy zobaczyłam, jak limit kończy się w trakcie gotowania kolacji. Te niezliczone lodowate prysznice, ogrzewanie wyłączające się wieczorem, kiedy nie ma gdzie doładować karty. To był następny szczebel w dół na drabinie społecznej. Kolejne potwierdzenie, że jesteśmy rodziną żyjącą z zasiłku. Wyobraziłam sobie wytwornych kolegów Harleya czekających, aż pobiegnę doładować kartę do sklepiku na rogu, by im odgrzać fasolkę z puszki. Na sto procent prąd będzie następny. Facet stukał długopisem, dając mi do zrozumienia: „Skończmy wreszcie ten cyrk".

Uniosłam rękę.

— Proszę mi dać jedną minutkę, dobrze? Muszę porozmawiać z mężem.

Użycie słowa „mąż" wydawało się znacznie prostsze niż tłumaczenie, że chodzi o przegranego faceta, który nigdy się ze mną nie ożenił, a obecnie żyje na kocią łapę z laską z sąsiedztwa. Wybiegłam z domu i począłapałam ścieżką w roboczych butach Colina, które przeoczyłam we wczorajszym szale pakowania. Zabębniłam w drzwi Sandy i krzyknęłam przez szparę na listy.

— Colin! Colin! Colin!

Uchyliło się okno sypialni i bardzo rozczochrany „mąż" wystawił przez nie głowę.

— Czego? Jasna cholera, Maia. O co ten jazgot z samego rana?

— Wybacz, że cię odciągam od ślicznotki, z którą bawisz się w dom, ale mam tu gościa z gazowni. Chce zainstalować licznik przedpłatowy, inaczej odetną nam gaz. Wisimy im prawie dwieście funtów.

— Co się na mnie gapisz? Nie mam ani pensa.

— Nie obchodzi cię, że twoje dzieci będą mieszkać w domu bez ogrzewania, gorącej wody i możliwości ugotowania czegokolwiek? To nie tylko mój obowiązek. Mogłeś zapłacić część ze swojego zasiłku. Mogłeś pod moją nieobecność otworzyć choćby jedną kopertę albo, puśćmy wodze wyobraźni, ruszyć swój tłusty tyłek i trochę energiczniej rozejrzeć się za robotą. Potrafisz tylko powiedzieć: „Co się na mnie gapisz?!".

Krzyczałam tak głośno, aż wibrowało mi gardło.

Sposępniał. Sandy na niego zawołała, ale nie dosłyszałam, o co jej chodziło.

— To nie zmienia faktu, że forsy nie mam. Czekaj chwilę.

Zniknął z widoku. Usłyszałam zmieszane odgłosy jego burkliwych utyskiwań i urywanych, piskliwych odpowiedzi Sandy.

Jego głowa ukazała się ponownie.

— Mogę ci dać czterdzieści funtów. To wszystko.

— Hura, kurde, hura. Potrzebuję ich teraz, facet czeka za ścianą z kluczem francuskim.

Colin tylko prychnął. Kilka minut później pojawił się jednak w drzwiach w bokserkach, z brzuchem zwisającym nad gumką niczym piegowaty balon. Wcisnął mi plik wymiętych pięciofuntówek, monetę funtową i stos dwupensówek.

— Wspaniale. Już nas uważa za menelstwo, a teraz będę stała i odliczała: osiemnaście, dwadzieścia, dwadzieścia dwa.

Podrapał się po brzuchu. Paznokcie zapuszczane do gry na gitarze, której nigdy nie dotykał, zaskrobały o skórę.

— A ta twoja arystokratyczna przyjaciółka? Nie możesz jej skubnąć na małą pożyczkę?

Słysząc, że w ogóle ośmielił się wspomnieć o Clover, miałam ochotę walnąć go kijem bejsbolowym. Sandy zasłużyła na moje podziękowania, a nie wściekłość. Zrobię, co w mojej mocy, by nie wrócił do mnie za żadne skarby. Nigdy. Nie zadał sobie nawet tyle trudu, by przejść dwa kroki i upewnić się, że w domu za ścianą, gdzie mają mieszkać jego dzieci, działa ogrzewanie. Kochał je, ale nie tak bardzo jak siebie.

— Może byś podziękowała — rzucił.

Zignorowałam go i odmaszerowałam do faceta z gazowni, nadal czekającego w kuchni.

Wyciągnęłam rękę.

— Mogę panu dać teraz czterdzieści funtów.

— Przykro mi. Nie jestem upoważniony, by je przyjąć. Proszę mi pozwolić zainstalować licznik. Ma wprowadzoną wysokość długu i potrąca co tydzień ustaloną sumę.

Nie mogłam dłużej protestować. Czułam, jakby w płucach zostało mi za mało powietrza, bym mogła wydobyć donośny głos. Rozważyłam dostępne opcje. Clover. Pan Peters. Licznik. Wystawanie w kolejce w sklepiku na rogu, by doładować kartę, wydawało się mniej upokarzające, niż żebranie przez telefon.

— Okej, licznik.

Skinął głową.

— Tak będzie lepiej, serio. Niektórzy twierdzą, że nigdy z niego nie zrezygnują, nawet jeśli z początku go nie chcieli. Pomoże pani oszczędzać.

Wysłałam Clover esemesa, że spóźnię się po dzieci, i dostałam w odpowiedzi wiadomość z mnóstwem uśmiechniętych buziek. Włożyłam największy sweter, zebrałam koperty piętrzące się na kredensie i rozłożyłam w kupkach na podłodze saloniku. Gaz, prąd, telefon, podatek miejski. Wszystkie czerwone, oficjalne i groźne. Otwierając je kolejno, zamykałam oczy i zakładałam się sama ze sobą, jak bardzo zła okaże się sytuacja. Jeśli zalegamy za prąd mniej niż sto pięćdziesiąt funtów, jest dobrze. Ponad dwieście — tragicznie. Poniżej czterdziestu funtów za telefon, okej. Powyżej osiemdziesięciu pięciu, katastrofa. Suma za każdym razem okazywała się wyższa, niż obstawiałam. Obliczyłam, że jesteśmy winni osiemset dwadzieścia pięć funtów plus obciążenie na karcie kredytowej Colina — ponad tysiąc pięćset funtów. Nawet nie wiedziałam, że ma kartę. Sympatyczny drobny upominek dla Sandy na dzień dobry.

Zastanawiałam się, jak bardzo zdesperowani są ludzie, kiedy pada ich biznes wart miliony. Myśli wirowały mi w głowie. A jeśli odbiorą mi dzieci, bo nie będzie mnie stać na ich utrzymanie? A jeśli nas eksmitują? A jeśli ostatecznie zamieszkamy wszyscy razem u Sandy, z Colinem władającym jak sułtan swoim haremem? A jeśli będziemy musieli się przenieść do przyczepy kempingowej? Wyciągnęłam się na plecach na podłodze. Na miłość boską! Ja i moje wielkie marzenia o dzieciakach wyrażających się pięknie i wkuwających łacinę. Albo o uzyskaniu dyplomu Uniwersytetu Otwartego. Śmiechu warte! Profesorka nazwałaby to urojeniem wielkościowym. Pozwoliłam, by łzy płynęły mi po twarzy. Nie dbałam, co sobie pomyśli gość od gazu albo ktokolwiek inny. Przez swoje durne decyzje zasłużyłam, by wszyscy mną pogardzali.

Została jedna koperta, która nie wyglądała na rachunek. Odręcznie zaadresowana niebieskim atramentem. Spojrzałam na znaczek. Sandbury. Zatliła się w mnie nadzieja, że napisał do mnie pan Peters, ale przecież nie zrobiłby tego, wiedząc, że Colin może otworzyć list. Nie napisałby do mnie, kropka.

Zebrałam siły na kolejną okropność, o której jeszcze nie pomyślałam. Wyjęłam pojedynczą kartkę z czerwonym nagłówkiem prawników profesorki, Harrisona & Harrolda.

Szanowna Pani Etxeleku,
otrzymaliśmy ze Stirling Hall pismo dotyczące dalszej edukacji Bronte Caudwell i Harleya Caudwella. Z chęcią omówilibyśmy z Panią tę kwestię, dlatego proponujemy spotkanie w naszej kancelarii w poniedziałek 24 marca o 10.00. Będziemy Pani oczekiwać, o ile nie powiadomi nas Pani o swojej nieobecności.
Z wyrazami szacunku,
Peter J. Harrison

Za dwa dni będę musiała usiąść przed panem Harrisonem i przyznać oficjalnie, że jestem zerem. Przekręciłam się na brzuch, oparłam głowę na rękach i łkałam, aż rozbolało mnie gardło.

ROZDZIAŁ TRZYDZIESTY TRZECI

Zadzwoniłam do Clover, by jej zreferować sytuację z Colinem. Przysięgam, usłyszałam, jak klasnęła, chociaż powiedziała to, co należało w tej sytuacji powiedzieć, i obiecała przywieźć dzieci.

Kiedy się zjawili, Harley popędził do środka, jakby to była luksusowa willa w Hiszpanii, którą może eksplorować do woli. Bronte stała nadąsana u mojego boku, gdy gawędziłam na progu z przyjaciółką. Zaprosiłam ją do środka.

— Nie, skarbie, nie będę się narzucać, z pewnością chcesz o wszystkim powiedzieć dzieciom — oświadczyła niezbyt dyskretnie.

Owszem, właśnie taki miałam zamiar.

— A u ciebie wszystko w porządku? — spytałam, wiedząc, że zrozumie, że chodzi o Lawrence'a.

Posłała mi tak uszczęśliwiony uśmiech, że aż ścisnęło mnie w brzuchu na myśl o tym, że powinnam jej powiedzieć o Jen1. Przynajmniej ja bym wolała, żeby ktoś mi powiedział.

— Przegadaliśmy mnóstwo czasu. Zaczynam rozumieć wiele rzeczy.

Nie wyglądało, jakby jedną z tych rzeczy było całowanie się z inną kobietą. Spojrzała na Bronte.

— Nieważne, wkrótce nadrobimy zaległości. Zajmij się dziećmi.

Podała mi torby z ubraniami. Podziękowałam i uścisnęłam ją z wszystkich sił. Ja przynajmniej wiedziałam, że tatuś moich dzieciaków to nic niewarty dupek. Ją dopiero czekało to odkrycie. Pomachałam jej na pożegnanie.

— Gdzie tato? — spytała Bronte.

— W tej chwili w sąsiednim domu.

— U Sandy? Znowu montuje jej regał w sypialni?

— Regał? — zdziwiłam się.

— No, Gypsy mówił, że tato ciągle skręca regał u Sandy.

Nigdy nie widziałam, by Colin zawiesił choćby półkę. Dla wszystkich będzie lepiej, jeśli dzieci uwierzą, że nagle odkrył w sobie talent do majsterkowania.

— Powiem mu, że wróciliście. Nie mógł się doczekać, by was zobaczyć.

Córka zmarszczyła czoło, próbując zrozumieć, co jest grane, więc pobiegłam do Sandy. Zobaczyłam Colina siedzącego przy małym stole kuchennym, moczącego ciastka w herbacie i zaśmiewającego się z Gypsym i Denimem. Zaskoczyło mnie, jak bardzo mnie to zabolało. Nie sądziłam, że może mnie dotknąć cokolwiek, co ma z nim związek. Zabębniłam w okno. Sandy spojrzała na mnie ponuro, ale dzieciaki mi pomachały, a Colin natychmiast stanął w drzwiach.

— Widziałem, jak wysiadały z samochodu. Mogę wpaść?

Agresja gdzieś się ulotniła, a w jej miejsce zjawiło się coś łagodniejszego.

Bronte w podskokach nadbiegła ścieżką. Podrzucił ją wysoko w powietrze, pocałował i okręcił wokół siebie.

— Jak się ma moja mała księżniczka? Czyli dalej rozmawiasz ze swoim starym tatą, nie zaczęłaś zadzierać nosa? Dobrze cię tam karmili? Urosłaś z piętnaście centymetrów.

— Lepiej wejdź do domu. Harley też chce się przywitać. — Starałam się nie zabrzmieć zbyt oskarżycielsko.

Wszedł do korytarza i zatarł ręce.

— Kurde, zimno tu, nie?

Poczułam, jak dłoń zaciska mi się do prawego sierpowego, którego się nauczyłam na bokserskich treningach z Trykiem.

Awantura w korytarzu nie byłaby dobrym początkiem rodzinnej debaty o nowych porządkach w kwestii zakwaterowania. Zostawiłam Colina huśtającego Bronte za kostki we frontowym saloniku i poszłam na górę poszukać Harleya. Wciśnięty między łóżko a szafę w swoim pokoju szukał kapci. Tak bardzo przywykłam go oglądać obijającego się po sypialni wystarczająco dużej, by w niej rozstawić tor do wyścigów samochodowych, że odniosłam wrażenie, jakby nasz dom się skurczył. Chwilę stałam zamyślona.

— Mamo, przestań sterczeć w drzwiach i tak na mnie patrzeć, to trochę straszne.

— Przepraszam. Próbuję się przyzwyczaić, że tu jesteśmy. Dziwnie cię widzieć w twojej malutkiej sypialni.

— Ja się cieszę, że wróciłem. — Wzruszył ramionami. — Podoba mi się, że znów mam wszystkie swoje rzeczy.

— Poważnie?

— No. Tylko nasza czwórka. Bliźniaczki trochę działały mi na nerwy całym tym głupim śpiewaniem i tańczeniem, układaniem włosów i przebierankami. Brakuje mi quada. I psów. I chyba trochę Oriona. Ale widuję go w szkole.

A właśnie. Wciąż nie powiedziałam im o Stirling Hall. Ale to mogło poczekać.

— Tato jest na dole — powiedziałam.

— Mhm, słyszałem go. Pomyślałem, że pozwolę Bronte przywitać się pierwszej, bo zaraz będzie jęczeć, że o niej zapomniał.

Lecz zbiegł na dół całkiem szybko i objął Colina, który zmierzwił mu włosy i poboksował się z nim na żarty. Darowałam sobie wredną uwagę: „Mam nadzieję, iż Sandy jest warta tego, by porzucić dla niej rodzinę", i poszłam zrobić herbatę. Dzieciaki zasługiwały na parę minut z ojcem — ostatnich kilka szczęśliwych chwil, zanim wysadzimy ich życie w powietrze.

Przed powrotem do saloniku wzięłam głęboki oddech. Natychmiast zorientowałam się, że Colin już zdążył zniszczyć im kawałek dzieciństwa. Bronte siedziała na jego kolanach, ssąc kciuk. Harley stał z wielkimi oczami, jakby oczekiwał, że wszystkiemu zaprzeczę. Żadne nie płakało, co odebrałam jako presję, by udawać, że to cudowny dzień, świetny nowy początek dla nas wszystkich.

— Czy on będzie teraz tatą też Gypsy'ego i Denima, mamo? — spytała Bronte.

— Zawsze zostanie waszym ojcem, twoim i Harleya. To znaczy będzie u nich mieszkał, więc zacznie spędzać trochę czasu z Gypsym i Denimem, bo wszyscy będą w tym samym domu. Będziecie go widywać cały czas. Przeprowadzi się tylko za ścianę.

Ufałam, że brzmi to jak świetne rozwiązanie.

— Więc Sandy zostanie naszą mamą? Przeprowadzimy się do niej? — dołączył Harley, jak zwykle z idealnym wyczuciem chwili.

— Nie!

Wiedziałam, że krzyczę. Ściszyłam głos do normalniejszego tonu.

— Nie, nie będzie waszą mamą, bo ja tu jestem i nic nigdy tego nie zmieni. Dalej będziecie mieszkać ze mną, w tym domu, i będę się wami zajmować i opiekować. — Skrzyżowałam ręce na piersi, żeby się nie trzęsły.

Harley się uśmiechnął.

— To dobrze. Wcale jej nie lubię. Zawsze wygląda, jakby była niedomyta. A w jej łazience dziwnie pachnie.

Posłałam Colinowi swoją najlepszą minę pod tytułem: „A nie mówiłam?". Wbił wzrok w podłogę.

— Każdy żyje po swojemu, ale spróbujmy się wszyscy jakoś dogadać — powiedziałam.

Jezu, niedługo zacznę nadawać o poszanowaniu różnorodności niczym cholerna broszura ze Stirling Hall.

— Spędzimy Boże Narodzenie wszyscy razem? I dostaniemy dwa razy więcej prezentów, jak Suki z mojej klasy? Jej rodzice są rozwiedzeni, więc dostała na gwiazdkę konsolę Wii i PlayStation — powiedziała Bronte.

— Mama i tato nie mają ślubu, głupia, więc się nie rozwiodą. Łyyy! — Harley wykrzywił się do siostry.

Uśmiechnęłam się, a raczej rozciągnęłam skórę na twarzy, ale chyba uspokoiłam córkę.

— Coś wymyślimy. Nie martwcie się.

Spojrzałam na Colina, który skrobał wytarty welur na sofie. Jak zwykle wymierzył zabójczy cios, a potem zostawił mnie samą, żebym pozbierała skorupy, i siedział z rozdziawioną gębą, jakby trafił do saloniku przypadkiem.

— Dlaczego tato woli mieszkać z Sandy i jej dzieciakami zamiast z nami?

Bronte zdołała zadać to pytanie w taki sposób, jakby z jakiegoś powodu była to moja wina.

— Colin? Chyba ty powinieneś jej odpowiedzieć.

Miałam ochotę dźgnąć go w oko śrubokrętem, którego nie użył do skręcenia regału.

Potarł dolną wargę.

— Wasza mama i ja... jak mi się zdaje, właściwie nie układało nam się ostatnio najlepiej. Poznaliśmy się dawno temu, a ludzie tak jakby się zmieniają, kiedy mają dzieci i tak dalej.

Siedziały, gapiąc się na niego. Najwyraźniej uważał, że udzielił już wyjaśnienia.

— Czyli to nasza wina? — w głosie Harleya dosłyszałam niepewność.

Przyciągnęłam go do siebie i pogładziłam go po włosach.

— Oczywiście, że nie. Nic podobnego. Nawet tak nie myśl. Ty i Bronte jesteście najlepszym, co przytrafiło się w życiu mnie i tacie. Nie, rozstajemy się, bo już się nie kochamy i tato teraz kocha Sandy. Ale oboje w dalszym ciągu bardzo, bardzo kochamy was oboje i zawsze będziemy kochać, i jesteśmy bardzo szczęśliwi, że was mamy.

Colin kiwał do wtóru głową. Bronte przylgnęła do niego mocniej. Harley patrzył na mnie, jakby oczekiwał jakiejś głębokiej mądrości, dzięki której cały ten chaos zniknie. Nikt się nie odzywał. Mięśnie mojej twarzy zadrgały. Wstrzymałam oddech, ale na próżno. Moje usta się wygięły i wyrwało się z nich kilka cichych prychnięć. Mocniej ściągnęłam wargi, zacisnęłam zęby.

— Dlaczego się śmiejesz, mamo? — spytał Harley.

Było to doskonałe pytanie.

ROZDZIAŁ TRZYDZIESTY CZWARTY

Clover promieniała, kiedy ją zobaczyłam, odwożąc dzieci do szkoły. Z zaróżowionymi policzkami pod niebieską czapką z pomponem czaiła się na mnie przy vanie. Pomachałam jej z daleka, odsuwając moment, kiedy będę musiała się zmierzyć z jej szczęściem. Albo je zniszczyć. Patrzyłam, jak przygarbiona Bronte wlecze się do szkoły. Trudno stwierdzić, czy unieszczęśliwiło ją odejście Colina, bo rankami i tak zwykle bywała strasznie zdołowana — stanowczo zaliczała się do „monosylabicznej młodzieży", na którą narzekała profesorka — ale dzisiaj wyglądała na jeszcze bledszą niż normalnie. Gdy się upewniłam, że zniknęła w budynku, zmusiłam się do uśmiechu i podeszłam do Clover. Jej radość napełniała mnie przerażeniem. Jeśli to schrzanię, nasza przyjaźń pójdzie się bujać.

— Co słychać?

Wypatrywałam w jej twarzy najmniejszego cienia wątpliwości; wskazówki, że nie wszystko jest idealnie. Ale widziałam tylko promienny blask słońca. Oparłam się o vana i słuchałam, gdy relacjonowała mi sytuację z Lawrence'em.

— Zwolnili go z pracy. Zamierzał mi powiedzieć tamtego wieczoru, ale Orion wybił okno rowerem i Lawrence po prostu stracił panowanie nad sobą. Biedak zamartwiał się zupełnie sam. Mężczyźni są pod tym względem dziwni, prawda? Zdefiniowani przez karierę. To doprawdy absurdalne. To znaczy czytasz o facetach wkładających garnitur i udających, że idą do pracy, ale nie przyjdzie ci do głowy, że to będzie twój mąż. Poczułam się okropnie, że nie umiał ze mną szczerze porozmawiać.

Wróciła cała energia, którą w niej dostrzegłam, gdy się poznałyśmy: trochę zbyt szybki sposób mówienia, gejzery przekleństw, wymachiwanie rękami na wszystkie strony. Wzięła oddech.

— Przepraszam, chcę teraz posłuchać o tobie i Colinie. Jestem taką egoistką.

Pokręciłam przecząco głową, i znowu zaczęła paplać:

— W każdym razie postanowiliśmy, że będzie zarabiał, ucząc muzyki. Na początek w domu.

Na moich wargach drżały słowa: „Ale on się całował z Jen1". Zdobyłam się jednak tylko na rzeczowe pytanie:

— Powiedział ci, gdzie mieszkał?

— To jest w tym wszystkim najzabawniejsze. Dobrze wiesz, że nigdy nie lubił Jennifer. Ale Leo nalegał, żeby Lawrence nocował w ogrodowym domku obok domu. Bóg wie, jak zdołał do tego przekonać żonę. Lawrence twierdzi, że powitała go bardzo serdecznie.

Jasne, założę się, że cholernie serdecznie. Clover paplała dalej:

— Ale muszę przyznać, że trochę mi głupio, że rozmawiała ze mną o Lawrensie, a on cały czas mieszkał u niej w ogrodzie. Nie obeszło się bez rzucania mięsem. Wyszłam, kurwa, na idiotkę. Ale potem zaciągnął mnie do łóżka i cóż, wybaczyłam mu. — Zachichotała zawstydzona. — Przepraszam, zbyt wiele szczegółów. Lawrence poprosił Jennifer, by nikomu nie zdradziła, że u nich zamieszkał. Co, jak sądzę, dowodzi, że w jakiś pokrętny sposób jest całkiem godna zaufania.

Tego było już za wiele... Kątem oka zobaczyłam mitsubishi Jen1 zjeżdżające z podjazdu pomiędzy BMW X5 Venetii a staroświeckim MG Frederiki. Zaparkowała kawałek przed nami i podeszła z torebką w ręce.

— Maiu, cieszę się, że cię widzę. Chciałam ci to oddać. Hugo ma już książkę, którą mu kupiłaś na urodziny, więc pomyślałam, że mogłabyś ją wziąć z powrotem i wymienić na coś innego, jeśli zachowałaś paragon. Przykro mi, ale Hugo naprawdę wspomniał Harleyowi, że ma całą trylogię. Harley zapewne nie wiedział, co znaczy słowo „trylogia". Jakaś powieść Tolkiena byłaby cudowna, ale *Hobbita* już czytał.

Musiałam otworzyć usta. Wyciągnęłam rękę po torbę. Nawet Clover oniemiała, kiedy Jen1 rozpromieniła się w jednym ze swoich z uśmiechów rozciągających policzki, lecz nie sięgających oczu.

— Muszę lecieć — zakończyła. — Jadę do Londynu zrobić sobie paznokcie, a powinnam zatankować.

Patrzyłam za nią, gdy odchodziła. Clover pokręciła głową i skomentowała:

— Potrafi być tak kurewsko chamska. Nie wiem, po co to robi. Z pewnością ma dobre serce, ale nie myśli, zanim otworzy usta.

Mało nie ruszyłam gazem za Jen1. Nie mogłam słuchać, jak Clover rozstrzyga wątpliwości na korzyść baby, która podłożyła jej świnię. Spojrzałam na zegarek.

— Cholera, zapomniałam, że mam dzisiaj rano spotkanie z prawnikiem. Lepiej będę się zwijać.

W ślad za Clover wyjechałam z podjazdu. Skręciła w prawo do SD2, ja ruszyłam na lewo do obleśnej SD1. Mijając stację benzynową BP, zobaczyłam Jen1 napełniającą bak. Migacz vana pracował w równym rytmie z moim walącym sercem. Zaparkowałam i podeszłam do niej.

Przybrała minę świętego Franciszka rozmawiającego ze zwierzętami.

— Maia. Witaj.

— Od jak dawna romansujesz z Lawrence'em?

Patrzyłam wprost na nią, czekając, że może się wzdrygnie albo zdradzi w jakikolwiek inny sposób.

— Z Lawrence'em?

Nie odwróciła wzroku, ale rzeczywiście wyglądało na to, że się zastanawia. Odgrywała tę rolę tak długo, że nie pozwoli się łatwo zdemaskować.

— Tak, z Lawrence'em, no wiesz, mężem Clover, z którym ona rozpaczliwie chce się pogodzić. Z tym, który w piątek wieczorem wyśpiewywał ze sceny miłosne kawałki, by jej zawrócić w głowie, a jednocześnie pieprzy ciebie.

Pokręciła głową.

— Co? Co? Nie romansuję z Lawrence'em.

— Ty podła kłamczucho. A odstawiasz życzliwą przyjaciółkę. Widziałam cię na monitoringu. W jego ramionach.

— Oszalałaś, Maiu. Nie wiesz, o czym mówisz. Lawrence jest tylko przyjacielem, bardzo bliskim przyjacielem, moim i Leo.

Oparła krótkie, cherlawe rączki na wąskich, cherlawych biodrach. Z wargami odsłaniającymi zęby wyglądała jak wściekły chihuahua.

— Słyszałam cię. „Nie wiem, co bym bez ciebie zrobiła, Lawrence".

Dźgałam palcem powietrze tuż przed jej twarzą. Zmieniałam się w Colina, ale w tym momencie mnie to nie obchodziło.

— Jeśli jeszcze raz machniesz mi palcem przed nosem, to ci go złamię. A teraz wynoś się i daj mi spokojnie zatankować. Trudno się dziwić, że z taką matką Harley wierzy w rozwiązywanie problemów za pomocą pięści.

— Zostaw Harleya w spokoju. Zostaw go albo gorzko pożałujesz.

Z jakiegoś powodu nie byłam przygotowana na jej atak. Założyłam, że będzie mnie błagać, bym nikomu nie mówiła.

— Nie masz żadnego, najmniejszego powodu do zadzierania nosa. Gdybyś nie wyszła za Leo, dalej sprzedawałabyś kanapki z szynką przy Canary Wharf, więc przestań, cholera, udawać lepszą ode mnie.

Jej twarz pokryła się plamami. Nie sądziła, że o tym wiem. Wszyscy znali moje pochodzenie, natomiast Jen1 poświęciła życie, by ukryć swoje.

— Trzymaj się z daleka od Lawrence'a albo ze szczegółami opowiem Clover i Leo, co knujesz — zagroziłam.

Deszcz padał coraz mocniej, ale nie zamierzałam się chować pod dach.

Jen1, jak się zdaje, ochłonęła.

— Nic nie knuję. Lawrence otrzymał wypowiedzenie, ponieważ dział, którym kierował, zlikwidowano. Gdy go zwolniono, wpadł w taką wściekłość, że Leo w obawie, by nie zrobił czegoś głupiego, zaprosił go na kilka dni do naszego letniego domku.

— Dlaczego więc Clover nie mogła się o tym dowiedzieć? I z jakiego powodu przemykałaś chyłkiem, udając, że o niczym nie wiesz? — spytałam.

— Musiałam mu to przyrzec. Był w strasznym stanie. Codziennie spotykał się z terapeutą, by sobie wszystko ułożyć. Rodzina Clover zawsze uważała, że nie jest dla niej wystarczająco dobry. Nie potrafił sobie wyobrazić powrotu do branży finansowej, ale nie mógł znieść myśli, że uznają go za pasożyta.

Najwyraźniej Jen1 i Lawrence uzgodnili wersje. Ale mnie nie nabiorą tak, jak nabrali Clover.

— To bzdury. Kompletne bzdury. Widziałam was. Słyszałam was razem.

Jen1 zaczęła wlewać benzynę do baku. Pokrzykiwała do mnie przez ramię z miną, jakby zjadła spleśniały orzech brazylijski.

— I to ty masz być ta inteligentna? Przeanalizuj fakty, Maiu, zanim zaczniesz biegać wkoło, oskarżając ludzi o rzeczy, których nie zrobili. Leo też miał stracić pracę, ale ponieważ Lawrence zarekomendował go osobie przeprowadzającej łączenie działów, dostał awans. Więc za to mu dziękowałam. Spędziliśmy niejedną bezsenną noc. Martwiłam się, że będziemy musieli sprzedać chatę narciarską i może także dom tutaj.

— Byle nie chatę narciarską. Jak byście przetrwali bez własnego kąta w St. Moritz?

Mój gniew nie mijał. Przypominał konia wyścigowego biorącego kolejne przeszkody, chociaż dżokej już dawno spadł. Pod wpływem paniki stałam się superwredna. Nie chciałam jej wierzyć. A jednak — choć ze swoim francuskim manikiurem, przedłużanymi włosami i dyrdymałami o ekologicznych wypiekach stanowiła kwintesencję fałszu — moje przekonanie o jej winie się zachwiało. Wciąż jednak nie mogłam znaleźć wstecznego biegu, nie mówiąc o hamulcu.

— Zawsze dziękujesz facetom, rzucając im się w ramiona?

— Nie zrozumiesz tego, Maiu. To typowe zachowanie klasy średniej. Lubimy się przytulać i całować. Przedstawiciele warstwy robotniczej niezbyt się do tego palą.

Pomyślałam o Colinie, kolesiach z Klubu Robotnika, młodych facetach z naszej dzielnicy. Nikogo nie witali głupim pocałunkiem w policzek. Skinienie, być może krótkie „Jak leci?" z rękami w kieszeniach. Gdyby jakaś kobieta rzuciła im się na szyję, nie mając dobrego powodu, uznaliby, że „sama się prosi". Nie zamierzałam odpuścić.

— Masz rację. Skąd miałabym znać zwyczaje klasy średniej? Ale z drugiej strony, jak ty miałabyś się w nich orientować?

W tym momencie się doigrałam. Wymierzyła mi solidny policzek. Potarłam twarz.

— Widzisz? W głębi serca jesteś zwykłą jędzą z klasy robotniczej — stwierdziłam spokojnie. — Księżna z Dagenham. A może powinnam się do ciebie zwracać Piękna Pajero od marki twojego wozu? Wiesz, że „pajero" po hiszpańsku znaczy „palant", prawda?

Zdawałam sobie sprawę, że kilka zaskoczonych twarzy zerka w naszą stronę nad dachami samochodów. Spiorunowałam wzrokiem gościa wyciągającego szyję zza swojego BMW. Szybko odwrócił wzrok.

Jen1 wyszła z siebie. Włożyła pistolet od dystrybutora w uchwyt i zaczęła mnie popychać. Na określenie „klasa robotnicza" puściły jej wszelkie hamulce.

— Odpieprz się! Odpieprz się, kurwa! No, śmiało, przywal mi. Ty nędzna krowo. Bóg wie, jakim cudem udało ci się wkręcić dzieciaki do Stirling Hall, ty pospolita mała zdziro.

— Tak samo jak tobie, Jenny. Im nie zależy na rodowodzie, tylko na forsie.

Poszturchiwanie przypomniało mi Colina, przekonanego, że może ze mną robić, co chce. Nie ośmieliłam się jej oddać, bo wypełniająca mnie furia była skierowana nie tylko przeciw niej, ale też przeciw niemu, Sandy, panu Petersowi. Pewnie potrafiłabym zepchnąć z drogi tira. Siedząc za kratkami za morderstwo, nie pomogłabym dzieciakom. Chwyciłam wiadro z płynem do mycia szyb i wylałam na nią, rozkoszując się dźwięcznym chlupotem oraz satysfakcjonującym pląśnięciem, z jakim rozprysnął się na ziemi, zmywając z Jen1 nieco makijażu i sporą część samozadowolenia.

Oniemiała kasjerka patrzyła przez wielką szybę na dwie dorosłe kobiety, jedną w bardzo mokrym płaszczu od Prady i przemoczonych uggsach, drugą w dżinsach z supermarketu, parce i kaloszach, obrzucające się wyzwiskami na zewnątrz. Strach, szok, pragnienie śmierci — nie wiem, co było przyczyną, ale drugi raz w ciągu ostatnich dwudziestu czterech godzin mało nie umarłam ze śmiechu.

Musiałam zmykać. Pan Harrison czekał. Ja przynajmniej nie musiałam wchodzić do budynku, by zapłacić za benzynę.

ROZDZIAŁ TRZYDZIESTY PIĄTY

Przed kancelarią poświęciłam chwilę na ocenę swojego wyglądu w lusterku wstecznym. W moich żyłach wciąż pulsował gniew, zabarwiony paniką, że być może wszystko źle zrozumiałam. Na lewym policzku widniał wyraźny ślad czterech palców. Włosy zwisały w mokrych, falujących strąkach. Miałam już dziesięć minut spóźnienia, więc nie było czasu na żadne rozpaczliwe korekty.

Recepcjonistka uśmiechnęła się, jakbym miała na sobie sweterek i perły, zerknęła do terminarza i wskazała w kierunku schodów.

— Oczekuje pani, proszę od razu wejść do gabinetu.

Wspinając się na piętro z przerażeniem w sercu, przypomniałam sobie dzień, kiedy Harley stłukł Hugona i siedzieliśmy przed panem Petersem w oczekiwaniu na wyrok co do naszego losu. Wydawało się, że to było tak dawno. Miałam wrażenie, jakbym od tamtej pory przeżyła całe dodatkowe życie. Zawahałam się na najwyższym stopniu, a potem ruszyłam do gabinetu pana Harrisona. Może mną gardzić do woli za pogrzebanie szansy, jaką było Stirling Hall. Założę się, że nie wraca do domu, zamartwiając się, czy nie odetną mu prądu albo czy komornik nie zajumał mu mikrofali. Dałam wyraz swoim bojowym myślom, pukając nieśmiało do drzwi.

— Proszę wejść.

Prawnik wstał, zaproponował, że weźmie ode mnie kurtkę, i odsunął mi krzesło. Wymamrotałam przeprosiny, że zjawiam się z opóźnieniem i ociekająca wodą. Zbył je uprzejmym machnięciem ręki i postawił na biurku duże pudło.

— A zatem, pani Etxeleku, jak się pani układa?

Clover miała rację. Rzeczywiście czułam żałosny respekt wobec ludzi mających władzę. Zdławiłam uprzejmą odpowiedź: „Mój partner dał dyla ze zdzirą zza ściany. Pokazałam dzieciakom lepsze życie, a teraz zamierzam je z powrotem wpakować w to gorsze. Nie mam ogrzewania i tkwię po koczek w długach. Właśnie wylałam wiadro błotnistej wody na jedną zapatrzoną we własny pępek egoistkę, a facet, którego chyba kocham, chociaż niezbyt się orientuję, co to miłość, kocha inną".

Zamiast tego odparłam:

— Nie będę w stanie utrzymać dzieci w Stirling Hall. Nie mogę sobie pozwolić na dodatkowe opłaty, mundurki, książki.

Złożył palce w piramidkę. Nienawidzę mężczyzn, którzy to robią. Zawsze są to mężczyźni. Ale pan Harrison nie drwił ze mnie. Prawdę mówiąc, wyglądał na całkiem przejętego.

— Otrzymałem wiadomość ze Stirling Hall. Jak rozumiem, dzieci mają odejść z końcem letniego semestru.

— Musiałam poinformować szkołę z wyprzedzeniem, a wiem, że czesne za kolejny i tak trzeba by opłacić, czy będą przychodzić na lekcje, czy nie. Nie chciałam marnować pieniędzy profesor Stainton, skoro tak jakby mi zaufała.

Skrzywiłam się i odpowiedziałam w duchu profesorce: „Tak, tak, wiem. «Tak jakby» oznacza, że nie jestem czegoś pewna". Prawie nigdy już tak nie mówiłam.

— Więc skończą następny semestr w szkole, jakoś będę musiała sobie poradzić. Chociaż nie wiem jak, szczerze mówiąc. Potem wrócą do Morlands, gdzie chodziły wcześniej.

— Zatem rozstrzygnęły względy finansowe? Pod każdym innym względem jest pani zadowolona ze szkoły? — zapytał.

— Uwielbiam ją. Dzieci naprawdę się w niej odnalazły i zrobiły ogromne postępy. — Odwróciłam wzrok. — Obserwowanie tego było cudowne.

Usłyszałam, jak głos więźnie mi w gardle.

Pan Harrison się uśmiechnął.

— Biblioteka pani profesor nie została jeszcze rozdysponowana. Sądzi pani, że może tam znaleźć coś przydatnego, co pomoże pani przetrwać kolejnych kilka miesięcy?

Serce zabiło mi szybciej. Profesorka miała mnóstwo klasyki: Austen, Dickensa, Oscara Wilde'a, Virginię Woolf. Co parę miesięcy zdejmowałam wszystkie tomy, by gruntownie odkurzyć półki. Zajmowało mi to całe wieki, bo nie mogłam się powstrzymać, by przed ich odłożeniem na miejsce nie przeczytać kilku stron. Zabiłabym, żeby mieć je na własność, ale nie mogłam udawać, że są dla dzieci. Bronte uwielbiała zbiór wierszy Lewisa Carrolla. Przed oczami stanęła mi wizja starszej pani siedzącej w fotelu i czytającej małej *Dżabbersmoka*. Harley zawsze błagał o *Łowy na Snarka*. Może to jej mimika, głos, gesty zaraziły go miłością do teatru.

— Nie może mi pan tak po prostu oddać jej książek. Co na to, czy ja wiem, jej krewni? Nie są zainteresowani? Z pewnością musiała je komuś zapisać?

Próbowałam sobie przypomnieć, czy wspominała o kimś oprócz syna Dominica, który zginął w wypadku samochodowym w Australii.

— Tak się składa, że profesor Stainton wyznaczyła mnie na wykonawcę testamentu, mogę więc panią zapewnić, że nie stanowi to problemu. Odpowiadałoby pani, gdybyśmy pojechali do domu pani profesor teraz? Wtedy mogłaby pani wybrać pozycje, które okażą się dla niej przydatne.

— Uwielbiałam jej bibliotekę, ale nie chcę zabierać nic, co należy do kogoś innego. Nie chcę mieć później żadnych kłopotów w związku z tym, że sprzątaczka dała nogę z pierwszymi wydaniami profesorki — odparłam.

— Zapewniam, że nie było nadmiaru chętnych na bibliotekę pani profesor. Możemy iść?

Pojechałam vanem za jego samochodem. Dom profesorki leżał z dala od moich zwykłych tras, więc nie byłam w okolicy od jej śmierci przed czterema miesiącami. Brama na początku długiego podjazdu była już otwarta. Wzeszły żonkile, urocze złote kępy usiały cały ogród. Tulipany — Rose Stainton uwielbiała tulipany — kiwały głowami w skrzynkach obok drzwi frontowych. Być może ci na górze utrzymali na posadzie ogrodnika, dopóki dom nie zostanie sprzedany. Pan Harrison zaparkował jaguara w miejscu, które uważałam za swoje, na niewielkim placyku pod wierzbą płaczącą, gdzie kilka lat wcześniej został pochowany Iago, ulubiony pudel profesorki.

Prawnik wyjął klucze i zaczął je przeglądać, szukając właściwych.

Wyciągnęłam rękę.

— Może ja to zrobię? Wiem, które pasują do zamków.

Podał mi cały pęk. Uświadomiłam sobie nagle, że po wejściu do środka nie zobaczę już pani profesor siedzącej w salonie z krzyżówkowym słownikiem Chambersa pod ręką. Kiedy drzwi otworzyły się ze szczęknięciem, kurz zatańczył w świetle sączącym się przez edwardiańskie okna wykuszowe. Przynajmniej dom tęsknił za moją obecnością. Sądziłam, że będzie pusty i wilgotny, ale okazał się ciepły i przytulny. Najwidoczniej bojler działał lepiej niż u mnie. Zaczekałam, by pan Harrison poprowadził mnie do biblioteki. Zawahał się w holu, wodząc wzrokiem od drzwi do drzwi.

— Tutaj — wskazałam ruchem głowy pierwsze, dębowe.

Przystanęłam na progu, gdy napłynęły wspomnienia: Rose Stainton wykrzykująca odpowiedzi w czasie oglądania teleturnieju *University Challenge*; przeklinająca swoje węźlaste, artretyczne palce, gdy uczyła Bronte robić na drutach; pokazująca Harleyowi zdjęcia swojego ojca, stojącego w goglach przy torze wyścigowym Brooklands w latach dwudziestych dwudziestego wieku. Na widok jej małych okularków w srebrnych oprawkach leżących na bocznym stoliku na egzemplarzu „Timesa" ścisnęło mi się serce. Zastanawiałam się, kto anulował prenumeratę gazet. Pan Harrison zakasłał za moimi plecami.

— Proszę śmiało wejść i przejrzeć książki. Zobaczyć, czy znajdzie pani coś interesującego. Muszę zabrać pewną rzecz z gabinetu pani profesor, więc zostawię panią tutaj.

Podeszłam do wbudowanych regałów ciągnących się od podłogi do sufitu po obu stronach pomieszczenia. Wyjęłam *Wielkie nadzieje*. Tom wydawał się solidny i gładki w mojej dłoni. Podniosłam go do twarzy. Uwielbiałam lekko stęchły zapach starości, woń tych wszystkich słów zestawionych w genialny sposób. Profesorka zawsze zachęcała, bym pożyczała od niej książki, ale tego nie robiłam. Nie mogłam znieść myśli, że Colin zostawi na którejś ślady kawy. Zamiast tego korzystałam z lokalnej biblioteki. Przesunęłam dłonią wzdłuż półki, aż znalazłam swój ulubiony tomik poezji w lśniącej srebrnej okładce. Nie pierwszy raz odczytałam dedykację.

„Do Matki, przepraszam, że nie mogę być z Tobą, ale będę o Tobie myślał z odległości tysięcy mil. Przeczytaj wiersz na s. 31. Tęsknię za Tobą! Pozdrawiam, Dominic. 15 sierpnia 1977".

Rok mojego urodzenia. Zastanawiałam się, kiedy zginął w wypadku. Zerknęłam na jego fotografię na gzymsie kominka — na zawsze dwudziestokilkuletniego, opalonego i uśmiechniętego, pozującego obok kangura. Pokręciłam głową, by odpędzić myśl, że Harley lub Bronte mogliby umrzeć przede mną, i z powrotem skupiłam uwagę na książce.

Otwarła się sama na stronie trzydziestej pierwszej. Uśmiechnęłam się, czytając i słysząc w myślach głos profesorki recytującej wiersz Jenny Joseph *Ostrzeżenie* o przeobrażaniu się w starą kobietę w fioletach, trwoniącą pieniądze na alkohol i eleganckie sandały. Niemal słyszałam jej ptasi chichot. Tęskniłam za nią.

Szybko zamknęłam tomik, kiedy w holu rozległy się kroki pana Harrisona. Powinnam wybierać tytuły, które chcę wziąć. A nawet nie poszukałam czegoś przydatnego dla dzieci. Harley wspominał, że przerabiają poetów z okresu pierwszej wojny światowej, w najdziwniejszych chwilach recytując: „If I should die, think only this of me"*. Rozejrzałam się po dolnej półce za antologią utworów Ruperta Brooke'a. I Szekspir. Z pewnością będą przerabiać Szekspira. Z dreszczem paniki zaczęłam wyjmować tragedie, potem komedie. Zbyt duży wybór. Nie chciałam się wydać pazerna, ale nie mogłam znieść myśli, że te piękne tomy zostaną spakowane do tekturowych pudeł i zostawione, by gniły na jakimś pełnym pająków strychu.

Obejrzałam się, kiedy pan Harrison wszedł do pomieszczenia.

— Przepraszam, jeszcze niezupełnie skończyłam. Za minutkę będę gotowa. Śpieszy się panu?

— Nie, wcale. Pani profesor zostawiła to dla pani.

Wyciągnął do mnie kopertę A4.

— Dla mnie?

---

* „O ile zginę, wiedzcie tylko o mnie" — cytat z wiersza Ruperta Brooke'a *The Soldier*, przeł. Aleksander Messing.

Wzięłam ją do ręki. Widniało na niej: „Amaia Etxeleku. Otworzyć pod koniec pierwszego semestru w Stirling Hall", skreślone schludnym, ozdobnym charakterem pisma starszej damy.

— Gdzie pan to znalazł?

Coś w moim wnętrzu zaprotestowało. Przerażały mnie te wszystkie historie o ludziach przemawiających zza grobu.

— W jej sejfie.

— Tutaj?

— Tak. Kilka dni przed śmiercią przesłała kopię do kancelarii. Oświadczyła bardzo wyraźnie, że pani ma otrzymać oryginał z sejfu.

Znowu miał puste spojrzenie dające do zrozumienia: „Nie widzę zła, nie słucham zła, nie mówię zła". Zastanawiałam się, ile razy po cichu przekazywał kochankom przedmioty zapisane im bez wiedzy żon.

— Wie pan, co jest w środku?

— Jako wykonawca jej ostatniej woli, w związku z poświadczaniem autentyczności testamentu, miałem dostęp do wszelkich dokumentów profesor Stainton.

Nie zamierzał mi podsuwać żadnych wskazówek.

Przechyliłam kopertę i poczułam, jak coś cięższego niż list przesuwa się na drugi koniec.

Moje palce niezgrabnie rozdarły ją przy otwieraniu. Plik fotografii, niektórych czarno-białych, innych kolorowych, wysunął się na podłogę. Uklękłam, by je pozbierać. Profesorka z małym Dominikiem w jednym z tych olbrzymich, staroświeckich wózków. Dominic i piękna ciemnowłosa dziewczyna przed... czyżby Big

Benem? Wyglądała na cudzoziemkę, ale w tle widać było londyński autobus. Ta sama para w tanecznej pozie, Dominic bardzo przystojny w smokingu. Kobieta nosiła jasnoczerwoną sukienkę maxi wiązaną na szyi; trochę podobną miała moja mama, kiedy byłam mała.

Mój wzrok przyciągnęły długie kolczyki ze złota i jadeitu. Wyglądały bardzo znajomo. To b y ł a mama.

— O co tu chodzi? Tu jest zdjęcie mojej matki. Z synem pani profesor.

— Może zechciałaby pani usiąść i przeczytać list? Wszystko wyjaśni. Życzy pani sobie, bym dotrzymał jej towarzystwa? Czy woli pani to zrobić w samotności? Decyzja należy do pani.

— Chyba chcę zostać sama.

Nie mogłam oderwać oczu od zdjęcia ukazującego ich w tańcu. Pasowali do siebie, jakby jakimś sposobem stopili się w jedno. Chemia między nimi aż biła ze sztywnej, małej polaroidowej fotki.

Pan Harrison wsunął pióro do wewnętrznej kieszeni i ruchem głowy wskazał samochód.

— Zaczekam na zewnątrz.

Gorączkowo przeglądałam fotografie na podłodze; palce miałam jak z drewna. Położyłam stosik na stoliku, delikatnie odsuwając na bok okulary pani profesor, a potem usiadłam w jej fotelu. Nie zrobiłam tego nigdy wcześniej. Wydawało mi się to niewłaściwe. Ale nie tak bardzo, jak ten przeklęty list przysłany przez nią kilka miesięcy po śmierci. Przetasowałam zdjęcia, aż natrafiłam na to z mamą, z ciemnymi włosami zwiniętymi w uroczy kok jak u gwiazdy kina lat pięćdziesiątych.

Oparłam je pionowo. Wyjęłam list, stwierdzając z zaskoczeniem, że liczy kilka kartek. Papier marki Basildon Bond. Naturalnie.

Droga Amaio,

niewątpliwie będzie to dla Ciebie wstrząsem, lecz mam szczerą nadzieję, że gdy znajdziesz czas, by przemyśleć wszystkie informacje, zyskasz klarowniejszą wizję zdarzeń, które doprowadziły do powstania niniejszego listu. Muszę dołożyć starań, by pisać tak jasno, jak to tylko możliwe, bowiem moim celem jest odpowiedzieć na wszelkie Twoje pytania bez względu na to, jak bolesna może się wydawać prawda. Z tego powodu muszę zacząć od samego początku.

Mój syn Dominic poznał Twoją Matkę Josune przed Twoim urodzeniem, kiedy pracowała jako gospodyni u rodziny Watsonów. Studiował w Charterhouse School z ich synem Robertem; byli bardzo bliskimi przyjaciółmi. Mówiąc najkrócej, Dominic zakochał się w Twojej Matce. Domyślam się, że z początku potraktowała go chłodno — była od niego trzy lata starsza i niezwykle dumna. Nigdy nie pozwoliłaby za siebie zapłacić, choć widać było, że nie jest zamożna. Dominic nie ustępował. Miał lat dwadzieścia jeden i był na ostatnim roku Cambridge. Zaczął przyjeżdżać do domu co weekend i zamiast wychodzić do miasta z przyjaciółmi, spędzał czas z Josune, która opiekowała się młodszymi braćmi Roberta. Był nią zauroczony.

Kiedy zrobił dyplom z ekonomii i znalazł pracę w jednym z londyńskich banków, uznaliśmy, że pozna jakąś dziewczynę z City i zapomni o Josune. Tymczasem po mniej więcej dwóch latach (teraz wydaje się to tak dawno), gdy awansował w banku, oświadczył, że chce poślubić Twoją Matkę. Muszę wyznać prawdę. Kochałam Twoją Matkę i choć nie tak sobie wyobrażałam przyszłą synową, widziałam, że są bardzo szczęśliwi. Miała dobre serce. Ogromnie ją podziwiałam. Była niezwykle zaradną kobietą. Wyemigrowała do Anglii i zdołała odmienić swoje życie.

Niniejszy fragment piszę ze wstydem, wiedząc, że Cię zranię. Proszę o bardzo wiele, lecz spróbuj wziąć pod uwagę, że wszystko to wydarzyło się blisko cztery dekady temu i czasy były wówczas inne. Herbert, mój mąż, uważał, że Dominic mógł trafić lepiej. Lubił Josune, ale nie wyleczyło go to z pewnej ksenofobii. Był dobrym człowiekiem, lecz o dość ograniczonych horyzontach. Całe lata przepracował jako dyrektor banku. Wszyscy jego znajomi, wszyscy członkowie naszego kręgu towarzyskiego byli białymi Anglikami z klasy średniej. Nie miał potrzeby się przekonać, że w realnym życiu bywa inaczej. Twoja matka była tak bezpośrednia, entuzjastyczna i towarzyska — sądzę, że niemal się jej bał. Podczas wizyt Josune chował się zwykle za fotel w salonie, aż zyskał absolutną pewność, że nie zamierza go ucałować.

Tak czy owak, dzięki swoim kontaktom załatwił Dominicowi przeniesienie do Commonwealth Bank w australijskim Sydney. Chłopak wpadł w furię i odmówił wyjazdu — Australia leżała na drugim końcu świata, była miejscem, dokąd się emigruje, by zobaczyć krewnych najwyżej raz czy dwa przed śmiercią. Nie istniały wtedy roczne urlopy. To było jak wyjazd na Księżyc.

Lecz Herbert perswadował, groził i kusił, aż w końcu przekonał Dominica, by się zgodził na roczny kontrakt. W ramach ustępstwa obiecał, że jeśli po powrocie syn nadal będzie chciał poślubić Josune, damy mu swoje błogosławieństwo.

Nie muszę Ci tłumaczyć, że Josune była zdruzgotana. Nie brakowało jej inteligencji. Mimo naszych argumentów, że są zbyt młodzi i Dominic powinien zdobyć większe doświadczenie lub zobaczyć kawałek świata, zdawała sobie sprawę, że oboje (czy raczej Herbert, lecz ja byłam zbyt słaba, by mu się sprzeciwić) jej nie akceptujemy i Herbert liczy, że w przyszłości odległość odmieni uczucia syna. Poczuła się zdradzona przez Dominica, ponieważ się nam nie sprzeciwił. Nie odprowadziła go na lotnisko, choć wiem, że potem pisywała do niego co tydzień, bo jej listy zostały nam zwrócone wraz z jego rzeczami. Dominic ze swojej strony wciąż o niej wspominał, dopytywał, czy się z nią widzieliśmy. Lecz nie utrzymywała z nami żadnego kontaktu. Upokorzyliśmy ją i nigdy nam tego nie wybaczyła.

Potarłam oczy. Mama przez całe życie musiała walczyć o każdy drobiazg. Może dlatego umarła młodo — zabrakło jej sił na największą bitwę, z rakiem. Pragnęłam, by była przy mnie i wszystko mi wyjaśniła. Wcale mnie nie zdziwiło, że z nimi nie rozmawiała. Cała ona. Potrafiłam sobie wyobrazić, jak oświadcza: „Myślą, że nie jestem dość dobra dla ich syna, więc oni nie są dość dobrzy dla mnie. Dlatego z nimi nie rozmawiam". Proste. Widziała świat tylko w dwóch kolorach — wszystko było albo czarne, albo białe. Było to tak w jej stylu, że prawie się uśmiechnęłam. Wzięłam głęboki oddech i odwróciłam stronę.

Przebywał tam zaledwie od pięciu miesięcy, kiedy otrzymaliśmy telefon z informacją, że zginął w wypadku samochodowym, w zupełnie banalnej stłuczce — ktoś źle ocenił prędkość przy wyprzedzaniu, a Dominic padł ofiarą jego błędu. Kierownik z banku zadzwonił o dwudziestej trzeciej w nocy 28 sierpnia 1977 roku. Pamiętam, jak przerywaliśmy sobie nawzajem z powodu opóźnienia czasowego. Nawet teraz, ponad trzydzieści sześć lat później, nie potrafię o tym myśleć, nie wyobrażając sobie tamtych słów podróżujących z drugiej półkuli, zawieszonych w czasie; mojego życia przez ułamek sekundy takiego jak dawniej, zanim do mnie dotarły.

Pismo stało się większe i bardziej nieporządne, jak gdyby wysiłek przelania tego wszystkiego na papier pozbawił sił biedną, starą kobietę. Nie mogłam zebrać myśli. Spojrzałam na jaguara pana Harrisona. Mężczyzna siedział na przednim fotelu, przerzucając strony „The Daily Telegraph", a tymczasem najważniejsze elementy mojego życia właśnie wylądowały w blenderze. Atrament zmienił się z czarnego na niebieski, jak gdyby profesorka wróciła do pisania po jakimś czasie.

Następnego dnia pojechałam się zobaczyć z Twoją Matką. Możliwe, że moje wspomnienia z tego spotkania są niesprawiedliwe, zabarwione moimi własnymi, niedającymi się opisać uczuciami. Jedyne, co zapamiętałam, to że wytknęła mnie palcem. Malowała paznokcie jasnoczerwonym lakierem; zdawało się, że nigdy nie odpryskiwał, nieważne jak ciężko pracowała w domu. Powtarzała raz po raz: Tiene usted la culpa, tiene usted la culpa *(To wasza wina. Wy. Wy. Wasza wina). I wyła, wyła jak stworzenie ogarnięte niewyobrażalnym cierpieniem. Ten dźwięk miał w sobie coś dzikiego. Była bardzo drobna, bardzo szczupła, ale kiedy wstała i wsparła się pod boki, zobaczyłam, że jest w ciąży. Wiedziałam, naturalnie wiedziałam, że to dziecko Dominica, ale w swojej rozpaczy stałam się niezręczna i popełniłam błąd, że o to zapytałam — szukając odrobiny pociechy, maleńkiej iskierki czegoś poza kompletnym zwątpieniem, której mogłabym się uchwycić. Nie miałam szans z Twoją Matką. Wypchnęła mnie za drzwi.*

Wspominałaś, że nie wiesz, kto jest Twoim ojcem. Odkąd u mnie pracujesz, dawno rozwiały się wszelkie wątpliwości, jakie mogłam żywić. Widzę Dominica w tym, jak unosisz lewą brew, kiedy coś Cię zdziwi. W tym, jak nawijasz włosy na palec wskazujący przy czytaniu. W Twoich ciętych obserwacjach na temat ludzkiej natury. W Twojej miłości do języka, do brzmienia słów. Pisząc to, zadaję sobie pytanie, czy to sprawiedliwe obarczać Cię tą wiedzą teraz, gdy wszyscy ludzie, którzy mogli Ci pomóc, odeszli — ja, Twoja Matka, Dominic, nawet Herbert. Jakże żałuję, że Dominic nie mógł Cię poznać. Wiem, że byłby bezmiernie, niewyobrażalnie dumny z cudownej młodej kobiety, jaką jesteś, i oczywiście z Twoich dzieci.

Mam tatę. Mam tatę. To puste miejsce w akcie urodzenia to był Dominic Stainton. Mam tatę z angielskim nazwiskiem. Stainton. Potoczyłam je na języku niczym pestkę wiśni. Amaia Stainton. Przerażająco stosowne. Zwalił mnie z nóg fakt, że jestem dzieckiem miłości, a nie przemocy, jak wnioskowałam z zaciętego milczenia mamy.

Sięgnęłam po jego zdjęcie w smokingu i przestudiowałam jego twarz. Czułam, że to nielojalne wobec mamy, ale chciałam dostrzec w nim siebie. Wpatrywałam się uważnie w jego rysy. Może usta, te pełne wargi. Wargi mamy były węższe, mniej wygięte. Trudno osądzić. Bardzo przypominał Bronte ze swymi szeroko rozstawionymi oczami o gęstych rzęsach. Mój tato, tu na zdjęciu, konkretny i realny, a nie jakiś gwiazdor rocka czy James Bond z mojej wyobraźni. Czytałam dalej, zmuszając się, by nie przeskakiwać linijek i nie zajrzeć na koniec.

Z pewnością zadajesz sobie pytanie dlaczego, dlaczego, na miłość boską, nie powiedziałam nic przed śmiercią? Chciałam, naturalnie. Obiecałam sobie, że to zrobię, kiedy tylko poznam Cię trochę lepiej i poczuję, że mi ufasz. Jak bywa w takich wypadkach, idealny moment wciąż nie nadchodził i podejrzewam, że nigdy nie nadejdzie. Umieram, moje serce stopniowo odmawia posłuszeństwa i nie mam sił do walki. Można zatem powiedzieć, że brak mi odwagi. Lecz boję się tego, że kiedy Cię odnalazłam, Ty też mogłabyś mnie odtrącić, poznawszy całą prawdę.

Jej pismo, schludne i równe na górze strony, niżej zbaczało opadającymi linijkami. Nie mogłam znieść myśli, ile trudu kosztowało ją napisanie tego wszystkiego, wydobycie na światło dzienne strasznych uczuć z odległej przeszłości.

Odkąd Twoja Matka mnie przepędziła, próbowałam się z nią skontaktować, sama nie wiem ile razy. Nie chciała mnie oglądać, nie odbierała telefonu. Listy wracały nieotwarte. Chciałam jej zaproponować pieniądze, domek odźwiernego w ogrodzie, Bóg wie, że chciałam się nią zaopiekować. Lecz była tak gwałtowna w swojej furii, w swojej nienawiści. Nie potrafiłam do niej dotrzeć.

Watsonowie bardzo ją lubili i zatrzymali ją po Twoim urodzeniu. Pani Watson urodziła trzech synów i, jak sądzę, ogromnie się ucieszyła, że po tylu latach ma dziewczynkę, którą może rozpieszczać. Nie należała do ludzi przejmujących się za bardzo tym, co pomyślą inni, choć w latach siedemdziesiątych wciąż patrzono na nieślubne dzieci krzywym okiem. Wiem, jak samolubnie to zabrzmi, ale ogromnie mnie bolało, że pani Watson może Cię widywać na co dzień, gdy ja zostałam odtrącona. Josune spędziła u Watsonów kilka lat, nie pamiętam już, jak wiele, potem dostała mieszkanie komunalne w okolicach Common. Gdy poszłaś do szkoły przy Queen's Drive, zaczęłam wyprowadzać psa w porze przerwy między lekcjami, by Cię obserwować przez ogrodzenie. W dzisiejszych czasach pewnie zostałabym za to aresztowana.

Wpadłam na Twoją Matkę w mieście, kiedy liczyłaś sobie około ośmiu lat: urocza mała o lśniących, bystrych oczkach pełnych ciekawości. Odciągnęła Cię, jakbym była nosicielką jakiejś strasznej, zakaźnej choroby.

Chyba to ten incydent sprawił, że się ostatecznie poddałam. Wiedziałam, że nigdy mi nie wybaczy.

Szukałam w pamięci, ale nie mogłam sobie przypomnieć tego spotkania. Mama niezbyt dobrze radziła sobie z przebaczaniem. Próbowałam zamiast profesor Stainton, eleganckiej starszej damy, u której sprzątałam, zobaczyć Rose, moją babcię. Miotała mną bezsilna złość. Na matkę, że była tak cholernie uparta. Na Herberta, że wysłał Dominica do Australii. Na Rose, że... sama już nie wiem, że nie wygadała się przy earl greyu.

Dorastając, mignęłaś mi przelotnie kilka razy. Przez całe lata z dala miałam Cię na oku. Wiedziałam, że się przeprowadziłyście do Walldon Estate, bo znalazłam Cię w książce telefonicznej. Gdy pracowałaś w Tesco, miałam za punkt honoru płacić przy Twojej kasie. Herbert sprzeciwiał się bardzo stanowczo. Twierdził, że to „stare dzieje". Zapewne miał rację, ale nie potrafiłam zapomnieć. Wydaje mi się, że matka dotkliwiej odczuwa śmierć dziecka niż ojciec. Jak długo Cię widywałam, jakaś drobna część Dominica wciąż dla mnie żyła.

Kiedy przeczytałam zawiadomienie o śmierci Twojej Matki w „Surrey Mirror", przeżyłam to niemal równie mocno jak śmierć syna. Była jeszcze taka młoda, zaledwie sześćdziesiąt lat. Chciałam być wtedy przy Tobie, pocieszyć Cię. W tamtym czasie cieszyłam się nieco lepszym zdrowiem. Nie mogłam już prowadzić, ale kiedy Herbert wybierał się pograć w golfa, jechałam autobusem do miasta, a potem do Walldon Estate. Całymi godzinami spacerowałam tam i z powrotem, krążąc wokół

Twojego domu, próbując się zebrać na odwagę, by stanąć na Twoim progu. Nigdy tego nie zrobiłam. Ja i Twoja Matka zraniłyśmy się wystarczająco mocno. Wydawało się niemal głupotą prosić się o więcej bólu.

Nie potrafiłam sobie wyobrazić kruchej, delikatnej Rose odbywającej podróż autobusem, wysiadającej na osiedlu, ostrożnie wymijającej psie kupy i ignorującej pokrzykiwania meneli. Zawsze nosiła sznur prawdziwych pereł. Jezu, miała szczęście, że jej nie napadli. Dlaczego nigdy jej nie zauważyłam?

A potem, pewnego dnia krótko po śmierci Herberta, będąc na poczcie, zauważyłam obok okienka ogłoszenie, w którym oferowałaś swoje usługi jako sprzątaczka. Nazwisko brzmiało Etxeleku. To musiałaś być Ty. Z podniecenia tak trzęsły mi się dłonie, że musiałam poprosić dziewczynę za kontuarem, by zapisała mi numer.

Pamiętałam telefon Rose. Zgodziłam się z pocałowaniem ręki, bo zaproponowała piętnaście funtów na godzinę — „Jestem gotowa płacić więcej, bo pomiędzy pani wizytami nie mogę sprzątać sama". To była moja najlepsza fucha, sześć godzin we wtorki i w czwartki. Kazała mi zaparzyć imbryk earl greya, a potem zapraszała, bym z nią usiadła. Nigdy nie potrafiłam się do końca odprężyć, bo miałam odkurzać, a nie pałaszować wafelki z kremem, przywożone co jakiś czas od Fortnuma & Masona. Bywała całkiem wścibska jak na kogoś, kogo mógłby złamać na pół silniejszy podmuch wiatru. „A zatem ten twój narzeczony, ten Colin, czym się zajmuje?", „Masz odłożonych trochę własnych pieniędzy, moja droga?", „Czy matka kiedykolwiek wspominała o twoim ojcu?".

Odchyliłam się w jej fotelu. Mogła mi powiedzieć. Tyle było okazji podczas naszych rozmów. Uderzyłam w podłokietnik, aż wzbiła się chmurka kurzu. Temu miejscu przydałoby się porządne sprzątanie. Podejrzewałam, że nabywca wyrzuci jej urocze stare meble. No cóż, urocze dla mnie. Choć w znacznej części podniszczone, były dobrej jakości, wygodne i miały długą historię.

Uwielbiałam, kiedy przychodziłaś sprzątać. Ogromnie mi pomogłaś w okresie wczesnego wdowieństwa. Bliskość „drugiej" rodziny okazała się dla mnie niewiarygodnie pocieszająca. Szczególnie wyczekiwałam szkolnych wakacji, kiedy Bronte i Harley przychodzili razem z Tobą. Sama odtrąciłam miłość macierzyńską, by całą energię skierować na karierę. Czułam, jakby towarzystwo Twoje i Twoich dzieci coś we mnie obudziło — byłam stara, lecz duchem znowu młoda. W Harleyu dostrzegałam bardzo wiele z Dominica, podobne maneryzmy, nawet sposób wyrażania się. I naturalnie Bronte przypomina go z wyglądu.

Pismo stawało się coraz trudniejsze do odcyfrowania, ledwo widoczne na stronie.

Nie zostało mi wiele czasu, choć mam nadzieję doczekać najbliższego Bożego Narodzenia, a przynajmniej jeszcze kilku wtorków i czwartków. Jeśli jednak to czytasz, znaczy, że nie żyję, a dzieci ukończyły semestr w Stirling Hall. Dostrzegłaś, mam nadzieję, płynące z tego korzyści, choć nie wątpię, że ich utrzymanie kosztowało Cię wiele poświęceń. Wiem, że w Twoim gospodarstwie zawsze brakowało pieniędzy i zapewne dodatkowe koszty prywatnej edukacji stanowiły duże obciążenie. Nie było moim zamiarem dodawać Ci stresów. Po prostu czułam, że gdybym Ci zostawiła jakąś sumę, zanim poznasz i docenisz wartość kształcenia w Stirling Hall, istniała groźba, że Colin położy rękę na środkach mających zapewnić Twoim dzieciom jak najlepszy start w życie, a niewykluczone, że także roztrwoni je na zakładach.

Dziwnie było się wkurzać na kogoś, kto nie żyje. Rose nie wierzyła, że utrzymam jej pieniądze z dala od lepkich łap Colina, tak aby dzieciaki na pewno zostały w Stirling Hall. Poczułam się dotknięta. Zgrzytnęłam zębami i uświadomiłam sobie, że powiedziała mi coś, czego nie chciałam usłyszeć. Prawdę. Może rzeczywiście wyrwałabym na półtora miesiąca na Korfu albo dała się naciągnąć Colinowi na zakup szpanerskiego samochodu. Tamta Maia wydawała mi się teraz obcą osobą.

Jestem głęboko przekonana, że nawet jeden semestr nauki w Stirling Hall spowoduje w życiu Was wszystkich ogromną zmianę. Mam nadzieję, ufam, że widok dzieci rozwijających swój potencjał zainspiruje również Ciebie do rozważenia Twoich własnych priorytetów. I dlatego przekazuję Ci cały mój majątek, by otworzyć przed Tobą przynajmniej możliwość dalszej edukacji. Do czasu gdy będziesz to czytać, pan Harrison powinien ukończyć poświadczanie autentyczności testamentu, więc będziesz mogła rozpocząć nowe życie z minimalną zwłoką.

Amaiu. Życie jest bezcenne. Wykorzystaj każdą jego chwilę. Głęboko wierzę, że to uczynisz.

Z wyrazami miłości,

Twoja Babka Rose xxxx

Przeczytałam ponownie ostatnie linijki. Serce biło mi tak szybko, że mimo woli pomyślałam, czy nie padnę na atak serca jak profesorka, podczas gdy pan Harrison będzie sterczał przed domem, łamiąc sobie głowę nad sudoku. Moje spocone palce zostawiły na papierze wilgotne zagłębienia. Z pewnością nie chodziło jej o to, że zostałam właścicielką domu... Ale majątek to także dom, prawda? Maia Etxeleku, pani na włościach. Kamerdyner? Poproszę herbatę. Książki. Wszystkie moje. Siedem sypialni. Moje. Sady jabłkowe. Moje. Noże do sera. Zawsze marzyłam o nożu do sera. Już nigdy nie obetnę nosa brie. Nie jedna, ale dwie klatki schodowe. Wszystko, absolutnie wszystko moje. Harley i Bronte będą zachwyceni. Będą mogli robić wszystko, co im się zamarzy: ukończą szkołę średnią w Stirling Hall, pojadą na turniej rugby do RPA, na lekcje wychowania obywatelskiego do Stanów, nawet do Belize badać ekosystemy tropikalne, na miłość boską!

Nie mogłam się doczekać, kiedy powiem Colinowi. Rezydencja, moja. Dom komunalny i Sandy, twoje.

ROZDZIAŁ TRZYDZIESTY SZÓSTY

Nie mogłam w to uwierzyć. Pan Harrison poinformował mnie z nutką satysfakcji w głosie, że w ciągu tych miesięcy od śmierci pani profesor — mojej babki — ukończył prawne formalności i mogę podjąć spadek, „gdy tylko będę gotowa".

Zdumiewające, ale nie czułam potrzeby, żeby z tym zwlekać. Jednakże przez następnych pięć dni, do końca semestru, chodziłam do pracy jak zwykle. Teraz, gdy nie musiałam, jakoś szczególnie mi to nie przeszkadzało. Nie puściłam pary przed nikim, nawet przed dziećmi. Tajemnica nieomal się wydała, kiedy wybuliłam sześćdziesiąt funtów, by Harley mógł pojechać na szkolną wycieczkę do Francji zwiedzać pola bitew pierwszej wojny światowej. Zdumienie i zachwyt na jego buzi napełniły mnie taką radością, że prawie uniosłam się w powietrze. Mnóstwo razy mało się nie wygadałam, ale zależało mi, byśmy zdążyli przywyknąć przez ferie wielkanocne do nowych, niezasiłkowych wcieleń bez całego świata plotkującego na nasz temat.

Ostatniego dnia przed końcem semestru przyjechałam po dzieciaki wcześniej. Van nabawił się kaszlu i wydmuchiwał chmurę czarnego dymu za każdym razem, gdy wrzucałam trójkę. Świadoma, że jeśli najdzie mnie taki kaprys, będę mogła pomaszerować do salonu i kupić sobie lamborghini, pomachałam Jen1 wymijającej nas przesadnie dużym łukiem. Kiedy weszłam do recepcji, zadzwoniłam, by zwrócić na siebie uwagę, zamiast kulić się po swojej stronie szklanego okienka w nadziei, że ktoś mnie zauważy. Ze swego miejsca widziałam fragment korytarza i drzwi do gabinetu pana Petersa... Siłą woli próbowałam zmusić drzwi, żeby się otworzyły. A za chwilę, by pozostały zamknięte. Moje serce podrywało się za każdym razem, gdy słyszałam kroki, a potem ściskało, gdy ukazywała się niewłaściwa twarz.

Pojawiła się dziarska Felicity.

— Dzień dobry, pani Etxeleku, czym mogę służyć?

Zastanawiałam się, czy rusza się gdziekolwiek bez swojej podkładki.

— Chciałam powiadomić, że sytuacja się zmieniła. Dzieci zostaną w Stirling Hall po letnim semestrze.

— Proszę tylko pozwolić, że sprawdzę, pani Etxeleku. Choć nie sądzę, by ich miejsca zostały już komuś przydzielone. Jedną chwileczkę.

Wyjęła ogromną teczkę i zaczęła przerzucać strony, bawiąc się zaostrzonym ołówkiem. Nie przyszło mi do głowy, że teraz, gdy stać mnie, by przytargać i cisnąć jej na biurko wielkie wory kasy, ich powrót mógłby się okazać niemożliwy. Gdyby oświadczyła, że mimo wszystko muszą odejść, chyba rozwaliłabym dzielącą nas szybę jak wściekły nosorożec ze strzałą w zadzie, rycząc i nadziewając na róg każdego, kto mi stanie na drodze.

Felicity nagryzmoliła coś w teczce. Wspięłam się na palce, by dojrzeć, co pisze.

Podniosła głowę.

— Cudownie. Gotowe. Na szczęście z powodu wielkiego ruchu nie mieliśmy jeszcze czasu przydzielić miejsc. W klasie Bronte mamy na liście sześcioro oczekujących i troje u Harleya.

Najwyraźniej uważała, że powinnam czuć wdzięczność, skoro mogłam wydać ponad dwadzieścia cztery tysiące funtów rocznie na Stirling Hall. I byłam. Fantastycznie, ekstatycznie, niewyobrażalnie, dziko, cudownie wdzięczna, że wśród wielkiej hałdy rozmaitych rzeczy, które zrobiłam źle, tę jedną załatwiłam jak należy.

— Chciałam też podać pani nasz nowy adres. Wprowadzamy się dzisiaj.

Gdy wymówiłam słowa „Gatsby, Stamford Avenue", Felicity zrobiła minę, jakbym była imigrantką mówiącą ze szczególnie silnym akcentem. Nigdy mi się nie znudzi powtarzanie: SD2 oraz podziwianie wyrazu zaskoczenia na ich twarzach, gdy sobie uświadamiają, że Maia Etxeleku od szorowania kibli, prowadzenia vana i dresów mieszka przy — jak to powiedział pan Harrison? — jednej z najszykowniejszych ulic w Sandbury. Zignorowałam typową dla siebie pokusę, żeby wyjaśnić, jak tam trafiliśmy.

Uśmiechnęłam się prosto w jej zmieszaną twarz i schyliłam, udając, że zawiązuję adidasy. Nie chciałam wyjść, nie widząc się z panem Petersem, choćby tylko po to, by go zignorować, ale nie mogłam się dłużej kręcić po budynku, żeby wścibska stara Felicity nie nabrała podejrzeń. Może już wyjechał do tej drugiej szkoły? Może właśnie w tej chwili gładzi twarz Sereny równie delikatnie, jak gładził moją? Nie dalej jak wczoraj wieczorem czytałam wiersz Tennysona *In Memoriam*, próbując przekonać samą siebie, że naprawdę lepiej jest kochać i stracić, niż nie kochać wcale. Pora dorosnąć i przestać marzyć, że wszystko ułoży się jak w bajce. W rolę rycerza w lśniącej zbroi wcieliła się już pani profesor. A wspaniała przyszłość moich dzieci była dostatecznie bajkowa. Ruszyłam do dawnego domu, próbując otrząsnąć się z wrażenia, że pan Peters krył się w swoim gabinecie, czekając na sygnał „droga wolna", gdy tylko opuszczę budynek.

Parkując przed wejściem domu, pierwszy raz zwróciłam uwagę na brzydkie kwadratowe okna w pożółkłych plastikowych ramach. Zawsze uważałam okna raczej za barierę przed włamywaczami niż za dzieła sztuki. Weszłam do środka i zaczynając od góry, przejrzałam kolejno pokoje, wypatrując każdego drobiazgu, którego nie potrafiłabym zostawić. Zabrałam małą laleczkę w tradycyjnym stroju baskijskim z komody Bronte. Dostała ją od mamy. Zgarnęłam goryla Gordona. Wrzuciłam do reklamówki roczniki „Top Gear" Harleya, potem sięgnęłam po brzydkie podpórki do książek w kształcie papuzich głów. W drzwiach swojej sypialni przystanęłam. Nie chciałam niczego, co by mi przypominało o Colinie. Absolutnie niczego. Zdjęłam z palca pierścionek wiecznej miłości, pamiątkę z czasów, gdy byliśmy młodzi i romantyczni, i położyłam na szafce nocnej. W ramach recyklingu Colin może go sprezentować Sandy.

Do frontowego salonu nawet nie weszłam. Nie zamierzałam się tarabanić ścieżką z nędznymi, starymi fotelami. Dość. Kupię wszystko, czego będę potrzebować. Zachwycała mnie pobrzmiewająca w tym zdaniu arogancja.

Na progu przystanęłam, rzuciłam w głąb korytarza donośne „Do widzenia" i z hukiem zatrzasnęłam drzwi. Zostało mi do zrobienia jeszcze tylko jedno, nim opadnie kurtyna na koniec pierwszego aktu sztuki zatytułowanej *Maia Etxeleku*. Zapukałam do Sandy. Na mój widok podeszła krok bliżej z wysuniętym podbródkiem.

— Czego? — wychrypiała i kaszlnęła, nie zadając sobie trudu, by zasłonić usta.

— Colin jest?

Zawołała w głąb domu:

— Col, to Maia!

Wyszedł nieogolony, z wielkim kleksem czegoś keczupopodobnego na T-shircie. On też nie zamierzał marnować słów.

— Tak?

Jezu. Gdzie się podziała miłość? Jak wielu krążących po świecie ludzi myśli na widok tych, których kiedyś całowali, z języczkiem i tak dalej: „Nie dotykaj mnie, ty niechlujna ropucho z obwisłym podgardlem, bo narobię krzyku". Colin miał na szyi wielkiego pryszcza z białym czubkiem. Już nigdy w życiu nie pocałuję nikogo, kto nie pachnie równie pięknie jak pan Peters.

Wyciągnęłam do niego klucze.

— Dobre wieści. Wyprowadzam się. Możesz zatrzymać dom. Skontaktuj się z zarządem komunalnym i dowiedz, co powinnam zrobić, żeby go przepisali na ciebie. Zadzwoń, jak będziesz chciał zobaczyć dzieciaki.

Lekko rozchylił usta. Widziałam, jak jego mózg walczy z ociężałością wywołaną trawką. Gdyby był samochodem, dźwięk jazdy na wstecznym biegu rozlegałby się w powietrzu.

— Dokąd się wynosisz?
— Na Stamford Avenue.
Spojrzał, mrużąc oczy, jakby potrzebował szkieł.
— Stamford Avenue? Co? Dostałaś robotę jako gosposia?
— Nie. Mam tam dom. Ta profesorka, która zmarła, zapisała mi swój majątek. Więc się dzisiaj wprowadzamy.

Zostałam tylko do chwili, gdy pierwsze iskierki zrozumienia zapaliły się w jego oczach. Jak znałam Colina, lada moment spróbuje wszystko odkręcić — teraz, kiedy na horyzoncie pojawiło się dożywotnie źródło utrzymania.

— Kiedy się dowiedziałaś? Dlaczego nic nie powiedziałaś?

Rosło jego oburzenie.

Nie chciało mi się bawić w tłumaczenia. Jak niedawno odkryłam, z niejedną znienawidzoną posadą trudniej mi się było rozstać niż z nim. Dziewiętnaście lat razem, a jedyne, co mi chodziło po głowie, to czy zdążę wskoczyć do marketu po paczkę nasion groszku pachnącego, zanim odbiorę dzieciaki w porze lunchu.

— Pa, Colin. Przekażę dzieciom twoje pozdrowienia.

Zostawiłam go, by chrząkał i krztusił się przed domem, w którym przeżyłam ponad dziesięć lat. Posadziłam goryla Gordona na fotelu pasażera i wskoczyłam do vana bez śladu żalu, jakbym była samolotem czekającym na start, nim wyruszy do portu swego przeznaczenia.

Niektóre pożegnania okazują się łatwiejsze od innych.

ROZDZIAŁ TRZYDZIESTY SIÓDMY

Jechałam do Stirling Hall, a w gardle wibrowały mi ciche piski podniecenia. Przestępowałam z nogi na nogę, czekając na Harleya i Bronte na samym początku kolejki i skanując twarze uczniów, którzy wysypali się na zewnątrz obciążeni wulkanami z masy papierowej, kijami do hokeja i własnymi obrazami w stylu Kandinsky'ego. Gdy moje dzieciaki wreszcie się wynurzyły, zupełnie nie mogłam się skupić na ich paplaninie. Nawet kiedy syn wcisnął mi w ręce puchar za osiągnięcia teatralne, musiałam się mocno postarać, by znaleźć słowa pochwały. Bronte pierwsza skojarzyła, że nie kierujemy się do domu.

— Gdzie jedziemy?

Nie umiała spytać neutralnie, w jej głosie zawsze pobrzmiewał oskarżycielski ton. Tego dnia nie mogła mnie jednak zranić.

— Niespodzianka.
— Jakaś podpowiedź? — poprosił Harley.
— Poczekajcie, to zobaczycie.

Córka zgarbiła się na przednim siedzeniu, burcząc pod nosem, że chce wracać do domu i odpocząć. Skręciłam w Stamford Avenue i pstryknęłam pilotem otwierającym bramę.

Harley zareagował pierwszy:

— Dlaczego jedziemy do domu pani profesor? Będziesz go sprzątać?

Bronte odrobinę się wyprostowała.

— Ile czasu ci to zajmie? Możemy iść pograć w tenisa, jak będziesz pracować?

— Nie, dzisiaj nie możecie.

Otworzyłam energicznie drzwi vana. Bronte i Harley wysiedli z wozu (Bronte nachmurzona, gotowa do ciągłego marudzenia). Nie chciałam zepsuć tej chwili, więc dodałam bardzo szybko:

— Nie możecie dzisiaj zagrać w tenisa, bo musicie sobie wybrać sypialnie.

Skrzywiła się.

— To znaczy? Mamy ci pomóc?

Odepchnęłam od siebie myśl, że przypomina Colina, który zawsze się obawiał, że się zmęczy, robiąc coś, co nie przyniesie mu bezpośrednich korzyści.

— To teraz nasz dom — wyjaśniłam.

Zapadła cisza. Bronte wzruszyła ramionami zbita z tropu. Harley zaczął się uśmiechać z brwiami uniesionymi pytająco. Kiwnęłam głową.

— Co to znaczy? Naprawdę jest nasz? Co? Na zawsze? Jak to się stało? — dopytywał, obejmując mnie ramionami.

Nawet jego siostra zaczęła podskakiwać w miejscu, pohukując i piszcząc. Wyjaśniłam, że Rose Stainton nam go zapisała i opowiem im wszystko później. W tej chwili chciałam się skupić na przyszłości. Przeszłości nic się nie stanie, jeśli ją odłożę na pół godziny.

Otworzyłam drzwi, zachwycając się solidnym szczęknięciem, z jakim klucz obrócił się w mosiężnym zamku. Cofnęłam się, gdy dzieci walczyły ze sobą, które pierwsze wejdzie do środka. Wspaniałość olbrzymiego holu ze stojącym zegarem i olbrzymimi pozłacanymi lustrami najwidoczniej podziałała jak hamulec, bo przystanęły, rozglądając się dokoła, jakby się spodziewały, że prawowita właścicielka pojawi się znikąd i każe im zdjąć buty.

— Śmiało, idźcie sobie pozwiedzać. Naprawdę należy do nas.

Pogalopowali na piętro główną klatką schodową, szarpiąc dzwonki na służbę i licząc sypialnie. Ja weszłam powoli, przesuwając dłonią po solidnej dębowej poręczy. Bronte wypadła z pokoju z widokiem na sady. Przywołała mnie gestem.

— Mogę mieć ten, mamo? Bardzo mi się podoba, ma miejsce do siedzenia przy oknie i wszystko. W tym kredensie mogłabym trzymać wszystkie moje laleczki polly. Miałyby dom na tych małych półeczkach. Mogę dostać taką lampę lava jak ma Saffy?

Potwierdziłam ruchem głowy. Moje nowe konto bankowe mogło wytrzymać taki wydatek. Córka nagrodziła mnie uściskiem tak mocnym, że powietrze ze świstem uszło mi z płuc.

Harley wybrał najmniejszy pokój, zabawną, ciasną, prawie sześciokątną klitkę w wieży na drugim piętrze.

— Jest świetny. Czuję się jak Harry Potter. Nie mogę się doczekać, kiedy Orion do mnie przyjdzie. Kupisz mi telewizor? I PlayStation? I komputer? I mogę mieć psa, jak teraz jest tyle miejsca? A Bronte mogłaby dostać konia. To byśmy się o niego nie kłócili. Chcę jednego z tych owczarków pirenejskich. Albo doga.

Niczego mu nie obiecałam, roześmiałam się tylko i powiedziałam, że o tym pomyślę, kiedy się lepiej zadomowimy. Potrzebowałam czasu na zastanowienie, co jest właściwe, a co tylko kosztowne. Ciągle nie mogłam przywyknąć, że wchodząc do supermarketu, biorę, na co mi przyjdzie ochota. Całe wieki stałam, walcząc ze sobą, nim włożyłam do koszyka borówki po 2,99 funta za koszyczek. A nawet wtedy zjadałam tylko po kilka każdego dnia i miałam ochotę rzucić się na Harleya, obżerającego się nimi jak gdyby nigdy nic.

Teraz, kiedy dzieci usłyszały dobrą nowinę, mogłam spokojnie poinformować Clover, która, jeśli to w ogóle możliwe, przejęła się jeszcze bardziej niż my. Nie traciła czasu na zastanawianie się nad nagłą odmianą losów Etxeleku/Caudwellów i zaraz następnego dnia stawiła się na gruntowną inspekcję. Otworzyłam jej drzwi z dramatycznym: „Witajcie w moich skromnych progach" i zamarłam, widząc przed sobą całą piątkę — z Lawrence'em włącznie.

— Nie spodziewałaś się, że przyprowadzę męża? — spytała, kiedy wielki, splątany kłąb dzieciaków rzucił się na schody prowadzące na piętro. — Zapomniałam spytać. Możemy mu poszukać czegoś do roboty, jest świetny w pracach ręcznych.

Roześmiała się wyzywająco.

Byłam tak zaabsorbowana wydarzeniami we własnym życiu, że niezupełnie do mnie dotarło, że wrócił na scenę.

— Oczywiście, że tak, wchodźcie, wchodźcie. Obiecuję, że cię niczym nie zaatakuję — dodałam.

Starałam się ukryć małe rozczarowanie, że wspólny dzień z Clover, jaki sobie zaplanowałam, zmieni się w uprzejmą sesję zapoznawczą z Lawrence'em. Nawet nie wydawał się ucieszony, gdy stał w holu wejściowym z rękami w kieszeniach.

— Ładne miejsce — skwitował.

Bywanie w domach przyjaciół, którzy nie obchodzili go w najmniejszym stopniu, to były ukryte koszty powrotu na łono rodziny.

Clover klasnęła.

— Oprowadzisz nas? Cudowny budynek. Rozumiem, że dzieciaki zostaną teraz w Stirling Hall? W przyszłym roku musisz się zgłosić do rady klasowej i zaprosić wszystkich na kawę. Strasznie bym chciała zobaczyć minę Jennifer. Zabiłaby, żeby zamieszkać po „właściwej stronie" Sandbury. Podobnie jak my wszyscy.

Na wzmiankę o Jen1 zerknęłam na Lawrence'a, by sprawdzić, czy się speszy. Nie wyglądał na zażenowanego. Twarz miał pustą, jakby zmył z niej wszelkie uczucia. Możliwe, że sparzywszy się na Colinie i panu Petersie, doszukiwałam się zdrady na każdym kroku, gdy w rzeczywistości biedak tylko przejściowo stracił rozum. Będę musiała dać sobie spokój z całą tą aferą Lawrence–Jen1.

Zabrałam ich na piętro, słysząc dzikie odgłosy szaleńczej zabawy w chowanego, kiedy dzieciaki z tupotem goniły w górę i w dół po schodach dla służby i chowały się w szafach. Bardzo mi się nie podobało ich zachowanie, ale wiedziałam, że Clover nie skarci ich nawet słowem. Nie zniosłabym, gdyby zniszczyły jakiś przedmiot, nim uznam, że mi się nie podoba. Harley przegalopował obok nas z koszulą wysuniętą ze spodni, w przelocie zderzając się z poręczą. Starałam się nie krzyczeć, ale raczej mi się to nie udało.

— Okej. Chyba pora, żebyście wyszli na zewnątrz. Zabierz resztę i zagrajcie w tenisa. Albo sprawdźcie, czy nie znajdziecie kijanek w strumieniu.

— To nudne. I tu jest naprawdę świetnie. Ten dom fantastycznie się nadaje do zabawy w chowanego — zaprotestował.

Jeden dzień w nowej rezydencji i panicz już się znudził. Kiedy mieszkaliśmy w Walldon Estate, nie zapraszałam dzieciaków ze Stirling Hall, bo wstydziłam się tego, gdzie żyjemy. Teraz, gdy mogłam to zrobić, nie chciałam ich oglądać. Właśnie posłałam synowi spojrzenie mówiące: „NATYCHMIAST!", kiedy przyszedł mi z odsieczą Lawrence.

— Z pewnością twoja mama nie chce, żebyście galopowali po domu. Przyprowadź resztę, to zejdę z wami i pokażecie mi ogród?

— Byłoby wspaniale, dzięki, Lawrence. Za moment zaparzę kawę. Z boku mamy uroczy, niewielki ogródek otoczony murem. Jest dobrze osłonięty, więc możemy usiąść na zewnątrz — powiedziałam.

Pogładził Clover po ręce.

— Zgadzasz się, kochanie?

— Jasne.

Przez chwilę patrzyli sobie w oczy. Nie byłam pewna, czy uczestniczę w chwili spod znaku „Kocham cię" czy „Zachowuj się grzecznie".

Chciałabym z kimś rozmawiać za pomocą spojrzeń.

Lawrence objął ramieniem Saffy, gdy piątka dzieci z hałasem zbiegała po schodach, mażąc brudnymi łapami po ścianach.

Pokazałam Clover cały dom, poprawiając po drodze narzuty i zamykając drzwi szaf.

— Cudowny — oświadczyła, przyciskając nos do okrągłego okna w pokoju Harleya. — Tak się cieszę razem z tobą. Zawsze wiedziałam, że jesteś stworzona do lepszych rzeczy.

Uśmiechnęłam się szeroko.

— Okej, mniejsza o mnie. Co słychać u ciebie, to znaczy z Lawrence'em?

Obserwowałam ją uważnie. Podniosła modele astona martina DB5, jakim jeździł James Bond, i „cudownego samochodziku", które Harley znalazł w jakiejś szafie.

— Miałam takie w dzieciństwie. — Nastąpiła krótka pauza. Odwróciła się do mnie. — Okej, jak sądzę. Zachowuje się dziwnie, kiedy pytam, co robił u Lea i Jennifer. Nie bardzo chce o tym rozmawiać. Myślę, że trochę mu wstyd. Nie wiem, czy naprawdę przeżył załamanie, ale mniejsza z tym, pewnie uważa swoje zachowanie za mało męskie.

Znów ogarnęło mnie to uczucie. Jakbym stała na krawędzi klifu i zaraz miała wykrzyczeć prawdę.

— Ale teraz już się pozbierał?

— Nie wiem. Liczę, że tak. Jestem nieco rozgoryczona, że Jennifer wie o moim mężu więcej ode mnie.

— Lawrence nadal się z nią przyjaźni? Widuje się z nią dalej? — spytałam. — Albo z Leo?

— Nieszczególnie lubi telefonować. Rozmawiał z Leo kilka razy. Ciągle mi się wydaje, że powinnam ich zaprosić na kolację w ramach podziękowania za to, co zrobili, ale jak tylko sobie wyobrażę Jennifer bawiącą się jedzeniem na talerzu i marudzącą, że jada wyłącznie cholerną organiczną jagnięcinę tudzież szpinak płukany w źródlanej wodzie, mam ochotę zwiać do Afryki i nigdy nie wracać.

Poprawiła figurkę Truly Scrumptious w samochodziku i odstawiła go na parapet.

— Ale to trochę zastanawiające, że u nich zamieszkał. A oni utrzymywali to w tajemnicy. Chyba nie przyjaźnił się z Leo aż tak bardzo. Zawsze wyrażał się o Jennifer ze skrajną pogardą, a teraz ciągle jej broni. Chociaż, szczerze mówiąc, nie jestem przekonana, czy ta kobieta zyskuje przy lepszym poznaniu. Sądzę, że odkrylibyśmy w niej tylko więcej niesympatycznych cech.

To była moja szansa. Wygładziłam kołdrę Harleya i wyjrzałam przez okno na dzieciaki pluskające się w strumyku; zrzuciły buty i podwinęły spodnie, ale za nisko. Bronte skakała z jednego brzegu na drugi. Wciąż jeszcze szukałam właściwych słów, kiedy Clover wtrąciła:

— Może się w niej zakochał. Trzeba jej przyznać, że wygląda dobrze.

— Wygląda dobrze, jeśli ktoś leci na tyczki do fasoli. Jesteś od niej dużo ładniejsza.

Jeśli miałam jej rzeczywiście wszystko powiedzieć, należało się trzymać faktów, a nie robić wielką aferę z uścisku pod kamerą monitoringu, tylko dlatego że chciałam wbić szpilę Jen1.

— Chyba nie będę go pytać. Nie chciałabym usłyszeć, że mój biedny mąż tkwi uwiązany do olbrzymiej, rozdętej gruszki, podczas gdy wolałby seks z fasolką szparagową. Może rzeczywiście to robili, kiedy tam mieszkał. — Wzruszyła ramionami, śmiejąc się, jakby sama myśl była niedorzeczna. — Tak czy siak, nie chcę wiedzieć. Wrócił i sprawia wrażenie całkiem zadowolonego. Ma trochę więcej cierpliwości do dzieci i uwielbia uczyć muzyki. Większość czasu jest strasznie rozdygotany, lecz podczas lekcji wydaje się niemal pogodny.

Co mnie obchodzą cholerne lekcje gitary i samopoczucie Lawrence'a, kiedy brzdąka na fortepianie. Spróbowałam ponownie:

— Naprawdę nie chciałabyś wiedzieć?

Moje serce zafalowało w klatce piersiowej.

— Nie, kurwa. Po co? Kocham go. Nie chcę, żeby mnie zostawił. Ostatecznie to tylko seks. Jeśli sprawa jest zamknięta, nie potrzebuję o niczym wiedzieć. Gdyby w mojej sypialni pojawił się pan Peters w stroju Adama, kto zagwarantuje, że nie uległabym pokusie?

Coś we mnie drgnęło na wzmiankę o panu Petersie. Poczułam zazdrość, że Clover może choćby myśleć o nim w taki sposób, ale też tęsknotę. I smutek, że towarzyszył mi tylko w dość ponurym okresie mojego życia. Spróbowałam przeorganizować swoje myśli wokół dylematu: „Wypaplać czy nie?".

Clover gestykulowała energicznie.

— Chryste, czy istnieje coś bardziej odrażającego niż ludzie, którzy uważają, że powinnaś znać prawdę?

W połowie wypadków opowiadają ci wszystkie detale nie dlatego, że musisz wiedzieć, tylko żebyś się poczuła okropnie. Szczerze mówiąc, założę się, że dziewięćdziesiąt procent szczęśliwych małżeństw zaliczyło w którymś momencie flirt na boku. Podział majątku, te wszystkie boje o to, komu przypadnie pies i kto zatrzyma imbryk cioteczki Ethel, wydają się wysoką ceną za jednorazowy wyskok, który nic nie znaczy.

Wyjrzała przez okno i przywołała mnie ruchem głowy. Lawrence nakłonił towarzystwo do wyścigów po torze przeszkód zakończonym skokiem przez strumień. Idealny obrazek, jak powinny wyglądać dzieci: beztroskie, zarumienione, podniecone.

— Poza tym to on odpowiada w domu za dyscyplinę. Ze mnie jest niewielki pożytek w tym względzie. Prawdę mówiąc, jestem dość marną matką. Bóg wie, jak niesforne stałyby się dzieci, gdyby ich nie trzymał jako tako w ryzach. Orion już niemal dorównuje mi wzrostem.

Zyskałam jasność sytuacji. W zasadzie nie miało znaczenia, czy Lawrence romansował z Jen1. Nawet gdybym mogła to udowodnić, Clover nie chciała o niczym wiedzieć. Pora wypić kawę, zjeść *tarte aux pommes* od Waitrose'a i zamknąć moją wielką jadaczkę na siedem spustów. Ale będę czujna.

ROZDZIAŁ TRZYDZIESTY ÓSMY

Choć była dopiero połowa kwietnia, otoczony murem kuchenny ogród okazał się tak nasłoneczniony, że mogłam w nim wieszać pranie. Dawniej zamieszkiwanie płot w płot z miotaczem psich kup oznaczało, że musiałam suszyć ubrania pod dachem. Po latach składania sztywnych skarpetek i spodni wyschłych na wiór na grzejniku akumulacyjnym pranie łopoczące na wietrze sprawiało mi niedorzecznie wielką radość. Nucąc pod nosem *Wonderful Life*, wygładzałam prześcieradła z egipskiej bawełny, które odkryłam w skrzyni na pościel. Przez trzy tygodnie spędzone w domu Rose całkiem nieźle zaadaptowałam się do luksusu. Już nigdy nie zadowolę się czesanym nylonem. Wyrównałam prześcieradła, czując na twarzy ciepło słońca i wyobrażając sobie pelargonie i dalie, które wyhoduję latem. Odgłos kroków na ścieżce za moimi plecami sprawił, że się obejrzałam. Odruchowo poderwałam rękę do turbanu z szala, którym obwiązałam włosy, żeby mi nie przeszkadzały przy pracy.

Pan Peters.

W mgnieniu oka oblałam się rumieńcem.

— Cześć.

Oparł się o łukowate przejście.

— Witaj.

Zdawało się, że z moich płuc częściowo ulotniło się powietrze. A czułam się tak dobrze, pierwszy raz od wieków. Nie potrzebowałam, by przychodził i przypominał mi, czego nie mogę mieć. Wyglądał cudownie w kraciastej koszuli, marynarce i dżinsach. Teraz, podczas przerwy wielkanocnej, najwyraźniej zaczął się ubierać swobodniej, żeby się nie wyróżniać w państwowej szkole. Włosy miał odrobinę dłuższe i całkiem kręcone, kiedy nie były ostrzyżone przy skórze. Skrzyżowałam ręce na piersi.

Pociągnął kołnierzyk u koszuli.

— Przepraszam, że ci przeszkadzam w pracy, ale czy mógłbym z tobą zamienić parę słów?

— Skąd wiedziałeś, że tu jestem?

— Zapytałem w stróżówce. Koleś z pajęczyną na szyi wymaglował mnie szczegółowo, zanim zdradził, gdzie cię szukać. Nie wygląda na typowego mieszkańca Stamford Avenue.

— To Tarants. Zajmuje się ogrodem i dorywczymi naprawami. Sam mianował się dodatkowo ochroniarzem. Zresztą nie pytałam, skąd wiedziałeś, że wieszam prześcieradła, tylko że tu mieszkam.

Uśmiechnął się. Fala tęsknoty przepłynęła przez mój brzuch. Czy raczej przez żołądek, jak powiedziałby pan Peters.

— Wiedziałem, że nie odbierzesz telefonu, więc poszedłem do ciebie do domu. Zjawiałem się tam codziennie przez ostatnie dwa tygodnie, ale nigdy cię nie zastałem. Twoja sąsiadka wrzasnęła, że już tam nie mieszkasz i że stamtąd „spieprzyłaś", jak to ujęła. Zatrzasnęła okno, nim zdążyłem się dowiedzieć czegoś więcej, a kiedy zapukałem, zaczęła wykrzykiwać bardzo wulgarne słowa. Rozumiem, że niezbyt cię lubi?

— Święte słowa. Colin miał akcję na boku. Więc jak mnie znalazłeś?

— Zadzwoniłem do Felicity, by sprawdzić, czy nie zmieniałaś adresu. — Uniósł ręce w górę. — Wiem, wiem. Podejrzewam, że cały świat już wie, że cię szukam, ale nie udało mi się wymyślić nic innego. A w ogóle możesz teraz rozmawiać? Może wrócę później, kiedy skończysz?

Wyraźnie słyszałam, jak mój rozsądek galopem oddala się wzdłuż strumienia na koniec ogrodu.

— Tylko wieszam pranie. Zrobię ci kawy.

Ruchem głowy wskazałam przeszklone drzwi prowadzące do kuchni.

— Na pewno chcesz, żebym wszedł?

Wydawał się lekko spłoszony.

— Oczywiście. Dzieciaki są w sadzie, kopią jaskinie. Absolutnie uwielbiają to miejsce.

Zdjęłam z głowy szal i potrząsnęłam włosami.

— Nie dziwię się. Wygląda na to, że na trawniku za domem można by rozegrać obłędny mecz.

Schyliliśmy się, przechodząc pod magnolią uginającą się od różowych kwiatów, i weszliśmy do słonecznej kuchni. Postawiłam czajnik na gazie, potem oparłam się o AGĘ, czując przez dżinsy jej ciepło. Pan Peters raz po raz zacierał ręce i zagryzał wargę, jakby miał mi coś nieprzyjemnego do przekazania. Zaczął podwijać rękawy. Straciłam cierpliwość: — A zatem co cię sprowadza?

Przygotowałam mięśnie twarzy, by ułożyły się w uśmiech, gdy ogłosi, że planuje ślub z Sereną.

— Słyszałem, jak Harley wspomniał Orionowi na lekcji francuskiego, że Colin się wyprowadził. To prawda?

Harley i jego cholerny sceniczny szept.

— Mhm.

— Dobrze się z tym czujesz?

— A dlaczego nie? Cytując twoje własne słowa: „to dupek". Romansował z Sandy, tą kobietą, która cię poinformowała, że się wyniosłam.

— Dlaczego nic mi nie powiedziałaś?

Poczułam, jak twarz wykrzywia mi grymas (oglądałam podobny u Bronte; dzieje się tak zawsze, gdy zachowuję się szczególnie niefajnie). Czajnik zagwizdał za moimi plecami — ucieszyłam się z pretekstu, by się odwrócić. Wydawało się, że nie potrafię zmusić własnego mózgu do pracy na odpowiednio wysokich obrotach.

Miałam wyznać prawdę? Że pojechałam do niego i wpadłam na wychodzącą Serenę z twarzą zarumienioną od pocałunków?

Zafundować mu kłamstwo? Tylko że jakoś żadnego nie mogłam w tej chwili wymyślić, nawet jeśli miałoby ocalić resztki mojej godności.

Ogrzałam imbryk do herbaty. Rose zawsze o to dbała. Ja wolałam parzoną w kubku, gęstą jak zupa i mocną, ale akurat testowałam rozmaite nonsensy klasy średniej, by sprawdzić, czy mi się spodobają. I żeby babcia była ze mnie dumna.

— Maiu? Dlaczego mi nie powiedziałaś?

— Na miłość boską. Odwiedziłam cię w tym celu, ale wpadłam na Serenę, która od ciebie wychodziła, i zrobiło mi się głupio, bo nie miałam pojęcia, że się z nią spotykasz. Najwyraźniej wszystko opacznie zrozumiałam, jak kompletna idiotka.

Mówiłam coraz bardziej podniesionym głosem. Czułam nadciągające łzy.

— Nie spotykam się z Sereną.

Rozstawiłam należące do Rose niebiesko-białe filiżanki od Wedgwooda. Zmarszczyłam brwi. Próbował mnie wkręcać.

— Co? I ona o tym wie, tak?

Pokiwał głową.

— To musi być świeża sprawa, bo widziałam ją wychodzącą z twojej kamienicy, a jeszcze kilka tygodni temu, na balu, wieszała się na tobie jak bluszcz.

Wlałam odrobinę mleka do jego herbaty, chociaż szczerze siebie nienawidziłam za to, że pamiętałam, że lubi prawie czarną.

— Umawiałem się z nią wieki temu. Nie trwało to zresztą długo. To urocza dziewczyna, tylko nieodpowiednia dla mnie.

— Ale na balu trzymaliście się za ręce.

Zobaczyłam Serenę wyciągającą do niego dłoń i owszem, nadal miałam ochotę ją uderzyć.

Pan Peters zamieszał herbatę, chociaż nie używał cukru. Wysunęłam mu krzesło, ale zaczął przechadzać się wokół stołu.

— Chryste, od czego zacząć?

Przeczesał palcami włosy, przez co teraz zaczęły sterczeć na wszystkie strony, nadając mu wygląd kogoś, kto właśnie wstał z łóżka. Łóżkowe myśli nie powinny mieć dostępu do tej rozmowy. Spojrzał na zegarek.

— Cholera, zajmuję ci mnóstwo czasu. To nie problem?
— Nie. Wyduś wreszcie, z czym przyszedłeś.

To, że Colin bzykał Sandy, nie zraniło mnie nawet w połowie tak mocno jak widok pana Petersa i Sereny trzymających się za ręce.

Spoważniał.

— Nie ułatwisz mi tego, co?

Wzruszyłam ramionami.

— No więc?

Nie patrzył na mnie. Oboje drgnęliśmy, kiedy z wybiciem jedenastej z zegara Rose wyskoczyła kukułka. Zdawało się, że dopiero hałas wytrącił nauczyciela z transu.

— Maiu, oto cała prawda. Potem będę musiał pójść i się zabić ze wstydu, ale proszę bardzo. Kiedy Bronte zaginęła, wiedziałem, że za bardzo się do ciebie zbliżyłem. Gdy płakałaś i tuliłem cię na sofie, nie chciałem cię wypuścić z ramion. Nie chciałem cię zostawiać z Colinem. Wydawałaś się taka samotna i bezbronna. Wtedy sobie przyrzekłem, że będę się trzymał z daleka. Za żadne skarby nie chciałem narobić kłopotów w Stirling Hall tobie i twoim dzieciom. Widziałem, że masz na głowie wystarczająco dużo i bez plotek. Problem w tym, że nie mogłem przestać o tobie myśleć. Podczas zebrań personelu wciąż się zdarzały momenty, kiedy powinienem być stanowczy i zdecydowany, a tymczasem śniłem na jawie o tobie. Podnosiłem głowę i widziałem rząd zdumionych twarzy oczekujących wskazówek, jaką przyjąć strategię wobec rodziców ucznia, który dokucza innym, albo jaki będzie budżet przedstawienia teatralnego w następnym roku.

Odwrócił się do mnie plecami i oparł o blat stołu, najwidoczniej zafascynowany wiszącym na ścianie wierszem Roberta Frosta *Droga nie wybrana*.

— Śniłeś o mnie na jawie?

Wybuchnęłam śmiechem. Kiedy polerując lustra, wyobrażałam sobie odbicie jego twarzy, on roił o mnie na zebraniach personelu. Dobrana z nas para.

— Nie śmiej się. Oczywiście zachowuję się jak nastolatek, który zakochał się pierwszy raz w życiu. Wiedziałem, że nie mogę związać się z matką dwojga własnych uczniów i pozostać szefem szkoły średniej. A przede wszystkim nie chciałem wkraczać między ciebie i Colina ze względu na dzieci. Ale potem zjawiłaś się z podbitym okiem i pojąłem, że lepiej ci będzie bez niego. Więc zacząłem organizować przeniesienie do tamtej drugiej szkoły. Nie mówiłem ci o tym, bo za wszelką cenę próbowałabyś mnie powstrzymać. Ciągle powtarzałaś, że nie chcesz mi zmarnować życia. Pomyślałem, że jeśli się dowiesz, przestaniesz się ze mną widywać, więc uznałem, że najlepiej będzie postawić cię przed faktem dokonanym.

— Zrobiłeś to, by móc się dalej ze mną spotykać?

— Owszem. Tak zrobiłem. Nie zorientowałaś się, jak często o tobie myślę? Pewnie przez te północne, robotnicze maniery. Nigdy się nie nauczyłem czułostkowości klasy średniej. — Znowu odwrócił głowę. — Byłem tobą absolutnie opętany. Ale wykazałaś się idealnym wyczuciem chwili. Dostałem telefon w sprawie zastępstwa w tym samym dniu, kiedy dotarł twój list, że zabierasz dzieci ze Stirling Hall.

— Dlaczego ze mną nie porozmawiałeś? Wszystko bym ci wyjaśniła — powiedziałam.

— Okej. Teraz będziesz się ze mnie śmiać. Poruszyłem niebo i ziemię, by się przenieść do innej szkoły. Chciałem prosić, żebyś ze mną zamieszkała. Nie mogłem znieść myśli, że zostaniesz z Colinem, który znów może cię zaatakować. Kiedy zobaczyłem list, poczułem się tak, jakbym nie mógł ci ufać, jakbym wcale cię nie znał, a ty mnie wykorzystałaś.

Wytrzeszczyłam oczy. Przeklinałam siebie, że zostawiłam cholerny list w miejscu, gdzie Colin mógł go dostać w swoje łapy.

— Przeprowadzić się do ciebie? Przecież nigdy z nikim nie mieszkałeś. A zresztą nie zdecydowałabym się na to bez Bronte i Harleya.

— Liczyłem, że wprowadzisz się do mnie razem z dziećmi.

Otworzyłam oczy jeszcze szerzej, chociaż miałam już mało zapasu.

— Więc wziąłeś to zastępstwo czy nie?

Nie byłam pewna, jak mu oznajmić, że dzieci zostają w Stirling Hall.

Głośno odstawił filiżankę.

— Tak. Na szczęście tak. Wydaje mi się, że to będzie bardzo interesujące doświadczenie.

Modliłam się ze wszystkich sił, by nauczycielki w nowej szkole miały zeza, wielkie tłuste tyłki i nudne sznurowane trzewiki.

— Naprawdę strasznie cię przepraszam, że nie wspomniałam słowem o zabraniu dzieci. Tak bardzo we mnie wierzyłeś, a ja nie chciałam cię rozczarować.

A potem kiedy znalazłam się u Clover, z dala od komorników, długów i całej reszty, chyba trochę schowałam głowę w piasek, no i oczywiście wmieszał się Colin. Na pewno nie wysłałabym tego pisma, nie uprzedzając cię wcześniej. Wierzysz przynajmniej w to?

Przechylił głowę na bok.

— Tak, chyba wierzę. Ale nie chciałaś ze mną rozmawiać. Nie mogłem zrozumieć, co jest grane.

— Odkryłam, że spotykasz się z Sereną. Przynudzasz, jak to śniłeś o mnie na jawie, ale cały czas trzymałeś panią posterunkową w zapasie. Zabezpieczyłeś się na obie strony, co?

Słyszałam, jak z moich ust sączy się trucizna, ale nie potrafiłam się powstrzymać.

Po jego twarzy przemknął wyraz irytacji. Podniósł rękę.

— Jedną chwilę. To ty miałaś partnera, nie ja. Jeszcze przed kilkoma tygodniami twierdziłaś, że wracasz do Colina. — Zbliżył się o krok. — Okej. Rozumiem, że to Serena jest tu kwestią sporną. Zacznijmy od niej. Jej zależało bardziej niż mnie. Parę razy umówiliśmy się na randkę, ale nie ciągnąłem tego dłużej.

Nie pozwolę mu się tak łatwo wykręcić.

— Przecież była w twoim mieszkaniu, kiedy do ciebie zadzwoniłam po powrocie Bronte. Słyszałam jej marudzenie, że siedzi jak „malowana lala", kiedy ty gadasz ze mną.

Świadomie opuściłam ręce, by się nie wziąć pod boki, ale w efekcie nie wiedziałam, jak przyjąć naturalną pozę.

Pokręcił głową.

— Przed zaginięciem Bronte nie widziałem Sereny całe wieki. Chyba uznała nasze ponowne spotkanie za znak od losu. Jak twierdziła, przyszła do mnie, żeby przedyskutować strategię szkoły w kwestii zniknięcia małej, a ja się ucieszyłem, że zajmę czymś myśli. Skończyło się dość niezręcznie, bo sądziła, że zostanie na noc, tymczasem ja po rozmowie z tobą wezwałem jej taksówkę.

Nie mogłam znieść myśli o Serenie wylegującej się w mieszkaniu pana Petersa, przygotowującej się do spędzenia nocy, rzucającej kuszące spojrzenia i chichoczącej jak nastolatka. Nie dam się zbyć byle czym.

— Ale jakiś miesiąc temu widziałam, jak wychodziła z twojego domu. Nie zmyślam.

Do głosu pana Petersa zaczynało się wkradać rozdrażnienie:

— Chodzi do kosmetyczki na peeling twarzy czy co tam sobie robicie wy kobiety. Słyszałem, jak ci o tym wspomniała na balu. To nie ma nic wspólnego ze mną. Przysięgam, od powrotu Bronte widziałem ją raz, właśnie w szkole.

Nie wiedziałam, w co wierzyć. Może wycałowana twarz to był skutek zabiegu elektrolizy, a nie zabiegów pana Petersa. Nie wiercił się i nie odwracał wzroku jak Colin, kiedy mi ściemniał.

— Z pewnością jednak to ty zaprosiłeś ją na bal — rzuciłam.

— Do tego się przyznaję. Nie wiem, co mi strzeliło do głowy. Do dyrektora doszły pogłoski, że coś mnie łączy z tobą, zapewne od Felicity. Oczywiście zaprzeczyłem stanowczo, ale mnie obserwował. Obserwował nas oboje. A że ma fioła na punkcie relacji dobrosąsiedzkich, więc sporządził listę wszystkich lokalnych świętych z policji, zarządu miasta i rozmaitych organizacji dobroczynnych, żeby ich zaprosić na bal. Znalazła się też na niej Serena. Cały wyższy personel musiał kogoś zaprosić. Nie odpowiadałaś na moje telefony, więc poszedłem na łatwiznę i wybrałem Serenę. Pewnie uznałem, że to utnie plotki. Przynajmniej o mnie i o tobie.

Zerknął na formularze Uniwersytetu Otwartego, które zostawiłam na kredensie. Uśmiechnął się od ucha do ucha. Potem chyba zdał sobie sprawę, że to nie najwłaściwszy moment na zmianę tematu.

— No dobrze, nie stawia mnie to w najlepszym świetle. Zaprosiłem ją też po to, by wzbudzić w tobie zazdrość. — Spuścił głowę. — Maiu, chciałem dostać od ciebie jakiś znak, że to nie była wyłącznie gra. Ale już na balu pragnąłem tylko, żebyśmy byli razem.

Pan Peters zamknął oczy, mówił coraz ciszej:

— Miałem ochotę walnąć tego koszmarnego Howarda. Widziałem, jak się do ciebie przystawia, a zarazem próbuje cię upokorzyć, i po prostu nie mogłem tego znieść. Potem powiedziałaś Frederice, że wracasz do Colina, i uświadomiłem sobie, że przegapiłem swoją szansę. Wyszedłem na zewnątrz, by cię poszukać, spróbować z tobą porozmawiać, ale już wyszłaś.

— Mhm. Pojechałam wyrzucić Colina z domu. I wypłakiwać oczy za tobą.

Badałam uważnie jego twarz, próbując wyczytać z niej prawdę. Gdzieś głęboko w moim wnętrzu pojawiła się — jak to mawiała Rose? — „krztyna" podniecenia.

Pan Peters podszedł bliżej. Poczułam zapach jego płynu po goleniu i wróciło do mnie wspomnienie, jak leżał przytulony do mnie w swoim mieszkaniu. Był tak blisko, że mógł mnie dosięgnąć ręką. Wstrzymałam oddech.

— Nie mogę przeszkadzać ci w pracy. — Obejrzał się przelotnie na otwarte drzwi kuchni. — No dobrze, to nie zabrzmi w stylu chłopaka z północy, a trochę zbyt wylewnie jak na mieszkańca Bolton, ale naprawdę bardzo cię lubię.

Facet się zarumienił. Naprawdę się zarumienił.

— Nie wiem, jakim cudem tak łatwo zawróciłaś mi w głowie. W każdym razie będzie lepiej, jeśli sobie pójdę, zanim wyrzucą cię z pracy.

— To raczej mało prawdopodobne, żeby mnie wylali — odparłam.

Przyjrzałam się uważnie, czy mnie nie wkręca. Niby taki inteligentny gość, a kompletnie nie zajarzył zmiany mojej sytuacji materialnej.

— Kto jest właścicielem, tak przy okazji? — spytał.

— Cudowna kobieta, samotna matka z dwójką uroczych dzieci. Teraz brakuje jej tylko wspaniałego faceta.

Zaczęłam się śmiać i przysunęłam odrobinę bliżej. Pan Peters spojrzał na mnie zbity z tropu.

— Co? — Cofnął się lekko. — Chyba muszę się skoncentrować na rozmowie. A to trudne, kiedy stoisz tak blisko.

Pokręcił głową, ale nie zaprotestował, kiedy rozpięłam parę guzików u jego koszuli. Pocałowałam go w nos i przyłożyłam ucho do jego piersi. Serce waliło mu głośno. Kiedy podniosłam głowę, ciemne, szarozielone oczy patrzyły pytająco, ale nie wyglądał, jakby bardzo się śpieszył do wyjścia. Musnęłam ustami jego wargi. Wsunął palce w moje włosy.

Mruknęłam mu do ucha:

— Sądziłam, że wiesz. To dawny dom pani profesor, no wiesz, profesor Stainton, która mi zapisała pieniądze na czesne. Dopiero przed kilkoma tygodniami dowiedziałam się, że zostawiła mi też dom. I raczej sporo pieniędzy. To długa historia, ale w zasadzie była moją babką.

Odsunął się ode mnie.

— Twoją babką? Odziedziczyłaś to wszystko? Myślałem, czy ja wiem... że mieszkasz z dziećmi na strychu albo coś. To kapitalnie! O mój Boże. Nie żartujesz, że jesteś właścicielką? A ja tu przybywam z odsieczą, myśląc, że zgodzisz się wprowadzić do mojej trzypokojowej dziupli. Co za kretyn.

Przyciągnęłam go z powrotem do siebie. Nogi mi drżały. Każdy nerw w ciele czekał, by mu poświęcono uwagę. Pan Peters nachylił się i zaczął mnie obsypywać lekkimi, drobniutkimi pocałunkami, co jakiś czas przerywając, by na mnie spojrzeć tymi swoimi oczami jak reflektory. Czułam, że się hamuje, nie chcąc mnie spłoszyć. Potrzebowałam czegoś więcej.

— Zac, wszystko jest w porządku.

Poczułam, jak się uśmiechnął, gdy wymówiłam jego imię. Przycisnął wargi mocno do moich i długo mnie całował. Wtulił twarz w moje włosy. Jego dłonie sunęły w górę mojego T-shirtu i musiałam się skupić, by oddychać równo.

— Mówiłaś, że ile tu jest sypialni? — zapytał.

Nie zdążyłam odpowiedzieć, bo do kuchni wpadły dzieciaki. Na widok Zaka wyhamowały z piskiem butów niczym w kreskówce.

— Dzień dobry. Jak się pan miewa? — Harley był cały w uśmiechach i w błocie.

Nawet Bronte uśmiechnęła się szeroko. Policzki jej poróżowiały, a oczy błyszczały od świeżego powietrza.

Udałam, że szukam czegoś w lodówce, żeby poprawić T-shirt. Zac miał koszulę rozpiętą do połowy, ale jakimś cudem sprawiał wrażenie wyluzowanego i trendy zamiast półgołego. Nawet nie mrugnął.

— Witajcie oboje. Wpadłem omówić kilka spraw z waszą mamą. Widzę, że bardzo wam się podoba nowy dom.

Harley zasypał go setką szczegółów: że ma dostać quada, że codziennie gra w tenisa i jakie ryby złowił, a potem popędził na piętro do swojego pokoju, by z sypialni zadzwonić na służbę, co można było zobaczyć na tablicy w kuchni. Bronte zadowoliła się wyjęciem atlasu dzikich ptaków Rose i pokazaniem zimorodka, którego widziała nad strumieniem. Zac swobodnie rozmawiał z dziećmi i był wszystkim zainteresowany.

Pół godziny później odprowadziłam go do samochodu.

— Powiesz dzieciom? — spytał, otwierając drzwiczki.
— O czym?
— Że jestem twoim nowym facetem.
— A jesteś moim nowym facetem?
— Chciałbym nim być. To znaczy jeśli nie przeszkadza ci randkowanie z niższymi klasami, teraz kiedy należysz do arystokracji.

Skrzyżował ręce na piersi i zakołysał się lekko na obcasach.

Dotknęłam jego dłoni.

— Lubię odrobinę szorstkości.

Roześmiał się i przyciągnął mnie do siebie.

— Maiu, nie chcę cię znowu stracić. Zmarnowałem mnóstwo czasu, wszystko spaprałem, a teraz marzę tylko o tym, by, do cholery, trochę pożyć normalnie.

Pocałował mnie delikatnie, a potem mniej delikatnie. Spojrzał nad moim ramieniem w stronę domu.

— Zbieram się. Powinnaś porozmawiać z dziećmi, zanim nas zobaczą razem. Kocham cię.

— Kochasz mnie? Nawet nie zjadłeś ze mną kolacji.

Musiałam się dopiero nauczyć, że przemądrzałe riposty nie zawsze pomagają na zawstydzenie.

Pokręcił głową.

— Idź już. Powiedz Harleyowi i Bronte, że zamierzam zostać na bardzo długi czas. Mówię poważnie.

Nie czułam się jak sprzątaczka. Czułam się jak księżniczka. I nie miało to nic wspólnego z pieniędzmi.

PODZIĘKOWANIA

Mam to ogromne szczęście, że mogłam liczyć na wspaniałych kibiców, którzy zagrzewali mnie do walki w drodze z punktu A do punktu B. Gdybym nie trafiła na kurs twórczego pisania na Uniwersytecie Kalifornijskim w Los Angeles, do dziś opowiadałabym znudzonym słuchaczom o swojej ambicji, by napisać powieść, dlatego ogromnie dziękuję moim nauczycielom: Jessice Barksdale Inclán, Lynn Hightower oraz Robertowi Everszowi, jak też współstudentom: Carol Starr Schneider, Karen Gekelman, Rochelle Staab oraz Romalyn Tilghman.

Po tej stronie oceanu Harry Bingham i jego zespół z The Writers' Workshop zachęcali mnie do wysiłku i w razie potrzeby wspierali mądrymi uwagami, podobnie jak pisarka Adrienne Dines.

Otrzymałam olbrzymie wsparcie od mojej rodziny, szczególnie od męża Steve'a, który nigdy nie zadał pytania: „Kiedy ta bzdurna pisanina wreszcie się skończy?". Myślę, że kilkoro krewniaków odczuwa teraz nawet pewien rodzaj dumy. Przyjaciele — zbyt liczni, by ich wymienić — stanęli na wysokości zadania, popychając mnie naprzód, kiedy wszystko wydawało się tak cholernie trudne. Szczególne podziękowania składam Caroline Broderick, Bushi Pearson i Sharon Woodrow — oraz mojej kumpeli, pisarce Jenny Ashcroft, bez której nadal kiwałabym się w jakimś kącie.

Mary Wheeler hojnie udzieliła mi pomocy w kwestii procedur policyjnych, a Mark Collins wskazał właściwy kierunek, jeśli chodzi o uwierzytelnianie testamentów (oboje doskonale się znają na swojej robocie). Wszelkie błędy biorę na siebie.

Niektórzy autorzy odnoszą sukces z dnia na dzień; znacznie liczniejsza grupa haruje przez całe lata, aż myśl, by brnąć dalej, wydaje się tylko odrobinę atrakcyjniejsza od pragnienia, by się poddać. Wiem, do której kategorii należę. Dlatego jestem absolutnie wniebowzięta, że kiedy w moim życiu nareszcie coś drgnęło, poznałam dwie cudowne osoby, z którymi mogłam pracować: panią redaktor Helen Bolton z wydawnictwa Avon (wraz z zespołem) i agentkę Clare Wallace z firmy Darley Anderson. Dzięki nim proces wydawniczy okazał się radosnym doświadczeniem.

Na koniec wznoszę toast za wszystkich, którzy kupili lub polecili moją książkę w jej wcześniejszym wcieleniu jako *The School Gate Survival Guide*, zapewniając jej sukces na tyle duży, by mogła osiągnąć następne stadium. Wasze zdrowie!

Niniejsza powieść to utwór całkowicie fikcyjny. Występujące w niej nazwiska, postaci i wydarzenia są kreacją wyobraźni autorki. Wszelkie podobieństwo do rzeczywistych osób żywych lub zmarłych, zdarzeń i miejsc jest przypadkowe.

Opieka redakcyjna
Katarzyna Krzyżan-Perek

Redakcja
Anna Rudnicka

Korekta
Aldona Barta, Urszula Srokosz-Martiuk,
Aneta Tkaczyk

Projekt okładki
© tashwebber.com

Zdjęcia na okładce
© Ira Shumejko / Shutterstock
© Dean Drobot / Shutterstock

Redakcja techniczna
Robert Gębuś

Książkę wydrukowano na papierze
Ecco Book Cream 70 g vol. 2,0

Printed in Poland
Wydawnictwo Literackie Sp. z o.o., 2020
ul. Długa 1, 31-147 Kraków
bezpłatna linia telefoniczna: 800 42 10 40
księgarnia internetowa: www.wydawnictwoliterackie.pl
e-mail: ksiegarnia@wydawnictwoliterackie.pl
fax: (+48-12) 430 00 96
tel.: (+48-12) 619 27 70
Skład i łamanie: Infomarket
Druk i oprawa: Drukarnia Abedik